山东省一流学科山东师范大学文学院
中国语言文学学科建设经费资助

《铁道游击队》
文献史料辑

陈夫龙 编

中国社会科学出版社

图书在版编目（CIP）数据

《铁道游击队》文献史料辑/陈夫龙编 . —北京：
中国社会科学出版社，2018.8
ISBN 978－7－5203－3034－3

Ⅰ.①铁… Ⅱ.①陈… Ⅲ.①《铁道游击队》—
小说研究②抗日斗争—史料—枣庄 Ⅳ.①I207.42
②K265.06

中国版本图书馆 CIP 数据核字（2018）第 192485 号

出 版 人	赵剑英
责任编辑	郭晓鸿
特约编辑	席建海
责任校对	石春梅
责任印制	戴 宽

出 版	中国社会科学出版社
社 址	北京鼓楼西大街甲 158 号
邮 编	100720
网 址	http://www.csspw.cn
发 行 部	010－84083685
门 市 部	010－84029450
经 销	新华书店及其他书店

印 刷	北京明恒达印务有限公司
装 订	廊坊市广阳区广增装订厂
版 次	2018 年 8 月第 1 版
印 次	2018 年 8 月第 1 次印刷

开 本	710×1000 1/16
印 张	29.25
插 页	2
字 数	376 千字
定 价	99.00 元

目　录

研究文献

史料钩沉

附　录

前　　言

我是枣庄人，自小就从祖辈和父辈那里得知中国现代史上在鲁南的这块大地上曾经发生过两大震惊中外的事件：一个是临城大劫案，一个是铁道游击队抗战。前者发生于 1920 年代北洋军阀统治时期，事件的制造者是一群来自抱犊崮山区的马子（枣庄方言，土匪的意思），在这起火车绑架案的人质中，有不少外国人，被称为继义和团运动之后中国最严重的涉外事件。该事件不仅惊动了北洋军阀政府和英、美、法、意、比等西方列强，而且连上海的青红帮甚至革命势力也卷入其中，影响巨大。一时间，临城（今枣庄薛城）这个名不见经传的鲁南县城和抱犊崮成为中外瞩目的焦点。而"临城大劫案"作为重要题材，曾被民国武侠小说家写进了《山东响马传》，新中国枣庄作家也以此写成了小说《民国第一案》。后者发生于 1930 年代国民党统治时期，正值中国人民全面抗战的初始阶段，事件的参加者不仅包括觉醒了的铁路工人、煤矿工人，还有不甘侵凌而奋起抗争的农民和渔民，他们在中国共产党领导下从秘密到公开地开展抗日游击战，主要活动于临枣铁路、津浦铁路鲁南段和微山湖地区，护送过刘少奇、陈毅、肖华等革命家和军事家安全通过津浦铁路与微山湖一带的敌人封锁线，在抗战结束时接受临枣日军投降，开创了侵华日军直接向共产党领导下的一支地方游击队缴械投降的壮举。"铁道游击队"抗战作为享誉中外的重要历史事件，早在 1943 年的一次战斗英模会上就引起了革命作家知侠的关注。更重要的是，知侠曾冒着生命危险越过敌占区深入鲁南铁道游击队去采访，并与他们一起生活了一段时间。以这个地方武装的抗战为题材的长篇小说《铁道游击队》，最终于 1954 年 1 月由上海新文艺出版社公开出版。六十多年来，枣庄、临城、微山湖也因这部小说的广泛传播、艺术改编及其深远影响而驰名中外。

在枣庄民间，这两大事件的领导者、指挥者和参与者普遍被认为是英雄侠义之士，他们豪气干云，义薄云天，不畏权贵不畏仇，只求正义和自由。我的祖上有人曾搭救过被马子押解抱犊崮途中逃出来的一个外国人质，当时老人家在山上打柴，出于同情和义气，把这个狼狈不堪的老外带到家中并保护起来，管了一段时间饭后，把他安全送到离我们老家不远的津浦铁路支线临枣铁路邹坞站。这个老外临走前掏出一块怀表作为报恩之物，我的那位祖上没有要，他认为自己做了一件应该做的事。而参加抗日战争的铁道游击队英雄们，大都是土生土长的枣庄人。也许正是这样一种原发于民间的朴素的侠义精神，在枣庄这块大地上滋养着一辈辈人，使得他们仗义勇为、不求回报，尤其是在惨遭日寇侵凌的民族危亡之际，他们能够铤而走险，奋起抗争。铁道游击队创建后，集中整训的地点小屯村，就位于我们村儿东面，小屯村的刘景镇和刘景松就是小说《铁道游击队》中的人物周镇与老周的原型，其中刘景松还是小说人物刘洪的原型洪振海和王强的原型王志胜的革命引路人。因此，我对生活于这片侠义热土的祖辈们充满了敬畏和爱戴。知侠将发生于抗战时期枣庄大地上的这段侠义英雄故事，以文学的方式铸就了一座屹立于历史和民间的精神丰碑。可以说，知"侠"者，知侠也。

知侠，原名刘兆麟，1918 年 2 月 7 日出生于河南省汲县（今河南省卫辉市）一个铁路工人家庭。1938 年赴延安投身革命后易名痴侠①，后改为知侠。从他的名字的变迁，可以发现他对侠客英雄的痴迷与崇拜。知侠与铁道游击队结缘始于 1943 年夏天山东军区在莒南县的坪上所召开的全省战斗英雄、模范大会上，他认识了铁道游击队的英雄人物，由衷地钦佩这些抗日英雄，并被他们的英勇事迹所感动，自然也就产生了把他们驰骋于铁路线上打鬼子的战斗业绩以文学的方式表现出来的创作冲动。在知侠眼里，"铁道游击队的英雄人物，都具有热情豪爽、行侠好义的性格，多少还带点江湖好汉的风格"。② 在知侠笔下，这些来自大地民间的草莽英雄，一个个粗犷豪放、义薄云天，英勇顽强地与外来敌人作生死决战，成为活跃在铁道线上的"车侠"，他们豪侠的性格和神奇的战斗生活铸就了一段抗日救国的不朽传奇。知侠是一位严肃的创作者，为了获得第一手资料，他积极地深入群众，深入生活，深入铁道游击队及其战斗过的地方去作战地采访。1945 年日本鬼子投降前后，为了写《铁道游击队》，知侠就曾两度到过他们那里，和他们生活了一段时间，走遍了他们所有曾经战斗过的地方，也曾深入铁路两侧、微山湖边的人民群众中，去了解他们的艰苦斗争怎样得到人民的支持，并在人民群众中留下多么深的影响。在草创阶段，知侠在真人真事的基础上以《铁道队》为题，在 1945 年《山东文化》第二卷第三、四期上发表了有关章节，并于 1947 年 2 月《山东文化》第五卷第一、二期上又发表了《铁道队》中的《李政委和他的部下》等。③就在知侠准备动笔写作时，国民党反动派对山东解放区进行了重点进攻，在战火蔓延的危难时刻，知侠打消了写作计划，和一批文艺工作者投身于

---

① 编者于 2018 年 5 月 5 日赴青岛采访知侠夫人刘真骅先生，交谈中，她谈及了这个细节，知侠投身革命后，最初改名为"痴侠"，意为痴迷侠客，表达了他对侠客及其侠义精神的向往，体现了一位热血青年行侠仗义、铁血救国的胸襟与抱负。

② 知侠：《〈铁道游击队〉创作经过》，《新文学史料》1987 年第 1 期。

③ 傅冰甲：《刘知侠的生平和创作事略》，《山东文史集粹》（文化卷），山东人民出版社1993 年版，第 124 页。

支援前线的斗争中。全国解放后，知侠从1952年至1953年集中精力以铁道游击队的战斗生活为素材，写了一部长篇小说，"为了点明它的战斗性，所以就加上'游击'二字，标题就改为《铁道游击队》了"。① 更难能可贵的是，知侠在写作前又特地到枣庄、微山湖去了一趟，重温抗战时期铁道游击队的英雄们曾在这里战斗的情景。就这样，长篇小说《铁道游击队》在真人真事的基础上，经过艺术加工和提炼，最终于1954年1月由上海新文艺出版社正式出版，并很快于1956年被改编成同名电影搬上荧幕，产生了全国性影响，并由此奠定了知侠在中国当代文坛上的地位。《铁道游击队》凝聚着知侠的智慧和心血，可谓十年铸就利剑、一朝名闻天下。

《铁道游击队》是新中国成立后较早出版的长篇力作之一，其史诗般的艺术特征、独具传统文化底蕴的民族形式、来自大地民间的革命侠义英雄塑造、为人民群众树碑立传的历史使命感、避免欧化词句的创作责任意识，极大地彰显了中国特色和民族风格。在我看来，《铁道游击队》是以传统文学形式、地域民风书写和纪实性特征向中国呈现枣庄地方抗战图景、向世界讲述"中国故事"的典范文本，它不仅引领人们重返那段激情燃烧的岁月，去深情缅怀那些为抵御外侮、寻求解放自由之路而不怕牺牲、浴血奋战的革命先烈，而且以巨大的艺术张力和思想内涵使得曾活跃于铁道线上和微山湖畔的那支游击队及其光辉事迹广为流传，甚至成为举世闻名的英雄象征符号。一部《铁道游击队》，让知侠蜚声中外，奠定了他的文学史地位，更使枣庄——这个鲁南大地上曾经默默无闻的小镇成为世界反法西斯战争史上的重要地标。文学的力量是巨大的，影响是深远的。在《铁道游击队》的接受史上，曾经创造了一个又一个辉煌的成就。历史上的铁道游击队神奇的战斗故事为小说增添了无限的光彩，使其成为

---

① 知侠：《〈铁道游击队〉创作经过》，《新文学史料》1987年第1期。

供不应求的畅销书，当年一版再版，发行量竟达 400 多万册，这在出版史上堪称一大奇迹。《铁道游击队》还被译成英、法、德、俄、朝等多国文字传播到国外，产生了世界性影响。知侠亲自编剧的同名电影及其插曲《弹起我心爱的土琵琶》，曾让亿万观众痴迷、陶醉，在几代人心里留下了美好的记忆。除了电影之外，《铁道游击队》也不断被改编成连环画、山东评书、交响诗、交响音乐、水墨画、舞剧等艺术形式，构成了艺术文本的系列工程，这与作为历史文本的"铁道游击队"相得益彰，形成了一种互文性关系。在各种艺术文本和历史文本的合力作用下，《铁道游击队》最终不仅成为中国当代文学史上的红色经典，而且成为世界反法西斯战争文学中的传奇经典，在世界各国拥有众多的读者。可以说，《铁道游击队》不仅属于中国，也属于世界；不仅属于过去，更属于现在，也必将属于未来。

　　知侠是一位忠诚于党、忠诚于祖国的革命作家，尽管在"文革"中，《铁道游击队》曾被定位为"反党反社会主义的大毒草"，知侠也被打成"文艺黑帮"，小说被查封，他也为此历经磨难，但他对党和国家的忠诚却矢志不渝。"文革"结束后，知侠和《铁道游击队》都获得了解放。知侠夫人刘真骅先生曾紧跟伤痕文学的潮流，写了一些小说和散文，以揭示心灵的创伤，宣泄对社会的愤恨。从文学的意义上讲，这本无可厚非，但知侠却把这些文章全部撕掉，并说："母亲的孩子多了，就不免有心烦的时候，就伸手打了你几下，难道你可以还手打母亲吗？"[①] 1991 年 9 月 3 日上午，青岛市政协组织召开老干部座谈会，讨论东欧局势，知侠不忘初心，捍卫马列主义和社会主义，在呐喊中发出"相信群众"的呼声，在义愤和悲痛中，突发脑溢血猝然倒地。作为一位革命作家，作为一个革命战士，

----

　　① 刘真骅、邢军、海江：《苦难使我的生命倍感光辉——记〈铁道游击队〉作者刘知侠与妻刘真骅的惊世恋情》，《党史纵横》2008 年第 3 期。

知侠在呐喊中誓死捍卫自己的信仰，这值得我们永远敬佩和深切缅怀。知侠倾注了热血和生命的《铁道游击队》与《红嫂》等经典作品为枣庄、山东乃至全国的红色文化基因图谱的建构作出了卓越贡献，枣庄、山东也因"铁道游击队"和"红嫂"的故事而驰名中外，并逐渐演化成一种具有象征意义的文化符号。但目前，就学术角度而言，我们对《铁道游击队》及其作者知侠的研究还远远不够。在新时代中国特色社会主义文化建设和文学发展的语境下，重温红色经典、研究革命作家，理当成为不忘初心、牢记使命的应有之义。基于此，我这个出身铁道游击队故乡而研学于山东高校的文学研究者有责任更有义务身体力行，以《铁道游击队》作为红色经典和革命作家研究的出发点，在资料编辑的基础上，再图进一步学理研究的深层远航。

本资料汇编由原始文献、研究文献、史料钩沉和附录四部分构成。其中，原始文献部分通过搜集整理《铁道游击队》的创作、出版、艺术改编以及原著作者知侠的有关文献，力求多角度、多层次、全方位地再现作为艺术文本的《铁道游击队》的生成机制与发展历程；研究文献部分通过搜集整理学术界对《铁道游击队》各类艺术文本进行分析、评价的有关文献，客观地呈现其艺术接受史的真实面相和价值意义，展现艺术文本《铁道游击队》研究的发展脉络与既得成就；史料钩沉部分通过考察历史事件"铁道游击队"的来龙去脉、英雄事迹、社会影响和历史贡献，凸显其作为历史文本的价值意义，使其与艺术文本的《铁道游击队》形成互文性关系，使读者在阅读中增强不忘初心、牢记使命的自觉性与神圣感；附录部分由文献史料编年、铁道队组织沿革和领导人名录、鲁南铁道大队指战员名录和铁道游击队大事记构成，一方面展示六十多年来关于《铁道游击队》的学术研究和历史记忆的动态历程，一方面缅怀历史上真实存在的铁道游击队英雄及其历史贡献。

　　本书所选的文章大都来源于期刊，也有的选自著作。文末对每篇文献的出处都作了明确的标注。为了保证准确性，本书对选入文章在原发刊物或著作中存在的非常明显的排版和编辑错误，以及某些文字和注释错误，都作了严格的校勘与修订。在此基础上，按照出版社的格式要求，将选入文章的注释统一为脚注，每页重新编号，并对选入文章的小标题作了统一规范。

　　由于编者水平有限，本书难免存在这样或那样的缺陷和不足之处，敬请各位读者与学界同人批评指正。

陈夫龙

2018 年 5 月 10 日

原始文献

≡≡

我怎样写"铁道游击队"的

知 侠

"铁道游击队"出版以后，有许多青年读者来信向我提出一些问题：如"铁道游击队"是否真人真事？这些人物的下落和近况怎样？我怎样写了这本书？以及我和这些人物的关系等。那末，我就谈谈以上读者们所关心的问题吧！

"铁道游击队"是以真人真事为基础写出来的。远在抗日战争时期，鲁南地区，确有这样一支游击队，开始在临枣支线，以后发展到津浦干线上活动。他们在党的领导下，创造了很多惊人的英雄斗争事迹。当时我和他们在同一个地区工作和作战，对他们比较了解和熟悉，直到现在，我和他们几个主要干部还有着联系。

原来，我想把他们所从事的斗争用传记或报告文学的形式来写的，以后改为小说来写了。既然作为小说来写，对他们的斗争事迹，就不能不加以艺术上的选择和取舍，对于繁琐的重复的人物和战斗情节，有的我删去与合并了，这里当然也有所加强。结合整个抗日游击战争的实际情况，有些地方我把它丰富和发展了。尽管如此，但我还是以他们真实的斗争发展过程为骨骼，以他们的基本性格为基础来写的。老实说，书中所有的战斗场面都是实有其事的。

一九四五年日本鬼子投降前后，为了写"铁道游击队"，我曾两度到过他们那里，和他们生活了一个长时间。在我未去以前，很早就听到他们在铁道线上的战斗故事。当时敌后的抗日游击战争，还处在艰苦的阶段，他们在党的领导下，依靠人民的支持，正确地执行了毛主席所手定的抗日游击战争的战略与战术，像一把锋利的钢刀一样，插向敌人的血管。为了配合山区抗日根据地的建设，和内线的主力呼应作战，他们在敌人控制的铁路线上，搞机车，撞车头，打票车，把敌人闹得天翻地覆。这些战斗，在当时确实是震撼敌伪，欢快人心的。因此，他们的杀敌故事，像神话一样在群众中传诵。当一九四三年，在山东的战斗英雄模范大会上，我怀着敬慕的心情，结识了他们队上的个别英雄人物和铁道游击队的创始人之一的政委以后，我就产生了写作的愿望。在和他们的接触中我根据部分的材料，曾在报刊上写了些文艺报道。以后，他们希望我到他们队上去，更进一步的熟悉和了解他们的斗争，以便能全面地较深刻地把它用文学形式反映出来。这个邀请，使我非常兴奋。

回忆和他们相处的日子，是永远使我难以忘怀的。由于他们的热情，豪迈，我们很快就成了不分彼此的战友和同志了。在这段期间，我有系统的研究了他们的斗争和生活，我和他们短枪队的"老哥们"作着长久的深谈。我走遍了他们所有曾经战斗过的地方。我也曾到铁路两侧，微山湖边的人民群众里，去了解他们艰苦卓绝的斗争怎样得到人民的支持，并在人民中间留下多么深的影响。

最使我难忘的一件事，是日寇投降后，他们第一次的新年会餐。在庆祝胜利的丰饶的酒席上，正像我小说二十四章所写的那样，他们是以古老的方式和气魄，来悼念自己已死的战友，把一桌更丰满的酒菜，摆在牺牲的战友的牌位前边。他们平时喝酒都要猜拳行令的，我小说上写的"高高山上一头牛"的酒歌,就是在和他们一齐喝酒时学的。可是在这一次新年会餐席上,他们却都沉默地喝闷酒。隔着酒桌,望着牺牲的战友的牌位,眼睛就注满了泪水。当时的情景,深深地感动了我。也就在这次会餐的筵席上,为了悼念死者,他们有两个提议:一个是将来革命胜利后建议领导在微山湖立个纪念碑;再一个就是希望我把他们的斗争事迹写成一本书留下来。对于这后一个建议,也就是他们所给予我的光荣的委托,我当时是答应下来了。因此,我写这本书,一方面是出于我个人对他们的敬爱,同时,由于他们的委托,也成为我义不容辞的责任和义务了。

为了完成这一任务,一九四六年,我在枣庄守着他们几个领导人物和一些老队员,把他们以往的战争事迹,详细地记录下来。正要动手写作,可是解放战争开始了,为了粉碎蒋匪帮对山东的重点进攻,全山东的军民动员起来投入紧张的战斗。这时鲁南作了暂时的撤退,铁道线都拆了,他们转入主力作战,我也到其他战场接受新的任务。在这紧张的战争年月,坐下来写作是不可能的。因此,就把这一工作搁置下来,一搁就是好几年。但是一想到这一未完成的任务,心情就沉重起来,总觉得有件重大而严肃的工作没有完成而感到难过。在这种心情下,我就用嘴来讲,像一般故事的传播者一样,当战斗和工作之余,我就把他们的战斗故事讲给战友和同志们听。当时所讲的故事,也许就成为我今天小说的胚胎了吧!

全国解放以后,我很希望能找个时间来实现我多年来的愿望,可是刚进入城市,工作繁忙,这个愿望总没有达到。直到一九五二年,我接受了一个写作任务,才有机会把多年来的愿望加以实现。由于事隔经年,为了重温他们以及整个抗日时期的斗争,来唤起我原有的创作激情和冲动,在动笔之前,我找到李正和王强,又到鲁南去一趟。我们曾经在枣庄寻找早已倒塌的铁道游击队的诞生地——小炭屋子,去找了血染洋行的旧址,沿着临枣线(现已改为公路)向东走去,经过打票车的三孔桥,顺着他们早期战斗活动过的道路，西去临城。在微山湖边上，我们访问了这一带村庄的人民。人们听说铁道游击队的人又来了，像迎接久别的亲人一样都围上来，依然那么生动的谈着他们过去在这里的杀敌故事。我们重游微山湖，夜宿微山岛，触景生情，他们过去在这里所从事的英勇顽强的战斗，仿佛是昨天刚发生过的一样浮上脑际，历历犹新。从鲁南回来后，我就开始写了"铁道游击队"这个小说。

以上就是我写作"铁道游击队"的过程。可以告慰的是他们对我光荣的委托，以及我个人多年的愿望是完成了。遗憾的是由于我受写作才能的限制，给作品留下很多缺点和不足之处。本来按我个人微薄的写作实践，写这样大的作品，是力不胜任的。所以有勇气写下去，主要是铁道游击队的可歌可泣的英雄斗争事迹鼓舞了我。我敬爱他们，熟悉他们，我有着要表现他们的热烈愿望。加上他们给予我的光荣的委托，我觉得不完成这一任务，就对不起他们在艰苦卓绝的对敌斗争中牺牲了的战友。同时，作为一个文艺工作者的我，目触了他们在党的领导下所创造的英雄斗争事业，我不应该让它在历史上沉没，我有责任把他①写下来，留给后一代。所有这一切，都给了我热情和勇气。可是写出后，自己再看一遍，总觉得我所写的，远不如他们原有的斗争那样丰富、多彩，这使我很不安。

我所谈的写作经过就是这些。写在这里，作为读者读这本书的参考。

（选自《读书月报》1955 年第 3 期）

---

① 此处原文为"他"，应为"它"。——编者注

再版的一点说明

知　侠

在"四人帮"横行、十年动乱时期，文艺界遭了浩劫。大批作家被打成"文艺黑帮"，受尽迫害。许多作品被定为"毒草"，受到无休止的批判。我当然也不例外，被列入"黑帮"。由于《铁道游击队》在《掩护过路》一章中，写了护送胡服（刘少奇同志的化名）过铁路，他们就认为这是给刘少奇同志树碑立传。当时刘少奇同志不但被诬为党内最大的走资派，而且被莫须有地加上了"叛徒、内奸、工贼"的罪名，要彻底打倒，后被迫害致死。在此情况下，我在书中竟把刘少奇同志作为党中央领导人之一来描写，并由铁道游击队精心护送过路，不仅写到他代表党中央对山东根据地的革命工作作了极为重要的指示，而且对铁道游击队的对敌斗争也作了新的部署，这在"四人帮"看来，当然是"罪不容赦"了。因此，他们把《铁道游击队》定为"反党反社会主义的大毒草"，遭到查封，我本人也为此吃尽了苦头，这已是人所共知的事情了。

说起来，我和铁道游击队可真有缘分。当"四人帮"对我进行疯狂迫害、我的生命受到严重威胁的时候，我被逼铤而走险，一度曾逃出"虎口"，在外边躲避了几个月。就在我处于危急的时刻，是铁道游击队的

"芳林嫂"掩护了我，使我摆脱了一场厄运。

读者从《铁道游击队》旧版本的后记里，可以了解到我和书中人物的亲密关系，这是我们在艰苦的战斗年月建立起来的友谊，想不到在"四人帮"掀起的十年动乱的残酷斗争中，这种可贵的战友之谊，不仅又经受了新的考验，而且在新的历史条件下又大放异彩。

粉碎"四人帮"以后，我和《铁道游击队》都获得了解放。感谢上海文艺出版社于一九七七年将《铁道游击队》再版重印。但鉴于当时刘少奇同志的冤案还未平反，所以出版社在重印时建议把掩护胡服过路一段文字删去。这就是《铁道游击队》中《掩护过路》一章残缺不全的历史原因。

党的十一届五中全会为刘少奇同志的冤案，进行了平反昭雪，恢复了刘少奇同志作为伟大的马克思主义者和无产阶级革命家、党和国家主要领导人之一的名誉。随着这一大冤案的平反，一九七七年《铁道游击队》重印时删去的胡服过路一节，应该重新补上，以恢复该书的全貌，看来已是很必要的了。

在此新版付印之际，谨向读者说明如上。

一九八〇年七月八日

（《铁道游击队》，知侠著，上海文艺出版社1978年版）

漫谈拙作话当年

知　侠

我于一九五○年在《山东文艺》上发表短篇小说《铺草》时，还是业余创作，一九五四年长篇小说《铁道游击队》出版以后，我就走上了专业创作的道路。一九五六年我写的《铁道游击队的小队员们》在《儿童时代》上连载，后出单行本。为了庆祝国庆十周年，我把建国后写的短篇小说编了个《铺草集》，一九六三年又出版了《沂蒙故事集》。一九六四年打算动手写一部反映解放战争的长篇，这个小说我已酝酿很久。为了充实生活，我又到战争年代生活和战斗过的老根据地，在沂蒙山区住了一个时期。实际上《沂蒙故事集》里的几个短篇，都是我重返老区体验生活的感受，为长篇积累的素材，由于刊物催稿即兴写出来的。当我正要动手写长篇时，领导上提出要我搞两年农村社教运动再写，所以从一九六四年到一九六六年，我参加了两期社教，第二期社教还未结束，"文化大革命"运动就开始了。

在"四人帮"横行的十年，文艺界遭受的迫害是最严重的，从运动一开始，我和其他广大的文艺工作者一样，被划为"文艺黑线"人物，所写的作品被定为"反党反社会主义的毒草"，遭到无休止的批斗和摧残。有不少同行被迫害致死，我总算万幸活过来了。感谢以华主席为首的党中央，粉碎了"四人帮"，使我二次获得解放，一度被"四人帮"夺去的笔又回到我的手中。从一九五〇年到六三年的十几年中，我发表的作品近百万字。可是从六四到七六年这十二年间，在我创作上却是一个空白。而这十二年正是我四十八到六十岁之间的年纪，这时候我还年富力强，有丰富的生活积累，有充沛的创作激情，但是"四人帮"却剥夺了我的写作权利。粉碎"四人帮"后，我又拿起笔来，但手中的笔已感到有点沉重和生疏了，因为我已是六十出头的人了。但我不服老，我决心抓紧时间，加快速度把酝酿已久的反映解放战争的长篇写出来。现已完成一部分。我写的这部长篇反映的是党和毛主席领导中国人民和蒋家王朝最后的决战，这是蒋家王朝的覆灭、新中国的诞生的历史转折点，从此中国人民在世界的东方站起来了。我经历了这个战争，参加了其中的几个重要战役，我有责任把这一光辉年代的战斗生活写出来。

建国已经三十周年了，《文艺报》要我回顾建国以来的创作道路，谈谈创作经验和体会。要谈的话，也只能是从五〇年到六四年这十多年的创作经历了。

我发表的绝大部分作品，都是写军事题材、反映抗日战争与解放战争生活的。我所以写这方面的作品，这是与我青年时期的战斗生活经历分不开的。因此，要谈这些作品的写作体会，就得谈一下我在战争中的生活感受。

一九三八年，我是个二十岁的青年，到陕北去参加革命，在抗大学习。这个时期有两件事，对我以后的创作有极大的影响。一个是我到陕北不久就随抗大一分校深入敌后，到山西太行山去了。第二年的冬天从山西出发，又深入到更深远的敌后方，到山东的沂蒙山区。当我刚到陕北时，延安鲁迅艺术学院正在招生，我爱好文学，曾要求到鲁艺学习。组织上不同意，要我随抗大到敌后，开展敌后的游击战争。现在看来，我到敌后方倒是好事。因为那时正值抗日初期，我们在敌人后方发动群众开展了轰轰烈烈的游击战争，在开辟和扩大抗日根据地的过程中，我军和敌伪顽以及封建地主武装，进行着极尖锐、复杂的斗争。由于紧密地依靠广大人民群众，所以我们的部队能够克服种种困难和各式各样的敌人进行战斗，并取得一个个胜利，我们的抗日根据地一天天扩大，我们的部队由弱变强。这种火热的战斗生活丰富了我，这是从任何学校都学不到的。

第二件事是东迁太行山。我从抗大毕业后又留校继续学习军事。当时华北敌后，广泛开展了游击战争，延安总部预见到我们人民的部队要向正规化发展，才能打败敌人。因此，从抗大毕业生中抽出一批人继续学习军事，进行严格的军事训练。八个月的军事训练，使我了解和掌握了许多军事和作战知识。虽然以后组织上又分配我做其他工作了，但是这一段军事学习，对我的帮助很大，它使我在敌人残酷的大扫荡中能够应付危急情况，带着自己的同志突出重围。《沂蒙山的故事》里风雪之夜，张大娘和向导等段落，就是我的个人经历。在抗日战争后期，我在根据地做文化工作，也常写点文艺通讯和报告文学。由于我懂得军事，给我到火线进行战斗采访以很大的方便，在战地比别的同志有较多的行动自由。一九四五年第一次解放枣庄的战斗中，我曾随突击队进了突破口，《突破口上》就是写我深入火线的一次战地感受。《一次战地采访》是我在淮海战役的采访中遇到的一个真实故事。这两篇作品表面上看像是虚构的小说，实际上却是我真实生活的写照。

在多年的战斗生活中，我常随游击队和主力部队对敌作战，也参加了保卫和建设抗日根据地的斗争，从事过减租减息、增加工资的革命群众运动。在解放战争时期，我带过民工，做过支援前线的工作。因此，我比较熟悉部队的指战员和解放区的翻身农民以及村、区干部，对他们有着深厚的感情。所以，他们就成为我的写作对象。

生活是创作的源泉。毛主席号召文艺工作者要深入到火热的斗争中去，面对着炽烈的战斗，是勇于进取呢？还是踌躇不前？这是个生活态度问题，也是个革命激情问题。如果在战斗时，你胆小怕死，你就不可能刻画出有着忘我牺牲精神的无畏战士的形象。由于我曾做过军事工作，所以一遇到战斗，我都积极参加，而且愿意到战斗最激烈的火线上去，感受一下战争的脉搏，有时指挥员不让我去，但我还是悄悄地溜上去。一次在火线上我被弹皮削掉的一块木片击倒，额上起了一个大泡。打枣庄我进突破口时几乎踏响了地雷，在淮海战役打灵璧时，我冒着弹雨向火线爬行，跟我的通讯员牺牲了。我所以这样做，是一个思想在指导着我：要了解我军的战斗英雄，光靠战斗结束后，在平静的环境里采访是不够的，最好是在火线上了解他，当他向敌人冲杀、和敌人搏斗时，才能表现出他大无畏的精神面貌和压倒敌人的英雄气概。当然，除了火线上的了解，也还应该熟悉他平日的思想、生活和情趣。

一九四三年，我在山东根据地召开的全省战斗英雄大会上采访时，认识了铁道游击队的英雄人物，为他们的战斗事迹所感动。当时正好他们的政委也在省党校学习，这个政委是铁道游击队的创始人之一，我也去访问了他。我自认为自己懂得军事，而且又自小生长在铁路边上，熟悉铁路上的生活，就动手写一部小说，在《山东文化》上发表了两章，一般的同志读了还认为写得挺热闹。可是不久，我就收到了远在鲁南微山湖边的铁道游击队的来信，信的大意是，他们听说我写铁道游击队的斗争事迹，表示感谢，不过，很欢迎我能到他们那里去一趟。我一看信就感到事情有点不妙，显然他们对我在《山东文化》发的作品是不满意的，只是在信上没好意思提出批评罢了。我想所写的作品，可能是出了偏差。因为我是通过个别的英雄人物去了解整个铁道游击队的斗争事迹的，在谈的过程中他往往夸大了个人作用，对其他队员的杀敌事迹谈得很少，或者根本没有谈到。因此，铁道游击队才来信约我到他们那里去，以便使我更全面和深入地了解他们铁道游击队所创造的战斗业绩。当时我在山东东南部的滨海地区，铁道游击队在鲁南西部的津浦铁路两侧活动，到那里去不仅路途遥远，而且要经过一些敌据点和敌人的封锁线，但是我还是去了。我和铁道游击队一道活动了一个时间，和他们座谈了他们的整个战斗历程，从陈庄开炭厂起，到他们在铁路线上和敌人进行的几次重要战斗，都详细了解了。我也找他们大队干部和短枪队、长枪队的干部以及老的骨干队员，作了个人访问，了解他们的个性和多年来的个人战绩。在相处中，我感到他们作战勇敢、性格豪爽、待人热情，我敬重他们、热爱他们，我们很快成了朋友。他们对我无话不谈，我了解了他们作战的特点和秘密活动的奇特的战斗生活。我走遍他们往日战斗过的地方，我也采访过在艰苦的战斗岁月，曾经舍身帮助过他们的铁路两侧和微山湖边的人民群众。和他们相处的这些日子是难忘的。以后为了进一步补充材料，和铁道游击队的几位主要干部研究较详细的写作提纲，我又第二次到了铁道游击队。如果没有这两次到他们那里去深入生活，我就不可能把《铁道游击队》这部作品写出来。

我的第二个体会是，在战争年代，深入生活的过程，也是自己进行学习、经受锻炼、思想提高的过程。只有不断地提高自己的政治思想水平，才能正确地分析和理解事物。当我进入战地时，首先要使自己的行动适应战争的环境，在思想感情上要和指战员合拍。我们的战士都是杀敌的勇士，他们最鄙视那些贪生怕死的胆小鬼。逢到这个时候，作为随军记者的我，在行动上就要特别注意，情况再紧张，也要和指战员一样沉着冷静，不能流露出任何惊慌神情。如果敌方的机枪向你这边射过来，或者有敌人的炮弹在你附近爆炸，假如你担心枪弹会打着自己，不自觉地猛一低头，虽然仅仅是这样一个小动作，可是叫战士们看到，你在他们心目中就会马上失去信任，会认为你是个胆小鬼，而看不起你。战后你向他采访，他也不会和你说知心话。

　　在淮海战役的"一次战地采访"中，我就遇到这样一件事。我所在的部队在曹八集消灭了国民党部队一个师，然后部队撤到附近的村落。我从缴获的战利品中得到一个敌人伤员的日记，日记里有不少我们需要的敌人内部的可贵材料。我想再到曹八集战地去找找这个敌伤员，看他身边是否还有这类材料。当时营部给我一匹马，并派一个骑兵随我前去。由于近处的碾庄还在进行激烈的战斗，可能是营部过于考虑到我的安全，所以两个营级干部骑着马也一道陪我去。淮海战地的白天，由于敌机疯狂的扫射和轰炸，我们的部队作战、调动，甚至吃饭、休息都在交通壕里边。当时，在淮海战场上敌我兵力有几十万，但是站在高处瞭望淮海原野，却很少看到人的踪影。只有敌机从早到晚在天空嗡嗡地盘旋，如果看到大路上有人影活动，就俯冲下来扫射。在这样情况下，如果四匹马在大路上飞奔会扬起一溜尘烟，目标很大，一定会引起敌机的扫射和截击，因此，在出发前，我仰视一下天空的敌机，但我不愿也不能在他们面前流露出一丝胆怯的神情，只以征询的目光望了两个营干部一眼说："能行么？"两个营干部果敢地说了声："行！"就跃身上马。我也毫不示弱，笑着说："走！"也跃上马背，四匹马向原野飞奔而去。果然不出所料，我们跑出去不远就被敌机发现，敌机就轮番地向我们俯冲扫射。我们的两个营干部，真是了不起的战斗英雄，他俩利用敌机虽能俯冲，却不能在空中停留的弱点，骑着马时走时停，巧妙地和扫射的敌机进行周旋，最后终于安全地到达曹八集战地。

　　如果要采访指挥员，就应站到应有的高度，才能很好地理解我们军队的干部。他们有着高度的政治素质和军事胆略，并有着熟练的指挥艺术，不了解这一切，只用纯战争的观点，甚至是小资产阶级温情主义来观察，就不但不能理解他们，甚至会对他们产生极大的误解。在"突破口上"，我对赵团长就是这样。我原是懂得些军事的，而赵团长又是我抗大军事队的同学，可是，我却对他有个不小的误解。因此，这篇作品实际上是写我深入火线的一次生活感受、一个教训，也是一个自我批评。事情是这样的：在淮海战场，我所在的纵队围歼灵璧的敌人，四个团从城的四角同时向敌人发动攻势，我随赵团长这个团从城西南角进攻，在战斗过程中才发现，这里是敌人的防御重点，外壕的水既深又宽，城防工事坚固，敌人的兵力部署与火力配备都是很强的。发动总攻后，兄弟部队很快从西北角打开突破口，冲入城内。可是我在的赵团在攻城的战斗中，却受到严重的挫折。三营担任主攻，他们伤亡了将近两个连，还没有打开突破口。指挥部为了整个战局的需要，用电话命令赵团长，要他们的第二梯队借用西北角兄弟部队的突破口进去，沿城墙打到西南角，然后再朝着战前指定的进攻道路，向敌人纵深发展。赵团长认为自己不能开辟进攻道路，现在借用兄弟部队的突破口，这对他来说是痛苦的。可是打仗要实事求是，不能由于自己团的行动，影响整个战局，虽然痛苦，也要执行这一命令。在借用突破口的行动之前，赵团长给攻城的三营长通了个电话。三营长一听说要借用别人的突破口，感到很难过，他急切地请求团长允许他再做一次进攻。赵团长当然愿意，就答应了三营长的请求。接着三营长率领着九连和敌人展开一场血战，终于打开了突破口。可是三营长却身负重伤倒了下去。赵团长马上指挥作为二梯队的二营冲上城去，巩固住自己的突破口，并命令一营从突破口进城，配合兄弟部队歼灭敌人。

这时，我正在城外壕沟边的二线，完全沉浸在攻占突破口的兴奋情绪里，感到三营长真不愧为战斗英雄，打算战后，到医院去探望和访问这位英雄营长。当我正在想心事时，看见月光下三营的几十个指战员从突破口那边零零星星地走下来。原来，他们是从外壕的水中泅过去，进攻敌人的，棉衣都湿透了，经寒风一吹，冻得硬邦邦的。我和团政治处王副主任，找到三营副教导员询问战况并进行慰问时，站在我面前的副教导员和战士，冻得像冰棍一样。副教导员想向王副主任打敬礼，可是冻硬的袖子却打不了弯。他们穿着冰衣站在寒风里颤抖，冻得牙齿咯咯作响，我敬佩和怜惜这些勇士们，就对王副主任说："应该让他们去烤烤衣服！"副主任说："是呀！他们已完成了战斗任务。"便命令他们到二里外的一个村子里去，团的留守处在那里，让他们去取取暖，烘烤一下衣服。我认为这样做是完全应该的。可是，当副教导员带着战士，往那个小村子走去时，赵团长向这边大声叱呼着："是哪一部分？你们往哪里走？站住！"三营的战士们停了下来。赵团长气呼呼地走过来，王副主任说："这是三营撤下来的人，他们浑身都冻僵了，我让他们到留守处去烤烤火，烘烘衣服。"赵团长说："不行！不能去烤火！"接着就对三营副教导员下着严厉的命令："快把你们的人集中起来，到突破口下边待命！"赵团长说罢，又匆匆到火线去了。三营副教导员马上把几十个战士集合起来，到团长指定的地方去了。当时，我目睹着赵团长的行为，真有点想不通，我认为三营攻打突破口，伤亡了两个多连，营长负了重伤，剩下的几十个战士，不仅极度疲劳，而且都冻成冰柱，要他们去烤烤衣服有什么不可以呢？我打算等战斗结束后，给赵团长提个意见，他对三营过于严酷，太不爱护他的战士了。可是随着战斗的进展，事实证明赵团长这样做是必需的，是我把问题看错了。真正爱护三营战士的不是我，而正是他们的赵团长。原来二营代替三营占领突破口后，两侧的敌人进行多次的反扑，企图夺回和堵住突破口，双方伤亡都很惨重。当敌人拼全力组织最后的也是最疯狂的反扑时，二营防守突破口的兵力已显得十分薄弱，当时，团参谋竟端着机枪也参加了战斗，在这种万分危急的情况下，三营的这部分战士冲上来，才把敌人最后的反扑粉碎了。我军经过一夜激战，将一师守敌全部歼灭。第二天清晨，我看见三营的战士和一、二营的战士押解着上千的俘虏，走出城去。我想如果三营的战士按我所希望的那样到后方去烤火休息，那么敌人最后的反扑，就不易击退，突破口可能失去，团指挥所也会遭到损失。三营的战士也就不可能那样威武地押解着大批俘虏出城了。我感到自己那种想法，是不切合战斗实际的，我没有从团指挥员的角度去思考问题。赵团长不让遭受严重伤亡的三营战士，怀着低沉的情绪离开阵地，他把他们留在身边，以应战斗的不时之需，同时，使他们目击敌人的被歼灭，怀着胜利的喜悦撤出战斗，这是对三营战士最大的关怀和爱护。因为两次不同的撤出，在战士的情绪和士气上效果是不同的。

从这一事件中，我深刻体会到要到战地去深入生活，一定要使自己的一切想法适应战争的实际，要使自己的思想感情和指战员的思想感情合拍，不然的话，你就是和指战员生活战斗在一起，也不可能真正理解你要访问的英雄人物的。

在过去，我的战斗生活是比较丰富的，并有着强烈的写作愿望。但是写出来的东西，往往不满意，写得比较干巴，不生动、不感人，这是我在长期紧张的战争生活中，既很少看文学作品又缺乏写作实践的结果。在不断的摸索中，我逐渐认识到有了生活，并对生活有较深刻的理解之后，写作技巧，也就是艺术的表现能力，将成为很重要的了。

全国解放以后，我才有时间读了一些中外文学名著，给了我许多启示。其中最主要的一点就是文学大师们，有精湛的艺术技巧，是值得借鉴与学习的。我读了巴金同志翻译的屠格涅夫的短篇小说《木木》很受感动，小说的内容是写一个被剥夺了一切自由权利的农奴，最后他把自己的全部感情寄托在一个小狗身上，可是他连这点微小的精神寄托也被冷酷无情的女主人给毁灭了。我读这篇小说已经二三十年了，但是小说描写的老奴被迫带着他心爱的小狗到河边去把它淹死的动人情景，至今还历历在目。因为作者把这个情节写得太细致深刻而感人了。从《木木》我联想到自己写的作品，我描写的都是革命战争和现实生活中的英雄人物所创造的惊心动魄的事迹，可是读起来却不感人，或不太感动人，这是值得深思的。

在十多年的创作实践中，我经常用这样两句话来要求自己：一是要使读者愿意看下去，二是看后能有所感动。我认为这样的要求并不高，但是要做到却并非易事，也够自己努力的了。

首要的是使读者愿意看你的作品，因此，在动笔写作的时候，一定要考虑到广大读者的兴趣爱好和文化水平。象厨师做菜一样，一定要了解顾客的口味。我国的古典小说所以能够代代相传，使人百看不厌，就是它具有人民群众喜闻乐见的特色。我写《铁道游击队》之前，特别又仔细地看了一遍《水浒传》，并研究了它的写法。我把《水浒传》拆开，分析了它的结构、人物刻画、情节的安排和语言文字。所以在《铁道游击队》的写作中，我注意运用了中国古典小说的笔法，整个故事的发展，我尽可能做到有头有尾，线索显明，避免了拦腰砍进故事的写法，在结构上舍弃了离奇的穿插布局，因为广大的中国读者不习惯，也不乐于接受这种笔法。在人物的刻画上，我没有采取冗长的心理描写和过多的自然景物的渲染，而把人物放在故事中去表现。中国古典小说的故事性较强，而且是有起有伏，波浪式发展的。我虽然没有用章回体的"欲知后事如何，且听下回分解"的写法，但是在每一个章节中，我还是安排了一个小的故事高潮，在语言的运用上，我避免用欧化的词句，却保留了一些鲁南话和铁道游击队兄弟哥们的语言特点。我按上边的一些想法做了。可能少数对文学作品有较高欣赏水平的人不太喜欢，认为粗俗，但是《铁道游击队》却赢得了较广大的读者。写出一本书如果有较多的读者愿意看，无论怎么说，这对作者总是个安慰。

再一点是要使读者看了你的作品，有所感动，首先是作者对自己的作品所反映的生活要有所感动。如果你对所写的事物无动于衷，那么，你所写出的作品，就不可能有感人的力量。我认为好的作品都是有感染力的。我对感染力的理解是：作者为生活中的事务所打动，引起了感情的波澜，产生了写作的愿望，通过他的作品以自己的感情感染读者，使读者也受感动。我过去写的长篇和短篇小说，在写作之前，这些作品反映的事物，都曾深深地感动过我，使我产生一种强烈的写作冲动，不把它写出来，心里感到不安和难过。当我在战争年月接触了铁道游击队，我就为这些英雄的杀敌事迹所感动，热爱这些人物了。本来一九四五年日本投降后，我就要动笔的，由于解放战争开始而停下来。在紧张的战争年月，我虽然不能用文字写出他们的事迹，但是我经常怀着激情向人们讲述铁道游击队的故事，直到把这本书写出来，我的心情才轻松些。

我的其他短篇小说，也往往都是为生活中所涌现出的感人事迹所打动，才写出来的。在解放战争期间，战火燃遍了沂蒙山区，我带着一部分同志去支援前线，在一个村边休息。我看见一个老人在村头召开的村民大会上，痛哭流涕地作检讨。原来他为了一把铺草和一个战士争吵起来，可是这个战士在打退蒋介石军队向这一带山区的进攻中牺牲了，老人受到良心的责备，主动要求到大会上检讨，由于极度的悔恨，哭得像泪人一样。我当时很为这一件事所感动，我从老人的泪水中感到了我们军民不可分割的深厚情谊。以后我就写了短篇小说《铺草》。《红嫂》的写作也是这样。在我们解放区，军爱民，民拥军的动人事迹比比皆是，当我了解到"红嫂"的事迹后，我很受感动。这个大嫂冒着生命危险，以乳汁抢救伤员的行动，最本质地体现了我们解放区军民的鱼水情。在感动之余，我就创作了《红嫂》这篇小说。我的其他作品如《沂蒙山的故事》《突破口上》和《一支神勇的侦察队》都是在这种情况下写出来的。有人说我写的《铺草》

比《铁道游击队》好，说它有艺术感染力，那么，我就谈谈《铺草》的创作体会吧。

前边说过，生活中的铺草的事实曾感动过我，我在写这篇作品之前，曾向自己提出一个艺术要求，就是在这篇作品中，我要在哪一个情节上去打动读者，这个动人的情节，就是小说的高潮。高点选定了，我就组织自己的笔墨，带着读者向事先部署好的高点攀登。现在谈谈《铺草》的结构和情节的安排：故事从远处响着炮声，部队进村，在一片拥军声中，王大爷和战士张立中为铺草争吵起来开始。第二段是一个班务会和一个家庭会，对争吵双方进行批评教育，两个会上出现了过火的批评，使老大爷和战士都拒不接受。这样写的意图，一则是使矛盾激化并向前发展，再则对于过火批评的申辩，有助于人物性格的刻画。第三段是转变，我没有用说教的办法，而是安排了两个特定的情节，一个是王大爷家里安置了几个从战地逃下来的难民，控诉蒋介石军队占领他们的村子后烧杀和抢掠的罪行。难民们只带了个包袱和几只老母鸡跑出来，在担心着家里的财物被抢去，房屋被烧掉，没跑出来的亲人遭到杀害。在这种情况下，王大爷觉悟了，他认为如果自己的部队不打退敌人的进攻，他的家将和难民的家一样会遭到浩劫。可是自己却为一把草和解放军战士争吵起来，他感到自己太不应该了，他在悔恨，在难过。另一个情节是伤员从战地运下来，村里的老大娘和姑娘们都热情地来慰问伤员，她们细心地为伤员包扎伤口，做最可口的饭食给伤员吃，喂面汤、糖水，把煮熟的鸡蛋剥了皮向伤员口中送，像母亲、姊妹一样照顾和安慰伤员。伤员在她们的爱抚下，感动得落泪了。战士张立中看到这种情景，也深受感动，可是想到昨晚为一把铺草，竟和老大爷争吵起来，感到自己对不起老大爷，下决心明天抽时间去找老大爷作检讨。第四大段是写觉悟后的王大爷和张立中都渴望着见面谈谈，放下压在心里的砖头，小说向高潮发展。这里我安排了几个情节：一是王大爷去找张立中，张和战友到山上修工事了，没有见到，再是张立中到王大爷家去检讨，王大爷到外村买麻准备扎担架，没有在家。为了加强高潮的艺术效果，当张立中到王大爷家时，通过大娘、玉英和小明的眼睛，把战士张立中的形象又塑造了一下，写出他的英俊、可亲，使王大爷一家人都很爱他，特别是玉英在燎水时，还悄悄地做了两个荷包鸡蛋，含着爱慕的神情端给战士。张立中临走时，小明拉着战士的手不放，要求张立中打完仗一定再到他们家里来，张立中答应了。接着是一场激烈的战斗，我军将侵犯这一带山区的蒋介石军队彻底消灭，保卫住这个山区，人民群众一片欢腾。在这样的胜利形势下，王大爷怀着兴奋而欢乐的心情去找张立中，他认为解放军太好了，张立中一定会原谅他，他俩准能谈得很好，他还特地去买了一包纸烟给张立中抽。可是当他到那个班找张立中时，刚从火线上下来的战士怀着沉痛的心情告诉他，张立中牺牲了，而且指给他看一挺美式机关枪，说这是张立中在战斗中缴获的。这个消息对王大爷像个晴天霹雳，对读者也将是个震动，这就是高潮所要达到的艺术效果。当我越写到战士的可爱处，我心里越感到难过，特别是临分手时，小明依恋地拉着他的手说：打完仗再来啊！我的眼泪不禁涌出来，因为我知道他不会回来了。我所以这样写，是为了使他的牺牲在人们心里引起更强烈的反响。

在组织高潮的过程中，还有一点应该重视。就是要使自己的文笔能够把读者带进你所创造的生活境地中去，使读者感到一切都是真实的，随着故事的进展，读者渐渐热爱了你所刻画的人物，并受着人物的情绪的感染，和主人公一道向高点攀登。如果你不能把读者带进去，读者感到你写得不真实，不愿意看下去，到不了你设置的高点，就谈不到感动了。这里有两个问题：一个是生活问题，一个是技巧问题。在我写《铺草》之前，在现实生活的感受中，只有三点是真有其事的：一是战士和老大爷为铺草而争吵，再是战士在保卫这一带山村的战斗中牺牲了，第三点是老大爷怀着悔恨的情绪在村民大会上哭着检讨。除此而外，故事里的其他情节都是我虚构的。虽是虚构，但使读者感到是真实的，这是因为我对战时的生活比较熟悉，我了解人民战士和根据地的翻身农民，因此，我可以用我的生活积累来补充和丰富它。这就有可能把读者带进去，并随着作品中的人物向我组织的高点前进，结果完全出于读者意料，从而达到作品所要求的艺术效果。

《铺草》的最后一段是尾声，写王大爷哭着在村民大会上检讨，而后他出发支前去了。这里就没有什么可说的了。

建国已经三十周年。回想在这漫长的岁月里，自己写的作品太少了。当然在这中间，我遭受了"四人帮"十年的迫害，不然也许写的作品会多一些，现在要我说说自己的写作经验和体会，也只能谈这么多了。

（选自《山东文学》1980 年第 9 期）

《铁道游击队》创作经过

知　侠

一　英模会上采访

1943 年夏天，山东军区召开全省的战斗英雄、模范大会。胶东、渤海、鲁中、滨海和鲁南各个军区的部队选拔的战斗英雄、模范，通过敌人的封锁线，云集山东军区所在地的滨海抗日根据地。这次大会在莒南县的坪上召开。来自各个根据地部队的英雄人物，都集中到这里了。他们在各自的战斗岗位上作出了出色的贡献，将把自己在战斗中创造的动人的英雄事迹，向大会做报告，最后由军区首长进行评选，授予荣誉称号。

这次战斗英模会，是山东根据地的一件大事。党政军民等领导机关都很重视。因为我们的抗日根据地，是由英勇的八路军在人民的支援下，和敌伪顽军及封建地主武装拼命流血，进行了艰苦卓绝的战斗，才从敌人控制下解放出来，建立了坚强的抗日基地，使这里的人民翻身，使我们的部队有了可靠的依托。也可以说没有八路军指战员的流血牺牲，就没有抗日民主根据地。所以根据地各界人民群众，饮水不忘打井人，他们杀猪宰羊送往大会，让这些为人民立了战功的英雄、模范，能够吃得好，开好大会。

根据地的报刊记者和编辑人员都参加了大会。一方面为大会服务，帮助会务人员整理和编印英雄、模范的战斗事迹材料；另方面对这些英雄人物进行采访，准备为报刊写报道和文章。我们《山东文化》编辑室的同志都投入了这一工作。

我就是在这次英模会上，认识了铁道游击队的英雄人物。听了这位英雄的报告，了解了铁道游击队的战斗事迹。

当时全省闻名的战斗英雄都到了。如胶东的任常伦，鲁中的曹世范，滨海的何万祥，在这次大会上都被评选为甲级战斗英雄，铁道游击队的徐广田也评为甲级战斗英雄。他在大会上谈到他个人以及铁道游击队战友创造的惊人事迹，在与会者中引起极大地轰动。也可以说徐广田把铁道游击队的几次出色的战斗一谈，他就被大家一致评为甲级战斗英雄了。

当时正是抗日战争初期，我军深入敌后，开展敌后的游击战争，创建抗日根据地，对敌斗争任务是很艰苦的。那时我们的部队分散在各个地区，还处在暂时幼小的时期，兵力还没发展起来，装备很差，当地的人民群众还没发动起来。而敌人在兵力上占有绝对优势，并有近代化的装备。面对众多的敌人，我军只有和敌人打游击，转山头，寻找有利时机，打击敌人。由于我军武器落后，又没充足的弹药，所以在战斗中，主要是用手榴弹和刺刀去和敌人拼搏。应该说我们的战士不光是凭武器，而是凭政治觉悟，靠勇敢去消灭敌人的。虽然我军不断地取得战斗的胜利，可是付出的伤亡代价也是极大的。在此情况下，铁道游击队的短枪和便衣，战斗在敌人据点林立、重兵据守的铁路线上。他们在敌人据点里摸敌岗，打特务，在铁路上袭击火车，在客车上打歼灭战。有时把敌人的火车开跑，和另一列火车相撞。他们机智勇敢地消灭敌人，歼灭了日寇对付铁道游击队的各种各样的特务队。他们不仅在军事上牵制敌人兵力，配合山区主力作战；而且夺取敌人的军事物资来支援根据地。把成车皮的布匹截下来，解决了山区根据地军队的冬衣。他们能从火车上搞下可装备一个中队的日式步枪、机枪，送进山里。如果我军主力在战斗上缴获这么多武器，得用成团的兵力和敌人搏斗，要付出很大的伤亡代价才能赢得。可是铁道游击队却不鸣一枪，就把这些主力急需的武器拿到手了。多年来，铁道游击队在铁路线上神出鬼没地和敌人战斗，创造了很多惊人的战斗事迹。真是打得敌伪胆寒，显示了党所领导的游击健儿的神威。他们的英雄业绩，鼓舞了抗日根据地军民的士气和坚持抗战的胜利信心。

我为铁道游击队的战斗事迹所感动。我敬爱这些杀敌英雄，我怀着激动的心情去访问了甲级战斗英雄徐广田，想把他们在铁路线上打鬼子的战斗业绩写出来。

在我找他采访过程中，我和徐广田渐渐熟了。他有着热情豪爽的性格，为朋友可以两肋插刀。他二十三四岁，中等身材，穿着便衣，脸孔微黄，说话时面带微笑，慢声慢语，眼睛也常眯缝着，看上去像个腼腆的姑娘，可是一旦眼睛瞪起来，却充满了杀机。他是铁道游击队中出名的杀敌英雄。他和我谈了许多他个人和整个铁道游击队的带传奇性的战斗故事。

正巧，铁道游击队的政委杜季伟这时调到省党校学习。党校就住在坪上附近。我又去访问了杜季伟。杜二十五六岁，正如《铁道游击队》小说中所描写的：他清秀的面孔上有双细长的丹凤眼，他是个读过师范的知识分子干部。在极端艰苦复杂的斗争中，他能够和铁道游击队的哥儿们混在一起，并赢得了他们的信任，发挥了他的政治工作威力，确非易事。杜和我谈到他怎样被党派进敌人控制的枣庄，在炭厂当"管账先生"，怎样组织力量打洋行，为了配合山区的反"扫荡"，他们在临枣支线上大显身手，搞了震惊敌伪的"票车上的战斗"。后来他们拉出枣庄，战斗在津浦干线，以微山湖为依托，对这南北干线上的敌人，进行了机智而顽强的战斗。他们打岗村，搞布车，消灭了一批又一批鬼子的特务队。一直到日本侵略者投降，他们紧紧控制着这一段干线的局势。不过，到了1943年，他调出铁道游击队，到党校学习。

我向徐广田和杜季伟作过多次访问，对铁道游击队的整个对敌战斗事迹有了一个轮廓，对他们从事的一些重要战斗，有了一定的了解。铁道游击队的斗争事迹深深感染了我，激起我强烈的写作愿望，我决心要把他们所从事的战斗，从文学上反映出来。

英模大会以后，我整理了所采访的铁道游击队的斗争材料，进行构思。我认为我是有条件写好这一作品的。第一，我在抗大毕业后，又专学过军事。1938到1939年我随抗大一分校从陕北到太行山，又从太行山到山东的沂蒙山区，两次深入敌后，熟悉敌后的游击战争生活。第二，我熟悉铁路上的生活。我自小生长在河南北部道清支线的铁路边，这条铁路从我故乡的村边经过，我的父亲又在村边的铁路道班房里作工，我一天到晚能看到客车、货加车在运行，听惯了列车在铁轨上运行地轧轧声。我小时候，也曾和一群穷苦的孩子到车站上去捡煤核，在车站上也学会了扒车的技术，慢行的火车还可以上下，快车就不行了。后来我随父亲到过道口、焦作等地方，十多岁在车站上又作过义务练习生，因此，我对火车站和列车上的生活比较了解。不仅熟悉铁路上的职工，而且对于行车的规章制度以及一些带规律性的东西也了若指掌。如果不了解铁路上的生活，要写好铁道游击队的斗争是不可能的。

当时，铁道游击队的杀敌故事，在根据地的人民中，广为流传，所以没能把他们的事迹，从文学上反映出来，一些作者不了解铁路生活是个重要原因。因为抗日根据地的作者，多是生活在山区，他们大多数人不仅没坐过火车，甚至还没看见过火车。有的城市出来的作者，曾经坐过火车，但仅坐过而已，对铁路上的一切并不了解。当时又是战争环境，铁路被敌人控制着，也不能去采访。记得 1943 年《大众日报》的一位记者到铁道游击队去采访，被敌人捕去了。当时铁道游击队由于多年来的神奇战斗，打得敌伪胆寒，他们通过伪军硬把这个记者要出来。这个记者虽有这样惊险的经历，可光除了写点通讯报道，并没有把铁道游击队出色的战斗事迹写出来。我想他没写的主要原因是不熟悉铁路上的生活。

铁道游击队的英雄人物，都具有热情豪爽、行侠好义的性格，多少还带点江湖好汉的风格。他们经常深入敌穴，以便衣短枪去完成战斗任务。经常和敌人短兵相接，出奇制胜。因此，他们所创造的战斗事迹都带有传奇的色彩。他们在铁路上的战斗，曲折生动，都可以当故事来讲。如"血染洋行""飞车搞机枪""票车上的战斗""搞布车""打岗村"以及"微山湖化装突围"等。由于他们的豪侠的性格和神奇的战斗，我准备用群众所喜闻乐见的民族文学形式来写，也就是用章回体来表现铁道游击队的战斗事迹。

在动笔前，我经常把所采访的铁道游击队队员的杀敌故事，讲给同志们听，大家都喜欢听。由于讲多了，同志们也听惯了，有时同志们正在聊天，看见我走过来，就高兴地说："看！铁道游击队来了。"没等坐下，就对我说："再讲一段。"我又和他们讲起了铁道游击队的杀敌故事。

我动手写铁道游击队的章回体小说了。当时还是真人真事。我写了草创时的一部分，在好心的编辑同志的鼓励下，在《山东文化》上连载了。当时的标题是《铁道队》。因为在战争时期，他们就叫这个名字，全国解放后，我二次写这部长篇小说时，为了点明它的战斗性，所以就加上"游击"二字，标题就改为《铁道游击队》了。

它在《山东文化》上连载了两期，由于故事性较强，读者还是欢迎的。可是当这个作品让战斗在微山湖的铁道游击队的干部和队员看到后，却有不同的反映了。

　　不久，我接到了铁道游击队的来信。当时他们的大队长洪振海已经牺牲，新任大队长是刘金山。原来的政委杜季伟在党校学习后，调到别处工作了。新任政委是张洪义。刘、张用铁道游击队的名义给我写了一封信，信的大意是：当他们知道我在写铁道游击队，向广大读者介绍他们的斗争事迹，他们是高兴的，对我表示感谢。接着他们就向我提出一个要求：他们所有的干部和队员都一致热情邀请我到他们那里去，去深入地全面地了解他们斗争生活。他们说像徐广田这样的英雄人物，铁道游击队还有一些，因为对敌斗争任务比较紧张，他们只能派徐广田一个人去参加英模会。如果我能够到他们那里去，和他们一道生活一段时间，对他们的战斗生活作多方面的了解，一定会比现在写得更好。最后他们再次表示出极大的热情，欢迎我到他们那里去。

　　我看了他们的信，沉思良久，深感到在从事这一写作上，有点过于草率。我仅仅根据徐广田和杜季伟两人提供的材料，不到实际斗争生活中作进一步地深入了解，就凭一时的热情，匆匆地动笔写起来拿去发表，这太不慎重了。从信上看，作品已显出了不好的效果。这封信实际上是对我写的那一部分有意见，只是他们不好意思批评就是了。所以婉转地邀请我到铁道游击队去，然后再写会更好些。这说明我不到他们那里去全面地、深入地了解他们的斗争生活，作品是写不好的。想到这些，我心里感到很惭愧，为此，就把《铁道游击队》的写作停下，已写出的那一部分稿子，虽然还没刊登完，也停止连载了。

　　虽然如此，我写铁道游击队的决心并没有变，相反地决心更强了。我决心到铁道游击队去深入一段生活，然后再动笔把他们的斗争事迹写成一部小说。

　　在鬼子投降前后，我两次到鲁南的铁道游击队里去。

二　到铁道游击队去

第一次去铁道游击队时，枣庄、临城还有敌人。我绕道南边过津浦铁路，到达微山湖，和这些英雄人物在一块生活了一个时期，常常随他们活动在微山湖畔和铁路两侧，有时住在微山岛上。

当我一和他们接触，我就热爱上这些英雄人物了。他们热情、爽直、机智、勇敢。经常和敌人短兵相接，都是些英勇顽强的好汉。我住在他们大队部，刘金山大队长，高大的个子，憨厚的面容。他虽是后任大队长，可是却以打岗村赢得了大家的敬服。原来给我写信的政委张洪义，他在铁道游击队的威信很高，可是在一次战斗中牺牲了。后来又调来一个姓孟的政委，不久也牺牲了。因为铁道游击队是在敌人紧紧控制的铁道线上，和稠密的敌人据点之间活动、战斗，外来的干部不熟悉这里情况，掌握不住当地敌人的活动规律，很容易遭到牺牲。在鬼子投降前后，也就是我去的时候，新调去一个叫郑阳①的副政委，他是主力部队团的特派员。他工作认真果断，并有活动能力。鬼子投降后，国民党反动派头子蒋介石想独吞抗战胜利果实，命令日伪军不要把武器交给八路军、新四军，要还未放下武器的敌人就地维持治安，听候国军前来受降和整编，实行蒋日伪合流。这时铁道游击队正包围着一列南逃的敌装甲列车，前后的铁轨都被我拆除，敌人动弹不得，但不向我军投降。在我主力和铁道游击队威逼下，郑副政委多方和敌人周旋，最后这股敌人还是向铁道游击队投降了。这个投降场面在《铁道游击队》小说里已得到反映。

在大队部我也认识了副大队长王志胜（小说中的王强是他的化身），他在队上是个"老妈妈"的大好人，被认为是铁道游击队的一员福将。他

---

① 此处原文为"郑阳"，应为"郑惕"。——编者注

平时办事有点犹豫，可是遇到危急时刻，也能急中生智，出色地完成战斗任务。血染洋行就是一例。他们在微山湖突围时，刘金山和政委都到湖外和铁道东去了，是他率领铁道游击队化装突围。当时他的老伴也在微山岛上，拉着他的衣襟哀求着，把她也带出去。这时岛上、湖里到处都是鬼子，在搜索着铁道游击队。在此万分危急的情况下，她这样做，很容易暴露目标，影响整个大队的安全。在多方劝阻无效后，王志胜气得火冒三丈，他一脚把老伴踢倒在地，拔出手枪对着老伴狠狠地说："你再啰嗦，我崩了你！"接着就带着化装成"皇军"的铁道游击队，蹚水向湖外冲去。我曾访问了王副大队长的老伴，想从她那里了解些王志胜的情况。她和我谈了王志胜的一些斗争事迹。可一想到微山湖突围，她就生气，还向我诉苦："老王多没良心！他要用枪崩了我。"我只得安慰她几句："都是老夫老妻了，还记着这个干啥?!"当时我没有批评她不识大局，只是说："那是老王在吓唬你，别太认真了。"

几位大队干部对我都很热情。这时，徐广田对我也很好，因为我们是在省英模会上就认识的，比起其他新结识的，我们算是老朋友了。这年冬天很冷，他看见我戴了一顶旧棉军帽，就把自己戴的一顶新缴获的日军皮军帽扣在我头上。后来队上送我一支日式手枪。这种手枪的枪筒细长，握的把手较粗大，像一支鸡腿，所以也叫鸡腿匣子。徐广田拿过我这支手枪，拉拉枪栓，检查下零件，感到这支手枪的弹簧稍软，就把自己使用的鸡腿匣子换给我。这表现了他对我的深厚的友谊。

我在铁道游击队，从大队干部到长枪队和短枪队的队长及主要骨干队员，都作了深入细致的访问。从枣庄开炭厂的草创时期，到拉出去在临枣支线上战斗，直到后来又活动在津浦干线、微山湖畔和敌人展开更大规模的战斗，我都了解了。我不仅从大队干部的领导角度去了解，而且从每次战斗的参加者各自不同的角度去了解战斗中的细节，他们在战斗中的表现，谁作出了出色的贡献。

我走遍了湖边和铁路两侧，寻访了他们过去战斗过的地方。我曾在姜集附近的运河边的一块小高地上，站立了好久。一边听着他们叙述1943 年一次难忘的战斗。当时他们在这里隔着狭窄的运河，和一小队日本鬼子在进行血战。战斗是炽烈的，隔岸的一小队鬼子、小队长被他们打死了，这队鬼子几乎全部被他们歼灭。可是另两路鬼子迅猛地向这里扑来。最不幸的事情发生了，他们最最心爱的大队长洪振海在这高地上牺牲了。我俯视着洒了老洪鲜血的这块土地，枯黄的草丛下边已冒出嫩芽。我站在那里，久久不能平静。

老洪在这次战斗中，表现得是绝顶勇敢的。可是从军事观点上说，这次战斗是违犯游击战术原则的。因为敌人三路出动扫荡，到处找铁道游击队决战，而且敌人守着交通线，战斗一打响，四下的敌人可以源源不断地向这边运兵。在敌人兵力占绝对优势的情况下，老洪领着六七十人的铁道游击队，和敌人硬拼，这样打下去，结局只有一个：就是他们陷入敌人重围，全部壮烈牺牲。《铁道游击队》长篇小说是写到这一战斗的。但是我把它作为教训来写了。实际的斗争生活是老洪为了湖边人民群众，因敌人烧毁他们家园，一时对铁道游击队有点不满，激怒了老洪，他把长、短枪队拉出微山湖，和敌人硬拼时，政委有任务到铁道东去了。如果当时政委和老洪在一起的话，政委会阻止这次战斗行劝的，因为在我们党领导的部队里，指挥员是要听党代表的话的。所以在小说中我写到战斗进行到最危急的时刻，政委从铁道东赶回来，他以自己的负伤，阻止了老洪的蛮干，挽救了铁道游击队的覆亡，命令老洪把部队撤走。我认为政委不在，老洪硬拼，政委回来，扭转局势，都是符合他们的斗争实际的。我所以这样写，也是从主要人物的艺术处理上考虑，因为这次战斗是发生在铁道游击队战斗的后期，不久，鬼子就投降了。

而老洪是小说里的主要英雄人物，在即将最后胜利的时刻，竟在一次不该进行的错误战斗中倒下，有损这一人物形象。而且在他牺牲后，还得重新树立新的大队长，而精彩的战斗都在前写了，这个新人物树立不起来，小说就该结束了。因此，我就没有写老洪牺牲，我把他和后来的大队长刘金山合成一个人物来写。把他名作刘洪，并不单单是两个姓的合并。这个人物是以老洪为主的，不过刘金山作战也很勇敢。但是他在政治上比老洪强。我把两个人物的性格糅合一起，使他成为一个经过加工制造的完整的英雄形象。

当我到铁道游击队去的时候，两次路过枣庄。第一次过枣庄驻有敌人。铁道游击队副大队长王志胜，领着我到火车站南边去看血染洋行的旧址。我仔细察看了他们挖洞的墙壁，入院后的进击道路和冲进屋里的战斗动作，具体到鬼子三掌柜怎样蒙着被子在地上打滚，使他的手枪没有击中对方的要害，以后他们倒成了"大大的好朋友"了。我也曾到临枣支线的五孔桥，采访打票车的战斗经过。他们是把客车冲过王村，一直驰到这座桥上，把守卫客车的鬼子全部歼灭。杜季伟就是在桥下的河滩上，把旅客召集起来宣传抗日道理并交待我党我军的政策的。

我到津浦干线后，临城（现改为薛城）还有敌人。他们陪我悄悄地进入古汀。了解当年他们潜伏在这里，等候站内工人的信号，越过车站外围的壕沟和木栅栏，利用鬼子巡逻队走过去的空隙，蹿上月台，在浇油房击毙鬼子特务队长岗村和痛歼敌特务队的情景。我也到沙沟和韩庄之间那段铁路弯道的地方，了解当年他们怎样把布车从列车下摘下来，发动湖边人民群众和长短枪队员，连夜向微山岛上运布，解决山里主力部队的冬衣问题。我还特地去找了当年姬庄"爱护村"的村长姬茂西，他表面应付敌人，暗地里帮助铁道游击队。他主动向我介绍着当他们紧张地运布时，敌人的巡逻卡车从铁路上驰过来，他提着红绿灯怎样一边督促自己人加紧运布，一边又跑到鬼子卡车那里，说南边八路军的主力"大大的"，劝"皇军"不要过去。鬼子听见那边确有众多人们活动的熙熙攘攘声，只用卡车上的机枪向远处射击却不敢前进。而铁道游击队的长枪队，也向鬼子这边泼来了密集的炮火，鬼子巡逻卡车调转头，呼呼地驰回临城，向上级报警，请求兵力支援。可是当大队鬼子开过来以后，整车的布匹已经运进湖里了。当然，我也和他们座谈了微山湖突围，这是免遭覆灭的一次出色的战斗。当重点围攻他们的鬼子攻上微山岛，他们在王志胜的率领下化装成"皇军"冲出了微山湖。这里边为搞布车而暴露了的河沟站①副站长张运骥，已参加了铁道游击队，他会说日本话，拿着小红旗和周围的鬼子打信号，用日本话应付鬼子，才使他们安全地冲出重围。

我和铁道游击队在微山湖一道生活期间，虽然铁路上还有敌人，但微山湖边大部地区已为我军解放。因此，我还是遍访了他们过去战斗过的地方。在抗战时期，津浦铁路干线是敌人支援南洋战争的运兵大动脉，敌人不仅在沿途火车站驻有重兵把守，并且在铁路两侧的村庄都伪化了，建立了伪政权和"爱护村"，强迫这里的群众看守铁路，遇有八路军破路，就马上报告。同时在铁路两边的重要地点都修筑据点。为了保障这条交通线的安全，最后敌人竟在铁路两侧挖了既深又宽的封锁沟，封锁墙。在越过铁路的大路口，都筑起了碉堡，对所有过铁路的人都进行盘查。因此，在这敌人严密控制的铁路线上活动是很艰苦的。在敌情严重时，铁道游击队经常在田野里过夜，春、夏和秋天，地里有苗禾，可作为青纱帐来掩护。可是到了冬天，他们只得睡在湖边的藕塘和雪窝里。虽然如此，铁道游击队有了当地铁路工人和湖边人民以及微山湖里渔民的大力支持和帮助，他

---

① 此处原文为"河沟站"，应为"沙沟站"。——编者注

们克服了种种困难，还是出奇制胜地打击和消灭敌人，创造了许多惊人的战斗事迹。

也可以说没有当地人民的支援，铁道游击队就不会在铁路线上站住脚，也不可能对敌人进行胜利的战斗。所以我在了解铁道游击队的战斗事迹后，又深入到人民群众中，去了解人民是在怎样艰苦的情况下，帮助铁道游击队去和敌人进行战斗的。我访问了铁路工人，访问了湖边的农民，也访问了经常把铁道游击队员掩藏在渔船上的渔民，还访问了在对敌斗争中潜伏在敌人内部作情报工作的"关系"。他们都是在生死斗争中和铁道游击队建立了亲密的情谊。他们和我谈了许多惊心动魄的杀敌故事。为了帮助铁道游击队，他们受了很多苦，有的叫敌人关进宪兵队，被折磨得死去活来，可是出来后，还是帮助铁道游击队进行战斗。有不少人为此而付出了自己的或亲人的生命。

在访问中给我印象最深的是三位帮助铁道游击队的中年妇女。一个姓时的大嫂，近三十岁，有个叫小凤的女儿，由于小时没缠过脚，外号叫时大脚。另一个是刘桂清，她的儿子是铁道游击队后期王志胜的通讯员，队员们都称她二嫂。还有一个姓尹的大嫂。她们的家都是铁道游击队的秘密联络点。每当敌情紧急，在那充满惊恐的夜晚，铁道游击队的队员，为了逃脱敌人，或去执行战斗任务回来，往往乘着夜色来到她们的家。为了怕惊动敌人，一般都不叫门，悄悄地跳墙进去的。她们不仅给队员们做饭吃，还在村边为他们放哨。遇到敌人搜捕，她们会巧妙地应付敌人，掩护这些队员，使他们免遭敌人的杀害，然后把他们安全转移。有时敌人夜间去袭击铁道游击队，她们了解这一紧急情报后，就冒着生命的危险前往铁道游击队的驻地去送信，要他们迅速转移地方。她们常常进敌人控制的临城据点，去完成侦察任务。有的队员负伤了，她们把他藏在自己家里，像对待亲人一样救护和治疗。由于叛徒的出卖，她们都上了敌人特务队的黑名单。这三个妇女都被捕过，虽然受尽敌人种种酷刑，有的被打得碎了头骨，打断了肋条，但她们从不屈服。放出后，继续帮助铁道游击队去歼灭敌人。

时大嫂的丈夫是铁路工人，被日本鬼子杀了，她守寡和女儿过日子，后来在帮助铁道游击队斗争中和老洪有了爱情。可是老洪又牺牲了，所以她二次守寡。刘二嫂也是个很能干的妇女，她的丈夫是个极老实的农民，她不仅自己帮助铁道游击队，而且促使丈夫也为革命尽力，还让自己的儿子当了王志胜的通讯员。还有那个尹大嫂，精明能干。她不但掩护伤员，送情报，还带过几个铁道游击队员去袭击敌人。在采访中，我很崇敬这三个妇女。我知道鲁南人民是强悍的，这是苦难的生活所培育出的坚强性格。鲁南的妇女比男人受的苦难更沉重，她们还受封建社会束缚。因此，她们的反抗和斗争性亦更强烈。她们是那么勇敢地冲破加在妇女身上的封建牢笼，在铁路线上的残酷斗争中帮助铁道游击队的英雄们，猛歼敌寇，立下了不朽的功绩。所以我在这部长篇小说中，融合她们三个人的个性特点，塑造了芳林嫂这个妇女斗争形象。在刻画这个人物时，我采用了老洪和老时这条爱情线索。当然，我也揉进了其他两位妇女的个性特点和斗争事迹。

说起来这三位可敬的妇女，在《铁道游击队》长篇小说出版后，竟引起了一个有趣的风波。这部书在读者中引起了反响。有好奇心的读者总想在生活中去找到芳林嫂。上海人民美术出版社丁斌曾、韩和平同志想把《铁道游击队》画成连环画，到鲁南去深入生活，要我给他们写几封介绍信，为他们提供一些采访的方便。我就叫他们到鲁南去找王志胜和老时。当他们一找时大脚，群众中就认为老时是小说中的芳林嫂了，都纷纷前去拜访。不久，我就先后接到刘二嫂和尹大嫂的亲友写来的两封信。信的内容是问芳林嫂是谁？难道是老时么？为什么不是刘二嫂和老尹呢？又待一段时间，老时的亲友也来了信，信上说有些人说老时不是芳林嫂，那么芳林嫂是谁呢？后来，我给她们每个人写了一封信，我对她们说：芳林嫂这个人物是在抗日战争中，帮助过铁道游击队的对敌斗争的，她为此而吃过苦，并在斗争中作出贡献的妇女典型。你老时有这样的经历，那样作了，你就是芳林嫂；刘二嫂、老尹同样也为铁道游击队的战斗受过苦，作过贡献，她俩也是芳林嫂。芳林嫂是塑造的典型人物，典型是代表一般的。我在信中用通俗的话说：芳林嫂就是她们三个人的代表。因此，以后群众都把她们三人称为芳林嫂了。不仅仍在临城、微山湖边的老时、老尹，就是在解放战争中随部队北撤、后来在济南安家的刘二嫂，群众也把她称为芳林嫂了。我认为她们是当之无愧的。为此，广大青少年读者常常请她们去作报告，谈谈在战争年月她们如何帮助铁道游击队打鬼子的故事。

不过，这事在后任大队长刘金山那里也惹了点麻烦。因为生活的真实和艺术的真实是两回事。艺术的真实比生活的真实更高，更集中。在生活的真实中老洪和老时有一段爱情关系。后来老洪牺牲，老时二次守寡。由于我从艺术上作了合理的处理，正如上边说的，对原生活作了加工，把那次错误战斗的危险局面扭转了，没让老洪牺牲，和后任大队长刘金山合成一个人物来写了。既然老洪没有死，那么老时和老洪这条爱情线索就继续向前发展了。鬼子投降后，在解放战争时期，为了阻止蒋介石部队利用交通线向我山东解放区进攻，鲁南解放区的人民都把铁路线拆除，彻底破坏。在那一时期就没有铁路线上的斗争了。刘金山和铁道游击队的长枪队就转入主力作战。记得他后来当了鲁南军区特务团副团长，后又编入主力部队到南方作战，当了副师长。全国解放后，他先后任江苏南通军分区副司令和苏州军分区司令员。刘金山南下后，和一位姓徐的江苏姑娘结婚。徐是高中生，在文化上对刘金山帮助很大。就在刘金山任南通军分区副司令时,《铁道游击队》出版了。当南通的青年读者知道他们的副司令就是书中的刘洪时,很多机关、学校要求他去作报告。他当然也和青年们谈谈过去铁道游击队的战斗故事;对青年进行些革命传统教育。每当他报告完从台上下来,就被青年人团团包围,不住地问他芳林嫂的情况,她现在怎么样了?往往把刘金山问得满脸通红,不好作答。最后他只得说:《铁道游击队》这部小说中写的所有战斗都是真的,实有其事的。我们就是那样和鬼子干的。至于说到芳林嫂,他说这是作家的创造。后来刘金山见到我,说好多机关学校要求他去作报告,并且提出一些问题,很难回答。我笑着说:"谁叫你当英雄人物呢?!"

三　和英雄人物在一起

总之,我到铁道游击队去深入生活,收获是很丰富的,我记了两大本材料。我结识了大队和长、短枪分队的各色英雄人物。他们对我都很热情,我经常和他们促膝谈心,谈他们所从事的斗争。不仅和一直坚持到抗战胜利的活着的人谈,而且对于那些在铁路线上艰苦战斗中英勇牺牲的干部和队员,从旁人口中也作了详细座谈和了解。

从他们大家所提供的材料看,他们原来的大队长洪振海,确实是个坚如钢铁的了不起的英雄人物。他有许多惊人的成绩。铁道游击队不少出色的战斗,都是他领导干出来的。他扒车技术最高,特别快车也能上去。飞车搞机枪就是他干的。老洪作战绝顶勇敢,对朋友豪爽义气,所以在队上有极高的威信。他的性子特别暴躁,遇有不顺意的事,往往暴跳如雷。铁道游击队有句口头禅,"洪队长讲话,连�‬带骂。"老洪发起脾气来是很厉害的,可是这些在对敌斗争中舍生忘死的英雄,对他们发火的大队长却俯首帖耳,一点不敢顶撞。因为他们服自己的队长,知道他发过脾气以后,还会象亲兄弟一样对待他们。我也了解到会开机车的,在铁道线上的对敌斗争中作出卓越贡献的曹得清（彭亮的原型），还有他的弟弟曹得全，是铁道游击队中最活泼的青年队员，以及短枪队最早的骨干队员李远生等一批人。他们在铁道游击队对敌人进行残酷战斗中，勇敢地献出了自己的生命。从铁道游击队在八年抗战中的伤亡名单，可以看出他们在铁路线上所创造的震惊敌伪的英雄业绩，是经过艰苦卓绝的战斗，付出了大量血的代价才获得的。

在微山岛上，我参加了他们一次最难忘的新年庆祝会和悼念活动。游击队员们在铁道线上和日本侵略者进行了七八年的浴血奋战，最后夺取了胜利，而且迫使日本鬼子的一支铁甲列车部队，向这些英雄们缴枪投降。这在当时的华北地区是比较大的一次受降。为庆祝抗日战争胜利后的第一个新年，他们欢欣若狂地痛饮胜利酒。可是也就在这极度欢乐的时刻，他们情不自禁地想起了为夺取胜利，而在战斗中倒下的战友，他们又泪流满面，放声哭泣。

我在《铁道游击队》小说中，曾经写到这一激动人心的场面，那是我当时的感受。他们是在微山岛上开新年庆祝会的。一溜三大间房子里，摆满了好多桌丰盛的酒菜，进门迎面的一桌酒宴是空着的，这是为他们牺牲的战友准备的。这个桌子上的酒菜比其他桌上的更丰富。酒桌靠墙的正面，都是写上了以洪振海为首的一些烈士名字的牌位。参加宴会的人都坐在东、西两间。庆祝新年的酒会开始，由鲁南铁路工委书记靳怀刚讲话。原来日本鬼子投降后，我党和国民党谈判，属于解放区的铁路应由解放区人民政府接管。因此，鲁南区党委在所管辖的铁路上成立一铁路工委。铁道游击队临时归铁路工委领导。靳怀刚在酒宴前讲话。他说明这是抗日战争胜利后的第一个新年，他们的战斗胜利是来之不易的，要大家尽情地欢庆，同时也不要忘记牺牲的战友，也就是说没有这些先烈的流血牺牲，就没有今天的胜利。所以第一杯先向烈士敬酒。在酒宴间，大家的情绪是高涨的，猜拳行令，唱着酒歌在狂饮（小说中"高高山上一头牛"的酒歌就是我在这酒桌上学的），他们是豪放的，大块吃肉，大碗喝酒。两间大屋，一片欢腾。可是酒喝到一定时候，酒宴中的情绪转入了沉静，因为他们想到了在战斗中失去的战友，想起了带着他们勇敢地和日本鬼子拼杀的洪振海大队长，张洪义政委，还有曹得清兄弟……这些英雄们浸入哀恸的情绪，有的是一边喝酒，一边落泪。酒宴后他们跑到湖边，喊着洪大队长的名字，喊着张洪义、曹得清、李运生一些牺牲者的名字在大声痛哭，当然老时在这中间是哭得最悲痛的一个。

就在这次带悼念性的新年庆祝会上，靳怀刚书记有两个提议：为了悼念死者，一是把铁道游击队的战斗事迹写成一本书；二是将来在微山岛上立一铁道游击队革命烈士纪念碑。当第一个提议我答应下来后，靳又在会上向大家建议：说我为了《铁道游击队》的写作，从滨海到鲁南跋山涉水，通过敌人封锁线，到这里来和他们一道工作和生活。为了感谢我对他们的关心和爱护，他提议我为铁道游击队的荣誉队员。大家以热烈的掌声通过了靳怀刚的这一倡议。

所以我以后进行《铁道游击队》这部小说的写作，已不仅仅是作者的个人愿望和爱好，倒成了我义不容辞的责任了。

当我全面地了解了铁道游击队的战斗事迹后，我深深感到在第一次省英雄模范会上，从徐广田和杜季伟口中所搜集的有关铁道游击队的材料显得太不够了。根据这些材料写成作品在报刊上发表，确有点太草率了。所以说当时马上停笔到铁道游击队深入生活是完全正确的。据我在铁道游击队了解的大量材料看，徐广田在英模会上的报告有点片面和突出个人。当然，作英模斗争事迹报告，多谈些个人的事迹是可以理解的，不过在谈铁道游击队的战斗过程时，只强调自己的功绩而抹煞战友们的作用是不应该的。应该说徐广田在铁道游击队里边，确是个战将。他是几个出色的中层战斗骨干之一。他开始当短枪队员，鬼子投降后一部分敌人向他们投降，他们得到了大批日式装备，把他们已发展成近百人的长枪队武装起来。他们清一色地日式装备，歪把机枪，六〇炮（也叫掷弹筒），三八式步枪。而且每个队员都头戴日本钢盔，脚穿皮靴。就是当时我们的主力部队也没有这样精良的、统一的装备。徐广田就是这个中队的中队长。他在抗日战斗中，确实作出不少贡献，不过象这样的干将还有好几个，如老洪、王志胜、刘金山和曹得清，在对敌斗争中都是好样的，与他相比并不逊色。我从许多干部和队员中了解一个情况，就是徐广田抗日打鬼子是勇敢的，能完成艰巨的战斗任务。但是平时吊儿郎当、政治上表现较差，在同志之间，好感情用事，不从政治上出发，常计较个人的得失。如果单从作战方面讲，老洪牺牲后，他是可以提为大队长的，可是他政治上比较落后，所以组织上就提拔刘金山当大队长了。而刘金山参加铁道游击队比徐广田晚一点，又当过老洪的通讯员，所以徐广田就不怎么服刘金山的领导，给刘在大队领导上增添了不少困难。当我在徐广田的采访中，也隐隐地感到了这一点。我认为我这个最早结识的英雄人物，过于计较个人地位的高低，有点个人英雄主义，缺乏党的组织观念。一个革命英雄人物，只有好好地接受党的教育，不断地克服个人的缺点和错误，才能健康地成长，在革命事业中永远立于不败之地，为革命建立功勋。从以后徐广田悲惨的下场来看，当时党组织确定刘金山为大队长是完全正确的。

在我的采访中，我热爱这些英雄人物。他们有高尚的品德，为革命而忘我的牺牲精神，听到他们英勇杀敌的事迹，对我也是个很好的教育。可是在他们现实生活中，我也发现他们有一些弱点和消极的东西。正如前边说的姜集运河边小高地上的战斗一样，我从军事上分析了这次战斗的性质，对于勇敢作战的老洪作了正确的理解，并在创造上作了典型地处理。对有的人物身上的缺点，也要全面地认识和正确地理解。对在省委学校①学习的杜季伟，我了解他所以去学习，一方面是组织上的确定；另方面也是他在铁道游击队待不下去了。在铁道游击队战斗的后期，杜由于生活问题和刘金山、王志胜两个大队干部关系搞得很僵，使他不得不调离工作。在党校学习后，没有再回铁道游击队，另行分配了工作。据我了解杜季伟所以在铁道游击队待不下去，是因为他在铁路边找了个姑娘作爱人，而这个姑娘的哥哥由于附敌被铁道游击队打死，为了怕她报复，所以刘金山和王志胜坚决不同意杜和姑娘的爱情关系。杜调到山区进党校学习时，他悄悄地把这姑娘带走，刘、王甚至想派短枪队员在半道上把她截回来。关于杜的问题，我认为他虽然在铁道游击队战斗的后期，表现出自己的弱点，在铁道游击队待不下去，可是从全面看，应该说杜在铁道游击队的领导工作上，还是功大于过的。如在草创时期，他只身进入敌人严密控制的枣庄，在炭厂把他们组织起来，当时的情况是极端危险的，搞不好，不但敌人，就是还处在蛮干状态的自己人，也可能把他干掉。后来他又把他们拉出来，先在临枣支线后在津浦干线上和敌人进行战斗。在这漫长的战斗过程中，他是有不可磨灭的功绩的，不能因为一时的过失或不足之处就把他全部否定。从他以后调作枣庄市委书记、鲁南军区特务团政委来说，他还是个比较坚强的政治工作干部。我在对刘金山和王志胜的采访中，了解了杜季伟后期的情况。他俩在谈话中对张洪义政委的印象很好，对杜有不满情绪，我曾劝他们要全面的来看待杜季伟，最后他俩也同意了我的看法。所以在小说中我还是以杜的事迹为主，结合后来几位政委的特点，塑造了李正这个政委的形象。

在访问中，我也发现了老时的问题。由于她和老洪有一段爱情关系，

① 此处原文为"学校"，应为"党校"。——编者注

并对铁道游击队的对敌斗争，作出过非凡的贡献，所以我很敬重这个妇女。可是当时铁道游击队的大队干部和主要队员对她却很不好。考查其原因是这样：老洪活着的时候，大家都很尊重她。老洪牺牲后，她二次守寡。由于她过去常为铁道游击队作工作，她在敌人那里很出名，敌人常常追捕她。因此她还是秘密地随铁道游击队活动。这时，大家看在老洪面上还很照顾她。可是以后有人发现她又和铁道游击队的个别队员，关系暧昧，为此，就引起了大家的激愤，对她很不满，甚至有点歧视她，骂她是"破鞋"。在我和老时接触时，有人甚至不同意我和她多谈。但是我还是和她作了深谈。我对她过去帮助铁道游击队的斗争事迹除表示敬仰外，对她当时的处境亦深表同情。原来大家对她的恶感是来源于他们对自己心爱的洪大队长的深厚感情，他们认为她过去和老洪爱得那样深，老洪一死，她就变心了。而且和队上的人相爱，这能对得起老洪么？所以都和她疏远了。甚至不想叫她随铁道游击队活动，觉得为老洪丢脸。我对这个问题有不同的看法，我认为老洪牺牲后，老时坚贞不嫁才是好样的，这是封建礼教束缚妇女的信条，我们革命者不但不该遵守，应该打破它，绝不能认为老时又要找对象了，就是对老洪的不忠，为此而鄙视她，甚至抹煞了她对铁道游击队作出的贡献。我认为这样作，对老时是不公正的，当然老时本人应该严肃地对待自己的生活问题，不要过于在生活上放任自己。我把这种看法和他们大队干部谈了，他们接受了我的意见。不久，他们在微山岛上庆祝抗日战争胜利后第一个新年，我建议也邀请老时参加，他们答应了。

四　抢救徐广田

　　1946 年 5、6 月间，我二次到铁道游击队。当时他们住在枣庄。这时日本鬼子投降半年多了，毛主席正到重庆和蒋介石进行和平谈判。考虑到和平时期解放区铁路的建设，鲁南区党委确定以铁道游击队的骨干为基础，在枣庄成立了鲁南铁路管理局。由靳怀刚任局长、刘金山任副局长、王志胜为铁路工会主席。杜季伟调任枣庄市委书记。我去枣庄时，一千多伪军还控制中兴煤矿公司，他们为徐州国民党部队收编，我军不承认他们是国民党部队，后来我军仍把他们作为拒降的汉奸队消灭了。我参加了这次战斗。

铁道游击队的骨干都分配到铁路上当段长、站长了。他们一色日式武器装备的长枪中队，仍保留下来，作为铁路局的警卫武装。还是徐广田任中队长。

我住在枣庄市委，每天找杜季伟，并到铁路局去找刘金山、王志胜和徐广田，以及留在铁路局工作的一些骨干队员，作个别访问或集体座谈他们过去的战斗事迹。根据所补充的材料，我着手写《铁道游击队》的初稿。当时，根据地在写作上盛行写先进人物的真人真事。如果有人把先进事迹写成小说，别人就认为是胡乱编造。因此，我开始写的也是真人真事。如草创时期的开炭厂，两次打洋行，在临枣支线上搞机枪、打票车，以后发展到津浦干线上打岗村，这一些主要战斗，我都如实写下来，每写一章，都吸取了他们的意见。

这里出现了一个问题，就是我除了和领导骨干谈材料而外，还到参加这些战斗的一般队员那里了解情况。谈到最后，他们往往对我说："老刘！你写这些战斗时，不要忘了也把我写上去啊！"我当时点头答应。因为他确实参加了这样战斗，在战斗中作出应有的贡献，他的要求是合理的。可是从创造一个文学作品来说，就有困难了。我在作品中描写他们从事的战斗，不要说写小说，就是写真人真事的报告文学，也只能写主要的英雄人物和重大的斗争事件。对于那些琐细的、次要的、重复的东西也应该舍弃。否则就不能突出主要英雄人物的性格，对动人的情节也不可能作细致的描写。如果把参加战斗的几十个人都写上去，那末，就写不成文学作品，只简单地写一下战斗成果，开一个参加战斗的名单就行了。事实上，把主要的英雄人物典型化，把他写活，刻画出他如何在战斗中以坚忍不拔的革命意志进行战斗，去夺取胜利，他的表现就显示了所有参加战斗的队员的英勇形象。如果按自然主义的写法，铁道游击队前后四个政委，杜季伟去了后又调走，张洪义去了，不久牺牲，又去一个孟政委也牺牲了，整个的战斗都过去了，最后去了一个郑副政委。这样如实写四个政委，却刻画不出一个完整的党的领导形象。因此，我就根据四个政委的个性和特点，以杜为主塑造了一个政委的形象。可是当时我在枣庄和他们座谈、补充材料时，却不能谈出这种意图，因此，有的队员要求我把他写上去时，我还是答应了。当时我守着他们写的所谓"初稿"，实际上只是一次有系统的对材料的梳理罢了。但是它却是我以后创作《铁道游击队》长篇小说不能缺少的重要基础。

后来徐广田在政治上出了问题，才使我在这部小说的创作上摆脱了困境。

当我在枣庄守着他们写初稿，将要完成的时候，突然听说我在铁道游击队最早认识的徐广田妥协了，当时人们称脱离革命回家去的人叫妥协，也就是他交枪不干革命了。

这消息给我很大震动。我知道徐广田在抗日战争的对敌斗争中，虽然有点落后思想，但是在战斗中还是创造了不少惊人的战绩。他是铁道游击队中八个重要的英雄人物之一，并且被全省第一次英模会上命名为甲级战斗英雄。抗日战争最艰苦的战斗岁月已经过来了，现在抗战胜利进入和平建设时期，他怎么会妥协不干了呢？当时我写的《铁道游击队》小说的初稿即将完成，而书中的英雄人物之一的他，竟在胜利之后不干革命了。这个人物怎样评价，如何写法就成问题了。使我感情波动的还有另一个原因：我通过对他们的访问，热爱和崇敬这些英雄人物，和他们有了深厚的感情，听到他们创造的出色斗争事迹，我感到兴奋和激动；看到他们受到挫折，我感到关切和着急。为了弄清徐广田的问题，我怀着急切的心情，到铁路局去找靳怀刚和刘金山了解情况。

原来情况是这样：枣庄成立铁路管理局时，刘金山和王志胜都担任了局一级的领导职务，而徐广田却仍然是长枪中队的中队长，这样作的原因是因为长枪队是一色的日式装备，领导上不忍心拆散，把它保留下来。由于长枪队是铁道游击队的一部分，别人很难领导这个部队，所以仍叫徐广田担任中队长。可是徐广田却不这样认为，他以为这是过去他不大服气刘金山的领导，刘要报复他，所以没有提拔他，也没把他分配到铁路上去工作。不然，为什么所有的干部都提拔了，唯独他仍是中队长呢？为此他对刘金山他们很不满，憋了一肚子气。这时又出现了另一新情况，更促使了徐的恼火，就是铁路是国营大企业部门，一些留用的职工，平日他们都是靠工资维持家庭生活的。所以规定铁路职工按大包干代替工资，以职务大小折合小米发给职工。铁道游击队的干部调到铁路局工作，工资也实行大包干。其他党政军各部门的干部仍是供给制（衣食由公家供给，每月发一元津贴），记得当时刘金山每月发三百斤小米，王志胜发二百多斤，其他段长、站长每月发一百五十到二百斤小米。长枪中队虽然拨给铁路局领导，由于他们是部队，所以仍按部队的供给制待遇。这件事给徐广田和徐的家属很大影响。

徐广田家住枣庄西几十里的铁路边一个村庄，家里有老父亲和爱人及一个怀抱的孩子。他的哥哥参加铁道游击队后重伤残废，他的弟弟也是铁道游击队队员。徐广田在多年的战斗中也负过几次伤。他们家没有土地，靠铁路维持生活。他弟兄们参加铁道游击队，虽然是供给制，可是由于他们经常搞敌人火车，大部分物资交公，但也留有一小部分救济队员的家属。现在抗战胜利了，为了阻止蒋介石部队北上，把铁路都拆除，他们家属就没有了生活来源。听说枣庄成立铁路局了，徐广田的父亲和爱人感到生活有盼头了，就去找徐广田。他们看见他并不在铁路上工作，仍然当中队长，就大失所望。徐广田的父亲拉着儿子的手说："人家都是抗战八年，你也是抗战八年，现在人家都当了大官，有的当了局长，有的当段长、站长，你怎么还是个中队长呀！"他的爱人抱着孩子对徐说："听说刘金山、王志胜每月都挣二三百斤小米了，可是你还是老样子，让俺娘们可怎么过日子啊！"说着就落下眼泪，因为家里没有粮食吃，她经常挨饿。徐的父亲还有一个顾虑，就是守着这个儿子养老，生怕在战斗中再失去这唯一的儿子。爱人和老父亲的要求，徐广田一件也不能办到，可是他们这些落后话，却给他以极大的影响。爱人和父亲不是来一次，他们经常来要粮食，要他到铁路上工作。由于家庭的困难不能解决，他就更恨刘金山了。使徐广田妥协的还有第三个原因：就是我们一边和国民党和平谈判，同时也要作好迎击蒋军向我解放区进攻的准备。解放区的部队都进行了整编。许多地方部队都编入主力。在此情况下，长枪中队也编到八师的主力部队里了。所以徐广田就随长枪中队到八师去。他们改为一个连，由徐任连长。徐广田过去常年在铁道游击队，他们在铁路线上和敌人进行短兵相接艰苦卓绝的战斗，可是在战斗的空隙，却经常分散活动，生活上还是比较自由散漫的。徐广田一到主力部队，感到这里的战斗生活是艰苦的、紧张的，一切要求都很严格，他有点受不了。加上他身上多次负伤，每天从早到晚的操练，打野外，他在体力上也实在支持不住，就有点不想干了。可是他却把这一切不顺心的事，都推到刘金山身上。明明是领导上决定把他们调入主力的，他却误认为是刘金山把他排挤出去的，所以憋了一肚子气。加上他经常不上早操，受到营长的批评，他一怒之下，把匣枪一交就自动离开部队回家去了。临走他身上还带了一支小手枪，这是他在铁道游击队打鬼子时缴获的，他所以带在身上，是因为他在当地和日本鬼子、汉奸特务打了那么多仗，他打死了不少人，怕地方有人报复他，需要用这只手枪自卫。

徐广田回家后，鲁南军区很快就知道了。当时领导上对徐的问题的认识是这样的：徐广田是省军区命名的战斗英雄，他在铁道游击队的抗日斗争中是有贡献的。日本鬼子投降后，他的个人主义思想抬头，有地位和家庭观念，组织纪律性差，可以也应该好好进行教育。当然他的非无产阶级思想的泛滥，应由他个人负责。但是从组织角度考虑，在干部政策上也有漏洞，如成立铁路局时，提拔刘金山为副局长、提拔王志胜为工会主席这都是正确的，但是对比起来，仅仅为了保存下来一个长枪中队，不提拔徐广田是不适当的。因为徐广田在职务上仅仅次于副大队长，王志胜提为铁路工会主席，而徐仍当连长，在职务上显得过于悬殊。当然徐个人不应计较地位的高低，但从组织使用干部的原则上看，对徐的安排就有点不够周全了。当时鲁南军区发现这一问题后，马上下命令调徐广田到军区学习，学习后特任命他当鲁南军区特务团的营长。可是这一命令下晚了，徐广田已愤愤地回了家，他不了解领导的意图，拒绝去山里学习。

徐广田回家后，为了泄愤，有时怀里揣着手枪，到铁路局去找刘金山，刘不见他，他就在路局门前叫骂不已。开始靳怀刚还可以和他谈话，劝说几句。后来靳的话他也不听了。也就是说铁路局没有一个人能和他说上话了。

我自认为过去和徐广田的关系不错，在这关键时刻，作为一个战友也该去好好劝劝他。所以我在铁路局靳、刘面前，自告奋勇地愿意到徐广田家里去作作工作，要他服从组织调动，到山里去学习。他们听了都很高兴，记得是在一天下午，我从铁路局借了匹白马，从枣庄往西沿着已拆除铁轨的路基，走出四十里，将近傍晚时到了徐广田的家里。

徐广田的家确实很穷，住了两间旧草屋。家无隔日粮，屋里到处堆着些道钉、铁夹板，尖端呈猪蹄形的铁棍、起道钉用的工具，还有铁路职工用的旧红绿灯，这可能都是过去吃两条线，铁道游击队破坏敌人铁路时留下的东西。我的到来，徐广田是欢迎的，像过去见面时一样热情地握着我的手。家境虽然很困难，由于朋友多门路广，他还是给我弄了酒，简单地做了两个菜，我俩就喝起来。我看到他家那么苦，哪有心喝他的酒呢？可是我也知道对方的性格，他让你喝酒，如果你不喝，那等于你看不起他，甚至比骂他还使他生气。所以我就不客气地和他对饮起来。在喝酒的过程中，徐广田和我谈了许多，主要是诉苦，归纳起来就是上边说的那几条。无非是说刘金山如何打击报复他、不提拔他，不许他到铁路上工作，最后把长枪中队调离铁路局也归罪于刘金山。在谈话中，徐的父亲和爱人也常插话进来，诉说家庭的困难，说徐广田在铁道游击队哪一点不如刘金山和王志胜？可是现在人家当大官了，每月还领那么多小米。如果徐广田能挣这么多小米，家里也不困难了。所以老人和妻子在抱怨他没能耐，不能养家糊口。家属的怂恿，只能给徐广田火上加油，使他满腔怒火烧得更旺。徐最后对我说："八年抗战，我没有熊过，现在鬼子投降了，他们竟这样整我，我真受不了这个气。我不干还不行么？现在部队号召老弱病残人员复员，我身上有不少伤，我复员好了，这样还可以照顾下家里的生活。"我听了徐的一席话，深深感到这个在抗战中英勇杀敌的英雄，现在在思想深处，竟为个人主义所困扰，这种错误思想是和一个无产阶级的英雄人物不相称的。他对刘金山的一些意见，有好多是误解，有些问题是组织上从全局出发由上级决定的。他的一些个人困难，应以无产阶级革命战士的胸怀，加以克服，不该对组织上怀有抱怨情绪，甚至动摇了自己的革命意志。作为一个革命战士，徐已滑到了极危险的地步。在此关键时刻，应该给以帮助和教育，使他猛醒过来。但是从他为个人问题而困扰的激动情绪来看，对他作些解释，讲一些正面的革命道理，是无济于事的。开始靳怀刚和他能谈上话时，这样道理肯定已经反复对他讲了。当时他脑子里既然过多地考虑和计较个人问题，我就从这方面和他谈了许多。

首先我和他谈八年抗战是艰苦的，可是再大的困难他也能克服，在铁路线上勇敢地战斗，创造许多英雄事迹，而且被命名为人人崇敬的战斗英雄。经过多少艰难困苦都熬过来了，可是现在抗战胜利了，他却不干了，落了个"妥协"的坏名声。我没有向他讲继续革命的大道理。退一步说，就是为了维护个人的荣誉和英雄称号，也不该这样退下来。其次我谈到他既然有很多意见，不愿和靳、刘谈，可以到更高一级的领导那里去反映嘛！现在鲁南军区调他到山里去学习，我劝他到山里学习时，可以直接找关心他们的张光中司令员当面谈谈，领导上肯定会帮助他解决问题的。当时我竭力劝他到山里学习，也认为他经过一段政治学习，会提高阶级觉悟，能够克服自己的个人主义思想，一切问题都能迎刃而解。我说他到军区后，老人和妻儿是军属，铁路局和人民政府会按优抚政策给以照顾的。第三点，是从我和他的友谊出发，谈点我个人对他的希望。我说在铁道游击队里我和他认识最早，应该是老朋友了，而且感情很好。我对他的杀敌的英雄事迹是崇敬的，我能和他这样的英雄人物作战友是荣幸的。作为一个同志和战友，对他的一切是很关心的。因此，听说他回家不干革命了，我很着急，连夜赶来谈谈心，劝他到山里去学习，继续干革命。今后我们依然是很好的战友，在革命事业的前进道路上，互相帮助，共同进步。一定要把革命进行到底，衷心地希望他不要半途而废。并说明不仅我个人，其他知道他的同志都这样期望他。总之，我的谈话是诚挚的、中肯的，我对他的爱护之情是发自内心的。看来，我谈的这第三点是打动了他。因为他好朋友、重义气，对于友谊的赐予，特别尊重。他听了我的话，沉吟了片刻，最后以发亮的眼神望着我，并用果决的口气对我说："谁的话不听，我得听你的话。你为了我好，跑这么远的路来看我，成夜的苦口婆心地劝说我，我再不听你的话还能算人么？我听你的，可以到山里去学习。不这样作，我就对不起你！"我们谈到深夜，有了这样的结果，我感到高兴，庆幸他终于又走上革命的道路，继续前进了。

第二天一早，他牵着白马一直送出我四五里路。临别我问他："你决心到山里学习了，我很高兴，你什么时候动身啊?!"他说："你放心好了。我马上就去，你不是三天后回临沂么？我后天一早就到铁路局去拿介绍信，你走前准能看到我到山里去，这样可以了吧!"

我回枣庄把徐广田愿意到山里学习的情况，向铁路局的靳怀刚、刘金山谈了。他们都满意，认为我帮助他们作了徐的思想工作，对我表示谢意。第三天我回临沂城去了。走前听铁路局的同志说，徐广田果然于我走的前一天，到铁路局取了进山学习的介绍信去报到了。

我返回临沂不久，国民党撕毁了停战协定，全面发动内战。蒋介石指挥他美式装备的部队向我华北各解放区进攻。我山东解放区人民在中共中央华东局直接领导下，紧急动员起来，积极支援主力部队，粉碎国民党军对山东解放区的重点进攻。内战的炮声已在鲁南和陇海线上响了。在这炮火连天的情况下，坐下来写长篇小说是不可能了，我和《山东文化》的一些工作人员都投入支援前线的工作。

这时候，我突然接到枣庄市长张福林一封急信，信上劝我不要写铁道游击队了。因为徐广田已经投敌，成了叛徒了。这一消息给我很大震动。我四下打听，才了解了徐的真实情况。我离枣庄前，他确实到铁路局去取介绍信到山里去了。但是他所以愿意到山里学习，并不是出于一个革命战士的觉悟，通过学习来克服自己的错误思想，以便更好地为革命事业贡献力量。他去山里，仅仅是为了不驳我的面子，我当时那样苦口婆心地劝说他，他再不去感到很对不起我。可悲的是他那时还认识不到那样作，不是对不起我，而是对不起党。正因为他没有从思想上解决问题，不能正确对待个人和组织的关系，没有认识到妥协就是对革命的动摇。所以到山里后，在学习过程中，突然又遇到什么不愉快的事，就又把枪一交回家去了。当时形势非常紧张，驻在徐州附近陇海线上的国民党部队，在临城一个师的策应下，向鲁南大举进攻。枣庄党政机关不得不作暂时的撤退。徐广田的家乡正处在敌我之间，很快就会为敌攻占。鲁南军区张司令考虑到徐广田是铁道游击队战斗英雄，如遭不测，将对我党我军造成不良影响。所以他就派原铁道游击队副政委郑惕，带一个连星夜赶到徐广田的家乡，一定动员他随自己部队到我军后方的安全地带。如他不肯，也要带强制性的把他带回司令部。这时徐广田已为坏人所左右。在微山湖打鬼子时期，铁道游击队培养的区长乔秀峰，是徐广田的叩头兄弟，乔已悄悄投靠国民党叛变了。当郑惕带着部队来找徐广田的这天夜里，乔秀峰跑到徐广田的家里带煽动地说：快藏起来吧！八路军来抓你了。他把徐藏起来，说他在国民党部队有朋友，不会加害于他。郑惕多方查找，还是没找到徐广田，而附近的敌人已发现了他们，他就带着这个连回山里去了。

后来，由于叛徒乔秀峰的牵线，敌人把徐广田弄到临城，大摆宴席的招待他，想利用他的影响当特务连长，徐怕乔难堪，他只好答应下来，在名义上干了两个月连长。一是敌人并不信任他，再是他毕竟受到党的多年的教育，不愿干违犯党和人民的利益的事情，后来就坚决退下来，在河沟①的敌占区以杀牛卖牛肉为生。一代英雄竟落到如此下场。

我听到徐广田变节的消息，为这位一度是人人尊敬的抗日英雄叹息，由于疏忽了对自己的思想改造，在阶级斗争的新形势下，经不起考验，滑到了投降变节的可耻道路上去。为此，我感到惋惜。不过，我却不同意张

---

① 此处原文为"河沟"，应为"沙沟"。——编者注

福林市长的说法：就是说徐广田叛变了，不能再写铁道游击队了。相反地，我认为正由于徐的事件的发生，我就更有可能写这部《铁道游击队》小说了。因为我可以摆脱真人真事的束缚，以生活中的真实人物和斗争为基础，更自由地进行艺术创造。在创作中，可以舍弃那些琐细的、重复的和非本质的东西，把一些主要英雄人物加以合并，在性格上作大胆地塑造。徐广田在抗日战争中还是勇敢的，我把他的事迹都糅合在林忠、鲁汉、彭亮、小坡四个人物里边了。同时，我也用自己过去在铁路上的感受，来丰富它，说实在的，刘洪的幼年生活的描写，几乎就是我的幼年生活。

五　芳林嫂对我的救助

全国解放后的 1952 年，我着手写《铁道游击队》长篇小说，动笔前，我又到枣庄去找到王志胜，看了往年的炭厂和洋行的旧址。我到微山湖和杜季伟一道乘船在湖里转了一圈，并在微山岛上找到一些渔民谈谈过去打鬼子的故事。旧地重游，为的重温在抗日战争时期，铁道游击队在这里从事的火热的斗争生活。回济南后，我就在大明湖进行这部长篇小说的创作。

为了使这部作品，能使中国的广大读者所喜闻乐见，事先我剖析了一遍《水浒传》，在写作上尽可能注意以中国民族文学的特点来刻画人物，避免一些欧化的词句和过于离奇的布局和穿插，把它写得有头有尾，故事线索鲜明，使每一个章节都有一个小高点。因此，小说出版后，读者面比较广，在读者中也引起了一定的反响。人们都把生活中的原型改叫成书中人物的名字了。如称刘金山为刘洪，杜季伟为李正，王志胜为王强，而刘桂清人人都叫她芳林嫂了。

小说出版后，我和铁道游击队的几位主要人物常有来往。1955 年小说改编电影时，我建议请刘金山当军事顾问。在南京见到杜季伟，到枣庄也和王志胜见面。当时中兴煤矿为战争所破坏，但矿井下边的机器和物资还很多，有待开发。王志胜任煤矿办事处主任。王志胜见到我很热情，约我喝酒。在谈话中，我无意中问到徐广田的情况。他告诉我：鲁南地区解放后，因徐曾投敌叛变，为公安部队逮捕，由于他在敌人那里时间不长，又没大的恶迹，就判了两年徒刑又放出来了。现在没有职业，在粮食市上为人家量斗，挣碗饭吃。我想去看看徐广田，王志胜坚决不同意。他愤愤地说："他还有什么脸见你?!"王志胜指的是我在枣庄时，曾对徐广田的妥协进行过苦劝。但是我还是要求王志胜在煤矿修复开工后，给徐广田找个工作，当个工人。我对他说这不是同情徐广田，徐投敌叛变革命是不能原谅的。我的意思是要他给徐一碗饭吃，让他重新作起。不然叫他在大街上流浪，也容易走上犯罪道路，影响社会治安。因为他们毕竟自小在一起，一块干了一段革命。如再出事，他们这些老人的脸上也不光彩。在我的劝说下，后来他介绍徐广田在井下当了煤矿工人，干了不久，因为喝醉酒和人打架又被开除了。后来听说三年困难时期，他贫病交加死去了。

　　我和刘清桂[①]（铁道游击队员都称她二嫂），在济南常常见面。1946年国民党军队进攻鲁南时，她随铁道游击队的干部家属一道撤到黄河北我军后方了。全省解放后，她路过济南要回鲁南，这时她老伴已被国民党迫害死了。一些老同志劝她在济南住下，她就在这个城市落户了。

　　《铁道游击队》的小说和电影出来后，人们听说她就是芳林嫂，人人都尊重她，青年团、少先队常去拜访她，并请她去作辅导报告，谈谈铁道游击队打鬼子的战斗事迹，对他们进行革命传统教育。少先队很崇敬这位

---

　　①　此处原文为"刘清桂"，应为"刘桂清"。——编者注

对革命有功的老人，把红领巾挂了她一脖子。她住在济南槐村街，远近的人们都知道这里住着铁道游击队的芳林嫂。

我在济南工作，和她同住一个城市，所以能常常见面、欢聚。她虽然已是五十多岁了，可是还是那样热情、豪爽，想不到在十年浩劫的风暴中，她又大显身手、奋不顾身地和造反派斗争，胜利地掩护了王志胜（王强）八个月，掩护了我四个月，等于救了我和王强的生命，真是威风不减当年。

"文化大革命"开始时，王强原是退休的干部，因为在一个造反派的宣言上签了个名。后来两派武斗，一派死伤了一些人。这一派就说是王强指挥进行武斗的，死难家属要求支左的军队一定要抓住王强抵命。其实武斗时王强并不在场，可是在不分青红皂白的情况下，一抓到王强会被他们砸死的。所以王强就跑到济南，在芳林嫂家躲起来了。芳林嫂一见王强就说："你在这里住下去就是，保证不会出问题。你不是每天三顿饭都喝酒么？我砸锅卖铁也要供你一天三顿酒喝。"后来枣庄的部队在死难家属的要求下，派一个连长带一个战斗班到芳林嫂家里来抓王强。一个战斗班站满了她的小院子，而王强就藏在她隔壁大女儿屋里。可是芳林嫂却临危不惧，是那么沉着地应付着连长，仅仅略施小计，就把连长和那个班的战士骗走。当他们一出她的家门，芳林嫂就从后窗将王强托到另一个院子里，就是连长和战斗班回来也找不到王强了。

我为芳林嫂救护战友的豪爽、勇敢的行为所感动。所以在后来我被造反派囚禁，对我实行武斗时，我从三楼跳下来，逃到芳林嫂的家里。她见到我说："大兄弟，你在二嫂我这里住就行了，保你没事！"她叫三儿骑自行车来，让我在院子里上车，骑车到住在另外一个胡同里的三儿家躲藏，就是造反派用警犬侦察也休想找到我。在掩护的过程中，她一方面为我治伤，一方面还要应付造反派袭扰。造反派在她门前活动，寻机搜捕我，出现很多危险的情况，由于她机智地安排都转危为安，直到四个月后形势好转，我才安全地回到工作单位。

　　最近我写了一篇题名《芳林嫂》的纪实中篇小说，是描写她晚年在十年浩劫中英勇斗争事迹的，这也算是《铁道游击队》小说中，一个英雄人物的续篇吧！

1986.9.17 于青岛

（选自《新文学史料》1987 年第 1 期）

充满战火气氛的创作道路

知　侠

　　我从青年时期就参加了抗日战争和解放战争，多年来我写过一些军事文学作品，应该说我走过的是一条战火弥漫的文学创作道路。

　　1938 年我作为一个喜好文学的青年，抱着满腔抗日热情到陕北延安去参加革命，在抗大学习，当时被编在洛川的六大队。抗大是抗日军政大学的简称。主要的课程是学军事和政治。当时设在延安的鲁迅艺术学院也在招生，那里有文学专业课，我就要求组织上，把我转到鲁艺去学习。由于鲁艺的学员名额已满，领导上没有答应我的请求，劝我说："现在敌后方正开展轰轰烈烈的抗日游击战争，需要军政干部，你还是留在抗大学习吧！"这年冬天，为了响应党中央毛主席"到敌人后方去"的号召，我们六大队和其他几个大队，组成抗大一分校，东迁敌后办学。第一次东迁，行军一千多里到达晋东南的太行山的潞安地区。我虽然没去鲁艺学习，但是我当时还是挺喜欢文学的。我当了我们学习队的墙报委员，平时再紧张的行军，也没耽误我写日记和文学札记。记得过绵山，过川口时我还即兴的写了两首小诗，不过都在以后的艰苦战斗岁月丢失了。

　　在太行山学习时，校部出一油印刊物《抗大文艺》，我在上边发表一篇散文《晚风里的一群》，是描写我们学员在课余种菜劳动的，这算是我参加革命后的处女作了。记得当时没有稿酬，只给作者一本毛泽东著的《论持久战》。这对我来说已感到很丰厚了。

1939 年 5 月，我在抗大毕业，同学们都分配主力部队或地方游击部队去工作了。也许是由于我的军事课程的成绩好，身体也较健壮，所以又把我留校在军事队继续学习，为的是把我培养成一个留校从事军事教学的干部。毕业后，在抗大分校当区队长，队长或军事教员。我原打算学习文艺的，鲁艺没有去成，留在抗大学军事和政治，现在毕业了，又要留校专门攻军事，将来肯定是一个军事干部了。当时我感到自己离开文学愈来愈远了。由于我已是党员，当然得服从组织分配，所以我就打消了从事文学创作的愿望，便投身到军事队的严格的军事训练中了。抗大是个军事学校，学员都穿军衣，发武器；像部队一样按连、营、团编制。平时进行军政教学，一遇到敌人对根据地进行大扫荡时，他们也作为战斗部队使用，配合主力和敌人战斗，使学员们在战争中学习打仗。他们平日学的军事知识，可以在战斗中应用；而实战经验又可以丰富和充实他们所学的课程。由于我们是学军事专业的，我们队的武器装备比一般学员队要好一些。为了军事教学，给我们配备了三挺轻机枪：一挺捷克式、一挺苏式转盘机枪和一挺日式的歪把机枪。我们队的军事训练要求是很严格的。从一二一的正步走、到班教练、排教练、连教练，从军事动作到战斗行动，如板上钉钉一样一丝不苟。我们往往是上午学军事课目，下午到野外进行军事演习，我们学进攻、学防御、学迂回、学突袭。每天东跑西颠，一天不知要出几身汗。记得那是冬天，我们天不亮就集合起来跑步，太行山山高地陡，山村多在山坡上，村子里很难找到一块平地当操场，我们的队长倒很有办法，他指着村边一个近千米的山头对全队学员下达命令：全副武装，到山顶集合。他带头走在前边，我们学员扛着背包和枪支弹药，谁也不甘落后的沿着山坡向上攀登。经过半个小时的爬山，每个学员到达山顶时，累得浑身是汗，棉衣已被汗水湿透了。这比在操场上跑二十圈还吃力。

这年年底，我们军事队的课程学完，将要毕业了。我们经过半年多的严格军事训练，都熟练地掌握了军事技术，不仅身体健壮，而且战斗士气高昂，简直像一群下山的猛虎。就在这时候，抗大一分校又接到上级的命令，作第二次东迁，出东阳关，下了太行山，横越河北平原，穿过为敌人重兵封锁的平汉、津浦铁路，直插山东的沂蒙山区。在这到处是敌的一千多里的长途行军中，随时都可能遭到敌人的袭击。我们的军事队和校部的工人队是装备较好、战斗力很强的连队，在行军中，不是前卫就是断后，哪里敌情紧张，就把我们军事队派过去。在过平汉铁路时，一夜行军130里，当走近铁路检查部队时，少了一个大队，校长就命令我们军事队，又插回去十多里去找上这个大队，再折回来，和其他连队一道过铁路，这一夜大伙行军130里，而我们军事队行程却有160里，由于我们过去在太行山山地进行军事训练，两条腿锻炼出来了，一奔上河北平原，真是健步如飞，一夜160里行程还没感到怎么疲劳。

我们到达山东沂蒙山地区后，学校对二次东迁进行总结，由于我们军事队在战斗行军中的突出表现，我们军事队被评为全校的先进单位。这时我也俨然成了一个军人，无论从仪表、服装以及一切行动上都符合军事要求。这次东迁和第一次东迁不同的是，在第一次东迁的行军路上，我经过一些地方，常常为奇特的景物所吸引，引起我文艺上的构思，晚上把它写在文学札记上；这次行军路上，如过一险峻的山口，我不是从文学、而是从军事上考虑：如对面来了敌人怎么应付，应该首先抢占山口旁的小山头，只有占领了这个制高点，才能居高临下，用火力掩护自己的部队通过，要是叫敌人抢先占了山头，我们通过山口就要付出重大伤亡。在第一次东迁行军住下来以后，我就和炊事员坐在一起，借着行军灶下的火光，来匆匆的写文学札记；而在这次东迁行军住下来以后，第一件事由队长带着各班排长，到住村周围去察看地形，一方面确定夜间岗哨的位置，同时遇到敌人袭击时，利用有利地形，沿着哪条道路往外冲，并事先指定了村外的集合地点。就是各班住在老百姓家里，在就寝前，也要看完大门两侧，屋前屋后的地形，遇到敌情，才不致措手不及，能够沿着较隐蔽的地形，安全的冲出去。我们已到达沂蒙山根据地，第二次东迁长途行军的任务已经完成。可是每到一地察看地形，遇有敌情如何应付，这种习惯，好多年以后，我还一直保持着。

抗大到达山东已是 1940 年初了，记得我们是在沂蒙山根据地过的春节。学校开始招收学员了，我们军事队的同学都分配到各个连队从事军事教学工作了。这时我已热爱军事工作，很愿分配到连队，一方面作教学工作，同时作为一个军事指挥员领导学员去和日寇作战。因为抗大虽是学校，但在敌人对根据地进行"清剿""扫荡"时，抗大的各个连队都要担负战斗任务，使学员在对敌作战中来充实自己的军事学习，也就是在战争中学习战争。

可是当组织上分配我的工作时，却使我感到意外，领导并没分我到连队去搞军事教学，而分配我到抗大文工团去工作了。因为他们知道我在《抗大文艺》上发表过作品，又在军事队当救亡室（以后改为俱乐部）主任，搞墙报，画伟人像，还会写美术字，认为我是个文艺人才，加上文工团需要补充干部，所以组织上就分配我到文工团去。当时我思想上还有些不通。如果在两年前我刚到陕北时，要我到鲁艺去学习我是高兴的，可是我在抗大不仅学完了全部的军政课程，而且又留校专门学习军事，我已热爱军事工作，现在要我转回头来从事文艺工作，我倒有点不乐意了。当时我向组织上表示：我到部队或到连队去作军教工作，比作文艺工作发挥的作用要大些；我是学军事的，现在要我去文工团，所学非所用，怕完不成任务。这时和组织科一道和我谈话的文工团副团长对我说："听说你会写文章，又懂得艺术，我们欢迎你到文工团工作，至于说到你是学军事的，这对我们来说就更需要了。因为我们都是文艺工作者，不会打仗，在敌后活动，经常会遇到敌人的袭击和'扫荡'，到时候你就可以领导我们去对付敌人。我们文工团很需要象你这样既懂文艺、又熟悉军事的工作人员。"虽然这位文工团的负责人，并没完全说服我，但是党组织既然已经决定，我只有服从。就这样我被分配到文工团工作了。

由于我在军事队过惯了严格的军事生活，乍到文工团我有点不习惯，因为我从仪表，军风纪以及举止行动，都是符合战时的军人要求的；可是文工团员的生活却是自由散漫的，经常是衣帽不整，行动起来也是拖拖拉拉。比如在军事队集合的哨子一响，不到五分钟，全副武装的学员就集合起来，而且队形整齐。而在文工团里虽然连续吹着集合的哨子，可是一刻钟也集合不起来，就是集合起来了，也丢三忘四，队形混乱。为了使团员们的行动更符合战时要求，我费了不少力气，可是收效甚微。每当校部集合直属队开大会时，其他单位的同志看到我站在文工团队前，军容整洁，态度庄严，斜挎着匣子枪，都悄悄地问团员：你们那里怎么调了个军事干部啊?! 这说明我当时和文工团员之间是如何不协调了。

我在文工团工作，平时除帮助团长整理队伍，战时负责军事指挥而外，也作一部分党的工作（后期曾任过支部书记），但是我既然是文艺团体的成员，我就应该参加一些业务活动。文艺工作团是以戏剧为主，也结合音乐、美术、文学的综合艺术团体。我虽然不会演戏，但是在演出人员短缺的情况下，有时我也化装成群众，在戏里跑跑龙套，有时我也杂在合唱团的行列里唱唱歌。但我大部分时间是参加创作股的文学业务活动。因为我们深入敌后，开展抗日宣传，是没有文艺演唱材料的来源的，一切都得由文工团自己创造。比如给部队和根据地人民群众组织一个文艺演出晚会，我们创作股的同志就要到火热的战斗生活中去采访材料，回来后就连夜突击写作：写歌词的，谱曲子的，写剧本、画连环画的，大家同心合力，自编自导自演和自唱，创作出一个文艺晚会的演出节目。又有新任务下来了，我们又出去收集素材，进行创作，组织新的演出。我就是这样常常到艰苦的斗争生活中去采访。我到敌占区去了解发动群众的抗日活动，到火线上去了解我军战士和日本鬼子战斗的英勇事迹，我也到轰轰烈烈的群众翻身斗争中去，去了解根据地的人民在党的领导下，如何站起来配合人民子弟兵战胜日寇。每当我带回大批材料回来，除了供给文艺节目的创作外，我也利用了自己所喜爱的文学形式，写成文艺通讯、报告文学在根据地的报刊上发表，沂蒙山根据地成立的第一个妇女识字班，就是我在《大众日报》上报道的。

在抗日战争与解放战争期间，我在山东解放区的报纸和刊物上发表了很多文学作品，从这些敌后的文学活动来看，1938 年我初到陕北时，没能去鲁艺学习，不仅不是坏事，相反的倒有点塞翁失马焉知非福了。因为丰富的斗争生活，是文学创作的源泉，如果当时我去了鲁艺，留在延安后方学习，我就不可能写出反映敌人后方抗日游击战争的作品。我们开始进入敌人后方，斗争是极艰苦的。因为敌后的抗日游击战争刚发动，抗日根据地从无到有，正在开辟，我们的部队和地方武装还处在幼小的阶段，而敌人的力量还占绝对的优势，不仅有日本侵略者和汉奸队，还有国民党残留下来的顽军以及当地的封建地主武装。由于他们在反共上是一致的，所以联合起来对付我们刚刚发动的抗日人民武装。因此，我们在敌后的活动就特别困难，随时要和各种各样的敌人进行战斗。我们经常是吃不上，住不下，冲破敌人的围攻，和敌人转山头，打游击。在这种艰苦战斗的形势下，我在军事队学习的军事知识，对我的帮助太大了。和一般同志相比，由于我懂得军事，在战争环境里，我就有了较大的活动自由。它不仅有利于我在火线上采访，同时在我们集体活动时，遇到敌情，我可以对付，必要时能够组织力量和敌人进行战斗，向包围圈外冲击。

1941年冬，敌人集中五万兵力，对沂蒙山抗日根据地进行空前残酷的"铁壁合围""拉网战术"的大"扫荡"。敌人对方圆百里的山区重重包围，控制了所有的村庄、山头和道路。然后敌人分区的进行清剿。我们抗大文工团已被包围在沂蒙山的中心地带，我们分两个队活动。我带着一个十多人的分队，为敌包围，向外突围，冲出敌人的包围圈到达另一地区。第二天这里四周的敌人又向我们进行围剿，我们又向外冲击，冲到一个地方，还没站稳，再次遭到埋伏在四处敌人的围攻。就这样，我们向外冲了七天，都没冲出敌人的包围圈。虽然我们小有伤亡，一个团员牺牲，一个团员被俘，但是我们这个分队绝大部分还是胜利的冲出来了。

敌人大"扫荡"将结束时，我们遇到了第二次突围，这次突围虽然没和敌人交火，但它的危险性要比第一次突围大得多。当时校部组织由文工团在内的近三百多非战斗人员，从沂蒙转移到东南的滨海地区休整，可是要在一夜之间穿过八十里为敌人重点控制的丘陵和平原地带。由于这一地带地形平坦，敌人众多，而且火力很强，如被敌人发现，将我们包围，没有好地形可利用，我们就很难突出去的。所以采取了夜间行动，悄悄地从敌人驻地的空隙里急行军穿过这一地区。为了防止万一，校部又派了五个连队来掩护我们三百多人员通过。就是前边三个连队作掩护，后边两个连队作后卫，把我们夹在中间行军。由于这次行军危险性很大，三百多被掩护的人员都作了紧张的动员：就是一定要在天亮前穿过这一地区，每个同志都紧跟着，不要拉档子，更不要失却联络。特别说明：谁失掉联络，就等于送给敌人，绝不去寻找，因为一掉队，就去寻找，这就耽误了行军时间，天亮以后，出不了敌区，为敌人发现，被敌人包围，后果是不堪设想的，纵然有五个连队掩护，而这些连队都是学员队，武器装备很差，战斗力也不强，加上经过一个多月的大"扫荡"，既付出了不同程度的伤亡，又十分疲惫。遇到敌情，是很难保证被掩护的三百多人的安全的。我们就是怀着这种紧张的心情开始夜行军的。当我们走到午夜，估计已行军四五十里路，到达一个丘陵地带，由于夜里起雾，我们和前边担负掩护任务的三个连队失掉了联络。我们文工团正走在被掩护的人员的前边。我们的团长和一个通讯员也随前边连队走了。我赶快传话到后边，要后边作后卫的那两个连队，派一个连队到前边来作掩护，继续前进。可是后边的人员传话上来说，他们也和担任后卫的两个连队失掉联系。也就是说我们被掩护的三百多人和担任掩护任务的五个连队，整个的失去联络了。这时，校后勤部的协理员从后边上来，我和他又派人在行军行列的前前后后出去联系，找了一阵，还是找不到掩护部队。协理员问我怎么办；我说："咱们再不能找了，再找下去，既找不到部队，又耽误了时间，天亮以前出不了敌占区，我们没有部队掩护，如敌发现，三百多人会全部覆灭。"我的意见是争取时间加快脚步向南冲出去，协理员同意我的意见，应马上摆脱我们目前的危险处境。因为八十里夜行军，我们只走了一半路程，也就是说我们现在的立脚点，正是整个敌占区的中心地带，是敌人重兵屯聚的地方，我们应该一分钟也不能耽误的离开这里。可是这三百多人是由各部门组成的，而下一步行动，需要统一指挥，我认为协理员是营级待遇，级别比我高，而且被掩护的人员，大部分是他的部下，应由他指挥我们向南突围。可是协理员说他不懂军事，要我负责指挥。由于情况十分危急，我也就不谦让了。我就把三百多人中有枪的人挑选出来，手榴弹也都集中，临时组成两个战斗班，一个班由我率领，在前边冲。协理员带一个班作为后卫，我们这三百多人就在夜色里向南急奔，由于大家都认识到严重的敌情，感受到失去掩护的危险处境。所以大家都自觉加快了脚步，我们不仅仅是急行军，而是小跑着向南突进。我们不走村庄，都是在敌人驻地之间急行穿过。在行进过程中，我带着通讯员亲自去找向导，一次误入了敌人的伙房，一次误入了伪乡公所，但幸好没为敌发现。在天亮前我在一个村边找到了一个早起拾粪的中年人，由他带路，使我们绕过一个个敌据点，冲向南去。天已大亮了，还有十多里路，才能出敌占区，幸亏早上有雾，使敌人不易发现我们，我们穿过被敌人逼着去修据点的人流，越过了最后一道公路，到早上九点多钟，我们才突出敌占区，到了滨海地区的大店，这里已是安全地带。我们又向东南行军十多里，到达了这次夜行军的宿营地。我们住下以后，却找不到掩护我们的五个连队。当时我想他们是先头部队，怎么比我们还晚到？后来才了解到昨夜他们和我们失掉联络后，他们不敢前进了，因为他们是我们的掩护部队，他们的战斗任务是保卫我们行军的安全，如果被掩护的三百多人，失去联系，遭到敌人的包围，由于没有战斗力，是会全部牺牲或被俘的，如有这样的后果，他们怎么向上级交代？在此情况下，他们派连队在敌区寻找我们，找不到我们，他们是不会轻易离开敌区的。而我们竟直接向南插去，冲出敌占区，他们怎么能找到我们呢？我们在宿营地吃过午饭，到了下午三四点钟，听见西北方向响起了激烈的枪炮声，随后炮火停了一阵，黄昏以后，那边又响起了剧烈的炮火。原来他们找到天亮也没找到我们，上午还有浓雾掩护，敌人没有发现他们，到了下午浓雾消散，敌人在一个村子发现了他们，对他们进行围攻，他们和敌人展开了战斗，终于冲出敌人的重围。他们到达另一个小岭，天已黄昏，又被敌人包围，又和敌人展开了战斗，经过一场血战，再次冲杀出来，这时周围的敌人已发觉了他们，到处出兵堵击，他们已站不住脚，就乘着夜色冲杀出敌占区了。他们到达宿营地以后，才发现我们于昨夜不鸣一枪的从敌占区冲出来，也感到很高兴。因为他们虽然和被掩护的人员失却联系，却没有造成损失，他们也比较安心了。

我曾把这两次突围写进中篇小说《沂蒙山的故事》。另外在解放战争期间，我在省文协作党务工作，也曾遇到了军事斗争的艰险情况。敌人重点进攻时，我们转移到胶东。后来敌人又集中了五个整编师向胶东进行重点进攻，敌人以优势的兵力，从半岛西部向东部齐头推进，他们扬言要把我守卫胶东的部队赶进东海。当敌人攻到莱阳时，我主力突然向外线出击，插到敌后，而我们文协的一批文艺工作者，却处在敌进攻的前边，失去了主力的支援和依托，敌进我退，形势十分危急，在万不得已的情况下，我们由文变武，我把编辑部文工团和全部的有枪的青年组织几个战斗班，成立一支武工队，掩护文协的老弱转移，和进攻的敌人周旋，一直坚持到我军反攻，敌人溃退，形势好转。

　　我所以要谈这些充满危机的战例，是想说明深入敌后，我受过的军事教育，在我身上起到的作用。由于我懂得军事，遇到严重的敌情，我就可以从容的应付敌人，使情况转危为安。应该说我们深入敌人后方以后，战争是抗日军民生活的主旋律，不但主力和地方武装要经常和敌人打仗，就是根据地的党政和群众工作的干部以及所有工作人员，都要受到战斗的洗礼。平时，敌人对我抗日根据地是经常进行袭击的，每年至少要应付敌人的春、冬两次大"扫荡"。因为这两个季节是农作物已经收割、或者还未生长起来，在光秃的田野，不便于我军民隐蔽；而却扩展了敌人的视野，给敌人强大的炮火增添了杀伤力。每当敌人"扫荡"的时候，一方面寻找我军主力作战，同时对抗日根据地进行清剿，实行惨无人道的"三光"（就是烧光、杀光和抢光）政策，围剿我党政机关，摧毁我地方政权及抗日群众团体。在这严峻的时刻，我们的战斗部队为了保卫党政机关的安全，和敌人展开激烈的战斗，而作地方工作的干部一方面动员人民群众坚壁空野，隐蔽自己，同时也秘密而巧妙的进行对敌斗争。稍一不慎，就会遭到重大伤亡。我们文工团，本来是没有战斗任务的。可是一到敌人"扫荡"，我们却会遇到危急的战斗情况，这时候我过去所学的军事知识就特别显得宝贵了。

我熟悉军事，对于我的文学创作活动，也是有着极大的帮助的，我们的部队为了巩固和扩大抗日根据地，经常和敌人进行英勇战斗，为了反映这方面的军事斗争，我常到部队去采访，有时我可以直接深入火线，去体验和了解指战员所创造的英雄事迹。一般记者也作战地采访，可是却缺少我这一条件。战斗开始前，指挥员往往把他们安排在离火线较远的后方，待在较隐蔽的地方，免得为敌人的炮火杀伤。记者是应该服从部队的安排的。因为上级有明文规定：凡是到部队采访的记者，一律服从部队的指挥，不要增加人家的负担，如擅自行动，遭到敌人炮火的伤亡，部队不好向上级交代，还得作检讨。可是我的情况却不同了，一则我到火线上，可以应付敌情，同时部队的指挥员多是我抗大军事队的同学，他们也不好批评我，因此，我在火线上可得到比待在后方的记者更多的战斗生活感受。

我不仅了解部队的战斗生活，我也去了解和熟悉抗日根据地人民群众的斗争生活。因为人民是革命部队的母亲，军民是鱼和水的关系，在那艰苦战斗的年月，没有当地人民群众的支持，我们的革命部队是很难站得住脚的。因此，我们根据地是在军爱民、民拥军的亲密关系中建立的。不了解根据地的人民群众，也很难写好我们革命部队的军事战斗生活的。

使我难忘的是1942年文工团调到地方上，我们在临沭县参加了减租减息、增加工资的伟大的革命群众运动的试点工作。时间虽然将近一年，但对我的教育和在文学上的收获实在太大了。我深入到雇工、贫下中农中去，和贫困的劳动农民心连心，在生活上和他们打成一片，发动、组织群众，成立职工会、农救会、妇救会、青救会和儿童团，向地主进行说理斗争实行双减，改造为地主把持的旧政权，继而建立民兵和游击小组，保卫胜利的斗争果实，开展抗日游击战争，最后秘密的成立了村的党支部。我参加了这一系列的群众斗争，在这期间我写了《三千人的控诉》《钱包身》

和《遥寄给沭河边的民兵英雄们》，在《大众日报》上发表。通过这一段群众工作，增强了我的群众观念，我深刻的认识到，劳动农民在党的领导下，经过翻身斗争作了主人。一旦他们掌握了自己的命运抓住印把子，拿起了武器，将会产生不可战胜的巨大力量。他们支援和配合革命部队，去战胜敌人。随着双减的革命群众运动的全面展开，根据地的人民的觉悟提高了，抗日群众团体更巩固了，民兵武装更壮大了，各个抗日根据地不仅日趋巩固，而且逐渐扩大了。

1943年敌后的抗日形势大大好转，随着根据地的扩大，敌占区日渐缩小，我各个根据地之间距离缩短，有些地区几乎连成一片。为了开展抗日根据地的文化工作，成立了山东省文协。抗大文工团也调到省文协充实这一文化机构。我到文协后，主编《山东文化》刊物，编辑部配备的人员还比较干练，我就更有条件采访和写作。在文协工作期间，我写了很多作品，这是我在抗日战争中创作最旺盛时期。

在滨海根据地的坪上召开的山东省战斗英模大会上，我采访了铁道游击队的英雄人物，我为他们传奇式的英雄事迹所感动。我决心把他们的战斗业绩写成一本书。为此，我于1944年越过临沂、枣庄和津浦铁路几条敌人封锁线，到达微山湖和铁道游击队的指战员生活了一个时期。我和他们一见面，就热爱着这些英雄人物了。他们热情、豪爽、勇敢。我和他们的大队干部和主要的短枪队员，畅谈多年来他们在铁道线上创造的神奇的歼敌事迹。从枣庄开炭厂的草创时期，到从临枣线打到津浦干线军事斗争，后来又以微山岛为依托，对津浦干线的敌人进行神出鬼没的袭击。他们打票车、夺枪械、撞火车、搞物资，并消灭了一个个经过敌人精心训练，专门对付他们的特务队，真是打得敌伪闻风丧胆。我到过他们出色战斗的地方，我走访了微山湖畔，铁路两侧曾经帮助他们的工人、渔民和农民。对他们在铁道线上的战斗生活，作了全面的深入的了解，使我有了极深的感受。回想和他们相处的日子是难忘的，他们在庆祝抗日胜利的宴会上经政委提议，大家同意，使我荣幸的成了铁道游击队荣誉队员。平日我不仅采访他们，而且作为战友常和他们促膝谈心，由于我学习过军事，而且幼年也在铁路边长大，所以我对他们在铁道线上所从事的斗争，比较能够充分的理解，这也是我从文学上反映他们战斗生活的基本条件。在我和他们相处中，更多的是我向他们学习和请教，但有些问题，我也有自己的看法，和他们交换意见，对于个别英雄人物，在斗争的新形势下，滋长了思想问题，我也曾进行过耐心的帮助。这些英雄人物都是很重友情的，从此我们建立了深厚的友谊，一直保持到全国解放以后，至今我还和他们还活着的人来往。我为《新文学史料》写的《〈铁道游击队〉创作经过》，现在收在这个集子里，它就记录了我和铁道游击队在一道生活的情景。

日本侵略者投降之后，我二次去铁道游击队。这时，他们已经移住解放后的枣庄，我和他们研究《铁道游击队》长篇小说提纲，当时地处枣庄北部的中兴煤矿公司还为汉奸王继美部两千多人控制，这批伪军扬言已为国民党部队改编，拒不向我军投降。这批伪军竟打了我军的谈判代表，我军向中兴公司发动了猛烈进攻，经过一夜激战，把这两千多汉奸全部歼灭。由于战斗就在我身边进行，为了丰富我的战斗生活，我就随着进攻部队，进行战地采访。

我军和敌人只隔一条东西马路，马路北侧不远处，就是中兴公司的南围墙。敌人不仅在围墙上布置了强大的兵力和炮火，而且在围墙外边的一片开阔地上还埋设地雷区并拉上电网，阻止我军接近。在马路的南侧是市区，我军主攻部队的进攻出发地，就在马路南侧的一溜房屋和短墙后边。团部把我和另一个摄影记者老余，安排在马路边一个院子里的防空洞里。由于我们离火线只有一墙之隔，战斗开始，为了怕炮火伤了我们，团指挥部要我俩一定隐蔽在防空洞里，不要出来。我看这个院子的其他房屋，都堆满了弹药和战斗器材，由一个负责后勤的军官看守着，屋里并装有军用电话，我知道这里是主攻部队的后勤，这里供应着在战斗中前进部队的弹药和军用器材。我和老余并没沿着向下的阶梯，到防空洞最里边去，只坐在洞口的第一道阶梯上，上身还露在洞外，我们想观察一下进攻开始后的战斗景况。

攻打中兴公司的战斗开始了。首先是我所在的这个主攻营在组织爆破，两个人一组的爆破员，扛着绑有五六十斤炸药的爆破杆子，一组接一组的跃出进攻出发地，冒着敌人射来的弹雨，奔向敌人的围墙工事，他们把炸药杆子推到围墙上，拉响炸药包就退回来。可是由于敌人火力过于密集的阻拦爆破员的前进，一组、二组都在中途被击倒了，但是第三组又接着冲上去终于拉响了炸药包。在组织爆破时，一方面敌人的火力阻拦，同时我军阵地上也发出猛烈的炮火，对爆破员进行掩护，在马路两侧敌我火力交射，枪声一片，围墙内外映出红色的火光。敌人围墙上的机枪，向这边扫射，子弹从防空洞上空飞过，防空洞边有一棵大树，树冠被打断的枝丫纷纷落下。就在这稠密的枪声中，不时听到轰轰的爆破声。在我们对过轰隆声响的更沉重，这是主攻营炸开了突破口，我军担任主攻的部队冲上突破口，和守敌搏斗，巩固住突破口以后，我进攻部队，就从这个围墙缺口冲入中兴公司，扩大战果，歼灭敌人。

当敌我争夺突破口时，那里的枪声和手榴弹的爆炸声响成一个蛋，我军和反扑的敌人的厮杀，显然是激烈的。可是不一会，对面围墙的枪炮声渐渐稀疏了，剧烈的炮火渐渐的向围子里响了。我在防空洞洞口的台阶上，对身边的老余说："咱们的主攻部队，已经进了突破口，向敌纵深发展了，我能跟他们进去该有多好呀！"老余说："咱们到战斗部队采访，应该服从部队的安排，待在这里，可不能随便走动！"老余的话是对的，可是却不能说服我，因为我学过军事，曾是军人，作为一个军人，打仗时都争着抢在前边去投入战斗，谁也不愿留在后面。现在战斗部队在中兴公司里和敌人进行火热的战斗。而我留在后方的防空洞里，这里倒是安全的，而火线上的战斗情景，我却一无所知，我不甘于这样做：等着主攻营歼灭敌人以后，再去采访，我要到火线上去了解我们英雄的指战员怎样和敌人搏斗，也只有在这血与火的战斗中，才能真正了解和体会到我要写的人物的坚实性格和战斗风貌。想到这些，我真想马上进突破口到战斗的第一线。我认为老余不懂军事，他应该留在这里。和他相比，我有会打仗的条件，所以决心要到火线上去。可是怎么去呢？主攻部队的进攻道路我不熟悉，怎么通过雷区和电网，进了突破口又到哪里去找我跟随采访的主攻营？因为我军这次攻打中兴公司，是多角爆破，几支主攻部队一齐打进去的，哪一路是我所在的主攻营？在四下都是炮火连天的战场，是不容易找到的。我正在为难时，突然看到主攻营郎教导员的小通讯员，提着枪从火线上跑回到我们院子的后勤供给处。原来火线和供给处的军用电话线被炮火打断，前后失掉了联系，而火线上的战士正需要机枪子弹和手榴弹，郎教导员就派他的小通讯员，从火线上下来，亲自来催供应处，火速派人向火线上送弹药。我前天来这个营采访时，郎教导员接待过我，我认识了他的通讯员小李。我在防空洞口问小李，主攻营攻进围子打得怎么样？他说已占领两座小楼房，说着就提着枪匆匆出了院子回火线去了。我想跟着这个小李，不是就找到火线上的主攻营了么？想到这里，我低低地对老余说："你在这儿待着吧！我到前线去了。"老余正要阻拦我，可是我已跃出防空洞，远望着小李的背影，我就跟在他的后边跑去了。小李从一个作为冲锋出发地的墙洞里跃出，到了敌我对峙的东西马路上，我也跃出洞口上了马路。一到马路上，就进入了战场，四下里战火纷飞，炮火的光亮耀得到处通明，枪炮声也比在防空洞中听起来更刺耳了，飞弹和弹片不住点的在我的四周呼啸。我看见小李像一只敏捷的猫一样，绕过雷区，穿过电网的缺口，我也像他一样越过雷区和电网。接着我跟着小李冲上突破口，我看这个为爆破员炸开的围墙缺口，有点偏高，主攻部队开始进突破口时，指战员到这里要猛力一跃，才能登上去，他们在突破口和围墙两边反扑过来的敌人展开血战，敌人的尸体都堆到突破口的下边，正好形成了进突破口的一个斜坡。所以我和小李进突破口时，就不用跳跃，直接踏着死尸垫的斜坡跑上去了。进了中兴公司，向右走出不远，就折进向北的一个通道，过去两座小的洋楼，我在一个院子里见到了郎教导员，他见到我一面热情的和我握手，一面用责备的目光望着我说："你怎么上来了?!"我知道他是为我的安全担心。我对他说："我还懂点军事，你忙你的吧：你放心，我还能应付些情况。"说着就隐蔽在一道短墙的下边，因为当时一阵阵弹雨正从那边扫来。我在短墙边观察周围的战况。这时主攻营攻势迅猛，已在攻打第三座楼房，我和教导员及一个班的战士，在火线的后边，和战斗正酣的火线只隔一道院墙。从东西两侧攻进来的兄弟部队，正和我和教导员的立脚处成一平行线。两侧的战斗正激烈进行。也就是说正北、东、西三方都在战斗，我们正处在战场的中心地带，离三个火线只有一二十米，炮火的轰鸣，震得我耳朵发聋，使我感到硝烟刺鼻神经发木，再看看教导员守着两个军用电话机在紧张的工作，我才了解到他在火线的后边负责前后方的联络。火线上有什么情况，指挥员即时向他报告，他根据火线战斗的伤亡情况，命令后方的第三梯队向火线支援，同时要看守住这条经过战斗已占领的进攻道路，指挥后续部队沿着这条道路支援火线。如前线的弹药缺乏，或需要什么器材，报告给他，他指挥后勤火速向火线运送。除这些任务，附带还要安置火线上打散的士兵，他们找不到自己部队了，他把他们重新组织起来，再送回前线。遇到跑散的少数敌人，他指挥身边的战士，把敌人俘获，押进暂时关押俘虏的一个空房间。还有一个任务，就是扑火。有时敌方的炮弹打过来，把附近的房子打着燃烧起来，他叫战士们全力及时扑灭。因为火光升起，会照亮了我军部队进军的通道。敌人会组织强大炮火向这里轰击，阻止我后续部队前进。这些活动，除了用电话调后续部队支援火线，命令后勤向前线运送弹药外，其他的所有活动我都参加了，而且表现得和教导员身边的士兵一样动作敏捷，积极主动，看样教导员认为我还不是一个多余的人，还感到满意。这时，电话里传来了火线上一个突然情况：就是率领二连向敌冲杀的副营长负了重伤。为了保证歼敌的胜利，主攻连都是由一位营级干部亲自指挥的，显然需要一个营级指挥员去，接替副营长，指挥二连向敌冲击。其他营的干部都有任务，郎教导员决定自己到二连去，可是这里谁来负责前后方的联络呢？他在寻思调谁来接替他。正犹豫间，我自告奋勇地对他说："你到火线去吧，这里的一切由我负责！"时间紧迫，不容有过多的考虑，教导员就点头说："好！老刘就麻烦你了！"他接着对身边的一班战士说："这里一切都听老刘指挥！"班长和战士们齐声称是。教导员就带着通讯员到火线上的二连去了。我就带着这个班，坚守着教导员的岗位，即时的收容和组织在火线上打散，找不到部队的战斗员。我带的已不是一个班，已扩大到二三十人了。有五六个敌人的敢死队窜到这里，他们把我们误认为自己人，当他们省悟过来时，每个敢死队员周围，都被我所指挥的几个战士的枪刺顶着，乖乖地作了俘虏，我把他们押在一间空屋子里，我们守在通向前方的通道，不时指引着支援部队奔上火线。敌人的一个炮弹在我们身边的房子上爆炸，房屋顿时起火了。由于没有水，我指挥着战士，随手抓起一些物件把火扑灭，累得我浑身是汗，袖口和衣角都被火烧焦了。我在这里坚持了近一个小时，前边又攻占了敌人一个楼房，由于又换一连主攻另一座洋楼，教导员回来了，要把联络地点往前边移动。他看见我很累，就派了两个通讯员跟着，守着一部电话机到刚刚占领的小洋楼里休息，我带着两个通讯员就进了小洋楼的底层，我用手捂着火点了支纸烟，在炮火轰鸣、门窗和地板都震得乱动弹的情况下，在感觉上认为室内总比外边安静，我发现地板有些微小的响声，我叫通讯员划火柴看看我躺着的小床边的动静，原来室内有几具敌人的死尸，其中还有个未断气，一条腿还不时伸缩着，我和通讯员又查看了楼上，那里也有几具尸体，我就又躺回小床上。点燃了第二支烟，我在小洋楼里待了约半小时，通讯员就通知我教导员来电话，要我到前边去，因为又打下一座大的楼房，一营的战斗任务即告结束，下一步的攻击任务，就换二营去完成了。我就离开小洋楼到前边去了。事后了解：我在这座小洋楼里待的半个小时，是我进突破口到火线上最危险的时刻，在完成战斗任务撤出中兴公司的路上，一营长告诉我，在我待的那个小洋楼里还隐藏了敌人一个加强排四十多人，当我一离开，这股藏在地下室的敌人就冲出来，正好我军一个连从此经过，把敌人这个加强排包围消灭。最后营长对我说："你在那里休息，有敌人一个排和你作伴，有多危险啊！"我当时的危险处境，连这位身经百战的战斗英雄营长也为之咋舌了。解放中兴公司的战斗，在黎明时已经结束。王继美的汉奸队两千多人全部被歼，可是在天刚亮，驻在徐州的国民党部队总部，还愚蠢的派飞机来向中兴公司的王继美部队空投弹药，各色的降落伞带着弹药，都落入我军手中。一营郎教导员认为我在这次战斗中，对他们有帮助，而且烧坏了衣服，就以部队名义赠给我一个降落伞作为纪念。

我所以这样详细地谈攻克中兴公司之战，是因为我在战争时期作为一个文学工作者虽然参加了不少战斗，但这是一次我深入战斗生活的较典型的事例，说明我懂得军事，对于我深入火线采访有多大帮助，我在火线上和指战员们同命运共呼吸，不但不给战斗部队增加负担，还可帮他们作些力所能及的战时工作。至于说到参加战斗时会冒生命的危险，那是很自然的事。因为部队的指战员，都是抱着不怕牺牲的精神去和敌人战斗的，如果怕死的话，我就不会到战斗部队作战时采访了。在文学创作上也就不可能写好战斗中的英雄人物，因为只有在战斗中才能了解到他们的品德和性格。后来我把这次战斗采访，写成了小说《攻克煤城之夜》也收在这个集子里。

我在枣庄和铁道游击队的几位领导骨干，座谈和研究了长篇小说提纲以后，准备动笔写作，接着解放战争开始了，国民党反动派集中了几十万兵力，对山东解放区进行重点进攻，全山东解放区军民都奋勇的动员起来，全力迎击和打退国民党部队的进攻。在这战火燃烧的危难时刻，我怎能坐下来写作呢？因此，我就打消了写《铁道游击队》的计划，和一批文艺工作者到前方支援前线去了。

我在省支前委员会工作，去各条民站线检查备战工作。我也参加了几十个担架队支援莱芜战役的支前工作。我也目睹了上百个民工担架队支援孟良崮战役，使解放军干脆利落地把蒋军王牌主力整缩74师歼灭的悲壮情景。为了打退国民党军队的进攻，整个山东解放区的青壮年都涌上前线了，我感触到人民战争的汪洋大海席卷敌人的锐不可当的伟大气势，在解放战争中，有说不完的军民鱼水情的感人事迹。我以后写的小说《铺草》和《红嫂》的素材，就是在我支援前线的工作中感受的。

南麻、临朐战役之后，为了分散敌人兵力，我主力外线出击，我华东野战军大部分主力部队插到鲁西南、河南去了。这时我奉调又回到省文协。接着又随机关撤到胶东。我前边说过敌人集中五个整编师，齐头并进，向胶东腹地进攻，而撤到这里休整的主力，又外线出击，插到进攻敌人的后面。为了应付进攻的敌人，我把编辑部和剧团的青年组织成一支武工队，和进攻的敌人周旋，一直坚持到形势好转。我军大反攻，除一部分敌军从海路逃窜以外，其余进攻的敌人全部被歼，胶东半岛全境解放。我们省文协转移到渤海地区。

我军大反攻后，战争的主动权已操在人民解放军手中，在山东地区的反攻势如破竹。1948 年春胜利展开胶济西段战役，解放了周村、张店等城镇，接着又解放了胶济线重镇潍县，夏天向南扫去，解放了津浦线上的兖州。至此山东省首府济南已完全孤立，这时外线出击的西兵团已经回来，和东兵团汇合后将济南包围，至秋天，即解放了济南，全歼守敌，并活捉了敌战区司令长官王耀武。

济南解放后，我和省文协入城，开展城市的文化工作。这时我华东野战大军经过一个时期休整，于这年初冬大军南下，汇同中原第二野战军（刘邓大军）对退守在徐州一带蒋军主力展开了名震遐迩的淮海战役，我作为山东兵团《华东前线》报的特派记者，参加了这一伟大战役。

淮海战役是由三个小的战役组成的。第一阶段在碾庄消灭敌黄百韬兵团，第二阶段在双堆集消灭敌黄维兵团，最后阶段是在永城地区消灭敌李弥、孙元良两兵团，加上敌驻徐州的指挥总部，加上敌军的起义部队，这一战役共消灭蒋军约五十六万人。蒋军的几百万部队，在自卫和解放战争中大量被歼，所剩下的只有徐州地区这部分主力，通过淮海战役，蒋介石的主力部队，已基本上消灭在江北，它为以后我军百万雄师横渡长江，扫清了道路，也就是说淮海战役一战，决定了蒋介石失败的命运。因此，我有幸参加了这富有历史意义的战役，是难得的机遇，也是我政治上的极大享受。

我在抗日战争中参加过游击战争，在日本投降前后我参加过解放干榆、攻打枣庄的攻城战斗，这些战斗往往只是歼灭敌几千人。在解放战争期间，我带着民工去支援莱芜战役、孟良崮战役，看到我军在运动战中，一举歼敌四五万或七八万，当时就感到是很了不起的伟大胜利了。现在我在淮海战役中看到的，是在近两个月的短时间里，竟歼灭蒋军主力近 60 万。在这一战役中敌我兵力一百多万，而各解放区支援解放军作战的民工和民兵就有二百多万，在这徐州附近的淮海战场，有几百万战斗和支前人员在活动，这在中国和世界战史上也是不多见的。我作为随军的军事记者将好好地感受一下这大兵团作战的战争脉搏的跳动，在战斗采访中，我的工作是积极的，情绪是亢奋的。

淮海战役第一阶段我军歼灭敌黄百韬兵团，这个兵团原驻在东海一带，听说我华东野战大军南下，为了怕遭我军围歼，慌忙沿着陇海线向西到徐州集结，他们的先头部队一○○师已经到达曹八集了，这个兵团行至碾庄，为我军包围，而这个敌一○○师的先头部队，却漏在包围圈的外边，我所在的纵队奉命将曹八集这个师包围，经过一夜激战，把敌人这个先头部队歼灭了。这一夜的围歼战，打得还是比较艰苦的。因为曹八集四面环水，战斗开始时，我军一个主攻营，从北门一座残破的石桥上冲进围子里，可是石桥被炮火打断了，后续部队受阻，一时攻不入围子，而攻进去的这个营，插入敌穴，占领了几座房屋，和敌人孤军作战，敌人一方面防守围墙，阻止我各路进攻部队的围攻，同时组织整团的兵力来对付我军这个营。敌人组织了强大的炮火和兵力，轮番地轰击和进攻这几座房屋，一次次的进攻都被这个营击退，他们一直坚守着这一小块阵地。轮番进攻的敌人，在这几座房屋四周丢下了许多尸体，几乎形成了一道用尸体堆成的小堤一样，可是敌人却不能接近房屋。房子被炮火打着了，他们在烟火中把冲上来的敌人打退，房顶倒塌了，他们凭着断墙残垣打击着敌人，英雄的主攻营始终坚守着阵地，一直坚持到我军其他部队打进来，最后里应外合地全歼了敌人。这个营在敌人围子里孤军奋战，大量的杀伤了敌人，在全歼敌人的战斗中起到重大作用。但是守那几座房屋的战斗也是够残酷的。他们打退敌人一次次强攻中，指战员也陆续付出伤亡，后来只剩下几十个人了，但活着的人依然的坚守着阵地，负伤还能动弹的战士还在战斗。最后弹药也打完了，他们用枪托和敌人搏斗。就在这十分危急的时刻，在这血与火的残破阵地上，发生了一件感人的事件。就是有个叫王世岗的战士负重伤倒下了，他在战斗开始之前，向连的党支部写了一份入党申请书，并表示决心一定在这次战斗中出色的完成歼敌任务，接受党对他的考验。在这次战斗中，他打得确实英勇顽强。当他倒下的时候，指导员把他扶起来，问他伤的怎么样？王世岗为自己负重伤，不能再战斗而感到难过，他断断续续的对指导员说："我没能更好的完成战斗任务！"指导员对他说："你完成的战斗任务很好！"王世岗认为自己也许不久于人世了，他担心自己的党籍，就低低地问："我能成为一个共产党员么？"指导员安慰他说："你够条件！"指导员说罢就把这个战士轻轻地放下，在烟火中爬到两个支委和未遭伤亡的党员中间，吸取他们的意见，他们都同意王世岗入党。这时，全营的指战员已大部分牺牲，指导员就对仅有的六七十个正在与敌苦战的指战员庄严宣布："同志们！我们连的党支部已经批准王世岗同志入党了！大家要像他那样和敌人战斗吧！"在激烈的炮火声中，这个庄严的宣布，成了强有力的战斗动员。指战员们用刺刀和枪托打退了敌人又一次进攻，直到我军大的部队杀进来。

曹八集战斗结束后，我所在的战斗部队撤到北边六七里的村庄。我听到王世岗火线入党的事迹很受感动，我想给《华东前线》上写一报道。第二天，由曾在围子里孤军作战的副营长领着，我们骑着马重返曹八集，到他们战斗的几座房屋那里去了解昨夜孤军血战的情况。当时淮海战场，国民党的飞机，从早到晚的在天空盘旋，看见地面上我军有什么活动，就轰炸和扫射，加上通讯员我们三匹马在原野上奔驰，很快为敌机发现目标，不断俯冲下来扫射我们。每当敌机俯冲下来扫射我们时，我们火速把马停下来，而飞机却停不下来。当我们勒马停下时，飞机就从头上掠过，扫射的子弹也落在我们的前边。我们就这样一跑一停的避开敌机的扫射，到了曹八集。副营长领着我看了他们坚持战斗的那几座房屋，房屋已被炮火打得全部倒塌下来，有的屋角已被火烧焦，这样一个破破烂烂的小地方，怎么能容下一个营的兵力驻守，可是事实上他们就是在这艰险的情况下，和敌人血战整夜，没让敌人窜进阵地一步。我们离开这里又到战场上走了一转，由于刚刚结束战斗，战地到处是成堆成片敌人的尸体。一些地方上的民兵正在清扫战场，我从一个民兵手中要了一本敌军官日记，就和副营长骑马回驻地了。

我在团的驻地给《华东前线》报写了一篇《火线入党》的文艺通讯发出去，这时已下午三点了，我打算向团的指挥员告别回师部去。特别是团政治处主任是我抗大的同学，应该去辞别一下，可是团的干部正在开会，不好去打扰，所以我就带着那本精装的敌军官日记到村边的树下去翻一翻，因为我想从敌人内部了解些我所需要的材料。不翻则可，一翻却使我大吃一惊。这个日记的主人是我们歼灭的这个整编师的电台台长。由于他思想进步，在敌人内倍受迫害，在日记中不时发出愤懑的呼声，同时他对于蒋军反共的屠杀解放区无辜人民极端不满。原来他在抗战初期是个知识青年，为了抗日救国，投笔从戎，但他投错了地方，竟到了国民党部队。他是反对打内战的，可是还是被赶到进攻解放区的内战前线，最后竟作了蒋介石发动内战的炮灰。当我抚着这本打开的日记陷入沉思时，晚风突然吹起扉页后的一页空白，上边草草地写着几行字，是日记主人写给缴获这本日记的"未见面的朋友"的，内容是说他要死了，希望捡到这本日记的朋友，将它寄给他徐州某处的梦里的情人，最后署名的前边写上"未亡人"。这本日记现在在我手上，显然应由我来完成日记主人的委托了。我决定这天不走了。看看天色，太阳快落山了，离天黑还有一段时间，我要再到曹八集战地去一趟，找找这个日记的主人，看看他死在什么地方，身边还有什么遗物和材料，遗物我将寄给徐州他梦里的情人。团部听说我要到曹八集去，就派了两个骑兵跟着我，我们向曹八集飞奔时，照例要和扫射的敌机绕圈子。到战地后，我看到到处是敌人的死尸，我往哪里去找他呢? 记得在团部访问过一个俘虏, 知道日记主人伤在头上, 所以我就查看击中头部的死尸, 找了将近一小时, 在夕阳西下时, 我在曹八集的南部一个小中药铺里找到了这个日记的主人, 原来他还没死, 他头部腿部负伤, 不时有些昏迷。我把他驮回团部驻地, 因为天已黑了, 敌机不像白天那样疯狂了。回驻地后, 我的抗大同学方主任为了给我送行, 特地弄了一只鸡作了晚饭。方主任赶快叫军医来给日记的主人换了药, 并和他一道吃晚饭。饭后就用担架把他送到后方野战医院去治疗了。全国解放后, 我把这件事写了一篇小说《一次战地采访》。

打过曹八集以后, 我又随这个纵队挥戈南下, 在宿县以东灵璧县城驻有敌人一个师, 我所在的部队会同兄弟纵队将灵璧敌人团团包围, 经过一夜激战, 在天亮前把敌人这个师全部歼灭。这次围攻灵璧是多方突破, 担任西南角突破的主攻团团长老赵是我抗大军事队的老同学。他团担任攻击城的西南角, 正是守敌的防御重点, 敌人在这里布置的兵力强, 地堡多, 城的外壕壕沟不但宽, 而且水深。炮兵在城墙上打开突破口后, 赵团长指挥担任攻占突破口的三营, 迅猛的扑到城外壕, 可是受阻了, 原来战前准备的过城外壕的长梯形的木桥太短, 架不过去, 另一端支不到彼岸, 一架上去就滑到水里, 使进攻不能从木桥上通过。而这时, 敌人城墙下的许多暗堡, 还有城墙上的敌人用机枪向他们扫射, 子弹雨点般落下来, 还有投下的手榴弹像冰雹样在壕沟外的三营指战员中爆炸。情况十分危急, 停在壕沟外的三营, 每分每秒钟都在增加伤亡。这时候重新建桥已来不及了, 为了减少伤亡, 赵团长指挥三营泅水过去攻占突破口。三营的指战员纷纷下水, 这时已是冬天, 水面已结了薄冰, 指战员们在水中冻得像冰棒似的, 更主要的是泅水的速度很慢, 他们过外壕时, 又增加伤亡, 伤员都被泡在水中, 直到过去后, 已有一个连的伤亡。二连穿着冰冻的棉衣, 向突破口进军, 攻击数次都被敌人打下来了, 而这第二连也伤亡得差不多了。

三营营长是个战斗英雄，他带着第三连攻占突破口，也未奏效，为敌人击退。这时候兄弟部队打的其他突破口都打开了，进攻部队已攻入城内，而城西南角的突破口还是没有攻占。为了不影响整个战局，纵队指挥部要赵团长把第二梯队借用西门突破口进去，沿着城墙打到西南角，然后再按原来的作战方案，向城内敌人纵深发展。当赵团长把这一意图，用电话告诉正在打突破口的三营长，三营长急了，他说我们怎么借用别人的突破口？他一再请求允许再攻一次再作决定。赵团长当然愿意进自己打的突破口，就答应了他。三营长就组织全营剩余的所有兵力对敌人控制的突破口进行最猛烈的攻击，他们冲上突破口用刺刀和敌人反复厮杀，最后把敌人击退，占领了突破口阵地，可是三营长已倒在血泊里了。赵团长马上把团指挥所移到突破口边的城篁里，我跟着去了，赵以责备的口吻对我说：你怎么也上来了！我知道他关心我的安全，我就对他说：没有事！你快忙吧！这时我感到突破口仅仅是占领，并不巩固，突破口两边城墙上的敌人，还不时向这里反扑，企图夺回突破口。赵团长指挥三营仅有的一小部分部队一次次打退敌人的反扑，敌人最后一次反扑，快打到团指挥部了，团参谋长竟端起机枪，率领通讯人员也投入战斗，终于把这股敌人消灭了。这时一、二营已修复了过外壕的木桥，迅速到达突破口，为了巩固住突破口，二营向两侧攻击消灭了西南角城墙上的敌人，然后和一营冲入城内，配合兄弟部队经过一夜战斗，把灵璧守敌一个师全部歼灭。在这次战斗中，我深入到战斗的第一线突破口上，我又是学军事的，团指挥员还是我军事队的同学，我虽然有了这些优越条件，可是在战斗过程中，我竟一度对我的老同学有了误解。当三营经过艰苦的攻取突破口的战斗，虽然完成了主攻任务，但已伤亡过半。下一步巩固突破口和向敌纵深发展的战斗任务将由一、二营去完成了。全营剩下的五六十个指战员就撤回城壕外边，三五成群的往后边走着，由于他们是泅水过外壕攻取突破口的，棉军衣水湿，经寒风一吹，军衣结冰了，全身冻得硬邦邦的，连手臂都不能弯曲了，指战员冻得浑身打战，上下牙巴骨哒哒的抖动着。这时，我正和团的政治处王主任站在那里，王主任问他们谁是指挥员，三营的副教导员走过来，显然三营只剩下他一个营干部了。他吃力地弯曲下手臂向王主任行了个敬礼。王主任问他营还有多少人，副教导员用手指着身后的五六十人说："就剩这些了。"王主任在夜色里望着离突破口只有二里路的小村，那里是他们团的后方，就对副教导员说："你把部队整理一下，到那里去烤烤衣服，再回来待命，迎接新的战斗任务。"副教导员带着这些战士向团后方的小村走去。当时我非常同意王主任对他们的安排，他们打地够苦了，现在又冻成那个样子，应该让他们到后边烤烤火烘干衣服，可是这时赵团长突然走来，他看见了副教导员带的人正往小村走去，就气呼呼地喊："什么人往后走?! 赶快回来!"这后一句是极严峻的命令口气。副教导员带着人回来了，赵团长知道是三营的人，正要责问他们为什么往后撤，王主任搭腔了："是我让他们到小村去烘烘衣服的。"赵团长说：不行! 转身对副教导员下达命令：马上整理好队伍到前边团指挥所待命。赵团长说罢又回火线了。当然副教导员和三营的战士服从团长的命令，又回到靠近火线的前边去了。我看到这一情景心里很不舒服，在可怜这些战士，不由得从内心里涌出一股对我这位老同学的不满情绪。当时我想三营的指战员攻击敌人的防御重点，受了那么大的挫折，最后终于打开了突破口。为了完成这一艰巨的战斗任务，他们已伤亡过半，现在剩下的这几十个人不仅疲惫不堪，而且冻得都像冰棒似的，难道让他们到后方去烤干衣服也是过分的吗? 我感到这位团长同学太不爱护自己的战士了。等战斗结束以后，我一定要给他提点意见。后来的事实证明，对待这一问题，错的不是赵团长，而是我错了，因为我没有设身处地地为我的老同学着想，他是战场上的指挥员，战斗还没结束他要把自己的兵力，不仅五六十个战士，就是一个班也要紧紧的掌握在手里，以备不时之需，随时都能应付战斗局势，打击和消灭敌人。团指挥所上了突破口以后，敌人最后一次反扑，情况危急到团参谋长都动了机关枪，正是这几十个三营的指战员上来，保卫住指挥所，在打退敌人反扑中起了重大作用。至于说到爱护战士，真正爱护战士的不是我，也是我这位团长同学。因为赵团长在战斗中知道，而且有信心配合兄弟部队，消灭城里这一师敌人的。三营在打突破口时虽然伤亡严重，但是他不愿意让这几十个指战员灰溜溜的到后方烤火休息。他要这些指战员留在前线继续战斗，等全歼敌人后才离开战场。在战斗结束后，我亲眼看到这几十个指战员雄赳赳，气宇轩昂，怀着胜利的欢欣押解着上千俘虏出城，对比昨晚遭受重大伤亡后的三营垂头丧气回团后方去烤火休息，在情绪和士气上有多么大的不同啊！在五十年代，我在《收获》上发表的短篇小说《突破口上》，就是描写这次解放灵璧的战斗。在作品中，我歌颂了老同学赵团长和三营指战员奋勇攻占突破口的顽强战斗精神，从文学创作上说，也是写我的一次深入火线的实际生活感受。

解放灵璧城后，我所在的纵队奉命向西挺进，从固镇附近横越津浦线到双堆集附近，参加围歼敌黄维兵团。敌人这个兵团原驻在河南南部，徐州战事吃紧，蒋介石急电令黄维兵团速到淮海地区增援。这个兵团走到双堆集，为我二野、三野的部队团团包围，黄维兵团十余万人马，开始驻二十来个村庄，遭到我军围攻后，被压缩到十几个村庄，最后只占几个村子了。几万人挤在一个小村里不仅找不到给养吃，就是烧饭的木柴也找不到，把全村的房屋拆掉，还不够烧一顿饭吃。蒋介石所在的南京每天出动许多架次的运输机，给被围的黄维兵团投掷大量的物资，不但有弹药、大米，还有成捆的劈好的木柴。用飞机运木柴，这还是我头次看到的新鲜事。运大米和木柴还得烧火做饭，很费事。后来敌人学聪明了，就运熟食大饼了，这样捡起来就可以吃。可是黄维所占的地面越来越小，只有几个村庄，敌机投下的物品，只能落进敌人阵地一小部分，大部分都落到我军阵地。我看到饿急的敌人为了抢飞机投下的物资，不仅遭到我军炮火的轰击，甚至敌人部队之间也火并起来了。使我难忘的是这一夜，我包围黄维兵团的各个纵队，全面向敌人发动歼灭性的总攻。我在一个师指挥部的地堡里受到一场震惊。当我大军从各个方面向敌发起总攻之前，敌黄维兵团突然向西北方向突围，敌人残余七八万人，全部轻装，丢下重武器，只带些轻便武装，为了便于赶路，他们裹成几十路的庞大纵队以坦克开路，往外冲击，而这个方向并不是我重兵所在，只有几条横的细长战壕，而战壕里的兵力比较分散，是阻挡不住这样巨大的人流前进的。在战壕里的我军运用各种武器向走动的敌人射击，敌人也不还枪，有些敌人被击倒了，但是给予敌人的伤亡只像牛身上拔去几根毫毛，未被击中的敌人还是越过一道道沟壕不停地向西北冲。他们像一条黑色的巨蟒一样向前蠕动，这时，四面包围敌人的我军各个纵队，奉命火速派部队到西北方向去截击逃窜的敌人，派出的各路战斗部队，像伸出一柄柄利剑一样，将这条巨蟒一段段斩断吃掉。因为敌人失掉手头的重武器，军心涣散，只顾逃跑，已成毫无斗志的乌合之众，一遭到火力拦阻，就举手投降，这正是抓俘虏的好时机。我所在的这个师，师长姓高，像个文弱书生，却很能打仗，他把前线主攻团留下，把其他两个团都派出去截击敌人了，接着又把主攻团的二、三梯队两个营也派出去，只留下一个营在火线上。后来高师长又把师部的警卫，通讯连和侦察连也派出去，在师指挥部的地堡里，只有师长、政委和参谋长还有我以及几个警卫人员在抽烟、等候派出部队截击敌人的好消息。就在这时，发生了突然情况，参谋长从地堡的一个出口出去解手，只见他又紧张的窜回地堡，对师长、政委说："不好！敌人的坦克到了！"我这时侧耳细听确实有坦克的沉重突突声，从出口处传进来。高师长手下已没有了战斗部队，他看看几位指挥员手上只有枪，而警卫人员除带一支匣子枪，顶多还有一支缴获的美式卡宾枪，怎么能打坦克呢？这些小型武器射出的子弹，是穿不透坦克的钢铁甲板的，所以高师长忙对我们几个人说："快在地上摸手榴弹！"因为在战壕和地堡里到处都丢有手榴弹。我们每人从地上捡了两棵手榴弹跟着师长从另一出口冲出去，我们站在战壕里，看见夜色里四辆敌人坦克从西边驶向师指挥部的大地堡，有一辆已经驶近地堡，坦克一边嘟嘟的开动，一边用架在射击孔上的机枪向这边扫射。幸好坦克后边没有敌人士兵。我们在战壕里躲着坦克上的炮火，和坦克绕着圈子。在这十分危急的时刻，留在火线上的那个营看见敌人坦克驶到师指挥部，就派了一个连，带着两个火箭筒赶来，用火箭筒打着一辆坦克，这辆坦克燃起一片火光，其他三辆坦克转头向北驶去，我们才摆脱困境。天拂晓时，胜利的消息不断的传来，这个师派出的部队，每个营、团都俘虏上千或数千敌人，连师的侦察连也抓回了好几百俘虏。敌兵团司令黄维虽然坐在坦克里往外冲，最后还是没有逃出被俘的命运。

我军在双堆集歼灭敌黄维兵团后，我所在的纵队奉命向西北方向的永城地区进发。原来我军在淮海南部战场围歼黄维兵团时，徐州敌"剿总"副总司令杜聿明率领剩下的三个兵团和总部直属兵员二十余万人，向西突围，在永城附近被我大军包围在方圆二十里的狭小地带。围攻不久，敌孙元良兵团就被歼灭。现在我围歼黄维兵团的几个纵队又北上，加强了对杜聿明总部的围攻。从12月16日到1月5日为止的围歼战中，由于我军对被围的敌人展开政治攻势，散发传单和劝降书，新华通讯社还播放了毛泽东主席的《敦促杜聿明等投降书》，使敌人约两个师投降起义。后我二、三两路野战大军汇合在一起，对杜聿明的两个多兵团的残兵败将发动总攻，经过四天激战，将这20多万敌人干净全部的歼灭。我看到了战役结束时的情景，战场上到处是敌人成堆的尸体，到处是敌人丢下的美式辎重，坦克、汽车和榴弹炮，到处是敌人丢下的衣物，公文遍地飞舞，我军英勇的健儿押解长长的俘虏行列，一眼望不到边，几十万解放区支前的民工，帮部队打扫战场，搬运武器和战争物资，赢得胜利的军队和民工，脸上都充满喜悦，无论走到哪里，都能听到他们的一片欢声笑语。

我在淮海战役中给《华东前线》写了两三篇文艺通讯，由于战事紧张，流动频繁，不可能写更多的东西，但是我却写了淮海战地日记，把在战争中的感受和大量素材记录下来，准备以后从事文学创作。战役结束后，部队新闻单位的同志劝我留在部队，一道渡江南下，可是我的工作单位在济南市文协，不久，我接到电报，就离开战斗部队回济南去了。

我在济南市文协工作不久，1950 年山东省文联成立，我调到省文联负责编创部的工作，1951 年《山东文艺》有一期缺乏重点小说稿子，在编辑的热心督促下，我写了短篇小说《铺草》，这是在解放战争期间，我到沂蒙山区支援前线所感受的。1952 年到 1953 年，我请假在大明湖畔和省委大院内，写了长篇小说《铁道游击队》，在写作前我特地又到枣庄、微山湖去了一趟，旧地重游，重温了抗日战争时期铁道游击队的英雄们在这里战斗的情景。回济南后，我就创作了这部长篇小说。由于在战争中我曾去枣庄和他们研究过小说提纲，所以写起来还比较顺利。

《铁道游击队》长篇小说出版后，我调到华东后改为上海作家协会，从事专业创作，我写了《铁道游击队的小队员们》在《儿童时代》上连载，后由少儿出版社出了单行本。我又在《收获》上发表了短篇《突破口上》，后来我又写了在淮海战场打曹八集的短篇小说《一次战地采访》。1959 年我要求回山东长期深入生活并进行创作，居住在青岛，我在这里把短篇小说《铺草》、《突破口上》和《一次战地采访》加上其他几个短篇，由上海文艺出版社出了一本《铺草集》。我写了一部电影文学剧本《草上飞》，曾在《前哨》上连载，由于受到当时文艺上极"左"路线的干扰，这部电影没有拍成。我到青岛后，省文联召开第二次文代会，又选举我担任一些省文联的领导职务，不过，我不驻会，除参加一些必要的会议外，主要的精力还是从事文学创作。从 1961 到 1963 年我到沂蒙山老根据地去深入生活。准备写反映抗日与解放战争的长篇小说。这里是我过去战斗过的地方，我去访问了我的几家老房东，谈到过去的战争生活，触景生情，促使了我的创作冲动，不少文艺期刊来约稿，我暂时撇开长篇，即兴写了短篇小说《红嫂》、《沂蒙山的故事》、《一支神勇的侦察队》和《英雄的表兄和表妹》。这些作品在刊物上发表后，编成《沂蒙故事集》由作家出版社出版。

在 1963 年这部小说集出版后，我决心写长篇小说了。我去找了省委书记谭启龙同志汇报了小说提纲。谭在解放战争时期是华东野战军第一纵队副政委，在华东地区转战多年，他听了我的描写人民战争的长篇提纲以后，给我很大的鼓励，希望我一定把它写出来，不过从 1964 年开始，全国要进行农村社会主义教育运动，这也是难得的深入生活的好机会，不能错过，所以他要求我参加两期社教运动，再去写长篇。因此，我在 1964 和 1965 两年参加两期社教运动，第一期在海阳县，第二期在高密县。第二期参加高密的社教工作还没完全结束，史无前例的十年浩劫就开始了。

在十年浩劫中，因为我在省文联和省作协兼任一些领导工作，又写过《铁道游击队》等小说，所以造反派诬我为走资派和文艺黑线人物。他们抓住《铁道游击队》中掩护胡服（刘少奇同志的化名）过路，就认为我为"中国最大的走资派"树碑立传，对我进行了极残酷的迫害。当武斗最严重时，我的生命已受到威胁，所以在一天夜里，我在被囚禁的房间里，悄悄地撕开了被单结成绳子，从三楼上跳下逃到芳林嫂（小说人物原型之一，不过群众都叫她这个名字了）家里。原来铁道游击队副大队长王强也为造反派追捕，在我到来之前，他已掩蔽在芳林嫂家里三四个月了。她又热情地接待了我。这时她已是六十多岁的老人了。可是在这场大浩劫中，她威风不减当年，冒着极大的风险，和追捕我俩的造反派进行斗争。不仅供我们食宿，而且保证了我们的安全——她安置我的严密程度，就是造反派使用警犬也休想找到我。她像在抗日战争中，掩护铁道游击队员那样掩护我和王强，她掩护我四个月，掩护王强八个月，使我俩渡过了浩劫中最残酷的武斗时期，也就是说如果没有芳林嫂的掩护，也许我和王强早已不在人间了。从这件事上，也可以说明我和《铁道游击队》小说中人物的深切友谊。

经过十年浩劫，我没写一篇作品，而能够活下来也就很不容易了。粉碎"四人帮"后，我得到了解放，党中央拨乱反正，我于1978年恢复了省文联的领导职务。1980年在省文代会上我又当选了省文联第一副主席、省作协主席，省委又决定我担任党组书记，全面主持省文联机关工法，繁重的行政领导事务缠身，根本没时间写作。1982年省思想工作会议以后，我坚决要求省委允许我辞去党组书记职务摆脱行政工作，从事文学创作，我认为自己参加了抗日战争、解放战争，为了熟悉战争时期的生活，我有计划的参加过一些战斗和战役，也参加过抗日根据地的建设以及解放区人民的翻身斗争。我有着强烈的写作愿望，感到我经历了这一新旧交替的伟大时代，作为一个作家有责任把这一段生活与斗争写出来，留给下一代，使他们知道我们的革命道路是怎样走过来的，也就是说我们的解放事业是怎样取得的。可是不摆脱行政领导事务，是根本完不成这一任务的。搞社教运动耽误了我两年，十年浩劫时我才49岁，荒度了十年，又当了三年省文联党组书记，这时我已65岁了，眼看就是古稀之年，再不写作，以后就是想写也无精力而写不成了。这将是我终生的遗憾。因此，我一再要求省委满足我这一愿望。后来省委同意了我的请求。为了彻底摆脱机关工作，我于1984年移居青岛写作。为的是集中晚年有限的精力，把要写的作品都写出来。

近年来，在青岛市党政领导的关怀下，给了我很好的写作条件，还有市文艺界朋友的热情照顾，我在这里完成了《沂蒙飞虎》（原名《牛倌传》）的长篇小说，由中原农民出版社出版。这部作品是反映我所熟悉的沂蒙山区人民革命斗争的。主人公高山是个放牛人，在党的培育下，他当了镇、区、县干部，率领地方武装在抗日与解放战争中和各种各样的敌人进行了英勇顽强的战斗，创造很多出色的战绩，打遍沂蒙山，是解放区人民人人崇敬的英雄人物，而敌人听到他的名字会胆战心惊。我在作品中，不仅写他的战斗生活，写他艰苦朴实的作风，也写了他对党和战友、亲人，对上下级和人民群众的人际关系。在当时战争环境里，无论是军队干部和地方干部，都是很艰苦的，就是在那种情况下，他的为政清廉也是感人至深的。我所以这样写，是企图唤回我们优良的革命传统和作风。

我除写了《沂蒙飞虎》长篇而外，我又写了中篇纪实小说《芳林嫂》。现在编的这一小说集，其中除《芳林嫂》外，还包括我到青岛前后写的《我的童年》、《攻克煤城之夜》、《草上飞》和《谷荣和丽嫚》。这后一章是我另一长篇的一部分。由于《芳林嫂》和《攻克煤城之夜》，都涉及《铁道游击队》，就是《我的童年》最后也涉及这部作品，所以我把《〈铁道游击队〉的创作经过》附在小说集里了，有人说我的《铺草》在文学技巧上比《铁道游击队》写得好，所以我把《我的第一篇小说——谈〈铺草〉的写作》也附在这里了。这里值得一提的是《草上飞》，这是过去我写的一个电影文学剧本，由于极"左"路线要批判它，所以上影不敢拍电影了。这个作品的内容是写一个武工队员在敌人重点进攻时，和撤退的领导机关失掉了联系，流落在敌人控制区，他为了找党组织和当地的地主还乡团进行了一系列艰苦战斗，最后终于在一次战斗中找到了插回来的武工队，回到党的怀抱。而执行极"左"路线的人，竟指责我否认党的领导，说："你为什么让他和组织失掉联系？这就是有意不要党的领导。"现在看这种指责有多么可笑，他们认为英雄人物只能在党支部书记身边，才算领导。一个英雄人物怀着对党的忠诚出外和敌人奋勇战斗，不算党的领导，这种看法显然是错误的，不过当时这种"无限上纲"的"高见"还很盛行，难怪上影望而却步了。现在我把《草上飞》在文学上作了加工，改为一个中篇，收在这个集子里和读者见面了。

1989 年 4 月 25 日于青岛

（选自《新文学史料》1989 年第 4 期）

王元化谈《铁道游击队》的出版

罗银胜

1951 年，王元化先生受命组建新文艺出版社（后来的上海文艺出版社），并出任总编辑兼副社长。由于社长刘雪苇又任华东文化局局长，所以出版社的日常工作由元化先生负责，他为文艺社初创时期的发展殚精竭虑，贡献殊多。

我因为写传记，需要积累素材，丰富史料，得便时就来到元化先生跟前，陪他聊聊天，听他讲讲他传奇般的人生经历。如今想起当年元化先生健在时，在庆余别墅亲受謦欬的情形，依然历历在目……

有一次，与元化先生交谈中，不知怎么就谈到当下十分热门的"红色经典"的话题上了，这下又打开了先生的话匣子。先生谈笑风生地说起自己与长篇小说《铁道游击队》的渊源。

《铁道游击队》是一部脍炙人口的文学作品，而它的问世，元化先生功不可没。《铁道游击队》的作者刘知侠是工人出身的作家。1941 年①夏天，山东战斗英模大会在山东滨海根据地召开，铁道游击队的那些传奇式

---

① 此处原文为"1941 年"，应为"1943 年"。——编者注

的英雄和那些惊心动魄的战斗给刘知侠留下了深刻的印象，他决心以此写一本书。此后，经过多年的实地采访，他获取了大量第一手资料。新中国成立后，他在山东文联请了一年的长假，集中精力赶写《铁道游击队》。

然而，作品完成交给上海新文艺出版社后，却引起了两种不同看法。有人说，这不是文艺作品，只是堆积了一些战争素材。另一种观点却说，这是一部好作品，应该立即出版。

作为出版社的总编辑，元化先生对充满时代气息的《铁道游击队》，青眼有加，促成了作品的出版。在元化先生看来，这部作品思想性与艺术性俱佳，作者以满腔热忱和质朴的表现方法，讴歌了铁道游击队，他们战斗在敌人据点林立、重兵据守的铁路线上，破铁路、撞火车、搞机枪、夺物资，在火车上打歼灭战、闹得天翻地覆、震撼敌伪……那一个个惊心动魄的战斗故事，让人读得津津有味，爱不释手……

正因为刘知侠对铁道游击队太了解和太熟悉，所以在表现他们的斗争事迹时，就面临一个艺术上的选择和取舍的问题。有着敏锐艺术感觉的元化先生放下手头的工作，多次与刘知侠交流，循循善诱，探讨作品的修改。在谈到写作的表现能力问题时，他打比方说，写作要讲究技巧，木工还有粗细活之分，把人物写活了，作品也就成功了。

元化先生还请刘金（后曾任中共上海市委宣传部文艺处长、《文学部》总编辑）担任《铁道游击队》责任编辑。后来通过加工处理，过于烦琐、重复的人物和战斗情节，或删或并，当然有的也有所加强。

就这样，《铁道游击队》于1954年1月出版，并立刻在读者中引起强烈反响，新书上柜不久便告罄，当年即再版。

《铁道游击队》使刘知侠一举成名，奠定了他在当代中国文坛的地位。作品后被译成多国文字出版，并被改编成电影、电视剧等。刘知侠对作品的"护产师"元化先生一直存有敬意，他曾深有感慨地说过，一部好作品要过两关，第一关是责任编辑，碰到一位有思想、懂作品的好编辑，才能得以发表。否则一部好作品就会被扼杀在襁褓中，一位有才华的作家会就此消沉，永无出头之日，再也没有信心去写东西了。第二关是读者关，读者是作者的衣食父母，读者有自己对作品的见解，出版社再吹，评论家再捧，读者就是不买账，那么你的书就要在柜台里落满灰尘。

元化先生说，知侠这位老同志有意思，只要有机会出差到上海，总要来看望，顺便带许多当地的土特产，推也推不掉⋯⋯

（选自《百年潮》2011 年第 4 期）

1954 年《铁道游击队》内部讨论会

陈　铃

1954 年 1 月，知侠创作的《铁道游击队》由上海文艺出版社①公开出版，立即在读者中间引起强烈反响，销量不菲。但是，受到读者欢迎并不意味着作品本身就无任何瑕疵。就在小说面世后不久，华东作家协会创作委员会的小说散文组曾组织会员连续召开了两次座谈会，对这部作品进行讨论和分析。这两次座谈会的相关会议记录分别刊载于 4 月 30 日的《华东作家》第二期和 6 月 10 日的第三期内。《华东作家》是由华东作家协会创作委员会秘书室编辑的内部刊物，因此该刊所载文字也就很少在公开报刊上转载和引用。

一　第一次讨论会

创作委员会小说散文组于 4 月 11 日召开第一次讨论会，到会者有靳以、王西彦、吴强、柯蓝、王元化、孙罗荪等十二人，会议由靳以主持。

王西彦认为，这部作品主题和题材都很好，思想性相当强，语言作风

---

① 此处原文为"上海文艺出版社"，应为"新文艺出版社"。——编者注

很朴素，但缺点也有，主要表现在以下几个方面。（一）作者虽然注意到游击队与群众的关系，但写得不够。游击队的成长壮大与和人民群众的鱼水关系是不可分的，但在作品里，这支游击队的行动，"总有一种忽来忽去的感觉，总觉得游击队和群众的关系不够深厚。没有把游击队与人民的密切关系，渗透到每一个章节里去"。（二）描写人物也有简单的地方，最显著的例子是政委李正。李正一出场就说一套大道理，作者对他的行动、感情，写得太少。另外，人物性格的发展也不够明显，语言个性化方面也注意得不够。（三）在作品要显示教育意义或要批判什么东西时，往往偏重于作者的讲白，因此对读者的说服力就比较薄弱。（四）把敌人写得太弱，写得太没用。往往用一种漫画化的写法。例如写他们吃鸡、喝酒，没有什么战斗力。

陈海仪指出，这篇小说是相当成功的，特别是在政治思想方面。缺点方面，大部分他同意王西彦的意见。此外，他指出，作者企图写出各种不同的人物，但形象化做得还不够。"我们只能概略地知道老洪很坚强、勇敢；王强很机智；李正有政治风度，很沉着、有办法。但却只是一个概念而已，给人活生生的印象是不大够的。人物性格好像介绍出来就算了，至于如何在各种活动及情节中突出人物的性格，还是做得很少。"另外，在语言的运用上也比较贫乏。如对人的描写，总是用"坚定的""发亮的大眼睛""美丽的眼睛"等。当它们的运用脱离了具体的情节与环境时，就显得很不合理，让人不舒服。

孔罗荪说，作品真实地反映了那一时期中国人民在党的领导下坚持对敌斗争那段历史，人物刻画和语言运用上也十分朴实，但作品"在语言问题上也还存在一些缺点"，如从头至尾都用一种语言来表现，没能很好地用生动的对话来丰富人物的性格，做到"语如其人"。同时，作者虽然努力刻画游击队伍的成长过程，但对其内部和外部的斗争都表现不够。作者也写了这支队伍的内部斗争，问题在于没有将相关人物和事件表现为队伍成长过程中内部斗争的有机部分。如王虎、拴柱的叛变，在事前缺乏交代，事后对王虎的改造却采取了简单化的办法，到山里去了两个月，再回来便一点问题没有了。作者也写了不同的敌人，如冈村和松尾，但没有足够地表现出敌人在"强化治安运动"中的残酷性。作为铁道游击队艰苦斗争的敌人来讲，显得是无力的。另外，他认为小说的故事性强，很能吸引读者是优点，但另方面却也影响了结构的谨严。

柯蓝的看法是，书中的正面人物比反面人物写得好，书的前半部比后半部写得生动。原因在于没有更好地从发展中来写人物。作品"一开始就给我们展示了带有某些流氓无产阶级习气的矿工们怎样成为发展游击队的基础，但入山受训之后，如何正式成为无产阶级战士，这个过程发掘得就不够丰富了。人物没有向前跃进，情节也当然很难超过前半部的发展"。但至少正面人物还或多或少描写了他们的发展，对敌人的描写就更嫌单薄了。

王元化说，他和一般读者一样，最初的反应是被这本书抓住，喜欢看下去，而且被感动的。原因在于，"作者自己参加了实际的革命斗争生活，写出了自己的真实感受……作者自己不是站在革命斗争之外，他首先走入斗争世界，因此也就把读者带入斗争世界"。但是，作品的深度不够。作者"没有站得更高的去看他的人物，因之这些人就被写得过于单纯，似乎只有一种'颜色'，而且读者也看不出他们在革命斗争生活中的成长和变化"。

吴强表示同意王元化的说法，即作者写这个作品是从自己的生活感受出发的，写出了生活的真实。但他对作品感到"不满足"。他的感受是："作者似乎在创作思想上存在着一个矛盾，始终未获得解决。那就是一方面要根据自己的经验来创造值得人们效仿的人物，但一方面又为真人真事所牵制。"吴强认为,对那些东西,应该有所扬弃,要大胆选择,不然作品的艺术性就显得不够。他接着具体指出作品的三点不足之处:(一)对事物观察不够深;(二)在写作上有些轻重不分,该着重的地方没有着重写,不需写的却写得很多;(三)艺术上不够精练。"叙述也好,描写也好,缺乏生活的语言,特别在介绍人物时。人物在事件中发生的真实感不够。政委这人物的生活特点没能很好地掌握……写得过分政治化,理论说教很多。其他的人物也都有平分秋色之感,如果着重抓住几个有代表性的人物来写(老洪、王强等),就不会分散精力,作品也会写得更为成功。"

靳以最后做简单总结,指出会开得很好,大家的发言都很认真、细致,对作品的优缺点都有比较具体的分析,对于这些意见,他基本上都表示同意。他认为这次讨论会不仅对作者有好处,对大家都有好处,有帮助。他希望以后可以继续分析和讨论,"这对我们的创作工作是有帮助的"。

知侠似乎没有参加第一次讨论会,因为发言记录中没有出现他的名字。不过,他曾应编者的要求,专门写了一篇《〈铁道游击队〉创作过程》,发表于同一期刊物上,可以视作对讨论会的回应。在文中,知侠回顾了自己写作这部作品的缘由及曲折的经过。他谦称自己在写作上的基础是薄弱的,之所以能写下去,主要是由于他熟悉这些战斗人物,而且也受到过这些人的郑重委托,结果就凭着热情和勇气一气写完了。他认为作品还留有许多缺陷和漏洞,希望大家能帮助他从原有基础上提高一步。

二 第二次讨论会

5月27日,小说散文组召开《铁道游击队》第二次讨论会,参加者计二十余人,包括小说作者知侠。会议由柯蓝主持。先由梁文若将读者来信对这部作品的意见向大家做了汇报,以后即展开讨论。

　　魏金枝认为，虽然有时候也能感觉出作者是在"大喊大叫"，但有一点是很确切的，就是作者是根据生活，老老实实写出来的。作者没有像目前创作界的一些作家那样，觉得自己写作有问题，不过是技巧不够而已，其实是生活不够。作品之所以会出现前半部好，后半部差的问题，关键在于到后面作者没有相关生活了，于是不能根据故事的发展用力地写下去。此外，作者在作品中代言的部分有点过多，"好像作者是忍不住了的样子"。此中的原因在于，"作者没有把政治热情和艺术的热情结合得很好"。出于同样的原因，作者也就把敌人描写得好像毫无作为一样。

　　王若望在发言中接着魏金枝言及的"生活真实"问题，继续探讨作品后半部松的原因。他认为：一方面是因为吸引作者去探访的是前半部所写到的生活，他对此感觉兴趣，花了工夫去写；另一方面则是在当时的解放区，"对文艺如何表现人物是很模糊的，单要求'正确'，对艺术上的处理要求不高"，这对作者造成了束缚，以致"有些事他是知道的，但不敢写，如内线工作，叛变问题等"。他还指出了作品其他几方面的问题：人物的塑造上，主要人物老洪和王强的性格都不够鲜明，因为作者事先给他们打好了"框子"。相反，写站长张兰，因为没有条条框框的约束，写得很活，能感动人。同样是地主，胡仰写得很活，高敬斋则写得像漫画人物一样。另外，把人物分散在各个章节去写，结构上显得不太连贯。语言的性格化有些地方显得很不够。作者的"夹叙夹议"和"追叙"，也容易使紧张的情节松懈下来。他建议去掉这些"夹叙夹议"和"追叙"段落。此外，王若望说，据其了解，参加铁道游击队的这些人并非真正的铁道工人和煤矿工人，其中只有一两个人会开火车，大部分是扒火车的人，爱喝酒和打架，是一些半流氓无产者。有人认为不该把铁道游击队里的人写得流氓气太重，"我认为，如果现实是如此，也不是不可以写的"，"问题的关键是在更充分的表现他们在党的领导下从'自发'走上'自觉'"，这样思想性就会更高些。

李俊民的主要意见是，作者不必过分依据真人真事，不应该先给自己热爱的人物画一个圈子，而应该让人物自己去更好地发展，从人物发展中去推动故事，而且故事情节也可由作者自己来调度，不必拘束于原来的程序。正是由于作者没有把人物、故事更好地发展下去，所以后半部显得吸引力不足。他认为，这是作者的手法问题，而不是受情节本身限制的缘故。

梅林重点谈到作品的批评问题及故事与生活的关系问题。关于前者，他认为对于作品过高过低的评价都不好，因为"批评本身也要经得起时间的考验"。他认为读者喜欢摹仿，在作品内部研究讨论时，"毋宁尽可能严格，做到深入细致具体的分析，甚至提出更高的要求也是有好处的"。关于后者，针对大家所说的这本书的故事性很强，带有英雄传奇色彩，他认为所谓故事的主要功能还是用来表现生活，并从生活中表现人的思想感情、内心世界和性格特点。"故事的曲折或简单似乎不是作品的好坏的关键。"《铁道游击队》的故事性确实很强，如打洋车、扒车、化装侦察，以及在微山湖的斗争，问题在于如何通过这些故事把人物的生活、人民的生活表现出来。例如：①铁道游击队刚刚组织起来，队员们的思想感情一定很复杂，但政委李正如此轻率地暴露了身份；②当时的环境是很艰苦的，打洋行之后，可以如此太平无事，李正和老洪可以如此心安理得，倒头就睡；③扒车、化装侦察，如探囊取物，如入无人之境。这些都有为故事而故事的倾向。语言方面，他肯定了作品语言的简练、流利，对其缺点，同意大家的看法。总之，他认为这部作品是为读者所需要的，优点很多，缺点也有。

在这次讨论会上，吴强和王元化继续做了发言。吴强的看法是，知侠在写这部作品之前的准备工作如材料搜集、结构思考等是比较充分的，但艺术上的准备却不够充分，没有足够表现出人物的精神面貌。虽然作品有些缺陷，但吴强认为基本内容是好的，有教育意义，他鼓励知侠："可能知侠同志内心有些矛盾、痛苦，甚至懊悔，我想这是大可不必的。同时，可以修改就修改，就是不修改也好。也可以再写其他的作品。"王元化就大家所谈的人物问题进一步作了阐释。他说，知侠对他笔下的人物是有感情的，"这是使我们对他所写的人物感到亲切的一个重要的原因"，但这些人物的性格还是不够明显和突出，"我想这原因恐怕他对这些人物还缺乏更透彻的理解的缘故吧"。王元化认为，作家在创造人物时，对所写的人物很熟悉和产生感情是必要的条件，但还应该再进一步。要在此基础上，对人物有透彻的理解，"能够写出经过自己透彻理解后的更深刻的感觉"。否则，所写人物虽然是真实的，但深度不够，不能更强烈地感染读者。

最后，知侠发表了自己的感想。他承认作品本身还"留下很多重大的缺点"，与会很多同志对作品从艺术上加以分析，并提出意见，能帮助他"更熟练的掌握艺术武器"。他表示，今后会好好加强业务学习，有机会要汇集大家的意见，把作品从艺术上再加以修改。同时，他也向与会者说出了自己在写《铁道游击队》过程中的两大苦闷：

　　根据我写作的体会，这个小说所以有许多缺点和不足之处，除了自己技术不够的原因以外，还有两个重要的原因：一个是自己政治思想水平不高，再一个是生活还是不深。大家都认为（我个人也承认）李正那个人物没有写好，我觉得除了我在技术上不善于刻画人物这一点以外，更重要的是我的思想水平不高，不会也不敢透进一个党的领导人物的内心世界，并把他放在残酷复杂的斗争（内在的与外在的）里去表现。老实说我在写这个人物时，思想上就有顾虑：就是生怕出毛病，束手束脚。怀着这样的情绪，当然不会把李正这个人物写好。再一个关于生活问题：我虽然经历了游击战争的生活，也有些关于铁道上生活的知识，但是我对他们书中人物的前期斗争生活（在敌据点内、铁道上隐蔽的战斗）自己的体会较差，因此这就限制了我更生动的刻画他们。以上这两点，是我写作过程中的最大苦闷。因此，我从这两方面要求大家帮助，也是很容易理解的了。

1954年华东作家协会创作委员会小说散文组所组织的这两次内部讨论会，不但对知侠本人大有帮助，就是对今日笔者这样的研究者而言也颇有启迪。给知侠提出意见的诸位与会者都是当时活跃在党的文艺工作战线上的作家、理论家、批评家，他们的发言从个体经验和文艺创作的普遍规律性出发，认真又细致，没有因为作品受到群众欢迎就一味予以肯定，而是重点指出了作品存在的问题。综合与会者的发言，可以发现虽然这部作品优点很多，但在人物塑造、语言描写、情节设计等方面都有一些缺陷，总的来说就是故事性强，艺术性弱。至于为何会造成艺术性弱，一个原因是作者本人深入生活不够，没有完全做到从生活出发而又超出生活。另一方面，则是作者没有处理好艺术创造和政治思想之间的关系，正如作者所说思想上有顾虑，生怕出毛病，以致束手束脚，所以无论是写正面人物还是反面人物，都存在单一的脸谱化的特点。这也是很长一段时期内，有关革命斗争题材的文艺作品经常会出现的问题。从这一点上来说，六十多年前这些与会者的恳切发言，对于繁荣当今文艺创作仍具有重要的指导意义。

（选自《新文学史料》2017年第3期）

苦难使我的生命倍感光辉

——记《铁道游击队》作者刘知侠与妻刘真骅的惊世恋情

刘真骅　刑　军　海　江

　　笔者拜访刘真骅是在她位于青岛东部海边的家里，她是《铁道游击队》的作者刘知侠的遗孀。出现在笔者面前的刘真骅气质端庄典雅、神采奕奕，完全不像一位年过花甲的老人。她热情地将笔者迎进了她那面向"一帘波涛"的客厅内，习惯性地燃起了一支香烟，娓娓诉说起她与知侠先生那段刻骨铭心、少为人知的恋情。

我与知侠历尽艰辛终结伉俪

　　我于1936年出生在青岛市一个小资本家家庭，1951年参加工作时我才15岁，只在青岛二中读完了初中。18岁时，在组织和家庭的双重压力下，与一个原本不喜欢的人结合在一起。虽然他长相、社会地位都不错，但我并不爱他，两人没有共同语言。九年之后，因再也不堪忍受这份心灵的煎熬，我以不要任何财产、只要女儿的条件和代价，和他分道扬镳。

　　那年离婚之后，正赶上"文革"，我从原来工作的机关办公室来到了工厂车间。一个单身的女人，被下放后当着工人，又带着幼小的女儿，心无所依，人无所靠，其孤苦和艰难可想而知。在这个时候，不少关心我的朋友纷纷劝我再找个对象。其中三个互相并不认识的朋友，给我介绍的却是同一个人——刘知侠。虽然当时他已成功地创作了震动全国的小说《铁道游击队》，并因此而一举成名，家喻户晓，但我跟他认识的时候，正值1968年"文化大革命"的血雨腥风肆虐中国大地。他那时正处于人生和事业的最低谷，当时的情形可以用"六个一"来形容："一败涂地、一筹莫展、一文不名、一身罪名、一群孩子、一对80多岁的父母"。知侠的前妻是我的一位远房表姐，1967年已在一场车祸中不幸丧生，留下了六个孩子，大的十六岁，小的只有六岁。而刘知侠正被扣上了"反革命""修正主义黑作家"等帽子，整天处于挨批斗、写检查、被抽打之中。

未见面前，我对他的感情是复杂的。他50岁，我32岁。从小看他的《铁道游击队》长大，我内心很崇敬他，但此刻他却境遇潦倒，前途未卜。尽管从表姐那里我也了解到他的温和善良，内心非常同情他，但那段不堪回首的婚姻经历却又让我对婚姻有一种深深的惧怕。那天，本来约定上午见面，可由于内心的矛盾和徘徊，我一直磨蹭着到下午才去。初见之下，我们都有一些拘谨，话说得也不多，近乎艰难地"熬"到了暮色四合。尽管如此，我却依然能感觉到知侠的善良和率真。后来知侠主动提出来送我，在昏暗的街灯下，我们推着自行车一步一步地往前走着，倾诉着各自的不幸经历。随着对知侠了解的增多，在内心的深处，我仿佛寻找到了久违的安全感。快到家的时候，他突然站住了，望着我郑重地说："我只要你记住一句就够了：知侠是个好人。"

慢慢地，我了解到关于刘知侠的一些不同寻常的过去：他生于河南卫辉一个偏僻乡村，幼时家贫，是个苦孩子。从小跟着母亲去了焦作，靠母亲给人推磨、缝衣服和自己捡煤核卖钱补贴生活。11岁他才进入当地的一所半工半读的小学，半天读书半天劳动以维持学业。四年后又回到村里的小学读了五年级。小学毕业后，家里再无力供他上学，就在家乡给他谋了个差事。多亏学校校长李祥芝，说服他父亲，让他继续读书，并资助知侠读了两年，李校长去世后，知侠就失去了学习机会。多年来，知侠始终未曾忘记李校长在困难时期对自己的帮助，他经常对我说："李校长在我充满苦难的童年生活中，曾给予我帮助和温暖，对我的成长在思想上给予了很大帮助，他是我童年生活中最值得怀念的人。"之后知侠于1938年初抗日战争爆发时投奔了延安抗日军政大学。

"滴水之恩涌泉相报"。源于自己年少时那段艰辛的经历，此后，每每遇到那些处于困境中需要帮助的人，知侠总是倾尽所能。他曾对我说，十几年来南征北战流血流汗，就是为了不让孩子们再受他曾经受过的贫穷和苦难。在他写《铁道游击队》期间，写作之余常去大明湖边散步，一天，他偶然遇到一个10岁左右、在马路上捡拾破烂的女孩，交谈中得知，她叫刘绪凤，由于家里穷，家里根本没钱供她上学。了解情况后，知侠立即找到她的家里，说服了她的父母，以后刘知侠定期从供给制的零用钱中抠出一点给刘绪凤缴纳学杂费，后来，知侠还把她介绍给一位老战友廖修，做他的养女。从此，刘绪凤的命运彻底改变了，在廖修夫妇的培养教育下，她后来考上了师范学校，毕业后当了一名小学老师。

1954年，知侠第一次回故乡，第一件事就是去看望李校长的子女。李校长的女儿云珠当时正靠兄嫂供养，勉强能读得起书。知侠见李家的条件十分困难，便决心领走云珠，征得其兄嫂同意后，将云珠接回了济南。资助她一直读到山东工学院本科毕业，后来她做了一名电气工程师。

其实，知侠是一名武将，在艰苦的抗日战争中曾经打遍沂蒙山。1942年，日军5万兵马围剿沂蒙山，知侠率领一支部队冲锋陷阵，成功突破敌人的包围，并因此被评为"模范共产党员"。整个抗战时期，他一手扛枪，一手拿笔，一直冲锋在战斗的第一线。

知侠身上有一股独特的人格魅力感染着我，他具有我的同龄人所没有的厚重的同情心和理解力，他那伟大的人生经历和成熟的智慧深深地吸引着我。在和知侠相恋以后，我久久不敢相信上天会对我有如此的恩赐，沉浸在甜美的幸福中，让我久久不能平静自己的心情。

1968年岁末，与刘知侠相爱的消息传出去后，济南城掀起了一场轩然大波。我工作的工厂里，一些"造反派"将我揪上台批判，用尽心机坚决要拆散我们，而知侠的单位更以开除他的党籍相要挟。为保留党籍和保护我的安全，知侠同意中断交往。得知消息后，尽管明明知道知侠是为了我好，但我还是陷入异常痛苦的境地。不能见面了，内心的思念却疯长着，那些日子，每每忆起同知侠短暂而甜蜜的相处，我都忍不住泪流满面。不久后，知侠下放到泗水农村劳动，我想尽办法通过书信终于又和知侠取得了联系。之后，我们只有通过写信来倾诉彼此的思念，温暖彼此那颗历尽磨难和沧桑的心。

真骅：

你病了，而且病得很厉害，不得不到医院去挂急诊号，看着你脸上的病容，我真心痛。我们的爱情是纯挚的，你从爱情里得到人世间稀有的幸福，可是为了爱，你也受尽了折磨。你消瘦了，我健壮了。你的消瘦是为了怕失去知侠，知侠的健壮完全是从我们的爱，从真骅那里汲取了力量。我的好真骅，我心疼你的身休，可是也应该告诉你，只要知侠是健壮的，你就可以放心，他将用有力的手臂扶着你走路，而且完全该有这种自信，就是我冲过暴风雨之后，在知侠的爱抚里，我的真骅的身心肯定会好起来的；在今后的幸福晚年生活里，我们只能是健壮的一对。

在风暴面前，我们是顶住了，大树没有失去一片叶子，从此更感到我们爱情的可贵和力量。真骅，不是以后，而是现在，我们已经相依为命了。在最艰难的时刻，有时你扶着我，有时我扶着你，迈出的步子虽是吃力的，可我们是在前进……

你的老鹰

1970.6.12

知侠：

这不是在写信，只是在对我的亲人抒发着我内心激荡的可怕的矛盾。我实在没有力量来排除那从早到晚、从晚到早漫长的无止境的痛苦带来的郁闷……

在这紧要关头，好像无路可走的时候，我在急切地盼信，简直像死囚在绝望之中设想着突然的赦免，严重的心理变态使我无法忍受这心劳力瘁的日子。儿时的欢乐只是一个瞬间，过早地担负着生活的负荷，内心世界和外在环境的天渊之差，造成了自己不幸的历程。在长时间不幸的生活里，我只知道忍受、挣扎，我见到过骇人听闻的欺骗，身受过丧失天良的陷害。然而，越是这样，我越是向往那无法逾越鸿沟的彼岸。可是，谁又能掌握得了自己的命运？……

就在这靠山山崩、靠水水流的孤独无依的岁月里，从黑暗中透出了一线光明，而且越来越亮了，我终于碰到了你！我用双手把自己那颗破碎的心捧给了它的主人，他用热吻愈合了它的伤痕，用爱缝合了它痛苦的裂痕，用自己火热的心糅合了那颗残破的心，使两颗心化成一个坚实的合金！这历程也够艰苦的、疲劳的、痛苦的，但我心里充满了希望，因为每当我被荆棘扎破了手脚而没有勇气走下去的时候，你总是小心翼翼地给我爱抚，给我鼓励，抚着我的伤口说：不要怕，有我去全力支持你，"不要怕孤独了，有人跟你在一起"。我似乎忘记了伤口的疼痛，含着热泪充满深情地靠着他的力量继续前进……漫长的路！艰苦崎岖的路！

你的骅

1971.4.14 于我的小屋中

1971 年 7 月 17 日，在禁止我们见面八个月后，我再也无法遏制对知侠的思念。在突破厂里的封锁后，我只身摸到了泗水，半夜时找到了知侠的住处。他躺在院子里的破草席上，面容憔悴，对我的突然到来，他感到很吃惊。因为，他已向组织上表明要中断我们的关系，万一被发现，后果将不堪设想。但他还是被我的行动震撼了，眼睛里涌满了泪水。

在夜色的掩护下，我们来到村外田野的小路上。在那个惊恐、悲伤交织的晚上，我们再也无法克制彼此内心激荡的爱的潮涌，我愿意为他献身，甚至为他牺牲自己的生命也在所不惜。

那个晚上之后，我们又仓促地分别了。虽然心里踏实了，但前面的路依然吉凶难料。更让我意想不到的是，那个心与心紧密相偎相依的晚上，一个新的生命孕育了。平地起风雷，我茫然不知所措，在无助与孤苦中，我独自去把这个小生命流掉了。那还是个小男孩，这是我与知侠爱的唯一结晶，也成了我们 22 年相濡以沫、患难与共的人生中唯一的遗憾。

那段倍受煎熬的日子里，知侠与我写了无数的书信。几年下来，500 字一张的稿纸竟有 10 大册，160 余万字！1994 年，在我的奔走下，这些浸透了血和泪的文字被精简、结集成了"两地书"——《黄昏雨》。

爱情没有年龄的界限，喜欢一个人不等于爱一个，两个人需要有共同的爱好，处于共同的层面。爱情对于人，一生只有一次，我对刘知侠的爱是刻骨铭心的，那是真爱。1972 年，经过四年的苦恋之后，我们终于结合在一起了。

我曾戏说过一句话："文学害人啊。"我从小爱好文学，对著名作家心怀敬重和崇拜。但每每想到"文革"时，他这样一位著名作家，正直而善良的人受到的那么多次的批斗、那么多的迫害和不公平的待遇，我就感到心痛难眠。于是，"文革"结束后，我写了一些"伤痕文学"的小说、散文，宣泄我心灵所受的巨大伤害，对社会的愤恨，知侠把这些文章全撕了，他说："母亲的孩子多了，就不免有心烦的时候，就伸手打了你几下，难道你可以还手打母亲吗？"他对我说："咱们生活在一起了，政治上你一定要听我的。"

从此，我把自己藏在丈夫身后，就像张爱玲所说：她甘愿"把自己低到尘埃里，然而，内心是欢喜的，于是从那尘埃里开出花来"。直到丈夫去世，我从未抛头露面，而是在刘知侠背后做一个贤妻良母、一个默默付出的女人。

他走了，我的生命之船的桅杆折了

1985年，我们迁居青岛，后来在金口二路安居了。这是一处安静的居所，书房面向一窗的海。我们都很珍惜这来之不易的安宁、平静、幸福的生活，只争朝夕，勤奋写作。那段时间，知侠完成了40万字的长篇小说《沂蒙飞虎》、20万字的《战地日记——淮海战役见闻录》以及40万字的《知侠中短篇小说选》，共计100万字的三本书。在这些作品的完成过程中，我始终是他的第一读者和第一编辑。

我们的住房依山面海，沿着一溜青石板路逐级而下，就是青岛有名的汇泉湾第一海水浴场。每天清晨我俩都要一起出去锻炼散步，邻居们羡慕地说我们是一对老鸳鸯。我们怎么能不珍惜呢？知侠曾动情地对我说，咱俩几番风雨、几番气荡肠回，如今，儿女有成，国家太平，咱们苦苦追求的、梦寐以求的晚年生活终于到来了，咱们要舒心地、洒脱地活上几年，共同书写几部作品留给后人，追回属于自己的岁月。

知侠这个时期写作简直达到了"走火入魔"的地步：记得有一次，我们一早起来，两人走着去海边散步，路上他就一直跟我讲今天要写什么东西，也许是太过投入了以至于到了马路的中央还是没有感觉，汽车都绕着我们走，为了不打扰他的思路我边听边往路边上退，可是他居然又一把把我拉了回来。

散步回来后，我们吃早饭，对着抽支烟，然后他回书房写作，我回卧室的书桌上编稿子。一上午基本上不说话，房子里也总是静悄悄的，一直以来都这样。尽管我在家时，两人各忙各的，但只要我有事出去了，他也就无法安下心来写了。往往会走到楼下，坐在门口的石墩上抽着烟等我回来。我回来后，就看到他的脚下已经扔了一地的烟头。所以平时我就哪儿也不去了。

1991 年 9 月 3 日的上午，在青岛市政协老干部座谈会上讨论东欧局势，知侠捍卫社会主义、捍卫马列、在呐喊出"相信群众"时，突发脑溢血猝然倒下了。他是呐喊中倒下的，他是为了捍卫自己的信仰倒下的。他倒在工作岗位上。著名诗人柯岩说，知侠是死得其所。知侠的猝然离去，使我悲痛欲绝，终于支持不住住了医院。

接过他的笔，向生命的最高点攀登

在痛苦和沉落了很长时间后，我又重新站立起来了。过去的苦难曾锻炼了我，我就是一个不甘心屈服于命运的人。知侠还有那么多的未竟之业需要我来完成，如果他还在的话，肯定也不愿看着自己的爱妻就此消沉下去！

从那以后，我开始为整理、出版知侠的文集而日夜兼程。十年间，完成了过去难以想象的十二件大事，其中最让我感到欣慰的是，用三年的时间把他一生所有的作品共 450 余万字选编了 250 万字的《知侠文集》五卷，和他未完成的作品《战地日记》；同时自己也出了两部作品，我们泣泪泣血共同写成的"两地书"——《黄昏雨》和 20 万字的散文集，还有几部影视剧作。知侠文稿、手迹、史料整理后，全部交由青岛市档案馆收藏……

完成这些事情，期间历经了难以想象的艰难。为了《知侠文集》的出版，我只身一人，坐着硬板车，去上海、北京，住着一二十元一天的简陋的招待所，每天有时吃一块多钱的咸菜馒头，有时只吃两只老玉米充饥。在那么艰难的情况下，我从未去找过知侠当年的战友帮忙。但多年奔走均没结果。直到有一天，青岛出版社社长徐诚同志对我郑重地说："《知侠文集》由我们社出！"听到这里，我紧紧握住他的双手，竟激动地说不出话来，从不轻易在人前流泪的我，此时再也禁不住泪流满面。

知侠去世后的第二年，我将他的骨灰从济南英雄山烈士陵园捧出，与其前妻刘苏大姐的骨灰一起捧回了他河南的家乡，在当地政府的帮助下入土安葬。我剪掉了一缕头发，随同他们的骨灰一起陪葬，一同下葬的还有我蘸着血泪亲笔写下的心誓："我心、我情都已随你而去，今后的日子都是多余的，什么人也不能取代你，你的灵魂与我同在。"

我还作了一首词《一剪梅·送知侠回故乡》，送九泉之下的知侠：

"乍醒三更欲断肠，忆也感伤，梦也感伤；

长夜依稀君声唤，思也仓惶，寐也仓惶；

中原故土抱忠骨，天也添香，地也添香；

滔滔黄河哺英才，生也留芳，去也留芳。"

（选自《党史纵横》2008 年第 3 期）

刘知侠手稿拾遗

刘真骅

高尔基说："笔尖上写下的文字，斧头砍都砍不掉。"

作品的寿命比人长。《铁道游击队》自 1954 年问世以来，半个世纪过去了，作品仍然在一次次地再版，继续感染教育着后人。最近，为纪念抗日战争胜利 60 周年，人民文学出版社作为"中国当代长篇藏本"再次出版了《铁道游击队》，新版电视连续剧《铁道游击队》也在铁道游击队的故乡枣庄开机，昭示着优秀文学作品不朽的生命力。

2004 年国庆节前，青岛市档案馆的同志再次找我，他们是看了我在报纸上写的一篇文章《刘知侠和他的〈铁道游击队〉》，写到这本书从发表到 2004 年整整半个世纪后一本书的恒久生命，和这本书的作者因为这本书的荣辱沉浮。档案馆的同志说想在国庆节期间办一个展览，为了这本书经久不衰，也为了 2005 年抗日战争胜利 60 周年。

《永远的铁道游击队——刘知侠珍贵档案史料陈列展》在国庆期间如期开展。青岛市的党政主要领导同志在参加了"十·一"市民游园活动后专程来观看了展览，这说明了领导们对知识和文化的重视，同时也说明了他们对保存档案资料的重视。老百姓也来了，一大早他们就等在档案馆的门前，纷纷留下了观后感。在这些激动人心的场面感召下，我不由地回忆起了一桩桩往事……

知侠先生是 1991 年初秋在一次会议上发言时猝然倒下的。许多的心愿没有来得及完成。当我接过他的笔完成他的未竟之业的同时，困难的问题接踵而至，尤其是在编辑《知侠文集》的时候。

知侠先生是 1938 年到延安参加革命的，从 1939 年就开始在延安的《大众日报》《山东文化》等解放区的报刊上陆续发表散文、杂文、随笔，1942 年在坪上参加解放区英模大会时采访了许多英雄模范人物，随后一一发表。他还有个每天写战地日记的习惯，那些小本本都是他视为珍宝的资料。一场浩劫，造反派涤荡了他的全部资料，还拉走了一解放牌大卡车的书、画。后来，他们挑选完了，只让我们拉回来一地排车的书和部分资料。由于住在牛棚式的小平房里，只好将一些资料堆积在一个用厕所改造的小棚子底下。没有门（院子的角落里），这些资料风吹雨打面目全非。在阶级斗争白热化的日子里能保命就不错了，也顾不上那些资料了，何况那些"历史"只能让我们触景生情（因为当时是罪证）。

在以后的日子里我抽空就去整理那些小本本和碎纸片，总算抢救了一些资料，知侠先生的封笔之作《战地日记》就是他在淮海战役作为《前线报》的特派记者时每天记录的战斗和行军日志。

1954 年《铁道游击队》出版后，稿件留在上海新文艺出版社了。现在保存在山东省博物馆的也可能是二稿，我去查过，费了不少手续，多是别人帮忙抄的。知侠先生在世时他书房的纸张是绝对不许乱动的，特别是写长篇的一些人物分类和各个章节的大纲，他都用铁夹子夹好，分类有序地放着。

我原来在杂志社当编辑，"文革"期间我和知侠先生下海岛、住农村，知侠先生的所有稿件都是经我的手编辑后誊写清楚后再发出去。他离休后在青岛定居，这期间共完成了100万字的作品，手稿基本上是保存下来了。

前面说过，我在将知侠先生一生留下的400万字作品整理成250万字的五卷《知侠文集》时遇到了很大的困难，主要是很难查找全国解放前他在解放区发表的那些作品。费了九牛二虎之力总算找到了一部分。在查找的过程中我萌生了保存资料的强烈念头，因为前几年全国各地不少单位都来信征集知侠先生的作品、照片。先是花言巧语地"借"，时间久了一再催要，但由于人事变更也就不了了之了。

2000年4月初，青岛市档案馆来征集知侠先生档案资料时，我的心动了一下，但并不踏实，后来档案馆工作人员几次登门并邀请我去实地察看了一下后，我放心了。这里无论是管理、保存、防盗、防潮条件都是最好的。鉴于这几年在查找知侠文集资料时遇到的种种困难和资料的流失，我决定在有生之年把这些珍贵的资料全部放到青岛市档案馆，大概共捐献了400多件。有上海文艺出版社第一版发行的《铁道游击队》及不同时期、不同出版社和各种语言版本的《铁道游击队》，有知侠先生第二部较有影响的作品《沂蒙飞虎》的全部手稿，以及知侠先生早年发表的很多作品和回忆录的手稿。其中知侠先生100万字的两部长篇手稿《决战》和《钢铁担架队》，都是在"文革"期间下放农村时，在极端艰苦的环境下撰写和保存下来的。《决战》是写解放战争时期，我军某英勇的侦察部队配合主力部队作战的故事，其中有的章节已被北京电影制片厂在"文革"时期改编成电影《侦察兵》。还有一部是写战争时期后方民工支援前线的《钢铁担架队》（是《铁道游击队》的姐妹篇）。这两部作品对研究解放战争有一定的参考价值，可惜没有出版。另外还有知侠先生采访的几十本笔记本，等等。这些陪伴我多年的书籍和手稿，是我和知侠先生共同生活的印记，字里行间记载着我们多少难忘的生活往事，知侠先生走了多年我仍难以割舍……

在展厅里，望着络绎不绝的参观者，我再次被感动了。展览结束后，我又整理了一些知侠先生的宝贵资料，捐献给青岛市档案馆。其中最为珍贵的就是上面提到的知侠先生参加淮海战役时随军写下的战地日记。我已是古稀之年的老人了，这些资料只有送到国家的档案馆才是它们最好的存身之处，对先人对后人都有个最好的交代，对我更有说不尽的意义。

（选自《中国档案》2005 年第 6 期）

刘知侠同志逝世

新华社济南 9 月 5 日电 长篇小说《铁道游击队》的作者、著名作家刘知侠因患脑溢血抢救无效，于 9 月 3 日在青岛市不幸逝世，享年 73 岁。

刘知侠出生于河南省汲县一个铁路工人家庭。他的一生经历了牧童—军人—记者—作家的生活道路。他于 1938 年奔赴延安开始从事部队文化和军事工作，次年冬奔太行转赴山东，在行军途中加入中国共产党。在抗日战争和解放战争的艰苦斗争中，他与山东父老同生死、共患难，曾多次参加战斗并参与过指挥作战，从一位采访报道英雄事迹的记者走上了反映革命斗争历史、讴歌无产阶级英雄的作家之路，先后创作了大量反映共产党领导下的中华儿女抗敌御侮壮举的散文、小说、诗歌、报告文学、戏剧等文艺作品。

全国解放后，他更加勤奋笔耕，所创作的《红嫂》《沂蒙山的故事》《铺草》《一支神勇的侦察队》等优秀作品，深受广大读者和文学界好评。特别是他的代表作长篇小说《铁道游击队》蜚声中外，发行量达 400 多万册，还被译成英、俄、法、德、朝等多种文本介绍到国外。

改革开放以来，他胸怀奋飞之心，在完成长篇小说《沂蒙飞虎》后，又转入反映淮海战役的长篇巨著《决战》的创作，直到生命的最后一息。

刘知侠先后担任过中国文联委员，中国作家协会理事，中国作家协会山东分会主席、名誉主席，山东省文联副主席、党组书记等职务。

（选自《新文学史料》1991 年第 4 期）

怀念良师益友知侠同志

于良志

知侠同志逝世的噩耗，从电话里传来。我愕然了，惊呆了！

今年 7 月下旬，我在青岛疗养时见过他。那时，知侠同志还是红光满面、神采奕奕。他说他正在写东西，并且还谈了他许多创作计划。谁能想到，时间仅隔一个多月，他就辞世而去了！

1947 年秋天，国民党反动派重点进攻山东的时候，我在华东新闻干校学习。为了保存革命力量，驻山东境内的各级机关、学校等都疏散到了乡下，我和干校的一部分同学就回到了我的家乡海阳县。那时，知侠和山东省文协的一些同志，也疏散到我们的家乡。于是，我和知侠同志认识了。他听说我们是新闻干校的，就说他也经常写些新闻通讯，我们便有了共同语言。以后，他又经常给我们和村里的民兵讲一些军事常识，我们都很愿听，所以对他更加尊敬和崇拜。但是，真正的熟悉和了解，还是 1949 年到省文联工作之后，特别到了五六十年代，我被调到山东省文联专业作家的队伍里，知侠同志是省文联副主席兼任专业作家的负责人，我们一起下去深入生活，一起开会，一起搞社教和生产救灾……"文化大革命"后，虽然我们不在一个机关了，但长期建立的真挚友情和共同的爱好和追求，使我们仍保持着较为密切的联系。

知侠同志出生在河南省一个穷困而偏僻的小村子。祖父宰猪，父亲当扳道工，除了一把宰猪刀和一盏号志灯外，家里几乎一无所有。为了改变这种命运，他很早就投身于陕北的革命队伍。党组织分配他去抗大接受军事和政治训练，他不但积极服从，而且学习很刻苦很认真，各门学科都取得了优异的成绩。在离开抗大时，他希望能分配到一个军事岗位上去，但组织上根据工作的需要，让他做文艺工作，他又愉快地接受了。在担任刊物和报纸记者和编辑期间，他经常不顾个人生命的安危，深入到战斗的第一线，亲身去体验和采访。他创作的《铺草》《铁道游击队》和《红嫂》等作品，所以取得了较大的成功，其最主要的原因，就是因为他有实际的生活，真切的感受。他很早就酝酿着再写一部反映解放战争的长篇，后来省委决定，让我们这些专业作家都去搞社教，他也只得放下创作计划到工作队去了。一连几期社教，接着又是"文化大革命"，他写这部长篇的愿望，始终未能实现，成了终生的遗憾。

知侠同志在军事文学方面所取得的成就，在国内来说，是屈指可数的，但他从来不居功自傲。他还经常告诫我们说："对我们党员作家来说，首先是要做个好党员，然后才是作家。"在历次运动中，知侠同志遭受到许多打击和迫害。但是，知侠同志对党和共产主义的信念却从未动摇过，他相信正义一定会战胜邪恶。

五十年代初，知侠同志的长篇小说《铁道游击队》在《山东文化报》上开始连载。那个时候，反映革命战争题材的长篇作品是很少的，又因为它是反映山东的战争生活的，所以报纸一出来，人们都争相阅读。但《山东文化报》只载了两期就停载了，我们都感到很惋惜。以后才知道，这是知侠同志自己要求停载的。原来，《山东文化报》发出的这个稿子，仅是他采访几个铁道游击队人物写成的初稿。报纸发表后，铁道游击队里有的读者给他写信，希望他能深入到他们部队里去进一步采访、搜集材料，那样，对他写这部书，将是大有益处的。知侠同志读过信后，认为这位读者的意见很对，便要求报纸停载，自己立即背起行李奔这些同志去了。

知侠同志在那里待了很长一段时间，从部队到地方，结交了许许多多的朋友，和他们一起生活。后来又经过重新构思、调整，终于写成了以后正式出版的《铁道游击队》。在回忆起这件事情时，知侠同志很有感慨地说："对文学作品的要求，是质量不是数量。要写出好作品，首先是要有丰富的生活基础。"

知侠同志的短篇小说《铺草》，在《山东文艺》发表后，在社会上引起了较大的反响，《新华月报》转载了，《文艺报》也专门作了评论和探讨。在闲谈中，我们就请知侠同志谈谈他写《铺草》的经验和体会。他告诉我们说，因为他长期工作在部队和革命根据地里，经常碰到一些激动人心的生活场面，老早就想反映一下军民鱼水情方面的生活，但构思了几次都不满意就放下了。有一次，部队行军在沂蒙山区，走到一个村头，停下来休息，他见一个老汉在一个村民会上哭诉着什么。他打听了一下，村里的人告诉他，是前几天，村里来了队伍，为筹集铺草，这老汉跟一个战士争执起来。以后，这位战士在一次战斗中牺牲了，老汉后悔地哭了……

这件事启发了知侠同志，经过进一步加工提炼，于是，《铺草》脱稿了。

党的十一届三中全会以后，知侠同志焕发了新的创作青春。他虽然年事已高，但仍然辛勤耕耘，发愤创作。我不断地收到他赠送给我的一些新发表和出版的作品，这些作品有些是他的新作，有些是"文革"前写成的，又经过千锤百炼、反复修改后才拿去出版的，他这种"锲而不舍"的精神，一直在激励着我。

凡和知侠同志一起工作过的同志都感到，知侠同志对同志热情、诚挚，一向助人为乐。我长期在他领导下工作，但从来没感到他身上有什么"官"

味儿，只把他当成自己的兄长和朋友，心里有什么解不开的问题，总愿意向他吐露，而他也总是视别人为知心朋友，设身处地地替别人着想，与人分忧。在机关实行供给制的时候，甚至实行了低薪制以后，有些同志生活上遇到了困难，你只要向他提出，他准会帮你解决。不仅如此，有些同志不好意思说，只要他知道了，也会主动来资助你，给你帮助。五六十年代，省文联机关每次分配的提级名额指数，他首先带头不要，推让给别人，并动员我们这几位专业作家说："做行政工作的同志都很辛苦，他们的收入又很低，我们多少都还有点稿费收入，把提级的指标就让给他们吧！"

知侠同志下去深入生活，蹲点，走到哪里，都与哪里的老乡和房东关系搞得很好。有时我们去找他，他不在，房东们一边热情地接待我们，一边滔滔不绝地说出"这个大老刘"的一大堆好处。一次，我们一起在高密县农村蹲点，他住在尹家庄，我住芝兰庄，两村相距三、四里。以后我每次回高密，他住在尹家庄的房东听到了，都要跑去问我，大老刘近来好吗，要我捎信给他，让他抽时间再回去玩玩。后来，我听说尹家庄的这位房东和村里的干部，还特地去济南看望过他。

知侠同志对党的无限忠诚，对文学事业的执著追求，对同志和人民的无限热爱，永远是我们学习的榜样！

知侠同志给党和人民留下了一大笔宝贵的文学遗产，党和人民永远也不会忘怀！

知侠同志安息吧！为了美好的明天，我们一定要踏着您的足迹，继续努力奋斗！

1991.9.25

（选自《山东文学》1991 年第 12 期）

我是怎样改编和演唱"铁道游击队"的

傅泰臣　胡　沁

我能参加省里召开的这次曲艺创作座谈会，与曲艺作者们共聚一堂，学习了不少东西，感到十分荣幸。要叫我讲话，实在有些为难，为了取长补短、互相学习，只好把我改编和演唱"铁道游击队"的情况谈一谈，供大家参考指正。

改编的动机和过程

我从十四岁学艺，今年六十八啦，在旧社会里生活了将近六十个年头。我起初学的西河大鼓，后来改学评词，全都是旧的内容，无论"片子活"（短篇）、"八棍活"（中篇）、"万字活"（长篇）都是描述古代才子佳人或是战斗故事的。如"隋唐演义""小英烈""说岳全传"等，我会说几十部，短的可以说一回，长的能说一年。"万字活"虽然长，都是容易学，容易演。因为学这类书不学词，光学路子和梁子，只要是有路，扎好了梁，内容细节全由自己发挥。只要自己平时多下苦功，学的多，知道的多，知识丰富，演说起来就会精彩动听，引人入胜。另外，在旧的说唱中还有些固定的歌赋，在演唱时可以根据内容任意采用，如武的方面有战场篇、刀马赞、盔甲赋、行兵放马、安营下寨等。在文的方面有路程歌、过街歌、美人赋、服装、摆设、对联字画、院中景致等。学会了这些东西，演唱什么书也不会有困难。同时，每部书里面的精彩部分，还可以搬到别的书里去演唱，我们叫作"灯挂子"，只要搬用得好，同样会受到观众的欢迎。所以说旧的东西好学好演，群众也喜爱，我们演得也带劲。这些都是我们祖先遗留下来的财富，我们艺人是舍不得把它扔掉的。

新中国成立以来，在党的领导下，我们艺人不仅在生活上有了保障，在政治地位上也有了很大的提高，同时，在党的教育下也使我明确了：演唱曲艺不单纯是为了混碗饭吃，而是向广大人民进行宣传教育的一种有力武器，演唱内容有毒素的书，会对群众有不良的影响。我认识到了这一点，就自动停演了一些内容有害的坏书，如全部的"三侠剑"等。同时，我还打算演唱新内容的书，但因为有许多困难，一时还没敢动手。到了五五年，人民政府号召取缔黄色书刊，组织我们艺人进行学习，又使我的思想提高了一步。我坚决响应党和政府的号召，不仅不演坏书，要演一部新内容的好书。我听说群众很喜欢看"铁道游击队"，又是写我们山东的事，我就挑选了它。当时，由我们新市场五个艺人成立了一个中心组共同研究。因为我不认字，回家后让我徒弟给我念了两三遍，就凭我脑子记忆。当时，我感觉这部书故事性很强，非常生动，教育意义也很大，但是要当做评书演唱还不行。于是我就运用评书的表现手法改编了一下。改过两三遍以后，我记的倒是很熟了，就是不敢演出，因为这是部成功的名著，要是说坏了，群众也会有意见，同时我也怕说不好冷了场子。后来听说原作者刘知侠同志到济南来了，我便乘机拜访了他一次，把我改动的地方给他谈了谈，他很满意，并给了我很大鼓励，另外还把书中主要人物刘洪、王强等人的性格特征、历史情况、思想情感、人物相互间的关系，以及地理情况详细的给我做了介绍。这次谈话，不仅在我的思想上有不少提高，对我的演出鼓舞也很大。回来后，我为了慎重起见，先在演唱传统节目时，每晚上加演一段，受到了群众的欢迎，很多人要求连续演出，我便大着胆子把整部书都说出去，群众非常喜欢听，几乎是场场满堂。这种良好的效果打消了过去认为新书不能抓人的错误看法，进一步鼓舞了我演唱新书的信心。

继承传统的表现手法

我主要是继承了传统的表现手法，来改编"铁道游击队"的。下面我可以分别的谈一下：

一、分回头、找扣子。旧的曲艺讲究"提闸放水"，就是说在叙述一个故事的时候，必须要越说越紧，老是听不到故事的结果，才能把观众吸住。如稍不留神，说出了故事的结果，观众就会走掉，所以必须要像闸水一样紧紧扣住。在改编新书的时候，必须要很好的掌握这一特点，分成若干个小回头，每个回头的结尾都要找出扣子。我每天晚上演六回，每一回我都找出一个小扣子，第六回的结尾找出了一个大扣子。这些扣子有的是原书上有，有的是我根据传统的"空枪头"（就是根据情节的发展，突如其来的制造扣子）的手法创造的。

如原书开始，刘洪、王强出山后，到了王强家。王强他父亲给他介绍情况一段，就比较平淡，也没有扣子，要是一气说下去，时间就太长了，我就在当中加了这样一段：

老头给刘洪、王强介绍了鬼子在李庄作恶的情况以后，气得刘洪把眼一瞪："奶奶！"这句话还没落地，"乓！"忽然听得门外枪响。老头说："刘洪！听到枪响了吗？鬼子出来不是查户口，就是逮捕人，你有良民证吗？"刘洪说："我才来，没有啊！"老头说："要没良民证在枣庄一天也不能待；有良民证的两句话说不对，不是灌辣椒水，就是喂狼狗吃。没良民证可不行啊！"他们正说着忽听得"呼！呼！"有叫门的，老头一听害怕啦："刘洪！来叫门哩！怎么办吧！"刘洪说："大爷，你睡觉吧！有我啦！"刘洪说完，从腰里一掏枪，要知后事如何，且听下回分解。

这时观众为了担心刘洪的命运，就很自然的把观众"扣"住了。下一回便接着说：老头忙把刘洪拦住，开开大门一看，原来是他本家的一个侄子。"二大爷，你怎么还没睡呀！快吹灯吧！别让鬼子看见！"说完就走啦！这个扣就解开了。老头再接着往下介绍情况。这个扣子是我加上的，这叫"虚扣"。

第六回结尾的大扣子是"实扣"。这样的扣子最好是采用传统的"拴马桩"的表现手法。所谓"拴马桩"就是让书中的主要人物，群众最敬爱的人物遇着危险，又不让他脱险，观众却总想盼着他出险。如岳飞被困，包公被绑，准能把观众拴住，非听下去不可。在第六回里，我就让刘洪被捕以后，经过鬼子的软缠硬磨，刘洪一字没说。鬼子气急了，把眼一瞪就要上刑审问。到了十分危险的时候，刘洪才提出让鬼子打电话问问鬼子经理金三。鬼子一拿电括，要问刘洪的吉凶祸福，请众位明日早来便知。

这样观众到第二天非来听听刘洪的命运不可。

在系扣时，一定要好好的铺垫，要不就系不紧、扣不住观众。如前一个例子中，前面就铺垫了一些鬼子如何用灌辣椒水、狼狗吃人等残酷的刑法审问中国人，才使得观众越发替刘洪担心；要是不铺垫就没有力量了。

二、"安瓜造点"。"安瓜造点"也是曲艺里的一个专用名词，意思就是说：说书的可以根据故事的发展，合情合理地加一些情节和人物，既能弥补原书的缺点，又能增加光彩。我在演唱"铁道游击队"时，就增加了不少章节。如小说中写了刘洪、王强等人搞了机枪、粮食车以后，就开设碳场。我感觉这地方不够完满，因为一帮穷扛活的开设炭场是会惹人注目的，特别是鬼子又非常狡猾，特务、暗探又很多，这时候又刚搞了粮食车，很容易引起敌人的怀疑。我就根据情节的发展，自己创造了一段"打特务"，单独的演唱了一回。大体内容就是：大特务曲大眼发现炭场后引起怀疑，便指示小特务潘长安去调查了解，小特务调查了以后回来汇报时，发现大特务跟他姘头勾搭上啦！大特务并要蛮横的霸占她，小特务非常气愤，请刘洪给他出气。刘洪答应以后，小特务便设法把大特务诓到荒山野岭，刘洪先把大特务干掉，接着也把小特务干掉了，并获得了三棵枪。

另外，在宪兵队过堂的时候，我还创造了一个正面人物的形象，就是扛大个的牛三。我是把他放在矛盾的尖端来描述的，就是在鬼子无故的审问完了两个普通的老百姓以后，要放出狼狗来咬人。牛三看了，气得眼都红了，他一纵身赶上狼狗，一弯腰抄起后腿，抡起来照着地下"叭"的一声，摔的狼狗鼻子眼里流血……我每次说到这里都受到观众的喝彩，原因是这个人物的见义勇为、不畏艰险的行动，给观众出了一口大气，受到观众的钦佩。这个人物正是代表了中国人民英勇不屈的坚强性格；在原书中这个人物是没有的。

三、发展和剪裁。在旧的曲艺中，有这样一句常用的话，就是："有话则长、无话则短"，意思就是说：该省的就少说一些，该发挥的就多说一些。根据我多年演唱曲艺的经验，体会到观众最喜欢听有矛盾的地方，就是俗话说：有瓜葛的地方。在这样的地方可以尽量地发挥，使矛盾发挥的越尖锐，故事就越生动，观众也就越爱听。在单纯叙述、介绍的地方，就比较平淡无味，最好用一两笔代过就可，千万别噜嗦。在改编"铁道游击队"的时候，我也掌握了这样一个手法：

如鬼子三路夹击苗庄，刘洪挂彩被送到芳林嫂家以后，原书中交代的不多。我认为这里边有矛盾可以发展，就把它大大的发展了一下，加了一段芳林嫂到城里去给刘洪买药，引起了狗腿子的怀疑。鬼子派特务到苗庄调查，发现了刘洪，特务要逼着刘洪走，把矛盾引向了尖端，使观众非常为刘洪担心。到了最紧急最危险的时候，再让小坡等人出场把特务逮住，活埋了，观众才松了一口气。后边芳林嫂到临城贴标语，日遭三险，打冈村，原书中写的也比较少，我认为这里边有书可说，我把它大大的发展了一下。这一段说了十二个回头，观众并不嫌烦。

回山受训一节，因为这里边没有矛盾可发展，我对受训的生活也不熟悉，所以我就轻描淡写的带过去了。就连芳林嫂被捕以后我也没有细说。因为我知道观众喜欢听英雄人物的英雄事迹，不愿听英雄人物的末路。我们说三国就不说关羽走麦城，说岳飞不说风波亭，说罗成不说淤泥河，同样，要是详细地叙说芳林嫂被捕以后受辱、受刑的情形，观众会觉得可惜，不忍听下去。所以只需一描而过，紧接着安排下一个精彩的节目，才能紧紧地把观众抓住。

四、掌握人物个性，注意外貌形容。说旧书我们很注意掌握人物的个性、特点和喜好等，使观众听了感觉亲切，可爱。说新书同样如此。刘洪、王强都是英雄人物，但是他们的个性不同，刘洪是个炮筒子脾气，一上来什么也不顾；王强的个性就绵软一些，碰见问题脑子里要转悠转悠。在演唱时，要自始至终掌握住他们的不同的个性。要是脱离了人物的性格特点，单纯的去追求故事情节，不仅不能动人，观众也会觉着不真实。

在刻画人物的性格时，不仅要注意人物内心的描绘，外貌的形容也是很重要的。在旧书中有许多现成的歌赋，出来一个人物，拿出一首赞歌来，就能够把人物的长相、穿戴、打扮等，生动的形容一下。演唱新段子就不能套用旧的东西，要是硬套上就会驴唇不对马嘴，引起观众的反感。怎么办呢？我就继承传统的表演手法注意现实中人物的穿戴打扮等，给以提炼、加工。比如：在打票车以前，我是这样形容鲁汉的：身高五尺开外，大脑门、墨脸膛、粗眉毛、大眼睛、青布帽头、蓝布夹袄，灰布的扎腰，白布的底衣，蓝布裤子，挑尖的撒鞋，左手里提着两瓶酒，右手里拿着两只烧鸡……在"打特务"中，我是这样形容曲大眼的：鹅绒礼帽，墨光眼镜，西服上身，打着领带，下穿呢子马裤，高筒的皮靴，后边挎着刺马针，腰里披着绳子、铐子、二八盒子……运用上这样的描绘，就显得人物的性格生动、逼真一些。

向生活学习

改编和表演新书，不仅要很好的继承传统的表砚手法，更重要的是要很好地向生活学习。新书都是反映现实生活，自己要是对现实生活中的一些问题不熟悉，或是不懂，就很难演出，演出去要是不像，就会出笑话。在"铁道游击队"中，我就有很多事情不懂。有困难不要低头，我就想法找人去学习。我除了向刘知侠同志学习了很多东西以外，还向一位部队上的同志学习了手枪、步枪、机枪、手榴弹等新式武器的使用方法，和它们的构造、机件的名称等。并向铁路上的同志学习了司机、司炉、拿旗的、挂钩的等不同工作人员的工作方法和他们的工作特性，以丰富自己的生活。这样，表演起来就会逼真一些，不至于出现漏子，引起观众的不满。

以上是我改编和表演"铁道游击队"的一些情况，谈得很拉杂，错误和缺点恐怕很多，希望作家和各位同志们多多提出批评，使我在演出中很好地进行修改，更好的繁荣我们的曲艺创作，为社会主义建设服务。

（选自《山东文学》1958 年第 3 期）

忆三十八年前的一首歌

——《弹起我心爱的土琵琶》

吕其明

　　记得三十八年前，在讨论《铁道游击队》全片的音乐构思时，赵明导演和我都认为，在影片高潮出现之前，战士们演唱一首插曲是很必要的。它可以从另一个侧面塑造游击队员的英雄形象；同时，也是全片音乐不可分割的有机组成部分。随着影片情节的发展，我们从银幕看到：游击队被围困在微山湖的礁岛上，他们连续打退了敌人数次进攻之后，黄昏来到了，在战斗空隙中，战士小坡弹起土琵琶，领头唱起了歌，其他战士也随声和唱，表现处在艰苦斗争环境中游击队员的革命乐观主义精神。导演对歌曲的要求是明确的，因此，这首插曲如何来体现导演的创作意图，插曲塑造什么样的音乐形象，首先是思考的问题。

　　生活是创作的源泉。影片中所描写的是铁道游击队员的形象，在深入生活中已有所了解，但是，也使我联想起在抗日战争和解放战争中所经常看到的那些身穿便衣，扎着子弹带，手拿套筒枪或大刀的游击队员，他们的形象使我难忘，同时也间接地为我提供了创作的依据。我觉得，从这些游击队员的口中只能唱出语言生动、通俗，民族风格强烈的歌曲。根据这一要求，诗人芦芒与何彬合作，写出了具有鲜明、生动形象的歌词，为谱曲提供了良好的基础。

开头短短的四句，勾勒出一幅生动的写生画：太阳落山了，鬼子被打退了，微山湖上一片寂静，在这战斗的间隙里，英雄的游击队员们面对大敌，从容镇定地唱起了动人的歌谣。中段歌唱了游击队员们，在千里铁道线上，处处留下了他们战斗的脚印，像一把钢刀，插入敌人的胸膛。尽情抒发了革命战士"压倒一切敌人，而决不被敌人所屈服"的英雄气概。由于以上内容的需要，中段改变了歌谣的写法，而带有某些进行曲的因素，使之产生了前后对比的作用。第三段又回到了歌谣体，与开头四句相呼应，表达了游击队员们对"人民的胜利就要来到"的坚强信念。

这虽然是一首民谣体的歌词，但是，我并没有以现成的民间歌谣为素材，也就是说，我没有采用民歌改编的办法来配曲，而是根据自己多年对山东民间音乐的学习，研究和理解，采用山东民歌中富有典型意义的调式落音，民歌的旋法，音调进行的特点以及紧密结合方言，重新创作了一首具有浓厚的山东地方风格，通俗、纯朴、易学、易唱的近似或神似民歌素质的歌曲。

现在回想起来，当时写这首歌的时候，并没有引起我多么大的注意，仅是一首普通的插曲而已，创作的想法既简单又朴素，可以说乐思是自然流露出来的。然而这些创作中的想法，随着这首插曲的广为流传，三十多年来确实受到了历史的、实践的检验，使我从中受到深刻的启迪。实践证明：越是扎根于民族土壤的作品，越有其艺术的生命力。这可能是《弹起我心爱的土琵琶》这首歌曲至今没被遗忘，还在传唱的主要原因吧！

（选自《歌海》1994 年第 4 期）

《铁道游击队》：激情燃烧的不老传奇

——关于一个抗战文艺主题的梳理和记忆

刘　璇

漫长的 65 年，足以让人们遗忘很多。但那些反映伟大抗战的传世之作，却时刻唤醒我们的集体记忆：这个民族曾有过怎样的艰难和困苦，又有着怎样的果敢与坚强。

《铁道游击队》就是那棵"记忆树"上一段粗壮繁茂的虬枝。铁道线上游击队员们"爬飞车""搞机枪""闯火车""炸桥梁"的年代早已远去，但中华儿女誓将热血筑长城的铮铮铁骨，依然铭刻在人们心间。于是，一个又一个艺术版本记录着那段发生在鲁南铁道线上的动人的抗日传奇，留给世人的是不同的解读、相同的感动——

小说　英雄的故事从此流传

艺术档案　书名：《铁道游击队》

作者：刘知侠

出版：1954 年 1 月

上海文艺出版社①

作家刘知侠似乎生来就是要与铁道游击队结缘的。

1918 年，他出生在河南省一个贫困的铁路工人家庭，父亲是铁路道班房里的护路工，道清铁路就从村边经过。天天看着火车飞驰、在铁道旁捡煤核的他，很早就学会了扒火车。十几岁时，刘知侠当过火车站的义务服务生，对铁路职工、行车制度都了若指掌。1938 年到 1939 年，他又曾随抗大一分校两次深入敌后体验生活。这一切，都为他创作《铁道游击队》打下了基础。

据刘知侠的夫人刘真骅回忆，刘知侠与铁道游击队的首次亲密接触缘于一次英模大会。"1943 年夏天，山东省军区召开全省的战斗英雄、劳动模范大会。知侠所在的《山东文化》编辑室的同志都投入了这一工作。就是在这次英模会上，他认识了铁道游击队的英雄人物，了解了他们感人至深的抗敌事迹，知侠当即产生了强烈的创作欲望。"

1944 年和 1945 年，刘知侠又两次冒着生命危险越过敌人的封锁线，同游击队员们生活和战斗在一起，积累了丰富真实的创作素材。1946 年，正当他要动手写作时，解放战争爆发，他受命执行新的任务，创作一直搁置到 1952 年。那年，时任山东文联编创部部长的刘知侠请了一年长假，在济南大明湖畔赶写《铁道游击队》。

写这部书，让只有初中学历的刘知侠颇费周折。在《〈铁道游击队〉创作经过》中，刘知侠曾这样写道："我事先剖析了一遍《水浒传》，在写作上注意以中国民族文学的特点来刻画人物，避免一些欧化的词句和过于离奇的布局和穿插，把它写得有头有尾，故事线索鲜明，每一个章节都有一个小高点。"

---

① 此处原文为"上海文艺出版社"，应为"新文艺出版社"。——编者注

十年磨一剑，鞘出谁争锋。从 1943 年邂逅，到 1953 年成书，刘知侠整整用了 10 年时间。小说出版后，立即成为抢手读物，并多次再版，先后被译成英、俄、法、德、越等近 10 种文字，成为全世界反法西斯战争的文学经典。

电影　黑白胶片封存的感动

艺术档案　片名：《铁道游击队》

导演：赵明

主演：曹会渠　秦怡　冯喆等

出品：1956 年

上海电影制片厂

茫茫夜色中，铁道游击队队长刘洪飞身爬上急速行驶的列车，身姿矫健；情急之下，紧张的芳林嫂忘了拉弦便将手榴弹扔了出去，恰巧砸在了鬼子队长的脚后跟上……

不知什么时候，黑白电影《铁道游击队》早已定格在人们的记忆中。这部由小说作者刘知侠担任编剧、铁道游击队队长原型之一的刘金山担当军事顾问的电影，让没有读过原著的人们也永远记住了铁道游击队的故事。

怎样才能成功地将小说转化为电影呢？导演赵明认为，"游击战争题材并不新鲜，但铁道线上的斗争却有其独特性。如何把这些英雄人物在铁道上的战斗生动地表现出来，赋予他们独特的、新鲜的艺术形式，这一点应慎重考虑"。

基于此，创作人员在剧本写作时对原小说进行了提炼和浓缩，删去了诸如"进山整训""血染洋行"等铁路特征不明显的情节，紧扣"铁路"这一特定环境，突出原著的主要精神、主要人物和主要情节。就这样，曲折惊险、险象环生、悬念迭起的电影《铁道游击队》一经问世，就格外引人入胜。

要扮演身手不凡的铁道游击队员，对演员们来说可是一大考验。剧组专门从上海铁路局借来一列火车，经过一段时间的练习，演员们都能准确地跳上火车了，这才有了影片中"打票车"那精彩的一幕。

电影的高潮要数惊心动魄的"一分钟营救"了。芳林嫂被鬼子押赴刑场，队长刘洪飞骑营救。按照拍摄要求，刘洪的扮演者曹会渠必须骑马，在列车即将到达的一刹那从火车头前面穿越铁路，距离远了太假，近了又太危险。为了这个镜头，曹会渠反复练习。开拍那天，担任军事顾问的刘金山亲自操纵火车，曹会渠在最佳时机一跃而过。

扮演芳林嫂的著名表演艺术家秦怡回忆当时的情景说："我们在现场的人都出了一身冷汗。那个年代演戏没有替身，所有拍摄都得自己完成。在戏里，芳林嫂要从高高的房顶上跳下来，就是我自己跳的。戏场如战场，让你往火里跳就得跳，让你往水里钻就得钻，没有冒险精神和敬业精神，戏是拍不好的。"

音乐　永远弹奏的"土琵琶"

艺术档案　歌曲：《弹起我心爱的土琵琶》

交响诗：《铁道游击队》

作曲：吕其明

"西边的太阳就要落山了，微山湖上静悄悄，弹起我心爱的土琵琶，唱起那动人的歌谣……"这首家喻户晓的电影插曲《弹起我心爱的土琵琶》，以优美的旋律和朴素的情感，穿越了半个多世纪的时空，时至今日仍让人心动不已。

著名作曲家吕其明担纲创作时，刚刚26岁。谈起当时，八十高龄的吕老记忆犹新。

1955 年，吕其明应邀为电影《铁道游击队》作曲。起初电影里并没有这支歌，可认真研究过剧本后，吕其明觉得这部电影从头至尾战斗很激烈，建议安排一首插曲舒缓一下节奏。可这个曲子怎么写？有人建议写成进行曲，也有人建议写成苏联电影式的抒情曲。吕其明在创作札记中写道："我见过许多游击队员，他们多是不识字的农民，他们口里是唱不出洋腔洋调的。往昔的战争生活给了我创作的灵感，我觉得应该写成一首近似山东民歌的东西，把抒情和战斗的情绪结合在一起。"

虽然有了想法，可吕其明并未急着开始创作，而是到山东对当地的民歌和戏曲进行研究。当革命浪漫主义和乐观精神与山东民歌特有的悠扬旋律碰撞出耀眼的火花时，这首经典的《弹起我心爱的土琵琶》便一泻而出。

1964 年，吕其明根据其创作的《铁道游击队》电影音乐主题，创作出的同名交响诗《铁道游击队》，在"上海之春音乐节"上亮相。这一民族交响乐的经典之作，节奏明快，旋律优美，让人们从音乐形象中再次领略到当年银幕上那些铮铮铁汉的风采。

连环画　收藏市场的宠儿

艺术档案　书名：《铁道游击队》

作者：丁斌曾　韩和平

出版：1955 年

上海人民美术出版社

在如今的收藏市场上，一套名为《铁道游击队》的连环画价值不菲。因为它有着属于自己的辉煌——在 1963 年全国第一届连环画评奖中获得绘画创作一等奖、文学脚本二等奖。出版以来，共再版 20 次，重印 47 次，累计印发3652万册，是中国连环画出版史上再版次数最多、印刷质量最高的现实题材连环画。

这套包含10册、1000多幅画页的连环画，由上海人民美术出版社的连环画家丁斌曾和韩和平联手创作，是两位画家公认的"花费精力最多、创作时间最长的作品"。

据丁斌曾回忆，"我和韩和平先后五下山东，通过生活体验，掌握积累了大量的第一手创作资料，用传统单线白描的形式来表现这部连环画。我负责造型创作打铅笔稿，韩和平勾线。从1955年起，我们边创作边出版。

"在创作中我们的第一部作品是'夜袭临城'，在表现夜间战斗的情节时我们碰到了棘手问题，即这种情节单线不易表现，正当我们感到困惑时，著名画家程十发提议借鉴一下京剧《三岔口》的武打表现手法，这使我们得以顺利地完成了'夜袭临城'的创作工作。"当他们完成第十册后，发现前两册风格不够统一，于是又重新绘制，这样下来，创作并出版这套连环画前前后后花了7年多的时间。

电视剧　挑战红色经典改编

艺术档案　剧名：《铁道游击队》（30集①）

导演：王新民

主演：赵恒煊　张立　史兰芽

摄制：2005年

山东电影电视剧制作中心

对1985年某电影制片厂拍摄的12集电视剧《铁道游击队》，人们几

---

① 此处原文为"30集"，应为"35集"。——编者注

乎没什么印象。刘真骅回忆说，那是因为剧中的故事情节严重脱离了生活，掺杂了太多的人工痕迹。"知侠看了一半后便没有兴趣再看下去，他感叹道，要是看看本子就好了。我觉得他带了很大的遗憾。"

为了弥补丈夫的遗憾，当 2004 年山东决定翻拍《铁道游击队》，向纪念中国人民抗日战争胜利 60 周年献礼时，刘真骅担任了该剧的艺术顾问，并审看了剧本。三大厚本的剧本初稿在 8 个月的时间里，四易其稿。其间，一位编剧不幸病故，编剧李世明也累得犯了两次心脏病。

在忠于原著、忠于真实的前提下，导演王新民首次将武打动作引入其中，还浓墨重彩地展现了小说中原有、后在"文革"中被删除的"掩护过路"等情节，而且将刘洪和芳林嫂的爱情戏贯穿始终。剧中，老版电影中的一些经典画面仍然保留，传唱不衰的《弹起我心爱的土琵琶》也依然被选作主题歌。

此次改编在刘真骅看来，是对原著改编最成功的一次。该剧播出后，立即掀起了一股"铁道游击队"热潮，"土琵琶"再次唱遍大江南北。作品被视为"红色经典"类作品中不可多得的佳作，荣膺"五个一工程奖"。

舞剧　肢体语言再谱传奇

艺术档案　剧名：《铁道游击队》

总编导：杨笑阳

主演：邱辉　山翀

演出：2010 年 7 月

总政歌舞团

自 20 世纪 70 年代末演出《骄杨颂》至今，已 30 多年没创作舞剧的总政歌舞团，于今年"八一"前后推出了大型红色经典舞剧《铁道游击队》。铁道游击队的故事，在纪念中国人民抗日战争胜利 65 周年之际，又以一种崭新的文艺形式，出现在人们的眼前。

该舞剧将山东民间音乐及山东地区特有的"鼓子"、"胶州"和"海阳"三大秧歌元素与现代流行音乐舞蹈元素相结合，刻画舞剧人物、塑造舞蹈形象。在尊重原著的基础上，进行突出舞蹈本体的创作，使舞剧《铁道游击队》成为文学的经典人物和音乐舞蹈的经典语言的完美统一。

在舞台上，舞蹈演员的高难度动作技巧，将"打票车""打洋行"等经典情节演绎得生动传神；奇特的舞美装置，更营造出以假乱真的奔驰的火车、鸣放的枪炮等特效。肢体语言讲述的红色经典传奇，令观众啧啧赞叹、连连称奇。

其他　铭记历史传递精神

一转眼半个多世纪过去了，小说作者刘知侠于 1991 年离开人世，书中铁道线上的英雄们也大都相继离世。然而，在新的世纪，他们的故事不仅没有被人们遗忘，反而以更多的形式被铭记，被传递。

2000 年，中国摄影出版社发行了《铁道游击队队员掠影》一书。该书收录了 41 名健在铁道游击队队员的照片，以及他们的种种真实经历。这是由山东枣庄日报社的新闻工作者历时四载，在全国十几个省市寻访到的。

2004 年，枣庄市委、市政府为新版电视剧《铁道游击队》的拍摄专门筹建了铁道游击队影视城。该影视城占地 500 余亩，集影视拍摄、传统教育、观光旅游等多功能于一体，并被列为全国 100 个红色旅游景点景区之一和全国爱国主义教育基地。

2006 年，铁道游击队大型群雕在微山县铁道游击队纪念园落成。凝固的艺术语言，全方位、多角度地再现了铁道游击队当年的战斗场景，人物形象栩栩如生。

在网络世界里，铁道游击队的故事也有不少拥趸。2004 年，为纪念九·一八事变，上海岩浆数码制作了一款电脑游戏《铁道游击队》，玩家可身临其境地爬飞车、打鬼子，过足英雄瘾。

《铁道游击队》为什么拥有如此旺盛的生命力？用原铁道游击队长枪三中队指导员张静波的话说，是因为"铁道游击队的壮丽史诗，本身就是一座巨大的碑，是抗日军民万众一心用血肉之躯铸成的一座无形的丰碑"。以这些文艺作品为载体，他们的故事已经成为我们心中永远不老的传奇！

（选自《解放军报》2010 年 8 月 13 日第 012 版）

电影《铁道游击队》诞生始末

袁成亮

"西边的太阳快要落山了，微山湖上静悄悄，弹起我心爱的土琵琶，唱起那动人的歌谣……"每当唱起这首熟悉的歌曲时，人们眼前就会浮现出电影《铁道游击队》中游击队员扒火车、打鬼子的精彩场面。那么，电影《铁道游击队》是如何诞生的呢？它背后又有哪些鲜为人知的故事呢？笔者就此作一披露，以飨读者。

一

电影《铁道游击队》是根据刘知侠所著的同名小说改编的。说起这部小说的创作，还得追溯到 1943 年夏天。当时，刘知侠参加在滨海抗日根据地召开的全省战斗英雄模范大会。会议期间，鲁南地区铁道游击大队的抗日事迹激起了他的创作欲望。会后，他两次穿越封锁线，前往鲁南游击大队进行实地采访。尽管当时已积累了不少素材，也写了一些相关的作品，但刘知侠对这些作品并不满意。新中国成立后，他又多次来到当年鲁南铁道游击大队战斗的地方收集资料，精心揣摩，终于在 1952 年以鲁南铁道游击大队为原型，创作出长篇小说《铁道游击队》。这部小说一经出版便在社会上引起轰动。据统计，《铁道游击队》的原本加上各种节编本、缩写本至今共出版了 300 余万册，并译成英、俄、法、德、朝、越等 8 国文字在国内外发行。

与一般小说相比较，《铁道游击队》在写作上带有一种浓厚的类似《水浒传》的色彩。刘知侠后来谈到这一点时，解释说："为了使这部作品能为广大读者所喜闻乐见，事先我剖析了一遍《水浒传》，在写作上尽可能以中国民族文学的特点来刻画人物，避免一些欧化的词句和过于离奇的布局和穿插，把它写得有头有尾，故事线索鲜明，使每一个章节都有一个小高点。因此，小说出版后，读者面比较广，在读者中也引起了较强烈的反响。"

《铁道游击队》在内容上还有一个特别之处，那就是里面的人物和事件几乎都有原型。由于积累的素材很丰富，刘知侠原本是要将这些事迹写成报告文学的，后来觉得报告文学不如小说那么生动，读者面也较小，就将体裁改成了群众喜闻乐见的小说。虽然是小说，但刘知侠在创作中并没有刻意地"添油加醋"。他在谈及当时创作时，说："在创作中，我还是以鲁南铁道游击大队真实的斗争发展过程为骨骼，以他们的基本性格为基础来写的。老实说，书中所有的战斗场面都是实有其事的。其中，有一个情节说的是鬼子队长化装进村，被芳林嫂识破，芳林嫂情急之下，把没拉弦的手榴弹朝鬼子扔去，这在现实生活中也是存在的。"除了真实的故事情节外，小说中的主人公在生活中也都有它的原型。政委李正是以鲁南铁道游击大队政委杜季伟为原型的；大队长刘洪的原型是鲁南铁道游击大队两任大队长洪振海和刘金山。现实生活中的洪振海是一个传奇式的人物，英勇善战，打过许多精彩的胜仗。洪振海牺牲后，继任大队长刘金山政治思想品德很好，深受老百姓的拥戴。作者便将这两者结合起来，变成了一个"完美"的"刘洪"。小说中的芳林嫂原型则是刘桂清、时大嫂、尹大嫂等人，这三位大嫂可谓是鲁南游击大队的"得力助手"，她们的家都是铁道游击队的秘密联络点，同时也是鲁南铁道游击大队的避风港。

二

1956 年，长春电影制片厂①决定将《铁道游击队》搬上银幕，并决定由曾导演过电影《团结起来到明天》《三毛流浪记》的赵明担任该片导演。赵明接手后，很快组成了拍摄班子，演员也很快到位。曹会渠扮演刘洪，秦怡饰演芳林嫂，著名反派演员陈述演鬼子队长。

拍好一部电影少不了一个好的剧本。小说《铁道游击队》内容虽然很丰富，但情节比较繁杂，而当时流行的电影叙事美学又要求故事片内容集中简练，冲突尖锐激烈。于是，创作人员在剧本写作时根据电影拍摄需要，对原小说进行了提炼和浓缩，删去了诸如进山整训、掩护过路、小坡被捕、夜袭临城、血染洋行、打布车等情节，突出了原作的主要精神、主要人物和主要情节。尤其值得称道的是，导演赵明在处理该片时，并没有按游击片的条条框框去套，而是想方设法要拍出"铁道游击队"的特色来。他在谈到当时拍摄情形时，说："在影片的造型处理方面，即形式技巧、表现方法等，能否跳出公式主义的泥沼，稍稍带来一些新鲜的风貌呢？关于游击战争题材，可以说并不新鲜，但铁道线上的斗争却有其独特性。如何把这些英雄人物在铁道上的战斗生动地表现出来，赋予他们以独特的、新鲜的艺术形式，这一点也应慎重考虑。"正是出于这种考虑，电影《铁道游击队》拍出了与《平原游击队》不同的特色。影片中最精彩的一些场景无不与铁道这一特定的环境及与之相适应的斗争方式有关，克服了原小说战斗场面铁道特点不鲜明的缺陷，使战斗场景显得惊险刺激、扣

---

① 此处原文为"长春电影制片厂"，应为"上海电影制片厂"。——编者注

人心弦。

　　看过影片的人一定对片中游击队员"打票车"的一幕印象很深。这些镜头都是在上海近郊拍摄的。当火车在疾驶中，游击队员要在一刹那跳上火车，对于演员来说并不是一件容易的事，不但要胆大、心细，准确抓住时机，还要有丰富的经验。为了攻克这一难关，剧组专门从上海铁路局调来了一列火车供演员们训练，这列火车由1节火车头、5节客车、1节卧铺车厢组成。演员们就在这列火车上练习扒车跳车，吃住都在火车上。火车的速度由缓慢开始到逐渐加快，大家在专业人员的指导下，先跟在火车旁边跑，然后再练习如何抓住车门的扶手，如何起身往火车上跳……经过一段时间的练习，大家基本上掌握了扒车技巧，都能准确地跳上火车，大家都为能学会飞速扒车的本领而感到骄傲。可是，待到正式开拍时，却发现了问题。因为平日大家都是练慢车，火车行驶的速度如果按照大家练习时那样，在镜头里肯定会露出明显破绽。在正常车速下，特别是在如实展现火车风驰电掣的环境中，表现游击队员轻巧的扒车、跳车的惊险场面，才能达到影片中的理想效果。于是，为了影片的进度，演员们只能在飞驰的火车前，做好飞速快跑和扒车的姿势，然后再让聘请来的专业"替身"完成实际动作。尽管大家为自己的努力没用上而感到有些遗憾，但看了影片中"打票车"那精彩的一幕，心里还是有一种说不出的高兴。

　　影片中最为惊险的要算芳林嫂被押上刑场，刘洪飞骑穿过铁路营救的一场戏了。导演要求扮演刘洪的曹会渠在列车即将到达的一刹那越过铁路。这可不是闹着玩的，弄不好就会出人命。但电影要真实就必须这样，否则就会给人作假的感觉。为了这个镜头，曹会渠反复训练，在演这一场戏时，终于把握在了最佳时机穿过铁路，令在场的人都出了一身冷汗。

三

电影《铁道游击队》除了惊险的镜头之外，布景在当时影片中也是可圈可点的。影片中有一场戏是描写"微山湖化装突围"。这场戏按理应该在微山湖拍才是，但摄制组到了微山湖实地考察后，觉得场景很不理想。经过反复研究，大家最终选择了到太湖拍这场戏。经过众人一番努力，一个比"微山湖"还"微山湖"的场景便在太湖边诞生了。

影片中，与游击队飞身上车镜头相连的还有车厢内的打斗场景。许多人以为这场戏就是在车厢内拍的。实际上，那只有一节半的车厢布景，全部都是在一个大摄影棚里布置成型的，座位、过道、车窗，布置得非常逼真。人走进布景，就像真进了火车车厢一样。车外有三道近景，靠近车厢是树，稍远一些的是电线杆，更远的则是山的布景。拍摄的时候，这三道景就以不同的速度循环转动起来，就像是火车行驶在田野之间，给人以身临其境之感。除此以外，车内戏也演得非常逼真。根据剧情要求，导演在车内安排了形形色色的乘客，其中以"跑单帮"的人最多。每一节车厢的两端，都有日本兵坐着压阵。游击队员们化了装，一个接一个地上了火车，每个人都寻找要袭击的日本兵，与他们套近乎。冯奇所扮演的身穿长袍的王强，找到了贪杯的日军小队长。在戏里，王强拿着两瓶兰陵美酒和一只烧鸡上场。各就各位之后，镜头就开始转动起来，演员们也进入了各自的角色。最后的结果是，"鬼子"把一只烧鸡吃完了，却挨了冯奇一酒瓶子。酒瓶子碎了，"鬼子"也当场"晕"了过去。镜头一次通过，演员一点也没有受伤，因为车窗玻璃和酒瓶等都是些弱不禁风的道具。

关于影片的风格，在拍摄过程中赵明也曾几经反复。他后来回忆说："有人主张它应该是惊险的，也有人主张它应该是正剧的，在这个问题上，我曾经摇摆过，最初我坚持惊险，后来我又倾向正剧，再后来由于某种力量的推动，我又在实际工作中向惊险方面努力，但拍摄过半的结果，我又感到它仍然是正剧的了。"事实上，正是由于导演在拍摄过程中对影片风格处理的这种变化，使得影片既紧张惊险又富有革命乐观主义情趣，对素材处理朴素而又生动，细节设计得机智幽默，与剧情的紧张展开有机结合，在战争片中显得别具一格。

四

电影《铁道游击队》不仅场景生动逼真，而且片中的歌曲《弹起我心爱的土琵琶》也给人以身临其境之感。其实，《铁道游击队》无论是小说还是剧本，原来都没有这首歌，这首歌的诞生与当时刚刚调到上海电影制片厂搞电影音乐创作的吕其明是密不可分的。吕其明在后来谈到当时的情形时，说："《铁道游击队》的文学本和后来的导演本都没有这首歌，但是，我从作曲的这个角度考虑，我觉得铁道游击队员的英雄形象、英雄主义的表现在戏里面是很充分的，但是在展示游击队员们革命的浪漫主义精神的篇幅却很少。所以，当时，我就跟导演提出来，可不可以增加一些歌曲，导演欣然同意了。"

在征得导演同意后，吕其明便全身心地投入了这部影片歌曲的创作。尽管他没有到正规音乐学院深造过，但经历过抗日战争和解放战争，对战争年代游击队员们的生活非常熟悉，这使他一开始就能很好地把握住片中歌曲创作的精髓。他在谈到这首歌创作时，感慨地说："这些游击队员差不多都是不识字的农民，在这样一些游击队员的口中能唱出什么样的歌曲呢？经过一番琢磨，我觉得，在这样一些铁道游击队员的口中，只能够唱出非常淳朴、近似民歌这样亲切的音乐语言。"经过一番精心打造，吕其明终于创作出了这首传唱至今、脍炙人口的歌曲《弹起我心爱的土琵琶》。歌曲前半部是抒情的男声领唱，后半部是快速有力的男声合唱，抒发了战士们坚定的必胜信念和乐观主义精神。

经过一番艰苦努力，1956年，电影《铁道游击队》终于与广大观众见面了。该影片一经上映便引起了强烈的反响。1957年，《铁道游击队》在由北京人民广播电台和《北京日报》联合举办的国产片评选中，入选该年度最受欢迎的十部影片之一。

（选自《党史纵览》2010年第3期）

《铁道游击队》：让战斗片真正"动"起来

甘文瑾

如果说《八路军》《茶马古道》《上海风云》《谷穗黄了》这些抗战题材剧，以不同角度再现了60多年前那些或广为流传或鲜为人知的战争风云，让今天的观众对"民族存亡""英雄情怀"这些字眼又有了新的认识；那么，另外几部根据老电影改编的抗战电视剧，则带着多年来观众熟知的人物、旋律、情节"扑面而来"，让今天的观众对"红色经典"的再度演绎有了新的认识。

由山东电影电视剧制作中心、山东辉煌世纪影视公司、枣庄电视台和内蒙古电视台联合投资2000万元摄制的35集《铁道游击队》，8月份开始在内蒙古、山东、北京等十多家电视台播出。该剧导演王新民表示，《铁道游击队》创作着意强调创新，此次重拍和以前最大的不同在于，将武打动作引进红色经典，让战斗成为故事的主线。王新民分析，近两年翻拍的红色经典剧，无论是《红旗谱》《苦菜花》，还是《林海雪原》《小兵张嘎》，这些经典老片里虽都有战斗场面，但都不是以动作为主的作品。《铁道游击队》的原著里，就描写了很多铁路矿工们和日本鬼子肉搏的场面，为此，曾经执导过《燕子李三》《连城诀》和《碧血剑》等剧的王新民将

《铁道游击队》的改编宗旨定位在"让战斗片真正战斗起来"。

《铁道游击队》同样在当年故事发生地枣庄地区拍摄，同样围绕火车做文章。为了真实再现当时的战斗场面，王新民介绍，剧组特地在枣庄搭建了一条十多公里长的铁道线，同时在徐州铁路局的支持下，调来了一整列十几节火车协助拍摄长达20多天，剧中有很多镜头是让演员吊威亚直接飞到奔跑中的火车上。同时他也声明，毕竟《铁道游击队》不是武侠剧，不应该有那些一掌过去就山崩地动的场景，于是就遵守了实打的原则，而飞虎队队员则基本不用替身。王新民强调，剧中有70%左右的镜头是采取实景拍摄，其余部分才交给后期电脑制作。

新的"游击队员"由赵恒煊、史兰芽、刘长纯、张力①、张亚坤、刘凌云等担纲，不过，与电影版本不同的是，此番的刘洪等人不会一出场就是合格的游击队战士，他们都有着不可避免的自身缺点，只是后来在战斗中才逐渐成长为有思想觉悟、勇敢杀敌的英雄，同时，与电影版还有一点不同就是，刘洪和芳林嫂的爱情戏这次会贯穿全剧。

"西边的太阳快要落山了，微山湖上静悄悄，弹起我心爱的土琵琶，唱起那动人的歌谣……"当这首经典老歌再次响起，当观众看到全新形象的刘洪、李正、王强、芳林嫂这些难以忘怀的人物，当年齐鲁大地上游击队员爬火车、炸桥梁、搞机枪的壮举将再次在各地传唱，谱写一曲新的爱国主义之歌。

（选自《中国电影报》2005 年 8 月 25 日第 020 版）

---

① 此处原文为"张力"，应为"张立"。——编者注

我画《铁道游击队》

谭乃麟

　　70 年前的中国人民抗日战争是世界反法西斯战争的重要组成部分，作为世界反法西斯战争的东方主战场，中国人民抗日战争坚定了盟国与法西斯作战的信心，推动了世界反法西斯统一战线的形成，中国人民也为此付出了巨大的民族牺牲。如今，战争的硝烟已经散去，亲历战争的人们，大多也已作古，但是，历史是不会被遗忘的，铭记历史、铭记先烈，成为我们全民族前行途中的精神动力。

　　1965 年我出生在山东青岛，在运动和玩戏中长大，许多的事情已经逐渐淡忘，可留在我脑海里最有兴趣的是一本本小人书和每年清明前集体到烈士陵园扫墓。我们这一代人所受的教育可算是革命教育，满脑子是革命故事，最崇拜的也是英雄人物，这些深刻的记忆大多来源于各类文艺艺术形式，例如连环画、张贴画、老电影、革命样板戏等，这证明了艺术在那时期的作用，并深刻影响到我日后所从事的艺术创作。

　　抗战题材的美术创作是我国近现代美术创作的巨篇，它所反映的内容不仅是对历史影像不足的一种弥补，让我们时刻铭记那段历史，更重要的，是通过美术作品，通过艺术家的独特视角，用理性和智慧再现出史诗般的画面，用艺术去追忆那些为民族独立而献出青春和生命的英雄，从而唤醒民族自豪感，宣扬民族精神，教育后人以历史为鉴，面向未来，珍爱和平，守望和平，维护和平。

回顾新中国成立和发展时期的美术，许多反映抗战的作品给我们留下了难忘的印象，许多作品已经成为时代的印迹，那些作品已成为内容和形式高度统一的完美之作，成为我们抗战体裁的典范。如王盛烈的《八女投江》，罗工柳的《地道战》，詹建俊的《狼牙山五壮士》，胡悌麟、贾涤非合作的《杨靖宇将军》，骆根兴、贾力坚合作的《大敌当前》，王迎春、杨力舟合作的《铜墙铁壁》，刘大为的《小八路》等一批经典之作，作品充满了革命的现实主义与革命的浪漫主义精神，令人记忆犹新。

所以，我决定创作一幅以"铁道游击队"为主题的作品。《铁道游击队》这部小说在山东家喻户晓，讲的是抗日战争时期，山东南部枣庄矿区以刘洪、王强为首的一批煤矿工人和铁路工人，不堪日寇的欺压和蹂躏，在中国共产党的领导下，秘密建立起一支短小精悍的游击队，活跃在日军侵华战争的主要铁路命脉——津浦线的山东沿线，鼓舞了铁路沿线人民的抗战士气，有力地配合了主力部队对日作战的故事。小说作者刘知侠也在山东工作，我和他的夫人还是"忘年交"，我从少年时期就对这部作品非常喜欢，改编的同名电影中那首《弹起我心爱的土琵琶》更是耳熟能详。

根据我的构思，《铁道游击队》这幅水墨作品在形式上采用的是群雕式的人物组合，人物形象采取写实的表现手法，以达到有真实感，人物动态全采取站立式，每个人物都像坚实的石柱，粗朴且强韧。画面多用黑白表现，以增加历史感，让人有种"老电影海报"的印象，使人引发一种怀旧的心绪。主体人物的形象是借助于小说和电影的描写，人物的着装以及手持的武器枪械都是符合那个时期的。我想通过这幅作品，去讴歌那些普普通通的抗日民兵，他们满怀着对中华民族的热爱，对家乡的热爱，对祖国的忠诚，不惜生命，用智慧和勇敢保卫着我们的国土，他们也是真正的无名英雄，这幅作品也算是我对英雄们的一种追思和纪念吧。

（选自《美术》2015 年第 9 期）

红色舞剧《铁道游击队》

赵大鸣　杨笑阳

故事梗概

序幕：抗日战争时期，山东鲁南地区穷苦百姓为生计所迫，常有人出没在临城与枣庄一带铁路线上，把日军抢掠的煤炭、粮食重新夺回到自己手中。

一日，枣庄少年小坡又跟随父亲趁着黑夜爬上火车。不料，被事先埋伏的日军包围……

第一幕：刘洪和王强从山区抗日根据地回到家乡枣庄，以开炭厂为掩护，发动群众建立抗日武装。当地劳动妇女芳林嫂与刘洪相互爱慕。在艰苦的岁月里，二人更是心心相印。

日本宪兵追捕小坡来到炭厂，王强与鬼子巧妙周旋，敌人空手而归。刘洪带领兄弟们潜入日军特务机构"正泰国际洋行"。愤怒的枪声在日寇巢穴响起，回荡在临枣铁路线上。

第二幕："打洋行"初战告捷，少年英雄小坡与青梅竹马的梅妮一同分享着胜利的喜悦。山区的八路军主力部队派来李正担任政委，与大队长

· 150 ·

刘洪正式组建鲁南军分区"铁道游击队"。

为了配合主力部队反"扫荡"，铁道游击队决定"打票车"。他们又一次在铁道线上摆开了英勇杀敌的好战场。

第三幕：微山湖畔，乡亲们热情迎接胜利归来的铁道游击队战士们。铁道游击队的队员们举起缴获的钢枪，向父老乡亲们发出誓言，一定要打败日本侵略者。

在共同抗战的岁月里，刘洪与芳林嫂的感情也更加深厚。

第四幕：日军大批部队包围微山岛，残酷屠杀乡亲们，要消灭铁道游击队。为了救群众于危难，铁道游击队浴血奋战，许多游击队员与敌人殊死搏斗，直到流尽最后一滴血。

战斗中，小坡和梅妮被敌人包围。他们打完最后一颗子弹，与鬼子同归于尽。在那个战争的年代里，两个年轻的生命用鲜血浇开了最壮丽的爱情之花。

尾声：八年抗战，中国人民用鲜血和牺牲换来了最后的胜利。芳林嫂和刘洪举起酒碗，向着天地间祭奠逝去的英灵。

光阴荏苒、岁月如梭，铁道游击队的英雄业绩世代传诵，在亿万中国人民心中筑起了不朽的丰碑。

咬定"青山"不放松

赵大鸣

《铁道游击队》一剧的创作，体现了总政歌舞团长期以来坚持不懈的三个追求：

首先，就是要弘扬主旋律，这是总政歌舞团的风格。

总政歌舞团三十多年没有搞舞剧，现在要搞压力很大。第一个压力就是搞什么题材。这些年来文艺舞台思想解放，各种题材丰富多彩。舞剧也是如此。即使部队文艺团体也创作了各种不同内容的作品，但是我们选择红色经典题材。要说明的是，"铁"剧创作之初，不管是团领导还是各级首长，没人硬性规定我们必须搞什么题材。是我们自己要搞"铁道游击队"。当然，弘扬主旋律本来就是总政歌舞团当仁不让的责任。而且，还因为在艺术上我们有这个自信。艺术要的就是以情感打动人、要的是喜闻乐见的人物形象。中国过去一百年的历史中，民族解放战争打了那么多的仗、牺牲了那么多的人，有多少感人的故事？有多少活灵活现的英雄人物可以表达？如果一个"牡丹亭"后花园里的"小儿女情长"就能把我们感动得泪流满面，如果一群武僧的拳打脚踢，就能把舞台演得惊心动魄，我们这一百年的历史，该有多少惊心动魄的战争场景？有多少生离死别、大悲大喜的"大儿女情长"？表现得不精彩是我们自己没本事，我们得下大功夫、花大力气。而选择这种红色经典题材，是我们理所当然的。

其次，就是要追求作品的经典性，这是总政歌舞团一贯的艺术标准所决定的。

舞剧创作不像电影戏剧，不能讲复杂的故事。最好是人们喜闻乐见的熟悉题材。"铁道游击队"就是家喻户晓的经典题材。里边有感人的故事、丰富的人物，都是大家非常熟悉的，一看就能想起来的。借助经典文学作品，舞剧可进一步把他们表现得更加精到、更加直观。这是戏剧文学意义上的经典性。

再一个是音乐舞蹈的经典性。舞剧说到底是音乐和舞蹈的艺术。"铁道游击队"的故事发生在山东。山东地区可以说是中国民族民间音乐舞蹈最发达的地区之一，有鼓子秧歌、胶州秧歌、海阳秧歌等。是什么人，就要说什么话；对于舞剧而言，是什么地方、什么时代的题材人物，就要用什么地方和时代的音乐舞蹈语言。这才是经典的舞蹈人物形象产生的必要条件。舞剧《铁道游击队》是这种文学的经典人物和音乐舞蹈的经典语言的统一。这是舞剧作品走向经典化的必要条件。在我们的创作中，我们是努力这样去做的。还是那句话，做得好与不好是我们水平问题，但是我们的艺术追求是清楚的。

第三个是追求舞剧艺术本身的经典性。舞剧本不是"晚会"，所以，我们的舞剧创作不以片面追求舞台形式的宏大、包装样式的奢华取胜；而是以人物形象的生动、戏剧内容的深邃为主旨。我们不拒绝任何创新的、先进的舞台手段，只要我们能做到。但是，我们希望所有舞台上的手段，都是与舞剧的人物情节统一的，是为塑造舞蹈人物而使用的。在这点上我们很明确，舞剧不是晚会，更不是"秀"。

最后，就是要追求与文化市场的接轨，这是总政歌舞团随时代发展、社会变迁所必须面对的。

强调艺术本身的规律，不是因为我们不通时尚、不懂流行，不能跟随历史的发展。更不是我们冥顽不灵、食古不化。不是吃不着葡萄、或者不懂怎么吃葡萄，就说葡萄酸。这次舞剧《铁道游击队》的创作，团领导从一开始就明确要求必须面对文化演出市场。所以，我们才选择了"铁道游击队"这个题材。因为它有悬念、有动作。"打票车""打洋行"让我们有机会在舞台上充分展示舞蹈演员、尤其是战争题材中舞蹈演员的高难度动作技巧。这是总政歌舞团舞蹈的众所周知的优长之处。而且，我们还有机会在舞台上创造非常奇特的舞美装置，因为有奔驰的火车、翻滚的布景、有枪炮的特效。总而言之，还是"铁道游击队"这个题材给了我们创作的余地，让我们对市场的定位有针对性、有发挥的空间、有成功的信心。

每个人都像一名铁道游击队队员

杨笑阳

我感觉自己特幸运，总政歌舞团几十年没有搞过大型舞剧创排了，我一接手就是这么一部大部头的作品。尽管此前自己也担任过《月上贺兰》等舞剧的编导任务，但没有哪一部能够和《铁道游击队》的挑战空前、压力空前比肩。

一般而言，一台舞剧需要几年甚至更长的打磨时间，但我们这台舞剧仅用了五个多月的时间就立上了舞台。这倒不是说我们仓促上马，两个原因更能说明我们的战斗性：一个是，早在十年前，赵大鸣编剧就有了这个剧本的腹稿，这十年里一直在不断丰富、充实其中的内容；再一个是，体现我们团《铁道游击队》剧组所有成员特别能吃苦、特别能战斗、特别能克服困难的精神、意志！进入排练期，每个人都以超乎寻常的精神、意志战斗在舞台上，舞蹈演员一天四班倒，轻伤不下火线；有的演员胳膊负伤了，缠着绷带还在舞厅跟着音乐练走位。正如前几天团主要领导验收舞台时说的，剧组的每一名成员，都像一名真正的铁道游击队队员一样，为了胜利完成目标，大家众志成城、一往无前！

当然，编创《铁道游击队》的兴奋和愉悦也是空前的。主要感受有这么几点：

一是人物关系复杂。具体的创编过程中，我们遇到不小的难度。一台舞剧一般仅有一对男女主角，《铁道游击队》有两组男女主角——刘洪和芳林嫂，小坡和梅妮——而且他们的分量几乎是并重的，对他们的具体关系处理上要慎重。我们的确要让红色经典给人以红色遐想，但绝不能对红色经典进行不负历史责任的篡改。还有，即便对日本宪兵的人物塑造，我们也是做足功课的。

二是典型环境中的典型人物要相辅相成。铁道游击队起源于山东临城枣庄一带，时间为抗日战争时期，脱离故事发生的具体历史坐标和地域坐标，剧中人物走向就会发生偏移，在剧中每一幕，每一个场景，每一件小小道具的制作方面，都能体现我们的匠心。

　　三是舞蹈语汇求新求变。任何一种艺术，都有其特定的语汇，电影有电影的语汇，电视有电视的语汇，舞剧当然有舞剧的语汇。因为我们以前总搞大型晚会、主题晚会，容易先入为主。为避免舞剧晚会化，一开始我们就注意规避。为深入掌握好该剧的舞蹈语汇，我们主创人员分别赴上海观摩"舞剧周"演出，并赴山东枣庄铁道游击队原址进行采风；同时邀请著名民间舞蹈专家张英松和北京舞蹈学院民间舞系教员对舞蹈演员进行专门的前期强化训练，收到了良好效果。

　　四是舞美不求奢华，而求灵动。在装置方面，我们的舞美总设计沈庆平带领他的工作小组尽可能地做到了组合化、多功能化、重复利用化，既节省了资源也浓缩了表演空间；很多的舞美装置，都参与到了具体的表演当中。场景的设计方面，在做到功能化、实用化的同时，更注重艺术化。

　　五是服装注重写实，亦重写意。服装对于一部舞剧的重要性是不言而喻的，对此，我们的服装设计师姜小明、服装艺术指导顾林，费了很大心思，特别是团里主要领导，给我们提了大量中肯、有益的建议。全剧的服装无论是整体还是细节方面，在这方面都有体现，即在追求服装质感、注重写实的同时，更注重舞剧的本体性，飘逸写意，极富美感。

　　　　　　　　　　　　　　（选自《文艺报》2010 年 7 月 28 日第 B02 版）

研究文献

三

刘知侠散论

丁尔纲

一

刘知侠 1918 年 2 月出生于河南省汲县柳卫村一个铁路工人家庭里。汲县即古卫辉府，是战国时代卫国都城。他早年曾在煤矿、铁路车站干过活。1938 年奔赴延安，进了抗大，毕业后继续留校学军事。次年冬奔太行转迁山东，行军途中入了党。从抵沂蒙山区至今，几十年来和山东父老同生死，共患难。知侠 1940 年任抗大文工团党支部书记，后又任《山东文化》副主编和文工团长、省文协党总支书记、省文联创作部部长，并主编《山东文艺》。1952 年写完《铁道游击队》，于 1953 年调上海作协从事专业创作。1959 年回山东深入生活并写作，当选为山东文联副主席，作协分会主席。此外，他还是全国文联委员和全国作协理事。

刘知侠从 1942 年发表《归来者》、《钱保身》等小说到 1945 年推出长篇小说《铁道游击队》部分初稿，仅仅是三年时间。在第二代山东作家中他是推出长篇小说的第一人。新中国成立后他只发表了一个短篇《铺草》，而集中精力于 1952 年和 1953 年分两次写毕《铁道游击队》。1955 年第一个短篇集《铺草集》由新文艺出版社初版。1959 年中国少年儿童出版社出版了他的第一个中篇小说《"铁道游击队"的小队员们》。同年他发表了电影文学剧本《草上飞》。1961 年山东文艺出版社又推出他的中篇《沂蒙山的故事》。两年后作家出版社出版他的中篇合集《沂蒙故事集》。此后他把精力转入长篇巨著《决战》的创作。

十年动乱中刘知侠经受了残酷的冲击。我们从中国俗文学学会出版的《俗文学》创刊号（1987 年 4 月百花文艺出版社）上他的纪实性中篇小说《芳林嫂》中可窥其一斑。1981 年人民文学出版社出版他的中篇选集《一次战地采访》时，他正致力于长篇小说《牛倌传》和《侦察英雄传》的写作。目前《牛倌传》已经杀青，改题为《沂蒙飞虎》交河南中原农民出版社。不久他将继续转到长篇《决战》的浩大工程上去。

二

在我国当代军事文学中，山东作家是一支劲旅，而刘知侠是冲锋在前的少数先行者之一。其军事文学的突出建树之一，是其鲜明的革命史诗色彩。

在人类文化史上，举凡著名的史诗，大都与军事征战不同程度的结下不解之缘。古希腊的伟大史诗《伊里亚特》，就是一个最早的范例。我国汉族史诗传统不如少数民族发达。但"蒙古族史诗之最"的《蒙古秘史》和"藏族史诗之最"的《格萨尔王传》，则与《伊里亚特》异曲同工，把民族开拓史与军事征战史结为亲缘。我国的《三国演义》《李自成》，欧洲的《战争与和平》《静静的顿河》，也都与战争关系密切。

刘知侠曾在抗大专攻军事，此后又亲历并局部参与指挥过实地作战。他曾以随军记者身份从司令部到战士广泛采访过。因此，他对军事生活是十分熟悉的。他善于采用浪漫主义色彩很浓的笔法，为英雄人物谱写传奇故事。他还十分注意展示战争与社会发展的内在联系，通过战争题材显示时代风云与时代主潮。

在许多作品中，知侠都反复揭示：人民军队来自人民，服务人民，以捍卫人民利益为最高使命。同时，只有获得人民的支持，革命战争与革命事业才能取得胜利。在《铁道游击队》中，生动地描写了日、伪、蒋合流逼得工人无法生存，只能铤而走险这一历史必然性。这和历代王朝统治逼得农民不得不揭竿而起的历史规律是相通的。新中国成立前以《铁道队》为题发表的七章中，还写了自发反抗的铁路工人一度不得不依附国民党军队，因而受尽挤磕，这才迷途知返，投奔共产党领导的八路军，从此，拨正航向，宛如蛟龙入海，遂成长为以铁路为活动天地的独具特色的人民军队。而铁道游击队的力量源泉，正是来自铁路沿线群众的掩护与支持，人民是它坚强的后盾。在《沂蒙飞虎》这部长篇中，上述主题发挥得更为集中和充分。小说唯一的主人公高山是个"十七岁以前没有穿过鞋子，二十岁以前没盖过被子"，一直风餐露宿与牛为伴的牛倌。三十一岁那年抗战开始，"是革命使这个牛倌站起来，成为一个勇敢的人"。"他当过人民的镇长、区长、县长、县大队长、专员"，"带着游击队打遍了沂蒙山"，带着担架队参加了淮海战役，"在严酷的斗争中成长为人人敬仰的英雄人物"。这是一个与共产党教育培养下摆脱了阶级压迫、民族压迫而获得解放，成为革命干部，实现了人民的历史主人公地位的典型人物。

在红嫂（《红嫂》）、芳林嫂（《铁道游击队》《芳林嫂》）这两个人物身上，饱含着深厚的军民鱼水情。红嫂是个对党和八路军仅具有初步认识的农村妇女。她是在克服旧观念的种种束缚中走上革命道路的。芳林嫂作为工人家属其起点较红嫂并不高，但其性格发展的幅度颇大。在《铁道游击队》中，她出场不久，就成为这只神奇的队伍不可或缺的特殊一员。"文革"中许多大批判文章歪曲了芳林嫂的形象，把她钟情刘洪解释成她英雄行为的唯一动力。这显然是南辕北辙的无稽之谈。和红嫂同样，芳林嫂认识到个人、家庭以至阶级的命运与党领导的武装斗争与革命事业是生死与共、祸福相倚的。在这种自觉意识的主宰下，才产生了一系列英雄行为。芳林嫂的性格光辉，在"文革"中达到极致。在粉碎"四人帮"之后问世的《芳林嫂》这篇小说中，她处在另一种意义的"高天滚滚寒流急"的时代。"文革"中，刘知侠被打成反革命，倒是芳林嫂凭借"英雄人物"的威信和战争年代地下工作积累的丰富经验，不仅掩护了作者，而且掩护着另一位英雄王强。她简直用抗日时期对付"鬼子"的办法来应付红卫兵运动。作为劳动人民的一员，她认识历史与政治不是从书本概念、政治教条出发，而是从实际出发，实践告诉她：刘知侠和王强绝不是反革命。作品在这里揭示，这一文化层次并不高，理论修养也不深，完全凭阶级感情与朴素的政治意识来把握生活本质的芳林嫂，才真正代表了历史的航向。

三

英雄主题的传奇性是刘知侠几十年来不懈追求的课题。它沟通了知侠作品的思想和艺术；也沟通了他和民族文艺传统的联系。

我国文学的传奇传统由来已久，在山东文学史上，《水浒传》（尽管作者不是鲁籍，但传奇英雄却产生于鲁西）和《聊斋志异》所代表的源于游侠的英雄传奇和源于神怪的狐鬼传奇是文学传统的两大劲枝。知侠以《铁道游击队》始，所致力的是英雄传奇。但是他的英雄传奇又迥异于古人，它贯穿着无产阶级革命英雄主义和革命集体主义精神，把除暴安良、忘我牺牲、舍生取义的英雄主义的民族优良传统升华为具有共产主义因素的新质，张扬着革命理想主义与革命浪漫主义的基调。

传奇艺术大致可分为神奇和"平"中见奇两大门类，知侠的作品兼而有之。

论及"险"，莫过于《铁道游击队》和《一支神勇的侦察队》。《铁道游击队》的健儿们扒火车如履平地，以敌人戒备最严的铁路动脉为驰骋天地，这本身就险象环生；但他们以高超的技艺和过人的勇武屡屡化险为夷。知侠在这里强调的是主观能动性所创造的奇迹，特别是被困微山岛的描写：四面是水、四岸是敌，以数千对二百的敌强我弱形势，哪里去觅生机？他们的处境可谓险极。但他们巧妙地利用敌军登岛而各部互不认识之机化装成日军以假乱真，以伴追逃难百姓方式轻巧地突围，以至敌人摸不到游击队的踪迹，谁都以为他们全军覆没，却找不到一具尸体。因此当他们卷土重来时，不仅敌人，就是当地百姓也认为敲门者系鬼魂无疑！他们这种超人的英雄行为，是在克服极端的困难中表现出来的。《一支神勇的侦察队》竟把一个整营拉到敌人心脏腹地，连续侦察数日未被发现踪迹。特别是侦察排长小马化装成敌司令部执法队员，公然在司令部眼皮底下或隐身还乡团团部，或拦截公路盘查过路军人，并捉住一个副团长，此外还结识一个"黑衣人"作为可利用的"内线"；爱着小马的农村姑娘小秀又掺和其间，为小马一系列神勇行为增添了浪漫气息。

论"难"，莫过于《红嫂》与《突破口上》。红嫂难中见奇的英雄行为已为读者所熟悉，《突破口上》那场攻坚的战斗则更见奇趣。一重艰难是城坚壕深、敌众我寡；二重艰难是死伤惨重且总攻时间迫近；三重艰难是精神上的压力：友军已攻破别路，司令部命团队借道进城，这对于率众攻城且此前在济南战役中成为出色英雄的孙营长说来几近耻辱。他在关键时刻自辟血路，以壮烈牺牲为代价夺路而入。这种神奇的英雄行为，是用他始终未出场的虚写笔法完成的；这和对赵团长的实写相辉映，一虚一实，巧妙地写了两个奇特的英雄典型。

如果说知侠笔下的"神奇"性传奇可以更多地借助选材，从题材内含的奇特性中得天工之助；那么他于"平淡无奇"中见"奇"则更需慧眼识人、慧眼识事的洞察力和开拓力，在这里更需要厚实的生活根底和洞幽烛微的主观审美感受能力。这是难度更大的。所以明朝小说家凌濛初在《拍案惊奇》序中说："语有之，少所见，多所怪。今之人，但知耳目之外，牛鬼蛇神之为奇，而不知耳目之内，日用起居，其为谲诡幻怪非可以常理测者固多也。"可见这是古今一理的。刘知侠的办法是三个："曲"中见奇、"巧"中见奇、"平"中见奇。他把握"曲"的契机是，透过现象看本质，顺着事物发展的曲折过程去完成认识的曲折过程，并把这表象、现象、假象与事物发展的曲折性和认识与把握它的过程的曲折性，统统作为透过平淡无奇以显现英雄行为之"奇"的艺术手段。这种"曲"中见奇的例子很多，仅《沂蒙山的故事》这个中篇中就比比皆是。如第九章"向导"中写第二次突围是本无多大难度的。虽然后勤多文职、文工团多女性，但前后各有两个连开路、断后，这和铁道游击队所历相比，实属平易，也就平淡无奇。但一个近视眼的文工团员与前军失去联系的偶然行为，却使被护送的后勤部与文工团前无先锋，后无策应，不得已集中力量进行自我保护，"我"也从被护送者变为指挥者与护送者。这是"曲"中见奇之一。天黑雾大路不熟，不得不在敌军重围中寻找向导。但三找向导，两次扑空，且险些摸到敌营里。第三次找到老孙做向导，还不知他为何许人。老孙的面目是在突围过程中逐步显现的。就是这样，他们竟也平安突围，而且赶在失散了的护送部队之前。这是"曲"中见奇之二。新中国成立后，"我"去找已成为公社书记的老孙，从公社秘书口中得知其1941年当民兵连长执行俘虏政策、忘我救护伤员，和受伤的团长感动之极等一系列奇特事迹，这是"曲"中见奇之三。作品完整地塑造了平中见奇的英雄形象。

知侠笔下的"巧"中见奇是出于他对偶然性中寄寓着必然性的认识与把握。例如《沂蒙山的故事》第二章"路遇"，是"我"寻访张大娘巧遇王二伯和他接的蒙生，但"我"并不知这二伯就是曾帮助武书记救助自己的那个儿童团长王小挺的父亲，及至第六章"解救"中写过这段获救的奇遇后，在第八章"诞生地"中又写"我"如约去看王二伯和蒙生，并听了蒙生在战火中出生于山洞的奇特经历后又与王二伯的儿子王小挺见面，这才凭眉间红痣发现：当年舍母救了怀着蒙生的女八路的王二伯的儿子，被蒙生称之为"二叔"的，原来就是当年帮武书记救助"我"的那个儿童团长王小挺！这一系列的巧遇都带有极大的偶然性，但是巧遇中串连起来的一系列军民之间牺牲自我、救助别人的阶级深情，则是战争年代党领导下的军民共同具备的无产阶级品格与情操的必然体现。知侠展现这革命英雄主义与舍己为人精神，是把握必然性寓于偶然性的"巧"中见奇的范例之一。

难得的是知侠能做到《文心雕龙·辨骚》篇所说的"酌奇而不失其真，玩华而不坠其实"。他严肃地遵循生活逻辑，笔笔都是在写生活真实。他所描绘的那些英雄头上从无神光，身上从不染谲诡怪幻痕迹，他们都是具有七情六欲的血肉之躯，凭借其革命觉悟创造奇迹。因此知侠的英雄传奇既不同于《西游记》、《封神榜》和《聊斋》的神奇性，也不同于拉美文学如《百年孤独》所代表的魔幻性，而是以生活真实性为本的。人类生活如万花筒，不论其客观内容还是其发展过程，"奇"都是一种内在的构成内容。刘知侠善于把握它的客观性，但却在"传"上下大功夫。而这"传"具有作家几个方面的主观性。其一是他一向把革命现实主义作为基本方法；其二是他历来注意革命理想主义的注入和革命浪漫主义的辅助作用。两者在取材、提炼、审美感受与审美表现上都充分发挥了作家主观能动作用。主观性与客观性的有机结合构成了知侠小说的传奇性及其总体审美取向：以英雄传奇张扬革命英雄主义精神。求真是知侠作品传奇性的契机；善于开掘、善于发现、善于运用生活中的奇迹、善于运用生活的曲折性、复杂性，"扩其波澜"，"施之藻绘"，举重若轻而无人为痕迹地展现英雄主题，这是知侠作品富于传奇性的奥秘所在。因此，他堪称深谙传奇艺术且得其堂奥的一位高手！

四

知侠的小说既具民族化大众化特色，又和"五四"小说所借鉴的西方技法熔于一炉，因而也更具表现力，其关键在叙事方式的综合性。

小说叙事方式的内容极为丰富，其要点有三：叙事时间与空间的结合方式，叙事角度和叙事结构。中国小说民族传统虽也具多样化与某种程度的综合性，但其主导方式是：一，空间可以变换、时间保持连续，而用"有话则长，无话即短"，"花开两朵，单表一枝"等技法统一时空。二，以全知视角为主，以第三人称限制视角为辅。三，以事件进程构成的情节为结构中心。刘知侠的早期创作，包括其代表作《铁道游击队》，大都以上述传统叙事方式为主而小有变化。五十年代前半期的短篇《铺草》《突破口上》《火线入党》《"共产党万岁"》、《风浪》等都属于这种模式。但其中也包孕着一定的复杂因素，特别是《铁道游击队》和《沂蒙飞虎》，采用了不少突破传统的明清小说的新技法。诸如毛宗岗评《三国演义》时所谓的"横桥锁溪"法、金圣叹评《水浒传》所谓的"横断云山"法、张竹坡评《金瓶梅》所谓的"夹叙他事"法等，刘知侠都兼收并蓄，在不打乱正常时序大框架的前提下，也时时插入别的情节让时序暂时中断。

然而五十年代中期从《一次战地采访》《马尾松的种子》等作品始，综合性叙事方式就出现了。六十年代作品几乎无一例外的是采用综合性叙事方式。

从叙事的时间与空间相结合的方式看大都采用倒叙、顺叙与交错叙述相结合的原则，这就克服了单用顺叙的呆板性，大大加强了时空结合、时空转换的灵活性。如《一次战地采访》《红嫂》《沂蒙山的故事》《英雄的表兄与表妹》等，都以倒叙开头，然后追溯过去而转入顺叙。这种抚今追昔的时空转换方式的主要目的，是把战争年代的革命历史传统和社会主义今天的现实相连接，以产生对比参照作用。既强调革命传统的历史继承性，又说明幸福今天来之不易，从而激励人们奋发前进。这和知侠以革命历史为基本题材，旨在引发现实针对性，提高作品的现实教育意义与历史借鉴作用，是完全一致的。可见，正是取材立意决定了叙事方式时空结合的综合性。内容与形式是统一的。

特别是以交错叙述为主，也融入倒叙和顺叙的综合性叙事方式，其思想性、艺术性双重审美效果都是很大的。如《沂蒙山的故事》以第一人称"我"在沂蒙山区访旧开头，故地重游、故人重逢，激发起对战争年代火热的历史场景、惊天动地的英雄事迹的种种回忆，把张大娘一家（含义子赵大祥）、王二伯一家（含蒙生及其父母）、武书记、老孙等四组人物勾连在一起。清人韩邦庆说他的《海上花列传》运用"穿插藏闪之法"是在："一波未平，一波又起，或竟接连起十余波，忽东忽西，忽南忽北，随手叙来并无一事完，全部并无一丝挂漏；阅之觉其背面无文处尚有许多文字；虽未明明叙出，而可以意会得之。"清人王源评论《左传》用"凌空跳脱之法"是："唯中者前之，后者前之，前者中之后之，使人观其首，乃身乃尾；观其身与尾，乃首乃身。如灵蛇腾雾，首尾都无空处，然后方能活泼泼也。"

从叙事角度说，知侠经常把全知视角与"第一人称""第三人称"限制视角综合运用，但又不是简单的连接，而是水乳交融的综合。如《一次战地采访》全文的纵线是第一人称"我"获得一本敌方军官日记并缘此寻踪觅迹的过程，用的是第一人称限制视角。从进入选读日记片段起，转入第三人称限制视角，且打乱了时序。同时又采用敌军官为第一人称限制视角，来描绘敌营垒内部特务政治的黑暗及其沦为特务又不甘堕落的矛盾处境。但这种叙事又常被第一人称"我"的限制视角中断，夹杂着"我"对敌营垒及这位敌军官生活遭际的认识、议论、推想等描写。因此，在双重的第一人称限制视角中都穿插有第三人称限制视角。而在所有限制视角的运用中，又时时渗入全知视角的叙述方式。这样就大大丰富了叙述视野的宏观对比性和生活概括的丰满性。这一切都是知侠把民族叙事方式与西方叙事方式大胆结合发挥的独创性艺术效果。

从叙事结构看，知侠常把情节中心和人物中心结合起来，有时还把二者与事件背景中心结合起来，形成综合性复式叙事结构框架。《英雄的表兄与表妹》和《突破口上》就属这种类型。其共同处在于一个小说集中描绘了两个典型。《突破口上》写出场的赵团长与一直未出场的孙营长。妙的是表面看重点写的是孙营长而不让他出场，实际也写了已出场的赵团长却不让读者意识到他也是主要描写对象，这就从指挥中心和攻坚部队两个层次宏观与微观相结合地、纵深感很强地反映了战场全景。情节紧张、丰富、极具吸引力；人物因之也性格鲜明而突出，极富感染力。《一支神勇的侦察队》也是情节中心与人物中心相结合的。不同的是：侦察过程虽属统率全局的情节中心框架，但它被分解为许多局部；在每个局部，分别由该局部中心人物如小马、小焦、小胡、周健、张连长等主宰，构成各局部以人物为中心的框架，合起来又组成情节为中心的全局结构总框架。可见，叙事结构的综合性也是千姿百态的。

在刘知侠的综合叙事结构中，以作家为影子的第一人称"我"有独特的作用。其一，"我"是综合性叙事的总牵线人。其二，"我"是体现作家主观感情倾向的抒情主人公；并且在使作品带有强烈抒情色彩之同时还具有政治思辨性与哲理思辨性。其三，当采用时空交错、顺序与倒叙结合的叙事方式时，"我"又是时空变幻的"总调度"。因而使之变换自然顺畅，不留斧凿痕迹。其四，也是最重要的，"我"是一个独立存在的人物。"我"本身也是作家不自觉的描写对象。"我"是历史的见证人，又是历史参与者。"我"在许多不同作品中具有基本相同的性格特征：是热爱党、祖国和人民，憎恨敌人，勇敢、机智、冲锋陷阵的英雄人物；"我"又是历史使命感与社会责任感极强、品格与境界极高的记者和作家，操如椽之笔，谱英雄乐章。"我"参与了作品中英雄人物系列，是一个特殊的典型。作家出于叙事需要采用了第一人称，但无意中却描绘了自己。本来，小说第一人称视角的出现与尊重自我、尊重个性的个性主义思潮相连，又是艺术上强调主观感受与内心观照对应，容易产生强烈的感情色彩。知侠笔下的"我"有上述长处，却与"现代派"的"自我表现"殊异。我们对知侠笔下的"我"这个人物的思想性、艺术性审美价值一向有所忽略，我们应实事求是地予以肯定。

（选自《文艺理论与批评》1990 年第 3 期）

钢刀插在敌胸膛

——重评长篇小说《铁道游击队》

李先锋

知侠同志的长篇小说《铁道游击队》，以高昂的革命激情和富有革命传奇色彩的故事情节，集中表现了抗日战争时期活跃在鲁南地区的一支铁道游击队打击日本侵略者及其走狗的战斗风貌，歌颂了抗日军民敢于斗争、善于斗争的革命精神和英雄气概，歌颂了毛主席人民战争思想的伟大胜利。小说自一九五四年出版以来，深受广大读者欢迎，曾几次再版，在国内外广泛流传。但是，这样一部优秀的作品，却被"四人帮"判为毒草。在"四人帮"炮制的"文艺黑线专政"论的影响下，《铁道游击队》被加上"修正主义文艺路线上的一个毒瓜""叛人民战争之道的黑标本"等种种罪名，横遭"批判"。今天，"文艺黑线专政"论已被粉碎，《铁道游击队》得以重新修订再版，那些强加于《铁道游击队》的诬蔑不实之词，也必须予以推倒。

是"乌合之众"，还是人民军队

《铁道游击队》被强加的罪名之一曰：作品描写的铁道游击队是建立在"江湖义气"之上的"无组织无纪律的乌合之众"，是对人民军队的

"恶毒诬蔑"。难道真是这样吗？否。

铁道游击队的诞生，绝不是偶然的。它是在日寇疯狂实行"烧光、杀光、抢光"的野蛮政策，大肆屠杀和蹂躏我国人民的腥风血雨中，由鲁南枣庄矿区一批煤矿工人和铁路工人，秘密组织和武装起来的战斗部队。共同的阶级仇、民族恨使这些富有斗争精神的中华儿女，在中国共产党的领导下，团结起来走上了武装斗争的道路。你看：刘洪是个孤苦伶仃的穷孩子，十六岁就当了挖煤工人，他倔强勇敢，曾用镐头与把头斗争过，后来他参加了抗日游击队，在党的教育下明确了斗争的方向，立志"为党的事业更好的战斗"。为了开辟敌占区的工作，他和王强被山区司令部派回枣庄，成为铁道游击队的组织者和领导者。小坡是个"机灵的小伙子"，吃了上顿无下顿的苦难生活，早在他心里埋下了反抗的火种，因此，他才那么恳切地对刘洪说："听说你要拉队伍打鬼子，我要跟着你干呀！"彭亮一家烧砖瓦为生，鬼子来了，窑被拆，房被毁，白发苍苍的老父亲又被鬼子的刺刀活活穿死，满腔怒火在他胸中铸炼了一个字："干！"铁道游击队成员的个人身世和经历虽有不同，但他们都有着对日本侵略者与剥削阶级的仇和恨，有着共同的抗日要求和志愿，正是这种革命的根本利益和斗争精神，使得这些"穷兄弟能在一起抱得紧紧的"。他们"为了一个共同的革命目标，走到一起来了"，怎么能说是建立在"江湖义气"的基础之上呢！

当然，铁道游击队的某些成员，在刚参加革命时，身上难免存在这样或那样的缺点和错误。比较突出的，是有的队员沾染了赌钱、打架、作风散漫等旧社会的坏习气。但这是不是"丑化"了铁道游击队呢？不。因为作者并非客观主义地或是以暴露的态度去表现队员身上的弱点，而是在着力表现他们的本质特征的同时，揭示出形成这些缺点的原因和在斗争中克服这些缺点的过程，从而表现了党对这支队伍进行政治领导和思想教育的巨大作用。作品通过一系列艺术描写，生动具体地告诉我们：铁道游击队从无到有、从小到大，始终是在党的关怀和培育下成长起来的。一开始，刘洪和王强就接受党的委托，在临枣干线一带团结组织了最能战斗的煤矿和铁路工人，点燃了敌后游击战的烈焰。以后，鲁南山区司令部党组织为了加强这支队伍的思想建设，按照无产阶级的面貌改造这支队伍，又派了党的好干部李正担任政治委员。李正一到了铁道游击队最初的活动基地——枣庄煤矿附近的小炭厂，就凭着他那敏锐的政治嗅觉，发现了战士们身上存在的"漏洞"，因而展开了深入细致的政治思想工作，很快取得了同志们的信任和敬重，队员们都像铁块碰到磁石一样，向他身边拢来。李正的心血"像春雨落在已播种的土地上，一点一滴的都被吸收了"。特别是"进山整训"更是一次意义重大的思想和路线教育，它给游击队坚持敌后游击战并取得胜利奠定了坚实的思想基础。在这里，他们学习了八路军艰苦奋斗的优良传统和作风，学习了游击战的战略战术，学习了做群众的宣传组织工作。从此，他们"眼睛亮了，看得远了，胸怀也开朗了"。一向沉默的林忠，这时"喉咙像被捅开的水道一样，肚里有什么，总想哗哗的流出来才痛快"。正直勇敢的彭亮，整训中"感到过去那样个人干法的莽撞"，从而认识到要依靠党、依靠群众，并明白了"将来要建立起什么样的幸福社会"。在党的培养下，小坡、彭亮等队员光荣地加入了共产党，立志"为党的利益而牺牲自己的一切"。随着小说情节的发展，铁道游击队这支党领导的人民军队的本色表现得更加充分。无论是在湖边发动群众，还是在铁路干线袭击敌人；无论是支援山区根据地，还是开辟交通线护送干部；无论是在胜利的时刻，还是在艰难的日月，都表现了人民军队忠于党、忠于人民的优秀品质。他们不是为了少数人或狭隘集团的私利，而是为着广大人民群众的利益，为着全民族的利益，结合一起英勇战斗。这样的队伍怎么能是"无组织无纪律的乌合之众""流氓集团"呢！

是"流寇主义",还是抗日游击战

《铁道游击队》被强加的罪名之二曰:"流寇主义"。什么"象断了线的风筝,到处飘摇不定"啦,什么"不建立革命的政权和巩固的革命根据地"啦,还有什么热衷于作"上层工作"搞"阶级投降主义"啦。如此等等,都成了"流寇主义"的证据!

的确,铁道游击队机动灵活,转战敌后,从枣庄到临城,从铁路到农村,从陆地到湖上,神出鬼没,到处打击敌人。但这是不是"断了线"而"到处飘摇"呢?恰恰相反。铁道游击队的全部活动,始终由整个鲁南地区反"扫荡"斗争这条线所牵动,他们的战斗始终服从于战略全局。伟大领袖毛主席曾指出,游击队应当"各依当时当地的情况,采用不同的方法,向着敌人最感危害之点和薄弱之点积极地行动起来,达到削弱敌人、钳制敌人、妨碍敌人运输和精神上振奋内线上各个战役作战军之目的,尽其战役配合的责任"。铁道游击队正是这样做的。在敌人集中兵力对山里根据地大举进攻时,铁道游击队趁敌人后方空虚,搞洋行、打票车、扒铁路、割电线、锯线杆,震撼了整个津浦干线,牵制了敌人大量兵力;在津浦铁路上,铁道游击队大显身手,打冈村、捉松尾、拆炮楼、撞车头、翻兵车,闹得天翻地覆,打得鬼子焦头烂额,敌人的后方成了游击队的前方。铁道游击队"象钢刀一样插在敌人的心脏和血管上",有力地配合了山区根据地的反"扫荡"斗争。特别是,他们根据活动在铁路沿线的特殊情况,以更为秘密神速的行动,出其不意,攻其不备,变化莫测,声东击西,以少胜多,以弱胜强,保存自己,歼灭敌人。所有这一切,正是游击战的战术,它与"流寇主义"的"飘摇不定"毫无共同之处!

至于铁道游击队"不建立革命的政权和巩固的革命根据地",也不能说明他们搞的是"流寇主义"。因为能不能建立革命的政权和建立怎样的革命根据地，不能单从主观愿望出发，而必须考虑特定的斗争形势和斗争环境。毛主席曾说过："有许多地区，将是长期地处于游击区状态的。在那里，敌人极力控制，但不能建立稳固的伪政权，游击战争也极力发展，但无法达到建立抗日政权的目的；例如敌人占领的铁路线、大城市的附近地区和某些平原地区。"铁道游击队主要活动在敌人极力控制的铁路沿线，变敌占区为游击区是他们的主要战斗任务。为什么要脱离实际地非让他们建立革命政权不可呢？当然，开展敌后游击战不能没有自己的根据地，而这种根据地是指游击队的战略基地。铁道游击队为了开辟这种战略基地，曾做了大量的工作。他们深入群众，发动群众，在各村建立了情报网、联络点，"与人民建立了联系，如鱼得水"；他们坚决镇压反动地主、汉奸特务，摧垮日伪特务系统，使敌人失去耳目；他们通过斗争争取中间势力，团结了一切抗日力量。有了可靠的群众基础，他们又利用微山岛的有利地形，建立自己的活动基地。这样，微山湖边，铁路两侧，"全在他们的掌握之中了"。铁道游击队正是倚着这块战略基地，坚持了津浦干线的对敌斗争，怎么能说他们"不建立根据地"呢？

再有，所谓铁道游击队热衷于"上层工作"搞"阶级投降主义"，更是无稽之谈。人所共知，对待伪政权里的"上层分子"不能一概而论，应作具体分析。他们中既有象高敬斋这样死心塌地的汉奸、卖国贼，也有像朱三这样被迫应付敌人的"伪保长""伪乡长"。铁道游击队对前者严厉镇压，坚决消灭，这是完全必要的。对后者，则通过斗争，采取争取利用的政策，这是十分正确的。因为这后一部分人，一方面慑于鬼子的淫威，不得不为他们应付差事，同时又感到游击队"不好惹"，不敢"得罪"，想在两者之间找活路。铁道游击队利用他们心理上的矛盾，"趁虚而入"，以武力斗争和政策感召相结合，展开"攻心战"，使他们表面上应付敌人，而实际上为我所用。这就孤立了敌人，扩大了我们的力量，更有利于开展敌后游击战。难道这样的"上层工作"不应该做吗？作品在这方面恰如其分的描写，不仅丰富了刘洪、李正、王强等游击队英雄们的形象，而且也正确体现了毛主席的抗日民族统一战线思想，根本就不是什么"阶级投降主义"。

是"丑化"，还是歌颂人民群众

《铁道游击队》被强加的罪名之三曰："挖掉人民战争的群众基础"，"对人民群众（尤其是芳林嫂）肆忌①歪曲、丑化"。然而，事实又怎样呢？

在小说中，芳林嫂是塑造得比较亲切、朴实，血肉丰满的一个英雄形象。她是一个饱经风霜的普通农村妇女，又是千百万坚决拥护抗日战争的人民群众的代表。这个人物在作品中出现时，丈夫已被日本鬼子杀害了，老婆婆悲愤交加卧床不起，身边还有个五岁的孩子，老母亲年迈体衰，也需照顾。在艰难困苦的生活中，芳林嫂有哀伤，有悲痛，但它却压不倒这个"有志气的女人"，相反只能激起她更加顽强的斗争意志。早在铁道游击队到来之前，她就秘密掩护过路干部，"作了不少革命工作"。铁道游击队的到来，"像风一样吹去芳林嫂眼睛里哀伤的乌云"，她感到无比振奋。在芳林嫂看来，游击队都是"豪爽、勇敢而又热情的人"。她连做梦也在说："他们是多么好的人啊！"这种深厚的革命感情，使她把自己的命运同铁道游击队完全交融在一起。因此，她把自己的全部智慧和力量，都倾注给了铁道游击队。在游击队生活最困难的时候，她把家当变卖了，为的是给游击队换点干粮、买双鞋；在刘洪养伤时，她精心照料，无微不至；在敌人的眼皮底下，她沉着机智地撒传单，贴标语，侦察敌情；在敌人的严

---

① 此处原文为"肆忌"，应为"肆意"。——编者注

刑拷打下，她没有一声哀叹和呻吟，表现出对党对人民军队的赤胆忠心。这是多么高尚的情操，多么可贵的品质！但是，就因为她对刘洪产生了爱情，竟被诬为"灵魂深处是资产阶级王国"。作为反映社会生活的文艺作品，正确地描写爱情生活是无可非议的。芳林嫂与刘洪的爱情，是在共同的对敌斗争中建立起来的，它既不是离开政治思想基础的"爱情至上"，也不是游离作品主题思想的"节外生枝"。作品通过这种爱情描写，既丰富了人物的精神世界，又寓意深长地体现了军民的血肉关系。这样的描写怎么会是"丑化"呢？一个人只要有爱情生活，"灵魂深处"就成了"资产阶级王国"，这岂不让人啼笑皆非！

作品还刻画了其他一些群众形象，生动地描绘了他们配合铁道游击队战斗的感人场面。广大人民群众对铁道游击队无比爱戴，热情支持，而铁道游击队也把联系群众、依靠群众作为自己行动的依据，力量的源泉。请看：工人谢顺勇敢地为铁道游击队送情报、打信号、贴标语，帮助搞药车、打冈村；白胡子冯老头风雨无阻，来往奔波地传送情报；打旗工人老张为帮助游击队贴传单不幸被捕，面对敌人的刺刀，他斩钉截铁地回答："我就是铁道游击队，因为我是中国人！"这铿锵作响的话语，代表了多少人民群众的心声。正因为铁道游击队"活跃在人民的海洋里"，所以它才能流水疾风般地驰骋在敌后战场上。由此可见，作品丝毫没有"挖掉人民战争的群众基础"，而是着力挖掘了铁道游击队进行战斗并取得胜利的"深厚的根源"，从而显示了人民战争的威力。

（选自《山东文艺》1978 年第 7 期）

从《新儿女英雄传》到《铁道游击队》

——浅析红色英雄传奇小说的文化意识

巩　璠

中国新文学的第三个十年可以说是在血与火的洗礼中走向新中国的，毋庸置疑，战争影响到了中国文学的走向，这其中寄托了多少人的希望，又承载了多少痛苦与牺牲。在革命根据地、解放区，与人民群众一起参加到这场伟大战争中的作家们，被身边的抗战故事所感动，被建立伟大的民族国家理想所鼓舞，用他们的笔书写了中华民族誓死不屈，乐观进取的民族精神。其中的《新儿女英雄传》和新中国成立后的《铁道游击队》成为这类文学作品的起始与高潮的代表，而这种高潮的来临也伴随着统一国家所需要的新的文学范式的建立。但是，无论这些红色英雄传奇是多么的模式化，或者是那么的单调，我们都要注意到它们在特定的历史条件下所表现出的单一性之中包含的丰富性。

一　战争文化观照下的红色英雄小说

从抗战爆发到新中国成立是中国现代文学发展的第三个十年。战争烽火改变了文学的格局，作家们纷纷走出书斋，书写在战争岁月中对于社会、人生的独特感受。

战时特殊的文化氛围与严酷的物质精神环境，使文学趋于以战争为主题的多元化审美态势，不自觉地处于"服务性"和"工具性"的境地。从现实的情况看，这也是作家内在的要求，是与民族战争的历史语境的有机结合。

当时，国民党的文化政策已经变得脆弱和不得人心，除了进行严酷的文化管制，别无他法；而沦陷区的文化在本质上受到人们的抵制，也无法形成统治文化，因此，以中共为代表的新政权文化成为人们心中的希望，党的文艺政策充分宣扬文艺的政治功能，将文学纳入国家民族的宏大叙事，并负担起抗日救亡的神圣使命，所以抗战宣传和文学"几乎全部留给了共产党及其同情者"[①]。1942 年《延安文艺座谈会上的讲话》发表之后，解放区文学进入了一个新的时期，一切都围绕战争需要展开，党加强了对于解放区文艺的指导。文学创作繁荣，以《新儿女英雄传》为代表的一大批文学作品的诞生，代表了这个时期的文化趋势。当这种文化的军事化潮流惯性延续到建国后，举国沉浸在民族战争和国内解放战争胜利的喜悦和建设现代化国家的热情中，又形成了以《铁道游击队》为代表的红色传奇作品的兴盛。这两部作品是中国传统文学形式与战时文化要求相结合的产物。当时人民接受新的主义、新的社会理想时，受到了传统文化的影响与文化水平的限制。

孔厥、袁静、知侠这样的作家在延安走上革命文学的道路，没有接受过系统良好的教育，也不同于丁玲、萧军等外来的知识分子，需要抛弃旧观念来接受新的观念，因此对于《讲话》中所阐述的文艺观很快接受并在这种历史语境下开始了他们的创作。他们的创作受传统通俗文学的影响更大，开始了解放区式"英雄"的塑造。

---

① 毛泽东：《在延安文艺座谈会上的讲话》，《毛泽东选集》，人民出版社 1968 年版，第804 页。

战争之后，中国文化中出现了一种欣赏战争、渴望胜利的战争美学精神。以胜利者的姿态来描写抗日战争和解放战争并以此歌颂革命历史，书写中共党史，这类作品成为这个时期文学创作的主体。也正因为这个原因，在 40 年代到 50 年代的文学作品中，对于战争惨烈的悲剧性叙事和写实性的文字少而又少，对于战争场面的传奇化、浪漫化书写，却占据了主要的部分。正如有研究者指出："在战争初期，任何一个政党都不愿意出现悲观的消极的战争思想。民族的情绪需要激励，抗战的热情需要鼓舞，军事上的失利需要精神的弥补。"① 因此，出现对战争喜剧化、传奇化的书写，对于战争中的感情生活浪漫化，将战争生活的严酷性和艰巨性简化成为一种必然的趋势。

（一）革命文化背景下"侠义"精神与战争的浪漫想象

革命文化背景下的红色英雄传奇，既要立足于战争的需要，也要采取传统的易于被老百姓接受的形式。袁静在回忆自己的创作时曾说："我从小喜爱经典著作如《红楼梦》、《水浒传》等。我认为这些古典小说，人民喜闻乐见，适合中国人民大众的口味。这些书有许多优点和特点，比如说，它刻画的人物，性格突出，栩栩如生。……我在写《新儿女英雄传》之前，反复细读这些优秀的古典小说，得到很多教益。"② 中国古代传奇小说很在乎"侠"的精神塑造，从《三国演义》《水浒传》《西游记》中选取可供发挥的情节模式，并且加以改造，成为了解放区作家写作时迅速大众化和民族化的通道，这一状况一直延续到建国后，《林海雪原》《铁道游击队》等一系列小说都不同程度地从中获取灵感与

---

① 朱晓进等：《非文学的世纪》，南京师范大学出版社 2004 年版，第 228 页。
② 袁静：《关于读书问题》，转引自王青：《〈新儿女英雄传〉与现代"英雄传奇小说"》，西南师范大学硕士学位论文，2005 年。

养分。抗战的失利和持久战的到来，使人们产生了对于英雄的渴望。显然，那个时代不是一个英雄缺失的时代，而是一个英雄辈出的时代。在解放区的小说中，特立独行的"侠"的英雄形象产生并且日益丰满高大起来了。

《新儿女英雄传》描绘的是抗战中的一组农民英雄形象，既有有勇有谋的黑老蔡，也有外粗内细的牛大水，还有杨小梅、高屯儿、双喜等等英雄人物。作家没有机械地搬用传统小说中塑造侠义之士"胆大艺高"的模式，而是把人物放置在接受无产阶级革命思想教育，成为无产阶级战士的新的高度。在交代了男女主人公经历的苦难之后，安排"组织"的代言人来进行教育，认清形势。在牛大水最迷惑和不解的时候，黑老蔡作为组织的代表出面教育大水成为了他走向革命的精神教父。通过党的教育，促使大水思想的转变，开始了一个又一个传奇经历。在这种政治思想第一的外衣下，"侠"的故事就开场了：从最初黑老蔡带领大水和自卫队教训申耀宗，用褡包包着，皮带勒着手榴弹，用布包着小笤帚当盒子枪，唱着《大刀进行曲》，到后来第十一回"拿岗楼"，他们智勇双全地完成了一个又一个近乎神话的不可能完成的任务。在敌人扫荡的最紧要关头，我们的英雄"一枪也没打，就把岗楼拿下了"。在这一回打张金龙的过程中，首先是小梅"仔细的用鹅毛在大门上下的转轴上抹了油，一点没声地拉开门"，黑老蔡带着人拿着盒子枪，如入无人之地轻易地拿下了大岗楼，在搏斗中尽显英雄本色。在后文中的雁翎队打击敌人汽船时，牛小水"装着假发，穿着花缎旗袍，粉红袜子，半高跟皮鞋，擦脂抹粉，打扮得挺俊俏：头上蒙了一块红绸布，腰里藏着小手枪"巧扮新娘，一举消灭饭野小队长。这一幕幕都是多么让人熟悉，这富有民间传奇特色的叙事中，哪一个英雄人物不是我们所熟悉的"侠"呢。

新中国成立后创作的《铁道游击队》中，侠的意味更浓了，而且是被革命改造过的侠义精神。《铁道游击队》中的叙事更加具有传奇性。革命融入老洪们的生活，发生了本质的变化，以前是靠偷盗铁路物资维持生活"为穷兄弟们撑腰"的"侠盗"，接受革命思想后的老洪虽然干着同样的事，但是却是为了抗战，为了消灭敌人，为了给大部队提供物资。侠的独行精神和革命的伟大目标空前的紧密结合了。当这些铁路侠客们因为自身缺乏组织性，党给他们派来了精神领袖——李正。而李正也是通过观察，发现"由于他们头脑里还没有树立起明确的方向，生活还没有走上轨道，所以他们身上也会沾染旧社会的习气：好喝酒、赌钱、打架，有时拿勇敢用到不值得的纠纷上。他们可贵的品质，使他们在穷兄弟中间站住脚，取得群众的信任；但是那些习气，也往往成了他们坏事的根源"。于是，李正通过融入他们的生活方式来教育他们，影响他们。同时，这种"侠义"精神也在潜移默化地影响着李正，"一千年前梁山泊英雄好汉聚会反抗统治阶级的故事，很自然的联系到眼前的斗争，党交给他们的任务，要控制这一段的鬼子的铁道线"。最终，把队伍带进山，彻底接受革命思想的教育，完成了由"侠"到"战士"的转变。可见，革命对"侠"和"侠文化"的改造，从主流意识形态的角度说，是消灭了"侠"和"侠文化"在革命中的存在和作用，从民间的度看，则是"侠"和"侠文化"融入了革命，成为革命的有机部分，革命和侠义没有界线。在完成了这一系列的改造之后，铁道游击队打票车、在微山湖和敌人进行战斗、打岗村、智炸六孔桥、劫布车、拆炮楼、掩护领导过路无不体现了那种侠的风骨。特别是，当敌人把飞虎队围困在微山湖中，老洪他们化装逃离，跳到外线斗争的故事跌宕起伏，很有好莱坞大片中绝路巧逢生的效果。

侠的想象还体现在主人公武器的使用上——带有侠义色彩的英雄人物只是用短枪也一样能避凶化险。在实际战斗中，占有火力的优势，对于取胜具有关键意义。但是，处于火力弱势的牛大水的手枪队、老洪的短枪队都发挥了惊人的威力。在《新儿女英雄传》中，牛大水刚组建游击队时和敌人斗争，"手里不知出了什么毛病"的是盒子枪，后来，掩护群众时，用的还是盒子枪，就是和张金龙在岗楼前比枪法时，还是盒子枪。同样，谁也不会忘记《铁道游击队》中，老洪一手拉住飞驰的火车，一手向天鸣枪的场景。盒子枪在革命英雄叙事中发挥了独特的道具作用，相当于冷兵器时代侠客们比武时使用的剑一样。这样的对中国式英雄人物的想象贯穿于革命英雄传奇之中，体现了传统与现实结合下的革命文化对于英雄的向往。

在中国传统文化中，侠与义是共生共存的关系。在对"侠"有了全面表现的同时，解放区的作家们也不会忘记对于"义"的阐述，而且对其进行了升华。在传统的文学文本中，义是兄弟手足之间维系的重要纽带，在革命文化的大背景下，兄弟之间的义气被升华为对于革命同志的爱，黑老蔡、牛大水、双喜、高屯儿之间，就是同志加兄弟的关系，在胜利的时候，牛大水和黑老蔡会为他们的牺牲流下热泪，看似同志的感情胜过了义气，但是在《铁道游击队》中，鲁汉和林忠之间的义气，则暗合了《水浒传》中鲁智深和林冲的义气，当他们被叛徒黄二出卖，被敌人包围，鲁汉中弹之后，林忠"眼睛里滚出了泪水，……他在鲁汉的身边俯下，想把他背走，可是好几颗机枪子弹从鲁汉胸口穿过，血从他的身上流出，染红了身边的麦苗。鲁汉已经不能说话了，但是他却感到林忠在他旁边了，他想为微微地抬抬头，可是没抬起来，就又垂下来，只握着林忠的手，就静静地死去了"。最后，林忠也死在了鲁汉的身边，义的精神达到了顶峰。作者在处理这段情节的时候，还安排了林忠："脑子里闪出了李正细长的眼睛和老洪严峻的脸，他又想到山里灯光下的那面红旗。"不仅仅是对于兄弟般的战友的感情，还包含着对于党的忠诚与忠义。之后，李正和老洪为他们开追悼会，李正把他们的义的精神跟进一步作了升华，把它和国家民族的悲剧命运相联系，把义的精神从对战友，对党进一步发展到了对国家民族的义，从侧面映合了革命文化对于每一个人的召唤。

对于红色革命传奇小说而言，表面上看，给予了人们对于战争胜利的希望，鼓舞了人们的斗志，这种浪漫的乐观精神会产生出巨大的宣传和鼓舞力量。但更深刻地影响了一代中国人的战争文化心理，特别是新中国成立后的对于战争的狂热，战斗无处不在的激情与浪漫感。不可否认，这是一个激情燃烧的时代，所有的一切都被冠以"战斗"的名称。如果说从文学军事化到文化军事化是准确地适应了历史和战争要求的话，那么从文化军事化到后来的"文化大革命"，就无疑体现了无节制的放纵这种浪漫想象的可怕后果。

（二）战争细节传奇性与战争审美心态

红色革命传奇小说对于战争美的描写并没有停留在对于传统的"侠""义"的阐述上。同样也表现在对于战略战术的描写上。通过大量的高密度的情节，把政治生活、社会生活、战斗生活融入其中，以表现战争中的丰富性、深刻性，并以此提高艺术魅力。通过具体的战斗描写，在敌我冲突中形成张力，呈现出战争的美。在《新儿女英雄传》中，对于牛大水研究攻打敌人汽船的计划中，就带有了喜剧的成分，一场精心策划的战斗计划，在大水、小水、马胆小等队员的笑声中成型了。虽然描写得很简单，但也具有了美学的欣赏价值，特别是在第二次打汽船的过程中，还加上了小梅等妇女观战的描写，战争的细节美全部展示出来了。在《铁道游击队》第二十章"六孔桥上"，也有大量对于战斗部署的描写，特别是李正大段的分析。这些描写已经不是简单的战斗叙述，而是作者带有欣赏的态度进行的美学意义上的描写。在"票车上的战斗"中，对于老洪、彭亮、鲁汉等人的战斗描写更加的细致："……被石灰迷住眼睛的鬼子小队长挣扎起来，把黑衣汉子摔倒了。他瞎着眼睛伸手去摸板壁上的匣枪。这时黑衣汉子急了，蹿上去，两手卡住鬼子小队长的脖子，又把他摔倒在地上。"这样的精彩描写，在"血染洋行""站长与布车""打冈村"等多个故事中都有体现。在战斗中出敌不意，能动地运用战术战法，这些细节描写令读者如身临其境，取得了很好的艺术效果。

同时，我们也必须看到，虽然在叙述中有大量的细节描写，但是，战争仍然被简单化和喜剧化了。在作家笔下，敌人变得愚蠢不堪，战斗力低下，令人怀疑敌人是如何打进中国来的，战争生活的残酷性和反抗斗争的艰巨性都被简化和粉饰了。产生这种情况的原因，主要是因为民族精神成为了战争的主流精神。人们关注的是战争的胜利与否，将歌颂英雄和揭露敌人的凶残作为作品的中心。人们甚至带着强烈的嘲弄的心理来看待敌人的失败，为敌人的愚蠢而喝彩。作为一个被侮辱和侵犯的民族，当他反映出对敌人的憎恨与嘲弄是可以理解的，同时也反映出对于胜利的极度渴望和胜利之后普遍的眩晕感。这种眩晕感体现在对敌人的嘲弄、对英雄的夸张的虚构和对胜利的心理满足感上，忽视了战争对于生命的摧残，对"人"的不屑一顾，这不能不说是中国传统文化中，封建战争思想对于人们树立正确的现代战争观的局限。

二　从历史走向未来：革命英雄传奇与战争文化心理的契合

20 世纪中国人民赢得的战争胜利将长久地影响中国人的心理世界。经历了 20 世纪的两场大战，西方人发现自己得到的是"对人的存在价值与生命价值的严肃思考"。但是，这场战争对于中国人而言，则是一场到来太迟的胜利。中国人等待这场胜利太久太久，而且，战争本身带给中国人的是民族的尊严，大国地位的恢复，民族国家理想的实现。太多的理由让中国人感到自豪和乐观，因此，也就不难理解洋溢在所有革命传奇小说中的乐观主义情绪和从胜利走向更大胜利的期待。

如果说战争的美学文化是对已发生的战斗的美的欣赏，那么，由此发展而来的战争文化心理则富有了一种对于未来的希望与期待。毛泽东认为，战争只有正义和非正义两种性质，中国进行的是保卫国家、捍卫主权的民族战争。而战争的胜利也归因于战争的正义性。这种正义性带有强烈的政治文化色彩，也为战争打上了阶级斗争的烙印。在《新儿女英雄传》中，通过牛大水和日本兵"初一加三郎"的一段对话，把战争的责任巧妙地推给了"日本军阀"身上，而将被迫参战的日本民众统一在了无产阶级的阵营之中，用牛大水的话说："别那样！你们过来了，咱弟兄都是一家子，只有日本军阀才是咱们的敌人。"在革命历史小说中，一个出现频率相当高的情节是"诉苦"。一个非常重要的原因就是"诉苦"在建构革命历史"阶级斗争"内在逻辑上的便利。在《铁道游击队》中，进山整训的过程就是对于阶级立场强化的过程，在进山后的一次"诉苦活动"中，林忠有这样一段话："……大家想想，我们过去是什么样的人？过的什么日子？在矿山煤堆里滚来滚去，吃不饱、穿不暖，还挨打受气！人家都叫咱'煤黑子'，走过人家的身边，人家都嫌脏。忍不住饥饿，去火车上抓两把，人家骂咱是'小偷'，看见咱们就眼疼。""我今天，才感到我是个人，真正的人，感到做人的光荣……"通过诉苦，受苦人成为真正的阶级兄弟。事实上，有这种活动使这些没有血缘关系的人成为阶级意义上的弟兄，革命历史小说才完成了阶级斗争叙事的转变。

由于战争导致了民族国家的建立，而新的民族国家又需要通过这种文化心理不断地将现代化、民族化推向深入。因此，这种文化心理与革命英雄传奇小说在建国后的勃兴具有密切的关系，为未来建设新中国留下了新的寄托。在《铁道游击队》中，就出现了对于国家工业化和农业现代化的想象：

> 彭亮坐在旁边听着小坡和老大爷谈火车，也忍不住笑了。可是他看着眼前的不齐整的犁沟，心里感到很对不住老头，怪自己群众工作做得不好。他也对着老头说："大爷！我犁得不好呀！我能使好机器，却使不好这张土犁。好吧，老大爷，将来打走鬼子，毛主席领导咱们建立新社会的时候，我开拖拉机来替你耕地。大爷，知道拖拉机么？""听咱工作同志讲过，现在苏联都是用的拖拉机！""提起拖拉机，那太好啦！"彭亮说，"也是一个人开着，不用人和牲口，自己嘟嘟的在田里直跑，耕、耙、耩，都在一个机器上，一天能耕种好几顷地。收割的时候，也用机器，一边割、一边麦粒子都装在口袋里了，汽车开到地头上装麦子往家拉就是。"……"是呀！到那时候就好了，我的年纪还能熬到那个光景么？""能！一定能熬到，咱们共产党打仗、搞革命，就是为的那个好日子呀！"

因此不管对革命、对战争的理解有什么不同，但对于胜利的希望（包括战争与建设），对于民族国家的建立与发展都没有离开对于革命和战争的想象。① 就是说，革命英雄传奇构建的战争文化心理成为了这一切想象的基础。对于红色革命传奇小说而言，传奇并不是它所要突出的中心，它的目的是要将传奇的革命历史叙述，与文学文化的军事化、战时化相结合，使之成为一种与社会生活普遍联系的历史和共时的文化心理，而被广大的群众所接受。革命英雄传奇小说的任务就是通过这种文化心理，无论是传统的还是现代，目的是将"革命战斗"的意识深深植入每个人的心

---

① 杨厚均：《革命历史图景与民族国家想象》，湖北教育出版社2005年版，第44页。

灵，将个人与社会、民族、国家、战争联系起来，进一步推进国家的现代化。

无论是对于战争文化美学的欣赏，还是对于新的国家的希望与寄托，道路并不复杂，困难的是如何将这种新的文化意识扎根在民众的心中，并形成国民的意识。从《新儿女英雄传》及《铁道游击队》的成功，可以看出，无论他们有多少不足，这种革命英雄传奇小说在特定的历史背景下，完成了这个历史任务。

（选自《图书与情报》2006 年第 4 期）

艺术拯救历史的经典范本

——关于小说《铁道游击队》背景资料的真实性问题

宋剑华

与歌剧《白毛女》的纯粹艺术虚构相比较，刘知侠始终都强调他的《铁道游击队》，"是以真人真事为基础写出来的"红色经典。^① 对于作者本人的这一说法，我始终都抱有疑问难以苟同。一部小说《铁道游击队》发行数百万册，一部电影《铁道游击队》红遍大江南北，几代中国人之所以会接受这一历史艺术，原因就在于作者说它是"历史真实"。实际上在相当长的一段时间里，我们失去了判断艺术与历史的主体意识，我们对于革命历史的全部认识，几乎都是来自红色经典的艺术创作。正是因为如此，艺术与历史才会消泯了它们之间的严格界限，成为了我们革命理想主义政治信仰的精神支柱。

我个人曾坚信有关"鲁南铁道大队"的历史真实性，同时也不拒绝小说《铁道游击队》的艺术虚构性。但历史与艺术毕竟是两个完全不同的概念范畴，这就使我非常看重"鲁南铁道大队"所留下的全部资料。因为它是一段令人难忘的真实记载，这就值得我们去认真对待仔细斟酌了。然而

---

① 知侠：《我怎样写"铁道游击队"的》，《读书月报》1955 年第 3 期。

在研读众多史料的过程当中，我却发现了这样一种奇特现象，"鲁南铁道大队"原型人物的历史回忆，没有一件事情能够做到内容统一、叙述准确；即便像"铁道队成立""血洗日本洋行""截获布匹列车""接受鬼子投降"等重大事件，叙述者所言也都大相径庭，使人难分真伪，疑窦丛生。这就使得我对现存史料的真实性与可靠性，产生了有关以下几个问题的强烈质疑。

1. 关于"部队情况"的史料质疑

"鲁南铁道大队"第一任政委杜季伟和第一任副队长王志胜两人，他们在阐述 1940 年 2 月"鲁南铁道队"最初成立时，人员数目与枪支数量都存在着无法统一的数字差异。而杜季伟本人，则更是有过截然不同的四种说法："全队 14 个人，一支短枪"；① 全队 15 个人，两支短枪；② 全队 15 个人，3 支短枪；③ "这时，我们 18 个人有 3 支短枪，3 支枪怎么游击呢？"④ 身为政委的杜季伟，自己的说法都前后矛盾，这就难怪我们这些局外人，会在诧异之余心生困惑：杜政委究竟知晓其属下否？而作为副队长的王志胜，他所讲述的情况则又不尽一样：当时他和洪振海两人只有一支短枪，第一次"血洗洋行"后又缴获了一支短枪，"从此，我和洪振海每人都有一支短枪了，实现了张司令的'从敌人那里缴获武器武装自己'的第一步计划。"到"铁道队"成立时，他们自己已有了两支短枪，上级因他们"搞机枪"有功，又额外奖励了两支短枪，所以"铁道队"应是十多个人四支短枪。⑤ 政委与队长各执一词，我们到底应该相信谁呢？也许有人会替他们辩白说，这只不过是一种记忆错误，丝毫不会影响到"铁道

---

① 《铁道游击队战斗生活片段》，《鲁南峰影》（上），山东文艺出版社 1989 年版。
② 《到铁道游击队去》，《苏鲁支队》，山东大学出版社 1997 年版。
③ 《鲁南铁道队的创建与发展》，《八路军回忆史料》，解放军出版社 1991 年版。
④ 《铁道游击队的故事》，《星火燎原·选编之五》，解放军出版社 1981 年版。
⑤ 《铁道游击队的战斗历程》，《山东文史集萃》（革命斗争卷），山东人民出版社 1993 年版。

队"的真实性；试问像这样刻骨铭心的情绪记忆，是那些革命英雄们赖以生存的精神支柱，怎么就会轻而易举地被"淡忘"了呢？"记忆错误"说显然是难以成立的。

2. 关于"一打洋行"的史料质疑

"一打洋行"发生于"铁道队"成立以前，同时也是"铁道队"的诞生序曲。可是当事者对于具体事件的历史回溯，也同样是叙述混乱出入很大。老"铁道队"员赵明伟在其口述材料中曾说："1938 年 8 月的一天夜里，老洪他们 3 人准备动手。王志胜熟门熟路，带着老洪等人悄悄摸进洋行大门。洋行离车站炮楼只有几十米，不到万不得已是不能开枪的。鬼子做梦也想不到"毛猴子"（敌人对游击队的称呼）竟然胆敢跑到鼻子底下"摸老虎屁股"。3 个鬼子喝完酒刚睡下，老洪他们闯进去，3 个鬼子还没反应过来，就稀里糊涂地被老洪们用大刀夹头夹脑地劈了。前后不到 10 分钟，老洪们已完成任务，神不知、鬼不觉地撤出洋行，炮楼上的鬼子一点也没察觉。"① 按照赵明伟绘声绘色的激情道白，打洋行的目的就是为了要杀鬼子，而那 3 个鬼子也都是被大刀砍死的，但在副队长王志胜的书面材料中，却又是另外一番言辞不同的事实陈述："我俩只有一支手抢，武器不够，于是我们便找到跟国民党 50 支队司令梁继路当警卫员的宋世九说：'洋行里有很多钱，我已看好了，咱们一块搞去吧！弄来咱们对半分。'宋世九当场就答应一块干，并负责借两支短枪。1938 年 8 月的一天晚上，我们 3 人摸进洋行，将正在熟睡的 3 个日本特务当场打死，随即安全撤出。"② 王志胜已经讲得十分清楚，他们是为"钱"而潜入洋行，3 个鬼子是被手枪击毙的，而不是用大刀砍死的。

3. 关于"二打洋行"的史料质疑

---

① 赵明伟口述、陈慈林整理：《"飞虎队"传奇》，《杭州日报》2009 年 9 月 22 日。
② 《铁道游击队的战斗历程》，《山东文史集萃》（革命斗争卷），山东人民出版社 1993 年版。

　　"二打洋行"是"鲁南铁道大队"成立以后，历来都引以为自豪的经典战例之一。不过浏览一下复述这场战斗的众多资料，那些亲历者们的说法仍旧是见仁见智，令人读后简直就是不知所云。我们先来看看政委杜季伟是怎样说的："我们14个人（他在《铁道游击队的故事》一文里又说是18人，引者注），一人带着手榴弹监视日军营房的动静，一人带着手榴弹监视火车站的敌人，其余12个人分为3个组，每人持一把大刀片。洪振海带一个组杀南屋的鬼子，王志胜带一个组杀西屋的鬼子，北屋的鬼子由梁传德小组解决。约定进院后以跺脚为号令。按照计划，12个队员顺利地潜入院内。……说时迟，那时快，12个队员犹如12只猛虎，同时冲进南、西、北屋，挥舞锋利的大刀，抓住鬼子就砍。由于天黑，头脚难以辨认，不得不像剁饺子馅一样，七上八下乱砍乱杀，直杀得日寇鬼哭狼嚎，血肉飞溅……给敌人留下的是12具血肉模糊的尸体。"[1] 我们再来看看副队长王志胜是怎样说的："于是，确定去32名队员，分成5个组，队员们分别带短枪和大刀片……"我们进去4个组，每组4个人，配备1支短枪和3把大刀片。洪振海带一个短枪组在外面掩护，我在院内里任总指挥。战斗组按预定的方案，各奔自己的目标，三下五除二，分住在4间屋子里的日军全被干掉，三四分钟解决战斗。我们正准备集合撤出，发现梁传德那个组还未到。我过去向那屋里一看，1名日本兵手持白腊杆正与梁传德搏斗。我用手枪一点射，将那个日兵击毙。……这次夜袭洋行，杀死日兵13名和1名翻译，缴获长、短枪6支，手表、怀表100多块。"[2] 按照杜政委的说法，当时参加的队员是14人（或18人），分成三个小组，洪队长直接参与了砍杀鬼子，整个战斗没有使用枪械只使用了大刀，总共杀死日本鬼子12人；而按照王副队长的说法，当时参加的队员是32人（增加了一倍

---

① 《铁道游击队的年轻人》，《团旗为什么这样红》，中国青年出版社1981年版。
② 《铁道游击队的战斗历程》，《山东文史集萃》（革命斗争卷），山东人民出版社1993年版。

多），分成五个小组，洪队长没有参与战斗只是负责警戒，在实际战斗中既使用了大刀也使用了枪械，总共杀死敌人 14 名。杜政委和王副队长都曾亲临了这场战斗，可是他们的叙述为什么会有那么大的数字差别呢？再说"血洗洋行"早已载入了"铁道队"的光辉战史，然而至今人们也无法弄清楚这次战斗的事实真相，恐怕像这样充满着历史悬念的激情诉说，我们只能是宁信其有而不信其无了——因为故人已乘黄鹤去，往事如烟空悠悠了！

4. 关于"智打票车"的史料质疑

"打票车"是"鲁南铁道大队"的经典战例之二，更是小说和电影《铁道游击队》中最精彩的描写场面。但恰恰正是这一真实历史情节，也在亲历者的叙述中出现了问题。我们还是先来看一下杜政委的现身说法："1940 年 6 月，我们决定截击日军押运的混合列车。经侦察得知，车上有布匹和日用百货。洪振海、曹德清从王沟跃上车头，打死司机，掌握列车的驾驶。梁传德、王志友等人化装成商人，从峄县泥沟上车，王志胜带 1 个短枪班，化装成农民事先在预定地点设伏。当火车开到预定地点后，铁道游击队员立即在各车厢行动，客车上的 8 个日本兵全部被杀死，缴获步枪、手枪各 4 支。游击队员驾驶火车到郑店四孔桥停下来，把车上的物资卸下，运送给抗日根据地的八路军。"① 我们再来看看王副队长的现身说法："（1940 年 7 月）按照打票车的行动计划，我们挑选了 12 名作战勇敢、处理情况机智的队员，作为先遣队，先潜入列车上侦察日军的情况，选好目标，稳住敌人。我带了 12 名精干的短枪队员事先在预定地点埋伏好。洪振海和曹德清负责干掉司机，掌握火车头。星期六的这天，赵永泉、刘炳南等人分别带领化装队员从泥沟、峄县城、枣庄上车。可是他们上车一

---

① 《鲁南铁道队的创建与发展》，《八路军回忆史料》，解放军出版社 1991 年版。

看，发现日军比原侦察的人数增加了 10 多个。经他们了解，这部分日军是由枣庄到王沟换防的 1 个小队，装备齐全。面临这一新的情况，队员们都信心十足，毫不畏惧，各自盯住自己的目标。有的同志还拿出事先备好的烟、酒、点心和烧鸡来"慰劳太君"，日本兵见这些工人、农民、商人打扮的"乘客"这么"实在"，并没有在意，也就与队员大吃大喝起来。……列车一出王沟，猛一刹闸，车速放慢，我带领 12 名短枪队员敏捷地爬上火车，与早已在车上的队员互相配合，20 余名日本兵全被杀死。……参加战斗的 32 名队员无一伤亡，这次打票车共得 8 万多块钱，并缴获短枪 8 支，长枪 12 支，手炮 1 门，机枪 1 挺，这些战利品，经上级批准，除留 3 支短枪外，其余全部上交了鲁南军区。"① 杜政委与王副队长两人对于这场战斗的叙事描述，使同一场战斗却出现了两种完全不同的胜利战果：敌人从 8 个变成了 20 多个，缴获枪支也由 8 支变成了 20 多支，并且还增加有手炮和机枪，日用百货也变成了 8 万元现金。这些数字上的矛盾我们姑且不论，问题关键还在于有两个常识性错误：一是二战时期日军部队编制中的"小队"，换算成中国军队的编制就是一个"排"，人数起码也应是 30 人以上，将十几个"鬼子"说成"一个小队"，显然是叙述者不懂军事常识的缘故。二是在一次战斗中消灭 20 多名日本正规军士兵，这在八路军野战部队史上是完全有可能的；但是对于抗战期间的民兵游击队而言，那只不过是一种天方夜谭式的神话传说。也许王副队长后来意识到了自己的说法难以服众，所以他又在另一篇文章里做了如此一般的含混矫正："此次击毙敌警备司令以下 20 余人，缴获伪钞 8 万余元，枪支若干，军用品一宗。"②

5. 关于"巧截布车"的史料质疑

---

① 《铁道游击队的战斗历程》，《山东文史集萃》（革命斗争卷），山东人民出版社 1993 年版。
② 《铁道游击队与苏鲁支队》，《苏鲁支队》，山东大学出版社 1997 年版。

　　"巧截布车"是"鲁南铁道大队"的经典战例之三，事情发生于 1941 年初冬，鲁南军区被服厂遭到日军的严重破坏，上级指示"铁道大队"想办法截击一辆敌人运送布匹的货物列车，以解决山区八路军主力部队过冬服装的燃眉之急。"铁道大队"果然不负众望，在沙沟车站附近截下了几节车厢，出色地完成了上级交给他们的艰巨任务。按理说这次战斗意义重大，参加者也都应该是记忆犹新，但为什么会在回忆录中，竟演绎出了几个不同的叙事版本呢？比如：A、"11 月，在沙沟车站得知，开往上海的一列客车后尾挂了 3 节货车。当该车通过沙沟车站时，由沙沟站副站长张云骥剪断风管，拔下插锁。货车脱钩后，组织 250 余人搬运，缴获布 1200 余匹、皮箱 200 件、日军军服 800 余套及呢料、毛毯、医疗器材等；支援了鲁南、滨海军区部队，并救济了贫苦群众和渔民。"① B、"同年 11 月，铁道游击队获悉鲁南军区被服厂遭日军破坏，部队冬服与原料被全部烧焦或抄走，干部战士穿衣成了问题，于是决定搞一次布车。在具有民族正义感的敌沙沟站副站长张永纪（名字也不同了，引者注）的协助下，铁道游击队得知日军一列布车从青岛开来，沿津浦路南运。他们在沙沟站南面，通过制造脱钩事故，搞掉了两节车厢，共缴获洋布一千二百件，计一万八千余匹；日军服八百余套；毛毯、药品一宗。为鲁南、鲁中、苏北等五个军区部分解决了部队御寒问题。"② C、几个基础好的村子一发动，男女老少竟出动了近千人，编成三个队，由游击队掩护，十点钟全部集合在微山湖边郝山关帝庙前。……四节载运布匹的车皮缓缓地停下来了……湖上早准备好了十几只捕鱼的大船，但刚刚开始装船，远处就传来枪声，显然是敌人发现了。幸好天公作美，突然起了大雾，几步之外对面看不见人。我们利用大雾这个天然屏障，故意虚张声势，长、短枪一起打起来，机枪也

---

① 《鲁南铁道队的创建与发展》，《八路军回忆史料》，解放军出版社 1991 年版。
② 杜季伟、王志胜：《鲁南铁道游击队》，《山东党史资料》，山东人民出版社 1985 年版。

"哒哒哒"地叫个不停，摆出一副主力部队的架势，敌人果真被我们唬住了，推进迟缓，当接近我们时，布匹、军服、被子和皮箱等物资基本装完。"① D、"早就埋伏在那里的铁道队勇士飞身登上车厢卸布，临时发动起来的近千名群众车拉肩扛，把布匹送往湖边，微湖大队长张新华和湖区区长黄克俭己组织了上百条船在那里接应运往微山岛。两个小时后，忽然从南面开来了一辆满载日本兵的巡道车，还没等敌人靠近，负责警卫的铁道队员便机枪、步枪、手榴弹一齐开火。时值天降大雾，敌人但闻人声嘈杂，火力强大，以为碰上了八路军主力，部队不敢贸然前进。铁道队见情况紧急，便将没有卸完的布匹连同车厢一起付之一炬。"② 在以上这些追忆复述当中，我们可以发现几个矛盾之处：一是关于被截下的载布车厢，有 2 节、3 节和 4 节三种说法；二是缴获布匹的实际数量，也有 1200 匹和 18000 匹的天壤之别；三是参加运送布匹物资的平民百姓，更是有 250 人同近千人的巨大误差；四是运送布匹的船只，则由十几条变成了一百多条；五是从轻松截走布匹到发生激烈战斗，整个描述过程显然发生了戏剧性的根本变化。最令我感到不可思议的是，"一捆布"其实就是"一匹布"，即使我们按照 1200 捆来计算，近千名群众一人一捆也就搬完了，怎么 2 小时后还要"付之一炬"呢？

6. 关于"日军受降"的史料质疑

接受临城日军投降，在整个"鲁南铁道大队"的辉煌战史上，也是非常值得夸耀的一件大事。但是纵览各种资料记载，说法分歧同样是令人费解。"鲁南铁道大队"第三中队指导员张静波说，"1945 年，一个日军联队投降时，日军的大队长声称只向'飞虎队'交武器"。③ 可"鲁南铁道

---

① 《铁道游击队的年轻人》，《团旗为什么这样红》，中国青年出版社 1981 年版。
② 陈志忠：《铁道游击队战斗史略》，《铁道游击队战斗传奇》，中国文史出版社 2006 年版。
③ 《血肉长城：敌后之铁道游击队》，《辽宁晚报》2005 年 8 月 18 日。

大队"第二任大队长刘金山却是这样说的:"当时枣庄有 300 多名日军,连同家属共有 600、700 百人",再加上临城的少数驻军,大约一共有 1000 多人。刘金山写信给日军司令长官山田,让他率领其属下部队就地投降,而山田司令则回信说他们只向"大太君"投降。后来他单枪匹马闯入日本军营,向他们讲述八路军的宽大政策,山田等日军被逼无奈,只好决定晚上 9 点投降:"这天晚上,我们铁道队换上便衣,到日军部队去受降。日军缴出山炮两门,重机枪 8 挺,轻机枪 180 多挺,步枪一两千支,手榴弹两麻袋,弹药四十吨,子弹两车皮。我们用了 20 多辆牛车拉了两天,才把这些武器送到南山,交给军区司令部。"听说山田部队还藏有枪支,刘金山再次逼其交出"500 多支步枪,70 多挺机枪,手枪、盒子枪也有好几百支,还有 70 多部照相机"。① 然而,政委杜季伟和副大队长王志胜,他们两人的说法却又有不同:"经过半个多月的谈判,在姬庄和沙沟车站正式举行受降仪式,鲁南军区派来两个连协助铁道大队受降。投降日军及其家属共两千多人,因日方家属哭闹,秩序很乱,受降仪式进行了一个多小时,日军交出轻机枪 130 挺,步枪 1400 支,子弹 100 箱,铁甲列车一辆。"② 这些十分混乱的历史叙事,其最大疑点就在于:由日军主动向"铁道大队"投降,到日军被迫向"铁道大队"投降,再到八路军"两个连"来协助"受降",叙述者既没说清楚当时究竟谁是受降主体,更是缺少日军投降仪式的具体交代。众所周知,在抗战受降史上,八路军和新四军还没有过接受成建制日军投降的历史记载。如果真有"鲁南铁道大队"受降一事,那绝对应是解放军建军史上的重大事件,必会有比较详细完备且说法统一的书面材料,至少不会出现像"鲁南铁道大队"领导那样的随意发挥。另外,"鲁南铁道大队"在接受日军投降的人数方面也明显不实,张

---

① 《回忆铁道游击队》,《鲁南峰影》(上),山东文艺出版社 1989 年版。
② 杜季伟、王志胜:《鲁南铁道游击队》,《山东党史资料》,山东人民出版社 1985 年版。

静波说是一个联队（相当于中国军队一个团大约 3000 多人），刘大队长讲连同家属才有千余人，但却缴获山炮 8 门，重机枪 8 挺，轻机枪 250 多挺，步枪 2000 余支，手枪好几百，弹药已经"40 吨"了可子弹还有"两车皮"（真不知道他是怎么计算的）；可杜政委与王副大队长却讲"投降日军及其家属共两多千人"（多了一半），机枪步枪加起来共有 1530 挺支（又少了一半），子弹 100 箱（比起两车皮来起码也少了一半），更没有提及山炮和手枪。如此不实的数字记忆，很难使人相信这次受降过程的真实性，更难怪陈毅看完电影《铁道游击队》之后，对于结尾处的受降仪式很是不满。①

　　从刘知侠本人有关《铁道游击队》创作的叙述当中，我们可以清晰地梳理出这样一条脉络线索：最早使他萌生写小说"铁道队"的情绪冲动，是源自战斗英雄徐广田那颇带夸张色彩的个人故事（比如能搞到鬼子一个中队的武器装备，这在当时是根本不可能做到的一件事情）；后来他亲自去到"铁道队"体验生活，又听说了更多耳目一新的传奇故事，而每一个令他兴奋的传奇故事，又都要比徐广田所讲的更加活灵活现。刘知侠并没有亲自跟随"铁道队"参加过战斗，他去"铁道队"时"铁道队"的历史使命，已不再是活跃在铁道线上打截敌车，而是转向了护送领导穿越铁路；因此他对"铁道队"英雄事迹的真正了解，也主要是通过战士们与当地百姓之口，去"听"他们激情地讲述革命先烈们的神奇往事。"听"多了自然会发生感动，故刘知侠举酒盟誓慷慨许愿，一定要把"铁道队"的事迹写出来，不仅让其流传久远更要让其发扬光大！由"听"个体言说到"听"群体言说，小说《铁道游击队》正是根据这样的"真人真事"，几乎是在层层转述的基础之上，最后才由刘知侠来做一艺术总结的。这种

---

① 赵明：《居影浮沉录》，文津出版社 1991 年版，第 146 页。

"滚雪球"的创作方式，原本就是中国小说的光荣传统。与此同时，"老刘！你写这些战斗时，不要忘了也把我写上去啊！"当年"铁道队"员的这一要求，我们可以将其视为一种"历史"对于"艺术"的高度认可。"他确实参加了这样战斗，在战斗中作出应有的贡献，他的要求是合理的。"作者本着这种理解与同情，我们则可以将其视为一种"艺术"对于"历史"的庄重承诺！小说《铁道游击队》无疑是将"听"到的历史真实，通过高度艺术形象化的处理方式，再去把它生动地还原为是"真实"的历史，这种人为混淆艺术与历史的主观努力，便直接消解了两者之间的界限区分——《铁道游击队》也因其人物与事件的真实性，早已超越了它艺术审美的虚构想象，而被看作一种历史本身的客观存在，并集中体现了红色经典创造历史的叙事法则。《铁道游击队》由夸张虚构的小说艺术，从容地转变成了"鲁南铁道大队"的辉煌战史，我个人认为有以下三大主要原因：

首先，作者采用纪实创作的表现手法，将作品中最主要的人物形象，都让其历史有名而现实有声，使读者不得不去相信他们客观存在的真实性。比如，小说《铁道游击队》中的刘洪、李正和王强，就是以"鲁南铁道大队"两任大队长洪振海与刘金山、政委杜季伟以及副大队长王志胜为人物原型的；尽管他们都被作者做了文明化与革命化的艺术处理，我们仍旧能够从中发现出历史原型人物的明显印记。而芳林嫂这一人物形象，则是来源于三位鲁南女性：一位是姓时的大嫂，由于小时没缠过脚，人称时大脚，她不仅帮助"铁道队"员，而且和洪振海发生了恋情；另一位是刘桂清，她把儿子送到"铁道队"，去做王志胜的通讯员，大家都叫她刘二嫂；还有一位是尹大嫂，她不但掩护伤员和递送情报，还亲自给"铁道队"带路去袭击敌人。这三位大嫂的家都是"铁道队"的秘密联络点，其中尹大嫂用手榴弹去砸日本特务高岗的真实故事，也被演绎成了小说《铁道游击队》里芳林嫂的英雄壮举。将历史人物经过加工改造直接写进小说，既增强了文学艺术的历史真实感，又强化了社会读者的历史认同感，这恰恰正是红色经典"寓教于乐"功能的最好体现。

其次，作者同样是采用纪实创作的表现手法，对他所"听"到的真实事件去进行艺术重构，并在创造性想象中去推动历史的艺术转化，最终使历史与艺术合二而一实现两者之间的完美统一。比如，小说《铁道游击队》所描写的经典战例，都是刘知侠从"铁道队"员那里"听说"的，故他除了做一些具体细节的艺术加工之外，几乎都把原始故事搬进了小说中。像二十几个队员分成五组，挖墙潜入洋行内部，分头去刺杀鬼子等情节，完全就是作者对"听说"故事的原文引用："老洪一招手，队员们都从厕所里溜出来。一组靠南屋檐下，二组靠东屋檐下，三、四组在厕所门两边，都蹲在那里，屏住呼吸。每组的头两个人都是短枪，准备从两边拉门，他们都在静等着老洪及政委发出行动的信号。当老洪一步跃进院子，像老鹰一样立在那里。一声口哨，四簇人群，哗的向四个屋门冲去，只听四个带滑轮车的门'哗啦'，几乎在同一个时间里，被持枪人拉开，刀手们一蹿进去，持枪的队员也跟着进去了。各屋里发出格里呵喳的声音，和一片鬼子的嚎叫声。……当彭亮小坡和其他三个队员，刚摘下墙上的短枪，正要走出屋门，只听到东西两厢屋子里，传来砰砰的枪声。他们知道这是遇到棘手时，不得不打枪了。"小说中所描写的"血洗洋行"，同杜季伟和王志胜等人所讲述的"血洗洋行"，显然没有什么太大的本质区别，所以人们将其看作"历史真实"也并不奇怪。这种纪实性场面的故事性处理，使艺术真实之中包含了历史真实，艺术与历史已不再被分割而是成为一体。

再者，小说《铁道游击队》里的那些原型人物，也明显采取了投桃报李般的感恩姿态，他们几乎在所有复述历史的回忆录中，都不约而同地按照小说所描写的故事情节，复制性的到处去宣讲"鲁南铁道大队"的辉煌历史。这就使我们终于明白了一个十分关键的疑点问题：为什么那些"亲历者"会对同一件事情，各执一词出入很大，原因就在于他们是在按照小说在讲历史，并对原有历史做了自我理解式的艺术夸张。他们之所以会这样做的充足理由，则是："真实的飞虎队故事远比电影和小说更丰富。"① 在对比小说艺术与历史事实的过程中我们不难发现《铁道游击队》作者自然是在以艺术形式去描写历史，而"鲁南铁道大队"领导则又是在以亲身经历去佐证艺术，其实历史经过这两种方式的艺术复述，已经逐渐失去了它自身所固有的客观真实性。比如杜季伟在回忆"血洗洋行"一事时，整个讲述过程几乎就是在重复小说故事，不仅增加了形象逼真的人物对话，而且添加了大量如临其境的文学想象。读者感觉这并不是在进行历史叙事，倒像是悠然自得地坐在茶馆里听评书。② 我们不要忘记这样一个重要细节：杜季伟、王志胜、刘金山等人开始到处讲述"鲁南铁道大队"的战斗故事与英雄事迹，是在小说和电影《铁道游击队》问世并引起了强烈反响之后，也就是说刘知侠成就了"鲁南铁道大队"的辉煌历史，而那些飞车勇士们也在自觉或不自觉中以《铁道游击队》为自豪——他们视讲述小说中的人物事件为历史真实，并在这种值得荣耀的历史真实中自我陶醉，所以原本并不是那么十分出众的历史事件，也就因小说而变成了一种艺术神话！

（选自《广东社会科学》2011 年第 2 期）

---

① 刘知侠：《〈铁道游击队〉创作经过》，《新文学史料》1987 年第 1 期。
② 同上。

论刘知侠的《铁道游击队》的
美学贡献和艺术启示

何志钧

老一代作家刘知侠在 1952 年创作的长篇小说《铁道游击队》迄今已走过了六十多个年头，这部在鲁南铁道游击大队真人真事基础上创作出来的长篇小说甫一问世，就在社会上引起了极大轰动，迄今为止，《铁道游击队》已发行 400 万册左右，先后被译成英、俄、法、德、日、越南、朝鲜等多种语言，产生了国际性的巨大影响。

正义、抗争、英雄主义是文学永恒的主题，在今天的和平年代中，对自由的热切追求、对幸福的无限憧憬、面对苦难的傲骨与节操、历史使命感与民族情怀依然能激起青年一代的强烈共鸣。《铁道游击队》与《苦菜花》《荷花淀》《小兵张嘎》等名作一起从多种角度再现了 20 世纪 40 年代前后烽烟骤突、神州喋血的苦难岁月和战争风云。在今天，当我们回首反观那段岁月时，这些作品如同"文字的雕塑"，让我们真切地重温抗战时期的人心世态。它们不仅以对"民族存亡""革命情怀"的真诚、细致描绘感染着后来者，而且以其独有的艺术风范、独特的美学品格带给今天的人们多维度的启示。

诚然，《铁道游击队》和其他同时代的作品一样打有那个时代的烙印，有那个时代文学共有的一些缺憾。在建国初期的红色文学艺术作品中，普遍存在着人物扁平化、符号化，鬼子（反动派）妖魔化、喜剧化，敌我二元化、嗜杀狂热化、叙事寓言化、情节简单化、英雄极致化、抽象化，行文浅表化等缺憾。刘知侠本人在谈到《铁道游击队》时就曾说凭他的写作实践经验和积累，写这样大的作品是力不胜任的，之所以下决心写这个作品，一是由于接受了铁道游击队队员们的真诚、郑重的委托，二是自己深受他们英雄业绩鼓舞，有着表现他们战斗风貌的深切愿望，热切希望把他们的故事告诉后人，这给了他无限的热情和勇气。写这部大书，对于只有初中文化的刘知侠来说显然是艰难的。他说："写出后，自己再看一遍，总觉得我所写的，远不如他们原有的斗争那样丰富、多彩，这使我很不安。"① 但是，即使如此，那个时代看似高度模式化、千篇一律的众多红色英雄传奇仍然有着各自匠心独运的独特优点，其同一性之中显现的个体差异性尤其值得我们细究。

应该说，在那个特定时代孕育的华语抗日文学中，比较而言，《铁道游击队》明显棋高一着，这部精心之作有其独辟蹊径之处，它独具慧眼，比许多同时代的革命抒情叙事更为自然真实，更为本色淳朴，更为澄净柔美。"人事有代谢，往来成古今。"刘知侠的努力使抗日战争时期的一支游击队的战斗生活被固化、定格，成为了一个时代的象征，成为了民族抗争精神的范本。

《铁道游击队》的美学贡献首先在于它自觉地、较充分地实现了从生活真实向艺术真实的升华，兼具历史文献价值和诗性审美价值，真与美相得益彰。它既经得起历史检验，合乎史实，又有史诗式的厚重和诗美，诗

---

① 知侠：《〈铁道游击队〉创作经过》，《新文学史料》1987 年第 1 期。

与史交相辉映。《铁道游击队》不是向隅虚构之作,其中的人物、事件多有依据,其中的多数人物有着真实的原型。刘知侠本人在谈到《铁道游击队》的写作过程时说"《铁道游击队》是以真人真事为基础写出来的","结合整个抗日游击战争的实际情况,有些地方我把它丰富和发展了。尽管如此,但我还是以他们真实的斗争发展过程为骨骼,以他们的基本性格为基础来写的。老实说,书中所有的战斗场面都是实有其事的"。① 抗日战争时期,鲁南枣庄矿区一批煤矿工人和铁路工人在洪振海的领导下秘密组织和武装起来,"吃两条线",杀日伪奸邪,与日伪近距离周旋,进行灵活机动的斗争,这支鲁南的铁道队,开始主要在临枣支线活动,后来活动范围扩展到津浦干线上。刘知侠本人不仅在1943年在滨海抗日根据地召开的山东全省战斗英雄、模范大会上与来自铁道游击队的甲级战斗英雄徐广田相识,对他进行了细致深入的采访,还采访了当时正在根据地的省党校学习的铁道游击队第一任政委杜季伟,而且曾经在1944年和1945年两次应铁道游击队邀请长时间深入到铁道游击队战斗生活的第一线,和战士们吃住在一起,战斗在一起,走遍了他们所有战斗过的地方,和队员、百姓进行深谈,对铁道游击队的战斗生活和思想情感有了切身体会,搜集整理了大量素材。在这两年时间中,他采写数百篇铁道队英勇善战的新闻,摄制了大量关于铁道游击队的照片,刊登在当时的《鲁南日报》和《解放日报》等报刊上。1952年,他又再次重返鲁南,重访当年的老队友,重温了游击队当年的战斗生活,寻访了铁道游击队诞生的小碳屋、血染洋行的旧址、当年打票车的三孔桥、微山湖的村庄……

在《铁道游击队》中,大队长刘洪无疑是最引人注目的核心人物。他由一个生长在铁道边,十六岁就当了挖煤工人的孤苦伶仃的穷孩子成长为

---

① 知侠:《〈铁道游击队〉创作经过》,《新文学史料》1987年第1期。

了抗日游击队的队长，带领队员们扒火车、炸桥梁、杀日伪、夺物资，神出鬼没。刘洪这个人物形象有着真实的原型，刘洪的名字来自首任大队长洪振海、继任大队长刘金山两人的姓氏。洪振海是一个极富传奇色彩的战斗英雄，他"简直是钢铁般的人物"，铁道游击队员们有一句口头禅形容洪大队长："老洪讲话，连呱带骂！"①他性格火暴，作战勇敢，为人仗义，扒车技术最高，小说中飞车搞机枪就是他的拿手绝活，在游击队里有极高的威信，②洪振海在 1943 年荒木庄战斗中为掩护队友中弹牺牲了。继任大队长刘金山也是枣庄人，从小在铁道边长大，8 岁时双亲相继离去，12 岁就到铁路车站当擦油工。抗战爆发后参加了铁道游击队，出生入死。③刘洪这一形象融汇了他们两人的英雄事迹，也汲取了作家刘知侠的自己的人生经历，"同时，我也用自己过去在铁路上的感受，来丰富它，说实在的，刘洪的幼年生活的描写，几乎就是我的幼年生活。"④刘知侠本人也是自幼就跟随父亲在村边道清铁路打工、捡煤核，听惯了列车的轧轧声，学会了扒车的技术，十多岁在车站上作过义务练习生，对铁路上的人事物态非常熟悉。后来到延安的抗日军政大学学习，投身于革命洪流中。⑤

足智多谋、沉着冷静、斯文知性的政委李正是在铁道游击队几任政委杜季伟、文立正、张洪义及副政委郑惕特别是教书先生出身的杜季伟、投笔从戎的大学生文立正的形象基础上提炼加工形成的。杜季伟和《铁道游击队》中描写的政委李正一样面孔清秀，很有书生气，在游击队初创的极端艰苦复杂的斗争环境中，杜季伟以在炭厂当"管账先生"的身份为掩护，和铁道游击队的队员们打洋行，劫票车，进军微山湖，穿插津浦线，

---

① 刘知侠：《抗敌雄风壮艺卷——〈铁道游击队〉创作忆录》，《新文化史料》1995 年第 4 期。
② 知侠：《〈铁道游击队〉创作经过》，《新文学史料》1987 年第 1 期。
③ 朱建伟、宓晓文：《刘知侠和铁道游击队长刘金山》，《新闻记者》1992 年第 5 期。
④ 知侠：《〈铁道游击队〉创作经过》，《新文学史料》1987 年第 1 期。
⑤ 同上。

他注重调查研究，发挥了政治工作的威力，直到 1943 年出铁道游击队，到省党校学习。① 文立正 1911 年出生于湖南省衡山县农民家庭，从小与底层百姓朝夕相处，对他们充满同情。1934 年秋他考入北平辅仁大学化学系。抗战爆发后，他投笔从戎，他有文化，有水平，工作细致，谋划严密，注重总结战斗经验，思想工作很有章法。他还有文艺范，喜欢吹口琴，他有一只上大学时用的口琴，战斗之余，常常同战士、老乡一起演唱跳舞。不仅政委李正身上打有他的烙印，《铁道游击队》里那个爱唱歌，有音乐天赋的活跃青年小坡的身上也有他的影子。电影《铁道游击队》的插曲所唱的"西边的太阳快要落山了，微山湖上静悄悄，弹起我心爱的土琵琶，唱起那动人的歌谣……"可谓是文立正和他的战友们文艺生活的真实写照。② 在《铁道游击队》中，大队长刘洪显得"匪"气，政委李正则很"文气"。这一文一武，使铁道游击队张弛有序，洋溢着生机和活力，也使《铁道游击队》这部文艺作品色调醒目，更有感染力，更有艺术魅力。

小说中的芳林嫂也实有其人，她的原型是时大嫂、刘二嫂、尹大嫂三位出生入死帮助游击队秘密联络，为队员做饭，掩护游击队员的可敬妇女。时大嫂当时近三十岁，丈夫是铁路工人，被日本鬼子杀害了，她带着女儿小凤艰难度日，后来在帮助铁道游击队斗争的过程中和洪振海队长产生了爱情。洪队长又牺牲了，她二次守寡。刘桂清二嫂不仅自己帮助铁道游击队，还把自己的儿子送到游击队当了王志胜的通讯员。尹大嫂的家也是铁道游击队的秘密联络点。每当敌情紧急，在充满惊恐的夜晚，铁道游击队的队员往往乘着夜色潜入她家。她们还常常冒着生命危险为铁道游击队送情报，侦察敌情。这三个妇女都被捕过，虽然受尽敌人的酷刑，但都坚贞不屈。长篇小说《铁道游击队》中的芳林嫂融合了她们三个人的个性

---

① 知侠：《〈铁道游击队〉创作经过》，《新文学史料》1987 年第 1 期。
② 梁贤之：《从大学生到铁道游击队政委》，《纵横》1995 年第 2 期。

特点和人生经历，具现了那个时代千千万万投身革命洪流的农村进步妇女共有的性格特点。①

此外，王强的原型是游击队的副大队长王志胜，彭亮的原型是作战勇敢、会驾驶火车的队员曹得清，徐广田的战斗业绩、性格特点则在林忠、鲁汉、彭亮、小坡四个人物身上都有体现，姬庄"爱护村"的村长姬茂西则是小说中伪保长朱三的原型。

小说中的多次精彩战斗也都有迹可循。1940 年 7 月铁道游击队打票车、1940 年 8 月二次血染洋行（枣庄国际公司）、1941 年 6 月铁道游击队奇袭阎团（阎成田任团长的伪军团）和随后化装成阎团伪军袭击了临城车站、沙沟截布等都经过艺术加工被写入了小说。铁道游击队还多次精心谋划，把刘少奇、陈毅、肖华等从华中新四军根据地到延安或从延安来华中的上千名干部安全护送过铁路线。仅 1943 年，便护送了 300 余名干部。抗战胜利后，一列南逃的日寇装甲列车被铁道游击队包围，不得不向铁道游击队投降。这些情节在《铁道游击队》中都有描绘。② 日寇投降后游击队的第一次新年会餐也被写入了小说二十四章，在那次会餐中，队员们以民间特有的古老的方式悼念那些牺牲了的战友，他们把一桌更丰盛的酒菜摆在牺牲了的战友们的牌位前。

《铁道游击队》让历史说话，用史实说话，它深深扎根于生活的地层中，有着无可辩驳的说服力，有着来自生活真实的天然的魅力，有着原生态的素朴美感。和今日缤纷陆离的"抗日神剧"相比，它的美学贡献首先在于它尊重生活本身的逻辑，一切从生活实践出发，脚踏实地，精心培育艺术之花，而不是远离生活，无视实际，闭门造车，主观臆想，天马行空，任意虚构，沉迷于空中楼阁，热衷于哗众取宠。刘知侠深入战斗生活

---

① 知侠：《〈铁道游击〉创作经过》，《新文学史料》1987 年第 1 期。
② 佚名：《告诉你一个真实的铁道游击队》，《百姓》2004 年第 5 期。

第一线，深入调查研究，用心体味，热诚创作，用自己的心血浇灌出了《铁道游击队》，这对于今日华而不实的许多抗日文学艺术作品是一种有力的鞭挞，对于如何创作出优秀的抗日文学艺术作品不无启迪。

《铁道游击队》的现实主义美学精神和美学理想也值得称道，对今天的文学创作尤其有着积极的启示。在中国的红色文学中似乎从来不缺乏现实主义，在建国初 17 年的文学中现实主义手法更是司空见惯。但是，现实主义手法与现实主义精神、现实主义美学精神和美学理想不完全等同。许多作品运用了现实主义手法，但未必具有现实主义精神。具有现实主义精神，也未必能达到现实主义美学的高度。《铁道游击队》不是纯粹的写实，不是通讯报道、报告文学，他对鲁南铁道游击大队的战斗生活进行了精心的艺术提炼和加工，对游击队遭遇的各种艰难困苦、游击队员精神心理上存在的缺点、思想作风的局限进行了诗化和纯化的处理。刘知侠曾说"原先，我想把他们所从事的斗争用传记或报告文学的形式来写的，以后改为小说来写了。既然作为小说来写，对他们的斗争事迹，就不能不加以艺术上的选择和取舍"，烦琐的人物情节有的删除了有的合并了，情节故事有所加强有所细化，人物形象也有所提炼有所拓展。① 但是，作者并没有为了歌颂游击队英雄伟绩而一味拔高，他没有回避鲁南抗日战争的复杂性、艰巨性，没有回避战争的残酷、游击队员自身精神心理和性格作风的缺陷，敢于直面真实的人性、情感、情恋，从现实出发，尊重生活本身的逻辑。《铁道游击队》对抗日战争时期的社会关系、社会生活的复杂性表现得比较深入细致、真实可信。游击队的春风得意与落魄失败、村民的勇敢与怯懦、地主保长的首施两端、根据地建设的成败兴衰、游击队战士的优点与残存的旧习气、性格上的缺点在小说中都有反映。刘知侠自觉地追求

———————————

① 　知侠：《〈铁道游击队〉创作经过》，《新文学史料》1987 年第 1 期。

"摆脱真人真事的束缚，以生活中的真实人物和斗争为基础，更自由地进行艺术创造。在创作中，可以舍弃那些琐细的、重复的和非本质的东西，把一些主要英雄人物加以合并，在性格上作大胆地塑造。"（知侠《铁道游击队》创作经过）小说既立足现实，又不拘泥于现实，注重细节真实，又追求传神写照，为我们呈现了抗战时期复杂的世态人心：既有高敬斋等死心塌地投靠日本鬼子的地主、汉奸，又有"爱护村"的伪保长朱三这样游走于日寇、游击队之间，两面讨好，苟且偷生的小人物，他们明里应付日寇，暗地里又帮助铁道游击队。还有像铁道站长张兰这样偷生不得，在屈辱中走上反抗道路的普通百姓。各位游击队员自身的情况也是良莠不齐，彭亮是因为砖窑被拆、父亲被鬼子的刺刀穿死而怀着仇恨走上反抗道路的，小坡是因为生活困苦主动恳求刘洪要参加打鬼子。也有的队员是因为游击队有吃有喝"慕名而来"。在他们中，"江湖义气"、打架、酗酒等旧习气还时有流露。慑于敌伪的淫威，村民们不敢接近、收留游击队员，在游击战争最艰苦的冬日里，游击队员只能在湖上的渔船中、藕塘和雪窝的泥水中度夜，队员中意志不坚定者有之，离队"裂了单干"者有之，投敌背叛者有之。面对敌人的烧杀，面对村民们认为受游击队牵连，他们屋舍粮食被烧，游击队应该挺身而出的抱怨，大队长刘洪血往上涌，意气用事，草率出兵，与敌人硬拼，险些全军覆没，显现了不够沉着老练的性格缺点。

对芳林嫂的刻画尤显难能可贵，和婚姻生活常被有意无意忽略的大量红色文学作品相比，《铁道游击队》比较真实地书写了革命男女在患难中萌发的恋情，正面描绘了抗战岁月中的婚姻爱情，这不仅使"无性"的红色文学由此更多人间气息，使常人的喜怒哀乐、悲欢离合、付出与牺牲得到更充分的体现，也使小说在风格上不仅阳刚豪迈，而且多了几分阴柔气息。与夫妻生活缺位的《沙家浜》等作品相比，没有芳林的芳林嫂与没有阿庆的阿庆嫂有同更有异。芳林嫂显然比阿庆嫂更真实、自然、圆满，芳林嫂与刘洪之间那种若即若离、似有若无的微妙恋情使小说在心理刻画上显得细腻委婉，克服了建国初期红色文学在叙事上过于直白、简化的特点。《铁道游击队》和善写男女情思的孙犁的作品也有不同。它更多村野原生态气息，和孙犁如诗如画、理想化色彩浓重、如轻飘的芦花一样唯美的《荷花淀》相比，《铁道游击队》更接地气，更贴近底层人生，像山药蛋一样朴实无华。如果说《荷花淀》是诗，纯美曼妙，轻灵淡雅，《铁道游击队》则是散文，朴实、杂沓、平易，如话家常里短，充满散文气息。

同时，《铁道游击队》又非常注重在总体上体现革命乐观主义精神，作品基调积极向上、乐观昂扬，对消极的人与事做了必要的诗化和纯化处理。如政委杜季伟与游击队成员的不和、时大嫂在私生活上存在的缺点、游击队内部的各种矛盾、徐广田最后晚节不保，离开部队，妥协投敌，判了两年徒刑。后来三年困难时期，他在贫病交加中凄惨死去等。铁道游击队活跃在敌占区，像一把锋利的钢刀直插日伪的血管和心脏，铁路两侧据点林立，敌情复杂，战斗情势瞬息万变，日伪势力占据明显优势，战斗的残酷血腥可想而知。"铁道游击队"队长洪振海、队员曹得清、李运尘频频牺牲，历任政委如张政委、孟政委也多有牺牲。但是小说为了便于塑造中心人物，使作品情节从容完满，人物性格鲜明丰富，更好地弘扬革命精神，将两任队长合为一人。政委、队员的伤亡、百姓的牺牲与悲惨遭遇、游击队内部的矛盾和人际纠葛也都被淡化处理了。它超越了具体人事，自觉做到了源于生活又高于生活，注重情节和人物的典型化处理，使小说获得了超越鲁南、超越铁道的普遍性意义。

《铁道游击队》不是向隅虚构之作，也不是闭门造车式的纯粹个体化创作，而是继承了中国传统民间文学累积性、集体化、改写式创作的传统，它迥然有别于传统士大夫"创造美学"的精英化创作传统，它将中国民间文学创作的传统发扬光大，又赋予了它新的时代内涵，显示了与社会实践、社会大众、时代潮流契合的新的"生产美学"的旨归和创作原则。《铁道游击队》的成功显示了集思广益对文学创作的重要意义，显示了从生活实践中来到生活实践中去对文学创作的重要意义。《铁道游击队》离不开作者刘知侠的辛勤创作，也离不开作品描写的对象铁道游击队员们的积极参与，广大读者大众的反馈、建议、意见，《铁道游击队》正是这种作者与读者大众之间交流、合作的成果。《铁道游击队》积极、开放、兼容的创作心态和积极吸纳各种有益的建议反复锤炼修改的创作方式也值得今天的文学创作借鉴。《铁道游击队》是一个开放的文本，在听取各方面意见的过程中不断修改，不断趋于完善。刘知侠在最初采访徐广田、杜季伟后，就曾在整理采访材料的基础上，构思创作写真人真事的章回小说。由于铁道游击队的战斗生活故事性强，很有传奇色彩，所以刘知侠决定用群众喜闻乐见的民族文学形式来写，当时的标题叫《铁道队》，内容主要写游击队草创阶段的战斗生活，并曾在《山东文化》上连载了两期，由于故事性强，很受读者欢迎。也收到了游击队寄来的一封信，从中刘知侠认识到了自己写的文章有漏洞，失之片面，深入生活不够，仅仅采访了徐广田等一两人就开始写作过于轻率，[①] 于是，他把《铁道游击队》的写作停下了，已写出的那一部分稿子也不再连载。而是先后两次深入铁道游击队战斗生活第一线，积累素材，深化构思，采写了数百篇铁道队英勇善战的新闻。1951 年刘知侠在上海用不到半年时间完成了《铁道游击队》初稿后，又专程把刘金山及其他战友十余人请至上海征求意见。刘金山看完初稿后提出两点改进意见：一是应少突出"刘洪"个人，多反映群众百姓的支持；第二：充分体现党对铁道游击队的领导、教育。刘知侠进行修改后

---

① 刘知侠：《抗敌雄风壮艺卷——〈铁道游击队〉创作忆录》，《新文化史料》1995 年第 4 期。

才于 1953 年首次正式出版。①

　　《铁道游击队》还有一个值得称道的效应，那就是它早在全媒体、融媒体时代还未到来时就已经实现了小说、电影、电视、舞剧、京剧、曲艺、交响诗、连环画、油画等的跨媒体联动。从 20 世纪 50 年代至今，《铁道游击队》小说、电影、电视、舞剧、京剧、曲艺、交响诗、连环画、油画斑斓多姿，缤纷陆离，形成了跨媒体、跨体类创作、衍生的互文现象。1955 年傅泰臣等五个艺人运用评书的传统表现手法改编了《铁道游击队》，分回头，找扣子，"提闸放水"，创设"空枪头"，每回高潮迭起，悬念不断，"要知后事如何，且听下回分解"，使评书版的《铁道游击队》情节更紧凑、悬念更突兀，一波三折，引人入胜。② 1956 年《铁道游击队》被搬上银幕。1990 年代，定位于枪战惊险娱乐片类的又一改编电影《飞虎队》应运而生。在电影拍摄之前，丁斌曾和韩和平创作的长篇连环画《铁道游击队》也已经问世，并轰动一时。从 2006 年开始，韩和平又创作了油画组画《铁道游击队》，以油画组画的形式再现了铁道游击队的风采。1985 年、2005 年，《铁道游击队》小说两度被改编摄制为 14 集和 35 集电视连续剧。2005 年 10 月评书《铁道游击队》在中央人民广播电台开播，2008 年 10 月，现代京剧《铁道游击队》由山东省京剧院排演。2010 年 7 月，总政歌舞团在建军 83 周年之际推出了新创舞剧《铁道游击队》。这一全民谙熟于心的题材又获得了舞蹈（尤其是舞剧）的表现形态。1964 年，吕其明基于其创作的《铁道游击队》电影音乐主题曲《弹起我心爱的土琵琶》的经验，借鉴单三部曲式和歌谣体以交响乐的方式讴歌了铁道游击队的英雄气概和抗日功勋，奏鸣曲式的民族交响乐，民谣式风格，民歌色彩，吸收了《沂蒙山小调》的主题旋律，交响乐《铁道游击队》富有地域情韵，

---

① 朱建伟、宓晓文：《刘知侠和铁道游击队队长刘金山》，《新闻记者》1992 年第 5 期。
② 傅泰臣、胡沁：《我是怎样改编和演唱"铁道游击队"的》，《山东文学》1958 年第 3 期。

抒情慢板清新细腻，铿锵快板急促昂扬，既是新中国一部经典的管弦乐作品，又体现了民族性与世界性融汇的美学追求，山东民间音乐元素和现代交响乐形式有机结合。[①] 不同版本、不同风格、不同艺术体类的《铁道游击队》相互掩映、交相生辉，不仅极大地促进了《铁道游击队》的传播，扩大了《铁道游击队》的社会影响，而且开创了文学与影视大众传媒共生、互补、互惠的创作、传播新局面，这在当时无疑是极为难能可贵的。

（选自《百家评论》2015 年第 5 期）

---

① 孙超：《熠熠生辉的东方民族之光——交响诗〈铁道游击队〉》，《大众文艺》2014 年第 9 期。

侠义情感与民间文化的革命转化

——论《铁道游击队》的版本修改与艺术改编①

龚奎林

"十七年"革命历史小说作为一种文化资本，不仅成为建构社会主义新中国合法性的一种基础，更成为中国革命知识谱系传播和文艺化大众的载体。在与社会建构的互动循环中，作品历经多次修改与改编，进而凸显不同阶段"时髦文化"的物质及社会影像化的需求，但也可以从中看出作者本人与作品变迁的内在裂隙。刘知侠的《铁道游击队》就是其中一个较为鲜明的样本，无论是从文化社会学还是知识考古学而言，都呈现出侠义情感与民间文化的革命转化及其人性两难。

---

① 据刘知侠的夫人刘真骅回忆，刘知侠把《铁道游击队》交给上海新文艺出版社，却存在两种不同意见。一种认为这不是文艺作品，只是堆积了一些战争素材。但是另一种观点认为，这是一部好作品，应该立即出版。对此，刘知侠曾感慨道，一部好作品要过两关，第一关是责任编辑，碰到一位好编辑，有思想、懂作品，才能得以发表。否则一部好作品就会被扼杀在襁褓中，一位有才华的作家会就此消沉，永无天日，再也没有信心去写东西了。第二关是读者关，读者是作家的衣食父母，读者有自己对作品的见解，出版社再吹，评论家再捧，读者就是不买账，那么你的书就要在柜台里落满灰尘。（见刘宝森《风雨辉煌五十年——刘知侠和〈铁道游击队〉》，http：//www.sd.xinhuanet.com/sdsq/2004—09/20/content_2903341.htm）。

一 《铁道游击队》的各种版本与改编样式

刘知侠 20 岁就进入延安，在抗日军政大学接受军事训练并加入共产党，深受延安左翼文学的熏陶。后受党的委派，多次到铁道游击队战斗的微山湖实地采访，作了大量的战斗记录，自己也常随游击队参加战斗。这种经验给他的创作带来了丰富的资源和"史家意识"，使他在革命、历史、审美中寻找文学的共通点，进而在史料的基础上开始整理游击队的故事。其雏形稿于 1946 年在山东解放区发表，惊险刺激、豪爽侠义的革命传奇吸引了无数读者。但由于个别游击队员抗日后产生了变化，刘知侠停止发表类似于革命回忆录的雏形稿，开始进行文学加工。终于，40 余万字的《铁道游击队》于 1953 年 5 月在上海脱稿，刘知侠选送了第 9 章《票车上的战斗》给《解放军文艺》编辑部，该刊进行了文学润色后在 1953 年第 7 期发表。完整初版本《铁道游击队》则于 1954 年 1 月由上海新文艺出版社出版，立刻在读者中引起强烈的反响，新书上柜不久便告罄，当年即再版，从而成为一本非常流行的畅销书。《人民日报》刊发了多篇评论和读者来信，既有赞扬，也有批评。其中小说出现了口语化色彩浓厚、语言不精炼、人物形象简单等缺点，这不仅源于作者文学素养的单薄，更来源于作者的一种"口述历史"传统的简单植入。在出版之前作者经常给战友讲述铁道游击队的英雄故事："我就用嘴来讲，像一般故事的传播者一样，当战斗或工作之余，我就把他们的战斗故事，讲给战友和同志们听，大家都很爱听，并深受感动。每当休息下来的时候，同志们都围上来，要我讲，有时我也主动的讲。由于我对铁道游击队故事中人物的喜爱和热心传播，有的同志见到我竟喊我为"铁道游击队"了。当时所讲的故事，也许就成为我今天小说的胚胎了吧！……本来按我个人的经历，写这样长的文学作品，是力不胜任的。所以有勇气写下去，主要是铁道游击队的可歌可泣的英雄斗争事迹鼓舞了我。我敬爱他们，熟悉他们，我有着要表现他们的热烈愿望。加上他们给予我的光荣的委托，我觉得不完成这一任务，就对不起他们和他们在艰苦卓绝的对敌斗争中牺牲了的战友。"① 随后作者反复进行艺术加工和修改，以求更加完善，其主要版本源流沿革如下：

《票车上的战斗》（《铁道游击队》选载），《解放军文艺》1953 年 7 月号（7 月 12 日出版）发表，《铁道游击队》的第 9 章，第 54—62 页。

《铁道游击队》（竖排本），新文艺出版社 1954 年 1 月上海第 1 版，45.06 万字，印数 2.5 万册，定价 22600 元（旧人民币，1 万元相当于后来的 1 元——笔者注），640 页，罗工柳设计封面。

《铁道游击队》（竖排本），新文艺出版社 1955 年 8 月第 1 版第 1 印，40.8 万字，印数 50020 册，定价 1.16 元，352 页，同一版本的横排普及本同年 11 月 2 印 2.5 万册。

《铁道游击队》，人民文学出版社 1959 年 5 月，印数 2 万册，定价 2.2 元，566 页，新 1 版，精装本。

《铁道游击队》，作家出版社上海编辑所 1965 年 4 月新 1 版第 1 印，40.2 万字，印数 9.8 万册，定价 1.6 元，571 页，原新文艺版、上海文艺版印 80.731 万册。

《铁道游击队》，上海人民出版社 1977 年 9 月新 1 版，39.6 万字，定价 1.1 元，610 页，上海文艺出版社 1978 年 3 月新 1 版。都有毛主席语录。

《铁道游击队》，解放军文艺出版社 2007 年 7 月第 1 版 42 万字，印数 0.5 万册，定价 27 元，526 页，红色战争经典长篇小说丛书。

---

① 刘知侠：《〈铁道游击队〉后记》，上海文艺出版社 1955 年版，第 350 页。

同时，自小说诞生开始，《铁道游击队》就被各种艺术样式进行改编，其艺术改编与传播则主要依靠于评书、话剧、戏曲、电影、电视剧和连环画等媒介。由于这些艺术样式主要是通过演、唱等形式进行传播，所以，他们首先需要对小说文本进行剧本（或脚本）改编，然后在改编的基础上进行导演和编导等。因此，艺术样式改编如下：

连环画《铁道游击队》（10 册），董子畏改编，韩和平、丁斌曾画，上海人民美术出版社 1956 年 6 月至 1961 年，1978 年开始重印，印刷量异常大。

电影《铁道游击队》（电影连环画），赵明导演，刘知侠编剧，上海电影制片厂 1956 年摄制，曹会渠、秦怡、冯喆、冯奇、仲星火等主演，吕其明作曲《弹起我心爱的土琵琶》。

电影文学剧本《铁道游击队》，刘知侠改编，中国电影出版社，1957 年 9 月第 1 版，5.3 万字，7000 册；0.22 元，70 页。

山东快书《夜袭洋行》，陈增智改编，《解放军文艺》1957 年 5 月号发表，75—78 页。

鼓词《二次血染洋行》，张立武改编、马祥符整理，《山东文学》1958 年第 3 期发表。

京剧《铁道游击队》，江苏京剧团创作组冯玉玲编剧，江苏文艺出版社 1959 年 2 月第 1 版；0.16 元；63 页；3.4 万字；3100 册；《新剧百种》之一，"此剧经江苏省京剧团在各地演出，得到了广大观众的好评。"共 20 场。

长篇评书《铁道游击队》（上）①，傅太臣改编，济南市文化局戏

---

① 该评书共 20 回，上、下册各 10 回。由于"文革"爆发，评书艺人傅太臣没有把评书《铁道游击队》下册 10 回整理出来。"文革"结束后，其弟子张立中完成了他的这个遗愿，把《铁道游击队》改编成山东评书 114 回，并全部播完。

曲研究室整理，山东人民出版社，232 页，0.5 元。1965 年 11 月第 1
版，1.2 万册，16.3 万字。前 5 回在 1966 年 1 月曲艺丛刊《说新书》
（上海文化出版社 1966 年 1 月第 1 版第 1 印）第 3 辑发表。

电视剧《铁道游击队》，师征、刘泉编辑，高正导演，上海电影
制片厂 1985 年出品，张甲田、王国强、牛娜等主演。分导演：冯笑、
张弘。12 集。

电影《飞虎队》，王翼邢导演，峨嵋电影厂 1995 年出品，王志
文、潘长江、陈小艺、刘威、李雪健等主演。

35 集电视剧《铁道游击队》，李世明编剧、王新民总导演，内蒙
古和山东电视台 2005 年出品，赵恒煊、史兰芽、刘长纯、韩富力等主
演，纪念抗日战争胜利 60 周年。

在这种艺术改编的动态过程中，其改编的主题由英雄儿女的革命形象
刻画逐渐转向儿女情长等人性情感叙述。

二 《铁道游击队》的版本修改

自古以来，中国是礼仪之邦，忠孝节义是儒家伦理的核心，侠义传统
也成为中国传统文化中最为深远的传统之一，因此，侠义英雄成为中国古
今文学中重要的叙述对象。山东不仅是儒家文化诞生之地，其枣庄附近的
水泊梁山更是 108 位水浒英雄聚义的地方，因此，豪爽侠义成为一种精神
共同体存在于每个个体的集体无意识当中。而铁道游击队员就来自这种极
富民间侠义之地的底层乡村，丰富的乡村民间文化和底层生活困境在他们
整个一生中都刻上了深深的烙印。或许说，民间文化、儒家传统与梁山英
雄传统相互缠绕、相互扩张而形成一种独特的文化视野，在那出生与成长
的铁道游击队员自然就在这种文化中熏陶、滋养和抚育，也就形成了他们

豪放、粗犷、侠义的绿林英雄情怀。在共产党的领导下和革命战争的身体力行中，他们逐渐由绿林英雄好汉转化为革命英雄同志，抵御日寇保家卫国。作者刘知侠就在小说《铁道游击队》中向读者们叙述着革命者们豪爽侠义为民请命的英雄情结。因此，在时代审美需求、社会文化心理和读者需求的推动下，这部革命英雄传奇小说从诞生开始一直延续到当下，历经作者的版本修改和艺术家的艺术改编，这种文本发生学的变迁向我们陈述着不同时代侠义英雄与民间文化的革命转化过程。尽管文学创作者尽力去除政治话语的干扰，但对于革命话语的认同使他们的文学作品依然包围于其中，而且身份识别话语系统也走入日常生活和文本世界中。因此，《铁道游击队》和其他小说一样，在文艺大众化浪潮中逐渐去除了原有民间文化中的江湖叙事，无论版本还是艺术改编都开始进行革命意义提纯。可以说，《铁道游击队》最初版本中就有着民间文化中的侠义英雄、爱情叙事、日常生活的江湖叙事。但是，这种民间文化在版本的历次修改和各种艺术改编中逐渐变形。当然，作者刘知侠还是在夹缝中坚守着对民间文化的认同与热爱。

对于"十七年"文学而言，文艺工作者打破了传统纯文学精英化幻觉，提倡大众化文艺，使"革命经验"的表达及传播成为文艺化大众的权利与义务，进而使社会主义民族想象和革命价值认同普世化。当然，这种大众化文艺的生产成为了公共化的生产复制，缺乏文学创作的审美范式和对个体复杂经验的提炼，使作品走向同一化和脸谱化。而且，由于现实世界中的文化生态充满紧张的矛盾，批判话语的介入使一些问题"上纲上线"，纳入"阶级斗争"的意识形态范畴，文学话语也难免打上了这种政治话语过度强塑的烙印。在这种革命群众的集体狂欢中逐渐培养出革命者二元对立的线性思维和斗争方式：人们的一切言行都可最后归结到阶级斗争上去。于是，在这种文化生态和思维方式中成长的受害者同时又成为施虐者，文艺话语系统也就如陈思和所归纳的成为二元对立的话语系统，永远没有中间状态，因为调和不仅是妥协，更是一种背叛。所以，英雄性格的强化则是二元对立模式中人物塑造的方向。刘洪的坚定形象不仅是艺术家罗工柳封面绘画中的素材之一，也是作者精心打造的正面形象："老洪放下手中的铁铲，从司机房前边的小门里，攀着车身上的铁扶手，到车头的最前端的'猪拱嘴'上站着。由于车跑的特快，迎面的风在撕着他的衣服，像谁用力把他往后拉。前边的铁轨，飞快地往后抽。他一手抓着扶手，一手擎着驳壳枪。西方红紫的晚霞映着他的脸，他挺立在那里，浑身都充满力量，他好像在说：'这整个列车都是我们的，谁敢来动一下都不行！'可是他的发亮的眼睛，却在向前边望着，他看到火车已驶过弯道了，马上就到了三孔桥了，他仔细地向道旁搜索着。"[1] 刘洪伟岸的英雄神态无疑告诉了读者们铁道游击队的功绩。

但问题又出来了，《铁道游击队》在英雄叙事的同时又有着潜在的隐形写作，即革命的外壳里渗透着内在的日常生活的江湖侠义叙事，两者水乳交融。这与作者刘知侠的作家主体性有关，也与作者反复研究《水浒传》的写法有关，他是在小说中模仿了《水浒传》一百零八将聚义梁山的写法，使得侠义情怀在凸显革命情怀的崇高性时又淡化了阶级斗争的二元对立性。例如山里派来的政委李正到达义合炭厂后，队员们为庆祝而进行了聚餐，"猜拳行令声起了，他们在三三五五的吆喊着，鲁汉猜拳有不少花招，在行令前都带着一串酒歌，鲁汉赤红着脸和林忠对战，嗓音是一粗一细在叫着：'高高山上一条牛，两只角，一个头，四个蹄子分八半，尾巴长在腚后头！'紧接着酒歌的末梢，粗细的嗓子同时有力地喊出：'五敬魁首腚后头！……''八仙上寿腚后头！''八仙寿！'尖嗓子的林忠把手指

---

① 刘知侠：《铁道游击队》，新文艺出版社 1954 年版，第 182 页。

伸到鲁汉的鼻子上，'这会可拿住你了，喝一杯！''喝一杯，就喝一杯，奶奶个熊，不能装孬！'鲁汉说着就干了一杯。王强越喝脸越白，赵六越喝脸越红，两人叉着腰，把拳头伸得高高的，像斗鸡似的，在猜着拳令：'一个蛤蟆会浮水，两个眼睛一张嘴……'"① 民间文化中的大碗喝酒、大块吃肉、猜拳化令的绿林形象在《铁道游击队》中异常丰富，作者就是借助这些话语传递出他们的革命成长以及革命英雄的转化，而这种民间叙事往往又满足了人性欲望中自由无稽的自私情态。甚至冯德英《苦菜花》中的柳八爷、曲波《桥隆飙》中的桥隆飙都是此等绿林好汉，在共产党的教育下逐渐成为革命好汉。豪爽的侠义之风在每个队员的性格中充分呈现，例如林忠为朋友两肋插刀："林忠看到张站长薄薄的破旧制服，就去掏腰包，把一叠票子放在桌上。张站长抬起了头，眼里充满着感激的神情，却说：'钱上是有困难，可是这却不是主要的。我的痛苦在心里……'说到这里，张站长的眼圈红了。'怎么？有人欺侮咱弟兄们么！是谁？告诉我，咱就跟他干。我虽不在沙沟，可是这里也有些朋友能够帮忙！'林忠的语气里充满着正直和义气。"② 就是王虎和拴柱他们要与铁道游击队分裂单干，也绝不会去充当汉奸做对不起游击队的事，他们甚至还因为觉得小坡人好、讲义气和对脾胃而希望小坡加盟一块闯天下。从革命的角度来说王虎分裂是不容许的，但从个人性格角度来说王虎他们很信赖小坡，因为小坡讲义气，所以王虎他们也讲义气带小坡走。可以说，豪爽、侠义、为朋友两肋插刀是这帮"煤黑"作为人的尊严的底线，而这种性格就是中国自古以来侠客传统和民间侠义文化的自然反映。

随后在政委李正的思想教育下，他们的这种绿林侠义情怀逐渐在保家卫国中转化为革命英雄传统。例如江湖叙述在共产党的领导下逐渐转变为

① 刘知侠：《铁道游击队》，新文艺出版社 1954 年版，第 81—82 页。
② 同上书，第 466 页。

追寻"同志"的革命叙述。义合炭厂队员开会，老洪"低低的，但却很有力的说：'兄弟们，不，同志们！以后当我们在一起开会时，我们就要以'同志'相称了。''是呀！'小坡高兴地说，'半月前我就偷偷叫彭亮同志了！这是个多么亲热的称呼呀！''是的，应该称同志，这称呼够味！'"①"同志"是一种革命同盟身份和相互信任与依赖的象征，也意味着获得了革命秩序的确认，所以他们非常兴奋，因为获得了党的认同。同时，革命身份的认同还需要进行革命想象的召唤，这种召唤又是建立在贫穷落后的弱国心态上，因此，小说中有着对现代化历史图景的描绘，这是一种对革命未来前景的召唤。游击队队员帮助乡亲们耕种，彭亮犁的地非常不齐整，感到很对不住老大爷，就与老大爷有了一段关于革命胜利后的现代化历史图景描述："大爷！我犁得不好呀！我能使好机器，却使不好这张土犁。好吧，老大爷，将来打走鬼子，毛主席领导咱们建立新社会的时候，我开拖拉机来替你耕地。不用人和牲口，自己嘟嘟的在田里直跑，耕、耙、耩，都在一个机器上，一天能耕种好几顷地。收割的时候，也用机器，一边割、一边麦粒子都装在口袋里了，汽车开到地头上装麦子往家拉就……咱们共产党打仗、搞革命，就是为的那个好日子呀！"② 也就是说，这种革命图景想象是建立在国计民生这一日常生活的基础上，这种召唤对普通民众来说无疑是非常具有诱惑力的。

而且，有意思的是，游击队被赋予神话色彩。在铁道线上坚持斗争的铁道游击队令日伪军闻风丧胆，而被誉为神出鬼没的"飞虎队"，他们的杀敌事迹被人们偷偷传诵，进而渲染上一层神奇而夸张的民间色彩。作者刘知侠借受到敌伪欺骗宣传和受尽苦难的鬼子伪副站长张兰之口说出了飞虎队的神奇："伪人员一提到飞虎队，都打哆嗦呀！他们吵架赌咒都提到

---

① 刘知侠：《铁道游击队》，新文艺出版社1954年版，第165页。
② 同上书，第283页。

飞虎队，连咒骂对方也常说：叫你一出门就碰到飞虎队！……有的说刘洪两只眼睛比电灯还亮，人一看到它就打哆嗦。他一咬牙，二里路外就能听到。火车跑得再快，他咳嗽一声，就像燕子一样飞上车去。他的枪法百发百中，要打你的左眼，子弹不会落到右眼。说到李正么？听人说他是个白面书生；很有学问，能写会算，他一开会啥事都在他的手掌里了。他会使隐身法，迷住鬼子，使鬼子四下找不到他的队员。他手下还有王、彭、林、鲁四员虎将。"① 搞布以后，老百姓流传着一种神话：铁道游击队能够神机妙算，搞布那天借雾安全运布，如同诸葛亮草船借箭，甚至关老爷也下山帮铁道游击队打鬼子了，泥马都跑得出汗了。当铁道游击队假扮日军从微山湖突围后，老百姓更是流传他们有神人指点并迷住了鬼子的眼睛，受神仙保护而洪福齐天。迷信也好、神仙也好、武侠也好，作为一种传统民间文化全部附会在铁道游击队身上。

可以说，迷信是中国民间文化中最为丰富、最具有活力的部分。小说中，日寇投降后，游击队举行第一次新年聚餐，为了悼念牺牲的烈士鲁汉、林忠等，王强用黄表纸折叠成 5 个石碑形的纸牌神位，大家一一对神牌位鞠躬，他们是以古老的方式悼念烈士。在笔者看来，这种民间悼念方式才是最本真最真诚的悼念方式，体现着民间文化最游刃有余的特质。但是，这种悼念同志的方式被看作是种迷信行为，所以在 1965 年《铁道游击队》修改版和艺术改编中把这种民间文化全部删除，改为游击队与全体默哀的悼念形式。原因在于革命者是无神论者，这种迷信式的民间悼念方式是不适合共产党领导的革命的，为适应政治规范，作者不得不进行了修改。于是，这种民间文化逐渐在版本修改和艺术改编中消失并转移，文本更加"洁净"。

---

① 刘知侠：《铁道游击队》，新文艺出版社 1954 年版，第 470—471 页。

因此，从具体版本校勘而言，刘知侠不认同《解放军文艺》编辑对《铁道游击队》第 9 章《打票车》的修改，他自己的修改如 1955 年的普及本、1959 年选拔本都倾向于艺术的完善。因为随着创作经验的累积、文艺修养的提高和内心自由的丰富，刘知侠更愿意在侠义情感与民间文化的转化中把不合适的小说情节、粗糙的语言、语病等进行修改完善，就是在 1965 年的版本中也进行过语言精炼化的修改，当然更多的是语境的变化迫使他不得不转向政治规范的修改，把不符合政治形势的情节删改。这种迁移是当时很多作家的共有的心态之路，但他们不像从国统区走进新时代的现代文学作家那样。金宏宇对现代作家的小说名著校评的研究发现，这些现代文学的作家在新中国的小说修改中更注重在政治规范方面进行提纯和洁化叙事。在当下不少评论者眼中，"十七年"作家的版本修改主要是政治的修改。这种说法有片面之处，刘知侠的版本修改之路就是最好的一个明证，他一直在努力完善艺术修改，而不仅仅是服膺于政治规训的修改。这主要因为"十七年"小说作家一直是从革命战斗烽火中成长起来的作家，他们在革命的硝烟中走上了文艺创作之路，而在新中国进行长篇小说创作时其艺术素养不足，这也是产生"十七年""一本书作家"的原因之一。随着人生阅历和艺术修养的提高，他们开始逐步进行艺术性的完善。所以，"十七年"长篇战争小说作家在版本修改中更执着于艺术完善，只是在 1965—1978 年之间倾向于政治规训的修改，如 1977 年版的《铁道游击队》的版本修改在"两个凡是"的要求下更是完全服膺于政治规训的需求。当然，我们不能忽视的是，小说在出版和修改再版的过程中，许多编辑和艺术工作者都直接参与了修改。只是随着 1978 年中国共产党十一届三中全会的召开以及刘少奇同志的全面平反，《铁道游击队》重新恢复了 1959 年选拔本，成为该小说的善本。

三 《铁道游击队》的艺术改编

　　如果说版本变迁的特点则是由艺术完善转向政治规范，那么艺术样式改编的特点是由英雄儿女走向儿女情长。小说中爱情叙述也成为读者喜爱的焦点，主要是刘洪和芳林嫂、小坡与梅妮两对人物的故事。如果说小坡和梅妮是青梅竹马两小无猜而暗生情愫的话，那么刘洪和寡妇芳林嫂的爱情则突破了当时传统伦理的约束。"寡妇门前是非多"已经成为传统遗训，刘洪和芳林嫂打破这种祖训确实是要有很大的动力，除了他们是革命者之外，更重要的是爱慕英雄的文化情结的影响，所以芳林嫂才会以身相许。刘洪告诉芳林嫂要进山整训，芳林嫂留恋地希望他再养养伤，"芳林嫂美丽的大眼睛满含着依恋，微微低下了头，说了句'常来呀！'"当刘洪告诉她短时间无法见到的时候，"'啊？你们要走了么？'芳林嫂猛抬头，瞪大了眼睛，眼圈有点红，'你们再不回来了么？'"临别时，"老洪发亮的眼睛热情地望着她……芳林嫂默默地点点头，在夜影里看着他俩的背影，豆大的泪珠滚滚流了一衣襟。"[①] 从这里可以看出芳林嫂冲破封建伦理思想的勇气和爱慕刘洪的执着爱情，当然，这些爱情的表达也是朦朦胧胧的。尽管如此，刘洪和芳林嫂的爱情在小说的版本变迁和艺术改编的变迁中是改变最大的，虽然是革命同志间的爱情，但在具体时段的文艺政策的变迁中，也有不同的表现甚至删改。直到新时期，《铁道游击队》中的爱情才从朦朦胧胧中大胆地走出来。1985 年电视剧开始直面刘洪和芳林嫂、小坡和梅妮的爱情，而到了 2005 年的新版电视剧中，甚至增加了更多人物的爱情，如彭亮和蓝妮、李九和紫玉、高敬斋和红杏的爱情，甚至增加了彭亮、田六子和蓝妮之间的三角恋爱的故事。

---

　　① 刘知侠：《铁道游击队》，新文艺出版社 1954 年版，第 249—250 页。

所以，《铁道游击队》历经电影、连环画、评书、快书、鼓词、京剧、电视等艺术改编，在这种艺术改编的动态过程中，其改编的主题由英雄儿女的革命形象刻画逐渐转向儿女情长等人性情感叙述。小说作者刘知侠兼 1956 年版的电影编剧，他把小说改编成同名电影文学剧本《铁道游击队》，更突出了刘洪与芳林嫂的"革命＋恋爱"的情爱形象，建构起英雄与美女的儿女情长的关系。但是刘知侠的努力失败了，导演赵明在电影拍摄中删除了刘知侠的电影文学剧本所构建的刘洪与芳林嫂的儿女情长关系，重新恢复了英雄儿女的革命形象刻画。这种革命儿女的刻画一直弥漫在"十七年"艺术改编中。为了实现文艺化大众的目的，傅泰臣等改编的《铁道游击队》曲艺艺术重点突出了铁道游击队仗义豪放的革命英雄群像。连环画《铁道游击队》在编绘者董子畏、丁斌曾、韩和平的努力下也更多地呈现出英雄形象和党的形象，而对于小说中所透露出的芳林嫂与刘洪的爱情情感则全部删除。由江苏京剧团创作组冯玉玲编剧的 20 场京剧《铁道游击队》更突出了汉奸兼国民党特务高敬斋、蒋腊子等的反面形象和梅妮、芳林嫂等女性英雄形象。这些艺术改编都删除了小说《铁道游击队》中革命者的爱情叙述，而英雄儿女的形象刻画直到人文主义启蒙思潮日益高涨的 1980 年代才获得了改写。1985年 12 集电视剧《铁道游击队》对原著进行了人性化的修改和再创造，在亲情、爱情、友情、民族情等人性层次上进行低吟浅唱，使原有的英雄儿女主题的张扬逐渐转向儿女情长的抒写。而消费文化建构下的 1995年版电影《飞虎队》已成为一部惊险枪战片，不仅突出了仗义豪放的英雄气概、桀骜不驯的草莽群豪和日常生活的人性叙事，党的形象也逐渐淡化，革命化的意识形态逐渐转化为娱乐化的大众文化意识形态。2005年版的 35 集电视剧《铁道游击队》在忠于小说原著的基础上，结合受众的需要做了许多调整和扩张，在激烈的战争场面中揉入了武打动作以及情感戏，改编者在人性的基础上把英雄形象刻画得更为复杂。

总之，侠义情感和民间文化的革命转化成为《铁道游击队》的文本修改、版本传播和艺术改变的核心内容。半个世纪来的艺术样式改编把革命英雄儿女的形象塑造逐渐转向儿女情长的日常生活叙事，而版本变迁主要是艺术完善，只是在 1964 年至 1977 年间逐渐转向政治规训。无论它们是如何变化，作者刘知侠在文化与政治的夹缝中坚守着对民间文化的认同和热爱，其潜在写作在总体上消融了革命二元对立的强化。

[选自《井冈山大学学报》（社会科学版）2016 年第 3 期]

《铁道游击队》的"徐广田难题"

张 均

1946 年五六月间，正在撰写长篇小说《铁道队》的刘知侠忽然得知鲁南铁道大队创始人之一、省甲级战斗英雄徐广田"交枪不干革命了"，继而"投敌，成了叛徒"。[①] 这给知侠带来"很大震动"。因为小说系以真人真事为基础撰写，其"重要的英雄人物"忽然"不干革命"，无疑使后续撰写非常棘手。不过，类似难题不为少见。1942—1943 年，解放区掀起"吴满有运动"（诗歌、电影等皆参与其中），但 1948 年吴满有被俘、投敌。柳青在塑造梁生宝形象时，其原型人物王家斌也实实在在地在考虑买地"发家"。不难想象，这些现实的先进人物的"意外"变化，不但给作者带来尴尬，也暴露了社会主义文学"新人叙事学"在处理个人逻辑与历史逻辑的结构性关系时所遭遇的叙述难题。

对此难题，有的作家直接以"遗忘"方式处理之，柳青、知侠则采用剥离之法：《创业史》将王家斌"发家"之梦移植到梁三老汉身上，《铁道游击队》则将徐广田"不干革命"移植到王虎、拴柱等人身上（徐广田

---

① 知侠：《〈铁道游击队〉创作经过》，《新文学史料》1987 年第 1 期。

为主要原型的小说人物鲁汉则被写成在抗战胜利前夕牺牲）。不过，知侠到底是心意难平。在 30 多年后的《〈铁道游击队〉创作经过》一文里，他在"抢救徐广田"小标题下以 8000 余字篇幅详细记述了这位末路英雄令人唏嘘的命运。这篇充满伤感的文章后来收入新版《铁道游击队》中，与小说正文形成强烈互文。这期间存在的本事、故事的差异与张力，为我们分析"新人叙事学"提供了很好的问题入口。

一

对此叙述难题，或可以"徐广田难题"名之。徐广田长期担任鲁南铁道大队长枪中队的队长，以枪法精准驰名微山湖地区，与洪振海、王志胜等人共同创建了最初的铁道队。若非 1946 年的突然变故，徐的人生轨迹估计会与第二任大队长刘金山接近（刘率铁道队编入主力部队后先后任鲁南军区特务团副团长、三〇七团团长、一〇五师参谋长等职务）。但他坚决"不干革命"，不但中止了自己的"英雄之路"，更使社会主义"新人叙事学"突然面临失效、无力自洽的尴尬。

那么，这是一种怎样的"新人叙事学"呢？除了像"清教徒或雅各宾派一样偏爱美德"① 之外，它主要指一种阶级论的"成长叙述"。对此，李杨在借鉴巴赫金时空体理论的基础上，将之总结为"人在历史中成长"的叙述模式② 在巴赫金看来，传统小说（如希腊传奇、"流浪汉小说"等）是空间性的，属于"时间之外的故事"。这类作品多以人生漫游为题材，主人公主要凭借机智度过无尽岁月，其性格在漫游中"不发生变化"，"世界依然如故，主人公们的传记生活依然如故，他们的感情也依旧不变，人

---

① ［法］雷蒙·阿隆：《知识分子的鸦片》，吕一民、顾杭译，译林出版社 2005 年版，第 46 页。
② 李杨：《"人在历史中成长"——〈青春之歌〉与"新文学"的现代性问题》，《文学评论》2009 年第 3 期。

们在这个时间里甚至都不衰老"①，故事本身的推进则依赖于偶然和机遇。但近代"脱圣入俗"以来，人们逐渐认为世界存在某种可以辨识、掌握的历史发展规律，时间性遂成为文学新特征，不但再"没有僵死的、静止不动的、凝固的地方，没有固定不变的背景"②，而且人物"与世界一同成长，他自身反映着世界本身的历史成长"③。这种从空间向时间的现代转变，明显地体现在十八十九世纪欧洲"成长小说"的兴起之上，如《威廉·迈斯特的学习时代》（歌德）、《威佛利》（司各特）、《大卫·科波菲尔》（狄更斯）等，"（它们）叙述主人公从幼年开始经历的各种遭遇。主人公通常要经历一场精神上的危机，然后长大成人并认识到自己在人世间的位置和作用"④。晚清以后，这种"成长"主题被深处忧患之中的中国作家援引为文学核心命题，并形成了"新人叙事学"传统，其中"主人公常常以半神话的人物形象被创造出来，用以作为'新人''新话语'和'新国家'的代表；作为'新国家''新话语'奠立合法性的'人证'"⑤。这种"新人"叙述的主要着力之处在于将个体（小资知识分子、农民等）塑造为对历史发展和个人伦理具有清醒意识的历史主体，并借其象征意义承担新的国家认同、文化认同的生产。因此，其"主人公的发展就不可能是纯个人的、偶然的事件"，而是"一种主体从客体中生长出来的过程，主人公总是成为他或她依附的社群的象征"⑥。当然，不同时期"新人"承载的"历史"内涵不大相同。社会主义现实主义文学中的"新人"系列（如周炳、梁生宝、李双双等），无疑是在马克思主义的历史图景中"被想

① ［俄］巴赫金：《小说理论》，白春仁、晓河译，河北教育出版社 1998 年版，第 281 页。
② 同上书，第 259 页。
③ 同上书，第 232 页。
④ ［美］M. H. 艾布拉姆斯：《欧美文学术语词典》，北京大学出版社 1990 年版，第 218—219 页。
⑤ 樊国宾：《"十七年"成长小说兴起的深度溯因》，《当代作家评论》2002 年第 5 期。
⑥ 李杨：《抗争宿命之路》，时代文艺出版社 1993 年版，第 55 页。

象为道德优异者和人性典范"，并被希望"范导民族国家政治共同体中的每个成员，产生对新国家的强烈认同"①。

在知侠 1954 年最终出版《铁道游击队》时，这种马克思主义视野下的"人在历史中成长"的"新人叙事学"已然成型。按照"成规"，小说之于"甲级战斗英雄"徐广田的叙述将是可预期的：从初步觉醒，到不断克服自身缺点的渐进成长，最后成功地将"小我"汇入"大我"，成为"象征出整个国家与民族的变化"② 的历史主体。不但徐广田将经历这样的"成长之路"，而且洪振海、刘金山、王志胜、曹得清、刘德香、曹德全、李远生等众多铁道队员都将被如此叙述。然而，徐广田忽然变节了！这一猝不及防的变故足以撕裂"人在历史中成长"的"光滑"表象：一个已随抗日胜利而完成了"成长"的英雄怎么忽然间又"逆转"成了敌人呢？这意味着，以"成长叙述"讲述徐广田大有困难。这种困难指的不是"成长叙述"经常要面对偶然和意外，而是所谓"琐细的、重复的和非本质的东西"③ 可能正指向一种与"成长"完全不同、不可以被替换或"覆盖"的人生逻辑。知侠对此并非全无所知。在初次听说徐广田"妥协"的消息后，他就迅速了解情况并与徐本人彻夜长谈。从知侠的了解看，徐广田"不干革命"的前因后果毋宁比较复杂。一是他与刘金山的矛盾。抗战胜利后，枣庄成立铁路管理局，刘金山、王志胜都升任局级领导，徐广田仍是原职，"（徐）以为这是过去他不大服气刘金山的领导，刘要报复他"④。二是他的家庭生计出了问题：

> （徐）家没有土地，靠铁路维持生活。他和弟兄们参加铁道游击

---

① 樊国宾：《"十七年"成长小说兴起的深度溯因》，《当代作家评论》2002 年第 5 期。
② 李杨：《抗争宿命之路》，时代文艺出版社 1993 年版，第 56 页。
③ 知侠：《〈铁道游击队〉创作经过》，《新文学史料》1987 年第 1 期。
④ 同上。

队，虽然是供给制，可是由于他们经常搞敌人火车，大部分物资交公，但也留有一小部分救济队员的家属。现在抗战胜利了，为了阻止蒋介石部队北上，把铁路都拆除，他们家属就没有了生活来源。听说枣庄成立铁路局了，徐广田的父亲和爱人感到生活有盼头了，就去找徐广田。他们看见他并不在铁路上工作，仍然当中队长，就大失所望。徐广田的父亲拉着儿子的手说："人家都是抗战八年，你也是抗战八年，现在人家都当大官了，有的当了局长，有的当段长、站长，你怎么还是个中队长呀！"①

两重原因，使徐广田最终脱离铁道大队，且"为了泄愤，（他）有时怀里揣着手枪，到铁路局去找刘金山，刘不见他，他就在铁路局门前叫骂不已"②。在这一系列行为背后，不难看出"徐广田们"（队友、家人乃至群众）事关革命的人生逻辑。这包括两个层次。（1）革命动机。"新人叙事学"以为，底层民众之成为革命者自然是因为朴素的阶级/民族觉悟和党的启发，但斯科特对此不大认同。他认为："穷人为获得工作、土地和收入而奋斗。"③ 在微观社会学伦理中，行为主义也以"社会交换"来理解个体行为："一切社会行为都能依照'报酬'这一标准解释，这种报酬可以是物品，也可以是服务。"④ 应该说，以获取报酬为动机，即使在革命中也是合乎情理的。铁道队成员本来多有生计无着的"游民"，"游民一无所有，但他有比宗法人大得多的主动进击精神，敢于挑战社会，敢于去索取属于自己的财富"⑤。或因此故，当时微山湖区各路武装林立，"不到百里

---

① 知侠：《〈铁道游击队〉创作经过》，《新文学史料》1987 年第 1 期。

② 同上。

③ ［美］詹姆斯·C. 斯科特：《弱者的武器》，郑广怀、何江穗、张敏译，译林出版社 2007年版，第 424 页。

④ 许苏明：《论社会交换行为的类型及其制约因素》，《南京大学学报》2000 年第 3 期。

⑤ 王学泰、赵诚：《游民文化对中国社会的影响》，《社会科学论坛》2007 年第 1 期。

之地，一时间竟拉起了数十支队伍，较成气候的就有田陈的丁三黑、岗头的申宪武、杜庄的杜光典、费庄的费光千"①。铁道队不过是其中一支与八路军有所渊源的武装（后正式接受党的领导）。（2）活动逻辑。行为主义还以为，"应当视社会互动为一种相互报酬活动的交换，在此交换中，一种有价值的东西（无论是物品还是服务）能获取的收益视它能带来多少优惠回报而定"②。铁道队中可能存在这样的情形：有些人参加革命，的确是着眼于眼前或未来的利益回报，近如分得部分物资，远如"当段长、站长"等。强调以上两层交换逻辑的存在，并非要否定马列主义在革命中的作用，而是说对于部分普通革命者而言，他们支持革命，未必是保尔·柯察金式的把"整个生命和全部精力"献给"世界上最壮丽的事业"（此类"革命圣徒"在现实中亦有相当数量），而更可能是将革命看作改变自身处境、命运的一种现实可取的双赢选择。

"徐广田难题"就发生在这里——徐广田革命也好，"不干革命"也好，可能都处于想实现双赢的逻辑，但《铁道游击队》必须把"徐广田们"讲述成典范的"在历史中成长"的"新人"。交换逻辑在徐广田身上比较明显。他的家人认为他参加铁道队却未能"当大官"很不值得，而他自己所以不听从朋友（知侠）和组织（郑惕）的双重劝阻而终与革命分道扬镳，根源也在于他与革命之间"双赢型"关系出现障碍：近期看，徐家不能像过去那样继续"靠铁路维持生活"了；远期看，则是他自感由于刘金山"排挤"自己在铁道队前途黯淡。因此，他"不干革命"其实也是无奈之下重新调整之举。证据是，在坚决拒绝与劝他归队的铁道队原政委郑惕相见后，徐广田很快出任国民党军特务连连长，成为自己昔日队友的敌人。显然，这其中是有着纠结与煎熬的，存在着丰富的个人主体的"内面

---

① 王兆虎：《铁道游击队真实档案》，山东友谊出版社 2005 年版，第 168 页。
② 许苏明：《论社会交换行为的类型及其制约因素》，《南京大学学报》2000 年第 3 期。

世界"，但"新人叙事学"不能接受此种"内面世界"的存在。它总希望
被叙述的个体"新国家""新话语"的承载物，希望他们通过内化"新话
语"（马列主义）并以之为逻辑完成自身主体性。而对实质上的交换行为，
"新人叙事学"倾向于将之处理为"非本质的东西"，甚至将它们"遮盖"
起来，进而置换为一个以马列主义为内在"骨架"的光滑而平顺的"成
长"故事。然而，徐广田变节事件最终还是暴露于众，使从"交换"到
"成长"的叙事"交易"面临困难。对此，知侠后来采取了回避处理：不
太依靠唯一原型来塑造英雄人物，而是"把一些主要英雄人物加以合并，
在性格上进行大胆的塑造"①。如刘洪原型取自洪振海、刘金山，李正原型
取自铁道队前后五任政委（杜季伟、孟昭煜、张鸿仪、文立正、郑惕），
同时把徐广田事迹分解，分别"糅合在林忠、鲁汉、彭亮、小坡四个人物
里面"②。但如此"混搭"不但未能消除"徐广田难题"，反而使之无处
不在。

二

那么，又该如何将"徐广田们"的"交换故事"讲述成马列主义的
"成长故事"呢？这种从交换到"成长"的叙事"交易"是处理"徐广田
难题"的主要技术之所在。这意味着，"不存在原原本本的客观事实""不
同的观察点和参考框架""决定着一个事实或现象将以何种方式和面目呈
现给我们"③的叙述性问题，必在小说从本事到故事的演变中呈现出来。
这体现在三个主要方面。

---

① 知侠：《〈铁道游击队〉创作经过》，《新文学史料》1987 年第 1 期。
② 同上。
③ ［美］华莱士·马丁：《当代叙事学》，任晓明译，北京大学出版社 1990 年版，第 323—
324 页。

第一，将经济交换改写为思想"成长"。按照社会交换逻辑，个体的社会行为多会考虑利益回报，一般铁道队员希望在革命中"有利可图"无疑合理甚至必然。这种交换性甚至表现在创队之初。知侠撰于1944年、仅在《山东文化》上发表两节即被当时铁道队领导（刘金山、张鸿仪）致函示以不满的纪事文学《铁道队》，这样写道洪振海与徐广田最初拉队伍时为什么选择八路军"名义"：

> 徐广田说："那我们成立个什么名义的队伍呀，要去哪里领委呢？"洪振海道："就算个独立抗日铁道队吧，咱自己当家，免得受气。"徐广田说："这可了不得，没有个名义，那么鬼子、汉奸、中央军都来打我们，说我们是土匪，没人接济，老百姓也不认账，是站不住脚的。"

这段文字源于1943年知侠在省战斗英雄模范大会上对徐广田的采访实录。从中可见"徐广田们"对铁道队与党的关系的理解：他们并未深究八路军的马列主义信仰，而更看重它在筹集粮草方面的"师出有名"。这是明显的交换逻辑。这种经济交换特征在铁道队日常活动中更见明显。王志胜回忆："我们把搞来的钱50%分给队员作生活费用，10%作公费，剩下的上缴或者购买武器弹药。"① 由于铁道队"搞来的钱"颇可观，引人羡涎，以致临城一度出现数支亦自称"铁道队"的"飞车"团伙。而在鲁南铁道队内，对截获物资的分配始终是大事，早期甚至出现"谁的拳头硬谁就是'老大'，谁'偷'得多谁就享受得多，经常发生因分配不公打得头破血流的事情。"② 但在小说中，此种经济交换被边缘化为老洪不屑多谈的

---

① 王志胜：《忆鲁南铁道队的战斗历程》，《铁道游击队传奇》，中国文史出版社2005年版，第29页。

② 高扩：《"抓煤老道"变身抗日英豪》，《齐鲁晚报》2014年9月9日。

"琐事"。与此相反,"成长"逻辑则被埋没到"真人真事"之中。小说由此彻底推翻 1944 年版《铁道队》的写法,一开始就叙写党的交通员老周来落实老洪、王强执行党的发展武装的任务的情况,接着写"管账先生"李正的到来及李正如何启发、教育"他的部下"。小说中,无论是在炭厂火炉旁,还是在斗殴的街头,李正都在忙于上"政治课",忙于告诉"徐广田们":"枣庄是我们工人创造出来的!"尤其整训期间,"徐广田们"发生了质变:"(彭亮)明白了过去为什么受苦,应该起来斗争。他不但了解到参加革命斗争的意义,而且明白了抗战胜利以后,将来要建立起什么样的幸福社会","在党的领导下,他才感到自己不可战胜的力量"。于是,"徐广田们"在内化马列主义的过程中完成"旧我"向"新我"的蜕变,并在一种宏大的历史想象中成为与林道静、梁生宝一样的"全新的人"。但从史料看,这种叙述实在是"虚构的权力"的体现。的确,现实中杜季伟等确实有"上政治课"之举,进山整训、小屯整训也真实发生过,但对"徐广田"效果又如何呢?杜季伟回忆:"我们在小屯举办了一期为时 7 天的训练班","但由于他们散漫惯了,受训如入笼之鸟,加之我过急的要求和教条主义,不适合他们的口味","训练班只办了 5 天就结束了,收获不大"①,"他们受训时还带着酒瓶子,在农村弄不到吃的就对村长发脾气,纪律很成问题"②。这种"散漫",既因纪律,也可能由于对所谓"在历史中成长"缺乏真正的兴趣。

第二,以思想"成长"遮蔽人事竞争。从史料看,徐广田"不干革命"与其说因于家庭生计,不如说因于铁道队内人事接续问题。这指众望所归的大队长洪振海牺牲以后由谁继任之事。可能在徐看来,自己无疑是

---

① 杜季伟:《到铁道游击队去》,枣庄市委党史研究室编《苏鲁支队》,山东大学出版社 1997 年版,第 304 页。

② 杜季伟:《回忆在铁道游击队的政治工作》,济南铁路总工会工运史编写组《济南铁路工运史资料选编》(内部资料)第 2 辑,1985 年,第 109 页。

最佳继承人，一则自己和洪振海并为铁道队创建人，二则自己枪法好，勇敢与功劳皆无人可比。兼之徐家四兄弟皆在铁道队内（人称"徐半班"），所以，洪牺牲后徐广田多少已自视为铁道队"老大"。事实上，1944 年新华社在报道徐广田时，所用新闻标题即为《徐广田的"铁道队"》，这当然来自徐接受采访时的自我叙述。可以说，在继任问题上，徐广田与真正的继任者刘金山是存在竞争的。然而，这场"徐、刘之争"并未以徐广田落选而告终。从新华社报道看，即使在刘金山继任（1942 年 5 月）两年后，徐广田仍然以"老大自居"。对此，他也向知侠坦承自己"不大服气刘金山的领导"，而且，"在谈话中，徐的父亲和爱人也常插话进来"，"说徐广田在铁道游击队哪一点不如刘金山和王志胜？"① 对政委郑惕就表达得更明确了："他跟刘金山有意见，背地里说了许多刘金山的坏话。埋怨说，自己不如刘金山进步快，原因不在自己。刘金山什么也不是，却一直升官。言下之意自己是英雄模范，却什么也没有沾着，没有晋级，没有升官。"② 对此，知侠有所调查："徐广田抗日打鬼子是勇敢的，能完成艰巨的战斗任务。但是平时吊儿郎当、政治上表现差，在同志之间，好感情用事，不从政治上出发，常计较个人的得失。如果单从作战方面讲，老洪牺牲后，他是可以提为大队长的，可是他政治上比较落后，所以组织上就提拔刘金山当大队长了。"③ 这一事件影响了桀骜不驯的徐广田的一生。在徐广田自己的认知里，他毋宁是踏上了"不服气"刘金山继而被"打击报复""不提拔"④ 并终将一事无成的黯淡路途。不论这种认知是否符合事实，但未能从革命中获得"应该"的回报，无疑是徐广田内心长久的痛楚。遗憾的是，与现实中鲁南军区认真重视这种回报、积极"补救"准备给徐广田安

① 知侠：《〈铁道游击队〉创作经过》，《新文学史料》1987 年第 1 期。

② 《〈铁道游击队Ⅱ——战后篇〉独家解密（六）》，http：//www.sanww.com/。

③ 知侠：《〈铁道游击队〉创作经过》，《新文学史料》1987 年第 1 期。

④ 同上。

排新职务不同，《铁道游击队》对此交换逻辑视若无睹。小说中"分享"了徐广田事迹的林忠、鲁汉、彭亮、小坡四位"飞虎英雄"，不但从未起过"晋级""升官"之念，而且彼此之间也只是同生共死的"兄弟"。人事接续问题在小说中也完全不见"痕迹"。相反，可见的是他们怎样"受了真理的教养，眼睛亮了"的逐步"成长"过程。在此，人事接续的事实就被"覆盖"了、"消灭"了。

第三，对"爱情的力量"的"成长"改写。"在所有的自然的力量中，爱情的力量最不受约束和阻拦，因为它只会自行毁灭，决不会被别人的意见所扭转打消的"①，不难想象，爱情和权力、金钱一样，在铁道队员生活中也占有重要位置。徐广田本人虽"没有土地"，但也"有了爱人及一个怀抱的孩子"，大队长洪振海则和寡妇时大嫂（芳林嫂主要原型）"有了感情"。② 对此，《铁道游击队》并未回避，并将后一本事演绎成了主要故事情节，但这种演绎是以进入"成长叙述""进入国家、民族和人类的大意义圈才获得价值的"，③ 如芳林嫂第一次见到老洪时"眼睛里充满着羡慕、敬佩"，是因为老洪"领头""打票车、杀洋行"，而两人感情不断升温则更是由危险而紧张的抗日行动推动完成。这种民族国家话语有关欲望的叙述当然有所本事基础，但一定程度也是为了回应"假定的概念模式"（如"马列主义的成长"）、"把一些事实'移置'到边缘或背景之中，而把另一些移向中心"④ 的结果。譬如，如果说洪振海与时大嫂在抗日中的"成长"带有民族国家的象征内涵，那么他与李桂贞的关系是否亦属于"民族国家主体"形成的一部分呢？关于李桂贞其人，知侠不但在小说中

---

① ［意］薄伽丘：《十日谈》，王科一、方平译，上海文艺出版社1959年版，第409—410页。
② 知侠：《〈铁道游击队〉创作经过》，《新文学史料》1987年第1期。
③ 刘禾：《语际书写——现代思想史写作批判纲要》，上海三联书店1999年版，第205页。
④ ［美］海登·怀特：《后现代历史叙事学》，陈永国、张万娟译，中国社会科学出版社2003年版，第116页。

而且在回忆中都只字未提。但据李桂贞本人回忆："1940 年 1 月，我 17 岁时与陈庄'义合炭场'老板洪振海按照当地风俗定了婚约"，且据铁道队员的玩笑可知李桂贞是"咱这一带百里挑一的美人"。① 对此，知侠多少有些拙于应对，故将之"移置"到背景之中。同样被"移置"的还有政委杜季伟的被认为有妨于革命的男女交往：

> 他在铁路边找了个姑娘作爱人，而这个姑娘的哥哥由于附敌被铁道游击队打死，为了怕她报复，所以刘金山和王志胜坚决不同意杜和姑娘的爱情关系。杜调到山区进党校学习时，他悄悄地把这姑娘带走；刘、王甚至想派短枪队员在半道上把她截回来。②

此事直接导致杜季伟"和刘金山、王志胜两个大队干部关系搞得很僵，使他不得不调离工作"③。而且，令作家尴尬的是，杜季伟与洪振海一样，也是在已有妻室的情形下与婚外女性发展性关系的（据李桂贞回忆，杜季伟此前娶妻赵杰且"充当了我的伴娘"④）。这样说，并非要否定这些抗日前辈在铁血岁月里的"成长"，而是说在他们的青春生命中的确存在"决不会被别人的意见所扭转打消"的"爱情的力量"。这种力量可能和民族国家并无太大关系，而只体现为李桂贞说的"我们夫妻俩单独在一起时""从他的眼睛里射出来的光芒"。⑤

无论是"爱情的力量"，还是权力、经济酬报的考量，对于将自己置身于高度危险的革命事业中的"徐广田们"而言，毋宁是合情合理的。恰如论者所言："尽管明显存在的真实的历史趋势和力线，将人们推向特定

---

① 李桂贞：《情系英魂——深切怀念洪振海烈士》，《铁道游击队传奇》，第 111 页。
② 知侠：《〈铁道游击队〉创作经过》，《新文学史料》1987 年第 1 期。
③ 同上。
④ 李桂贞：《情系英魂——深切怀念洪振海烈士》，《铁道游击队传奇》，第 121 页。
⑤ 同上书，第 113 页。

的关系之中，然而人们总是主动地对他们的状况做出反应，接受给予他们的事物，进行一番修改之后以适应自身的需要，并努力改善他们的生活，努力生存和获取成功"①，这可说是普通革命生涯中交换逻辑的最佳总结。40 多年后，《新兵连》《预谋杀人》《故乡天下黄花》等小说即以对革命之下"人与人之间关系的繁杂交错，人之本性的隐秘幽深"②的丰富揭示而独具魅力。然而遗憾的是，社会主义现实主义不允许"暴露"这种双赢逻辑。它们要么被民族国家视野下的"成长叙述"彻底"遗忘"，要么被"打碎"为零散事实并被重组到"成长"之中。这必然导致历史逻辑淹没个人逻辑。这种处理方式在当年或被认可，但随着"短 20 世纪"的结束，读者不再接受缺乏权力、经济和爱情等考量而仅为"利他"而生的英雄。

三

显然，桀骜不驯的徐广田并不希望成为"成长英雄"。他最终没有听从知侠的劝告，还是弃铁道队而去。这是他一生败落的开始。徐在国民党部队里，"名义上干了两个月连长。一是敌人并不信任他，再是他毕竟受到党的多年的教育，不愿干违反党和人民的利益的事情，后来就坚决退下来，在沙沟的敌占区以杀牛卖牛肉为生"，鲁南解放后，"因徐曾投敌叛变，为公安部队逮捕"，两年刑满出来，"没有职业，在粮食市上为人家量斗，挣碗饭吃"，后经王志胜介绍"在井下当了煤矿工人，干了不久，因为喝醉酒和人打架又被开除"，三年困难时期"贫病交加死去了"③。无疑，徐广田的末路与潦倒深深地触动了知侠。时隔 40 多年，他仍然清晰地记得

① ［美］劳伦斯·格罗斯伯格：《MTV：追逐（后现代）明星》，《文化研究读本》，中国社会科学出版社 2000 年版，第 417 页。

② 方方：《这只是我的个人表达》，《扬子江评论》2014 年第 3 期。

③ 知侠：《〈铁道游击队〉创作经过》，《新文学史料》1987 年第 1 期。

最初见到徐广田的样子：

> 我和徐广田渐渐熟了。他有着热情豪爽的性格，为朋友可以两肋插刀。他二十三四岁，中等身材，穿着便衣，脸孔微黄，说话时面带微笑，慢声慢语，眼睛也常眯缝着，看上去像个腼腆的姑娘，可是一旦眼睛瞪起来，却充满了杀机。他是铁道游击队中出名的杀敌英雄。①

对于这位青春时代的故人、微山湖畔的不驯青年，知侠不仅有着私人的忆念，更有着人的意义上的悲情。后者多少令人忧伤，也引发进一步的疑问：何以在社会主义现实主义中，包含权力、经济或爱情在内的个人逻辑就不能独立地支撑叙事而必须以"历史"代之呢？其实，黑格尔明确以为，权力、金钱抑或性与爱，都是人类生活中的热情，"热情这个名词，意思是指从私人的利益、特殊的目的，或者简直可以说是利己的企图而产生的人类活动"，"人类为了这类目的，居然肯牺牲其他本身也可以成为目的的东西，或者简直可以说其他一切的东西"②。显然，假如是黑格尔来讲述铁道队故事的话，那么徐广田对权力的渴望，洪振海、杜季伟蕴藏于心的"爱情的力量"，无疑都会成为小说的叙述逻辑并进而呈现出"民族国家与人物之间的彼此响应、彼此温暖"乃至"彼此拖累"。个人与历史之间的心灵"搏斗"，大可使英雄更具人间温暖、结实的气息。但遗憾的是，"新人叙事学"不允许甚至无从想象这样的讲述方式。那么，原因又何在呢？对此，可以"政策限制"一言以蔽之，但更可以从理论和文化的渊源作更深层次的思考。

由理论渊源论之，知侠、柳青等新中国作家屡用历史逻辑"淹没"个人逻辑的"新人"叙述方法可追溯到社会主义现实主义之所源出的马克思

---

① 知侠：《〈铁道游击队〉创作经过》，《新文学史料》1987 年第 1 期。
② ［德］黑格尔：《历史哲学》，王造时译，上海书店出版社 2001 年版，第 23 页。

主义。然而细究马、恩之于个人与历史关系的论述，却难以发现"人在历史中成长"式的理解。一般而言，马、恩认为历史是存在规律的且"群众是历史的真正创造者"，但他们并不认为群众可以清晰认识到"浩浩荡荡"的历史潮流并以推动历史进步为己任而成其为"时代英雄"。事实上，马、恩以为，这些历史创造者并不知道自己在创造历史。和黑格尔一样，马、恩认为那些创造者也不过是按照他们自身利益和兴趣盲动而已，甚至人类"自从阶级对立产生以来，正是人的恶劣的情欲——贪欲和权势成了历史发展的杠杆"。① 当然，并非某人"恶劣的情欲"推动了历史，而是不同个体价值选择和行动结果的"平均值"造就了历史，"（历史）最终的结果总是从许多单个意志的相互冲突中产生出来的"，"有无数互相交错的力量，有无数个力的平行四边形，而由此就产生出一个总的结果，即历史事变"，其中每个人"虽然都达不到自己的愿望，而是融合为一个总的平均数，一个总的合力"，这种"总的合力"则使"历史总是像一种自然过程一样地进行"并"服从于同一运动规律的"②。不难看出，历史既显现为"平均数"，那么其中的个体就不可能准确把握历史规律，更不可能据之清晰预见未来而妥善选择当下人生。因此，他们只能为着自己各自特殊的"情欲"而盲动着。此种个人只能在历史中盲动的思想，在 20 世纪 20 年代被中国的早期马克思主义者沈雁冰"转译"为个人不过是"历史锻成的铁链上的一个盲目的铁圈子"③ 的说法。这种说法，毋宁会让知侠、柳青等新中国作家大吃一惊："铁道飞虎"、朱老忠、林道静、梁生宝等，不就是因为克服了"盲动"才成为"时代英雄"的吗？现实中"不干革命"的徐广田不就是因为不能摆脱"盲动"而被归入"不可叙述"的范围吗？

---

① 《马克思恩格斯选集》第 4 卷，人民出版社 1972 年版，第 233 页。
② 同上书，第 478 页。
③ 茅盾：《论无产阶级艺术》，《茅盾全集》第 5 卷，人民文学出版社 1984 年版，第 98 页。

尽管如此，我们还是得承认，个人与历史之间这种博弈关系，才是马、恩有关"历史主体"的"原版"理解。实则从康德"自然意图"到黑格尔"理性的狡计"，皆持此观点。康德认为，个体总在"追求着自己的意图"，却绝少意识到"他们都是不知不觉地就像依照一根导线那样依照他们并不知道的自然意图向前进，并且为促进这个自然意图而工作。即使人们知道了这个自然意图，也不会对它发生兴趣"①。在黑格尔的思想中这表现为"理性的狡计"：个体在历史中甚至不是主体，而只是被"神"所利用，"（神）就是绝对精神，就是自己知道自己并且自己实现自己的理念。现实的人和现实的自然界不过成为这个潜在的、非现实的人和非现实的自然界的宾词、象征"②。若按此类理解，《铁道游击队》大可写成一些"不过是追求着自己目的的人的活动而已"。遗憾的是，"人在历史中成长"的"新人"讲述不允许"徐广田们"仅为自身"情欲"而盲动着，相反，会要求他们"认识到斗争的力量和前进的方向"并使自己成为历史的自觉载体。

由此可见，社会主义"成长叙述"不能容忍独立的个人逻辑和"交换故事"的理论根源，并不能归咎于"原版"马克思主义。那么，它又系因何处呢？这要涉及列宁主义。列宁与马恩的不同，乃在于他是以"改造世界"为志向的现实的革命家。为此，列宁发展了马克思的政党理论。一般而言，马克思主张个体盲动与历史"平均数"效应，但在政党理论中他又认为极少数人（如共产党人）可以掌握历史规律并据之规划人生，"在实践方面，共产党人是各国工人政党中最坚决的、始终起推动作用的部分；在理论方面，他们胜过其余无产阶级群众的地方在于他们了解无产阶级运

---

① ［德］康德：《康德文集》第8卷，柏林科学院1968年版，第17页，译文参考李秋零《从康德的"自然意图"到黑格尔的"理性狡计"——德国古典历史哲学发展的一条重要线索》，《中国人民大学学报》1991年第5期。

② ［德］马克思：《1844年经济学哲学手稿》，人民出版社1979年版，第129页。

动的条件、进程和一般结果"①。因此，尽管历史是"无数个力的平行四边形"相互作用的结果，但少数共产党人却可能"了解"历史并"推动"历史，实现合规律性与合目的性的统一。对此，列宁予以了两重改造。(1) 将马克思时代极少数的共产党人扩展为数量较大的工人阶级先锋队。(2) 明确指认"先锋队"在现实中的历史主体地位："当这些思想得到广泛的传播并在工人中间成立坚固的组织时，俄国工人就会率领一切民主分子去推翻专制制度，并引导俄国无产阶级（和全世界无产阶级并肩地）循着公开政治斗争的大道走向胜利的共产主义革命。"② 这意味着，大数量的"先锋队"（共产党）可以掌握历史并以历史作为自我逻辑的基础。可以说，这种列宁主义改造，是"人在历史中成长"的"新人"讲述在苏联文学中出现的原因（如《钢铁是怎样炼成的》），更是它在《铁道游击队》等新中国文学中广泛流行的原因。

不过，"人在历史中成长"不是苏联作家处理个体与历史的唯一方法，"与大历史的'一个人的战争'"则是更具深度的选择。《静静的顿河》中的葛利高里可谓"俄罗斯版"的徐广田，但作家不但未因他的脱离革命而将他扔入"不可叙述之事"，相反，却以他的"良心"作为叙述逻辑，在这部"小人物被大历史碾轧的悲剧"中完成了"对自十月革命以来所营造的'大历史'观的解构"。③ 但这种"与大历史的'一个人的战争'"在新中国文学中几乎不可能存在。知侠不能容纳徐广田之于回报的追求即是明证。偶有"莽撞"者写出个人与历史相互"搏斗"的苦闷（如王林小说《腹地》），也迅即遭受批评。那么，为什么会有此差异？究其根源，则在于中俄文化传统之异。王志耕认为，俄罗斯作家接受革命的"大历史"观

① ［德］马克思、恩格斯：《共产党宣言》，人民出版社 1997 年版，第 40 页。
② 《列宁选集》第 1 卷，人民出版社 1995 年版，第 81 页。
③ 王志耕：《与大历史的"一个人的战争"：再论〈静静的顿河〉》，《外国文学评论》2012年第 4 期。

是以东正教"神人"论和圣愚伦理中的人学内容为"参考框架"的；东正教的特性是人类中心主义，在其教义中，因为上帝造人的方式和耶稣的虚己，使得每一个人都具有与生俱来的"神性"；与此同时，圣愚文化也认为，神圣者往往以卑污面貌示人，高尚者反以卑下形式存在。因此，这世界上不存在绝对的英雄和绝对的俗众，每个个体都是历史的创造者，而人在自身所实现的精神完整性便是人类存在的终极目标。① 因此，苏联作家在面对"大历史"时仍将"人的心灵的运动"作为叙述逻辑是很自然的。然而在中国，要求个人臣服于历史的逻辑却极易得到儒家文化的呼应和强化。以儒者观之，家国命运本身即由仁人志士承担，"君子喻于义，小人喻于利"，革命者言不及利益交换被认为是事之宜然。这种儒家传统与列宁主义改造几乎"一拍即合"：列宁要求共产党人应以"大历史"为自身追求，儒家则认为"去私欲"（黑格尔谓之为"热情"）、"除妄念"为心系天下者的基本素质。两相交错，双赢逻辑就完全丧失容身之地。

"徐广田难题"的解决方案由此顺理成章。像徐广田这样一个始终不愿放弃甚至不愿掩饰自己个人"情欲"的革命者，"新人叙事学"怎能容忍？至于那种"与大历史的'一个人的战争'"，就更无从谈起了。尽管知侠对这位成长于乱世杀伐年代的年轻枪手有着温暖的情感，但他还是无法在文本中为他的"人之本性的隐秘幽深"留下合适空间。"徐广田们"有关青春的"热情"都必须被遗忘。他们呈现在叙述中的青春则是被"大历史"另行书写、创造的。其间情形，恰如金理所批评的："青春固然美丽，但却不是本己的属性，而是被种种'大他者'（'你是党，你是毛主席'）所给予，所派定的。"② 就"徐广田难题"的发生和解决而言，《铁道游击

---

① 王志耕：《与大历史的"一个人的战争"：再论〈静静的顿河〉》，《外国文学评论》2012年第4期。

② 金理：《青春梦与文学记忆》，北京大学出版社2014年版，第7页。

队》和同时代的《林海雪原》《山乡巨变》《创业史》等小说一样，可谓相当地不成功。面对浩荡而混乱的历史、盲动的个人情欲及其"内面世界"，当代写作将"交换故事"转换为"成长故事"的处理办法不能不说是相当乏力。然而，我们是否可以轻易地指责刘知侠这样的作者呢？答案未必是确定的，因为今天的我们已"在历史之外"，已不大能感受到那一代人之于国家、民族的责任，以及他们有关写作价值的自我认知。

（选自《文艺争鸣》2017 年第 11 期）

别具神韵　各有千秋

——《飞虎队》与《铁道游击队》对比谈

施殿华

　　50 年代根据著名作家刘知侠同名小说改编的电影《铁道游击队》先后看过三遍，最近又看了根据同一部小说改编的影片《飞虎队》。有一篇文章评论这部影片，认为"青出于蓝而'逊'于蓝"，"重拍片并未独辟蹊径，甚至远远低于原片既有的艺术成就"，"是一部失败的重拍作品"，并认为"是一种徒劳的浪费"。对此观点，笔者实难苟同。首先，这位作者搞错了飞虎队的出处。《飞虎队》不是出自电影《铁道游击队》，它和《铁》片都是根据同一小说改编的，两部电影可以对比谈看法，但不能说"青出于蓝"；更重要的是，两部影片无论从思想内涵和认识价值上还是从艺术个性和审美特征上，都别具神韵，各有千秋。

　　根据文学名著重拍多部电影作品在中外电影史上屡见不鲜，重拍不如原片或超过原片的现象都曾出现过，不足为奇。但"重拍"无疑具有相当大的难度，特别是重拍《铁道游击队》更是难上加难。因为，同名的小说、电影、电视连续剧等40年来已经广为流传，"飞虎队"的故事情节和主要人物可谓妇孺皆知、耳熟能详，队长老洪、副队长王强、政委李正，以及彭亮、鲁汉、林忠、小坡等人物"先入为主"，早就成为定型化的人物类型。然而，《飞虎队》的编导们迎难而上，在保留原著精髓的基础上大胆进行了艺术再创作，拍摄出了一部思想性、艺术性、观赏性俱佳的电影作品。

毛泽东同志在《抗日游击战争的战略问题》中说："我们要在这样广大的被敌占领地区发动普遍的游击战争，将敌人的后方也变成他们的前线，使敌人在其整个占领地上不能停止战争。"影片《飞虎队》和《铁道游击队》应当说，都非常真实生动地表现和反映了以"铁道"为战场的游击战争。《铁道游击队》线条单一，脉络清晰，有一个有头有尾比较完整的故事，且最后在艰难条件下转移到微山湖上继续打击日寇的情节，显示了游击战争的灵活性；而《飞虎队》由一个个故事性强的"小故事"连缀成一个"大故事"，这就更好地反映了抗日游击战争的特点，即如毛泽东同志所说的"游击队的作战，要求集中可能多的兵力，采取秘密和神速的行动，出其不意地袭击敌人，很快地解决战斗"，不能认为《飞虎队》的故事"支离破碎"；另外，《飞》片还增加了李九这样一个自发的反抗者的形象，同时增添了车站职工张兰为妻雪恨的戏，以及痞子秦雄卖身投靠日寇、组织"假飞虎队"破坏抗日的情节。这就更好地反映了"全民抗战"的特点和抗日战争的艰巨性和复杂性，从而加强和深化了影片的主题旨意。

在艺术表现和处理上《飞》片和《铁》片也是别具神韵，各有千秋。首先，从人物思想性格刻画和塑造上，两部影片都是成功的。《铁》片中曹会渠扮演的刘洪，秦怡扮演的芳林嫂，邓楠扮演的鲁汉，人们至今难忘；而《飞》片荟萃了当今中国近一半优秀男演员，确实实现了"明星效应"，他们往往一颦一笑，一举手一投足，就使人物活灵活现、栩栩如生。但两片比较，陈小艺扮演的嫂子与秦怡扮演的芳林嫂就显得功力不够，相形见绌了；其次，从影片包装样式上看，《铁》片具有真实自然、质朴无华的总体艺术格调，而《飞》片用90年代讲故事的方式，拍成了一部惊险枪战片。那突然的奇袭，火爆的枪战，拼死的打斗，激烈的爆炸，无疑都大大增强了该片的观赏性，特别是鲁汉和林忠面对围上来的敌人自杀殉国，以及影片结尾彭亮在自负重伤的情况下开着满载炸药的火车与日寇"军列"相撞同归于尽的场景和画面，惨烈、悲壮，震撼人心。但是，"飞虎队"缺憾在一个"飞"字。还是导演自己说得好："我们的特技远远落后于国外。国外有一些在火车上爬上爬下的精彩戏，实际上是在棚里拍的，火车根本没动，而是铁轨在跑，既安全拍出来又好看。我们没有这样的手段，要想拍出精彩的'飞车戏'，难！"90年代的《飞虎队》尚且如此，那么50年代中期拍摄的《铁道游击队》就更不用说了。

（选自《电影评介》1996年第5期）

"弹起我心爱的土琵琶"

——《铁道游击队》的英雄气概

戴　清

飞驰的火车车轮急速向前，背景音乐激越壮烈，《铁道游击队》这部老电影以其鲜明的时代特色让人们难以忘怀。它的情节片模式至今仍有潜移默化的影响，勇猛但莽撞的大队长刘洪、沉稳老练的政委李正的"将相和"人物配置，男女主人公的爱情表现、铁道游击队英雄群像的塑造、化装突围等经典故事桥段都或隐或显地留存在当下的抗日题材影视作品中，经典电影的叙事与文化影响力由此可见一斑。

在这诸多印记与特色中，该片最令人难忘的可能还是游击队员被困微山湖时，部队休整，战士们演唱的"弹起我心爱的土琵琶"一段。夕阳西下，微山湖水波光粼粼，年轻的游击队员随性自在地边弹边唱，由个人吟唱到众人合唱，旋律由悠扬抒情到急促昂扬，将铁道游击队的勇猛顽强、乐观开朗的精神境界演绎得出神入化、淋漓尽致。此前，铁道游击队刚刚经历了一场恶战，遭日军特务队队长冈村疯狂围剿，大队长刘洪难耐激愤，打算破釜沉舟，率领游击队与日军做拼死一搏，政委李正的负伤和劝导让他猛醒、成熟，他按捺住冲动、说服了众人，退守到微山湖边的小岛上，暂时休整以寻找机会突出重围。在这种艰难危急的情况下，铁道游击队的战士们仍能坦然从容地"唱起那动人的歌谣"。舒缓深情的音乐一响起，此前紧张急迫的叙事节奏顿时松弛下来，革命者的乐观自信也被形象地表现出来。

在铁道游击队员那里，英雄气概不只是敢打敢冲、不怕牺牲，还有斗争策略，还要懂得打击敌人保存自己，能够审时度势、以退为进、灵活机动。同时，英雄气概虽然常常慷慨激昂、气冲霄汉，但这并非英雄气概的全貌，侠骨柔情是一种表现，而泰山压顶、危机四伏中仍能谈笑自若、自由歌唱可能更是其重要品格，这来自内心的坚毅和精神的强大，所谓沧海横流方显英雄本色。

链接：1939 年，大队长刘洪、政委李正带领的铁道游击队活跃于津浦铁路临枣支线上，刘洪在养伤中和芳林嫂产生了爱情。铁道游击队破坏日军的运输交通，配合主力部队，屡建奇功，受到日军小林部队及特务队长冈村的猛烈围剿，被困微山湖区。李正的负伤让刘洪猛醒、逐渐成熟，学会了保存革命实力，后化装突围，力量不断壮大，全歼了冈村的特务队。芳林嫂在执行侦察任务时被捕入狱。后抗战胜利，李正伤愈归队，和刘洪一起率队赴临城阻遏国民党军队北上，救出了芳林嫂。

（选自《光明日报》2011 年 7 月 8 日第 014 版）

从《铁道游击队》的翻拍看抗战
题材电影的现代化

谭　苗

2015 年暑期，中国电影市场在《捉妖记》《大圣归来》《煎饼侠》三部重量级票房电影的带动下创下了一个又一个的新纪录，2015 年全年中国电影总票房再创新高似乎没有悬念。但面对着超过 300 亿的电影市场，主旋律电影的份额一直是一个不能回避却又难以直面的问题。作为抗战胜利70 周年的献礼片，《百团大战》的票房和排片被一次次拿来探讨，人们质疑着如果仅仅依靠市场，以抗战电影为代表的主旋律电影究竟能有怎样的票房表现，中国电影抗战电影是否能够再现当年《铁道游击队》《地雷战》《地道战》的辉煌？

在去年徐克执导的《智取威虎山》创造了 8.83 亿元票房之后，主旋律电影的现代化翻拍似乎被打通了一条路径，现代化的拍摄手法，类型化的包装，加上明星的加盟，这种凝聚了 50 后们集体记忆的主旋律题材似乎成就了一种新的全家观影模式。《智取威虎山》的重新上映，让平日里从未踏进电影院的 50 后重启了文革时期的集体观影记忆，也让红色经典成为一种全新的电影 IP 素材被疯抢。之所以拿出《铁道游击队》的翻拍作为抗战题材现代化的探讨，是因为《铁道游击队》是我国抗战题材影片中的经典之一，影片不仅描绘了抗战期间一支活跃在铁路线上的游击队的传奇经历，还塑造出了"刘洪""李正""芳林嫂"等深入人心的荧幕形象，1956 年公映后，片中的音乐"弹起我心爱的土琵琶"传唱至今，男女老少都耳熟能详；而且《铁道游击队》的现代各个版本的翻拍已经列入了各大影视制片公司的拍摄计划：目前为止，《铁道游击队》已经传出将有三个版本的翻拍。一是制作出电影老版本的上海电影制片厂，另两个是收到原小说改编授权的电影制片公司。可以预见的未来，成龙等一众中国明星将会"爬上飞快的火车像跨上奔腾的骏马"在枣庄平原地区与小林队长斗智斗勇，协同着邦女郎一般的芳林嫂，谱写一曲现代化的抗战悲歌。

　　《铁道游击队》之所以这么倍受青睐，除了本身的 IP 吸引力之外，更多的是其故事本身带来的技术可行性。今天的电影拍摄技术相较于五六十年代抗日电影鼎盛时期已经完全不可同日而语。铁道游击队的主体故事发生在火车上，而当年对于火车的特技表现是十分有限的。相较于《智取威虎山》等其他红色经典，《铁道游击队》中仅"铁道"两字就带来了无限的技术扩充空间，成龙的动作表现，《速度与激情》的导演林诣彬的火车场景拍摄能力，使他们都成为了这一题材的热门链接。"现代化""高科技"的各种手段使得我们几乎可以相信，《铁道游击队》的现代版翻拍一定是一场好莱坞式的视听盛宴。一个在党的领导下的铁道游击队，为了转移日军扫荡对于正面战场的压力，为了抢夺日方的战略物资支援敌后抗战，上演了一出铁道上的速度与激情。也许投资方正是看上了这种故事表达的可能性，才对《铁道游击队》如此趋之若鹜。而《地雷战》《地道战》也是因为其本身属于戏剧性冲突感极佳的战争类型片，加上符合现代观众审美的商业元素和电脑特技，势必会吸引大批年轻观众的注意力，同时也能引发中年观众缅怀青春，带动票房从而同样属于即将被翻拍的热门 IP。

无论是速度与激情还是铁道奇侠，这种好莱坞化的《铁道游击队》必然可以凭借其现代化的拍摄手法吸引青年观众，其耳熟能详的故事也应该能够让50后重温历史。依靠这种现代化改编确实可以将已经陷入沉寂的抗战题材重新纳入观众视野，但这种现代翻拍真的是抗战电影以及其他所有主旋律电影的出路之所在么？

毫无疑问，主旋律电影应该提升其电影拍摄手法，因为电影本身是一门光影的艺术，如果只有主旋律的政治诉求而缺乏艺术想象，那无论有多少的红头文件，多少的爱国情操也无法换来票房的真金白银。而对于战争片来说，尤其二战电影而言，真正能够以新时代的视角进行解读，能够从世界观上给出全新的视角，配合现代化的拍摄手法，才是中国抗战类电影的求生之道。

中国抗战电影曾经不是没有过辉煌，《一江春水向东流》《八千里路云和月》以及五六十年代的《地雷战》《地道战》《平原游击队》，乃至80年代的《红高粱》，受这些电影所影响的一代观众直接造就了当代电视荧屏上的抗日神剧的火爆。抗战题材似乎就是属于50年代的，我们的父母辈在胜利70周年大阅兵的电视机前热泪盈眶，他们忍受着各种抗日神剧依然不改初衷。但正是因为观众的惯性思维，当下的抗战题材影视似乎已经跟精品力作绝缘，并索性下定决心抛弃青年观众了。

不可否认，视觉化的奇观确实能够在吸引年轻观众上扳回一城，但战争片未必能直接跟商业片画上等号。《兄弟连》《拯救大兵瑞恩》都是战争片，《辛德勒名单》《兵临城下》《珍珠港》也是战争片，这些我们耳熟能详的战争片里，有生死之情，有舍命搏杀，有令人动容的残酷，也有感人至深的爱情。但当我们提起这些电影时，并不是因为他们的场面有多么宏大，特技有多么炫目，明星阵容有多么耀眼而感动。我们从这些电影里看到战争的残酷，普通人在战争面前的无力，生命变得不值一提。这些战争的画面就像是不久前那个海滩孤独死去的叙利亚 3 岁男孩，他的红背心、小短裤，在人们的脑海挥之不去，令每一个母亲潸然泪下。

抗战胜利已经 70 年了，我们以一种什么样的姿态去回顾这场战争，这才是抗战电影当下最需要解决的。如果荧幕上日本军国主义者永远是那么愚蠢，抗日战士或者军民可以随意进行手撕，那么如何解释这场战争终归进行了 14 年之久。一味的仇恨，一味的敌视，那其实也与一味的奉承膜拜没有两样，我们永远看不清自己，也看不清历史。不以真诚的世界观看待这场战争，就不可能诞生出伟大的抗战电影。无论成龙还是其他功夫明星在火车特技上如何表现，如何以中国功夫令好莱坞叹为观止，那都只是另一种表现形式的"手撕鬼子"而已。"现代化""高科技"无法拯救我们的抗战电影。主旋律当然需要提高艺术表现手段，但仅只有艺术表现手段的主旋律电影是否是我们真正需要的，却不好轻易定论。

当然，一部严肃的抗战电影能否赢得票房的认可是另一个问题。目前看来，《铁道游击队》无论是哪个现代版本的上映，估计票房超过《1942》是没有问题的。无论是小鲜肉还是老腊肉的火车决战都足以让各路媒体的闪光灯亮瞎双眼。可是如果用好莱坞的英雄主义演绎中国的抗日战争，这种混搭其实未必见得是一条明路。《速度与激情》系列甚至是《碟中谍》《007》这种以奇侠之神勇独撑全片的系列电影，往往并没有给予真正的战争背景。好莱坞索性让炫技的影片去独立承载炫酷的功能，让真正的战争片去承担人类的终极关怀。在影像世界里，中国与好莱坞也许有着不同的价值观，但在战争这一主题上而言，人类向往和平，追求和平的诉求应该是始一而终的。

现代的电影银幕上呈现出什么样的抗日战争，90 后乃至 00 后这些诞生于新时期的青年人就会认同曾经的抗战是怎样的场景。全中国人民誓死抵抗 8 年，损失了近 5000 万人口，以几乎毁掉全境江山为代价而取得的胜利，究竟是一场什么样的胜利？虽然要电影来回答这个问题确实有些太过沉重，但至少可以肯定的回答，这绝不是一场轻而易举的胜利。这不是一场依靠裤裆藏雷取得的胜利，这不是一场依靠某位英雄创造出某种奇迹而取得的胜利。

虽然很多时候纯粹的集体主义观念使得我们的电影中缺乏英雄，好莱坞式的英雄主义确实便于影片叙事和个人表达，但战争片，尤其是抗战电影，确实不是适合个人英雄主义的题材。所有的二战题材电影都聚焦在战争的残忍，生命的脆弱，人类的希望。这场战争让我们付出了什么，得到了什么，战争残忍的真相我们迟早会要面对。《铁道游击队》的现代化翻拍恐怕永远也不会直面战争本身，因为这种现代化的题材消费本来就是出于完全的商业目的。但中国的电影产业除了商业，也还应该有些别的承担，否则我们的电影工业充其量只能是一棵金光闪闪的摇钱树而永远也无法成为文化软实力的代表。

战争将和平的信念带给人民，牺牲让英雄的微笑成为永恒。我们永远也不会忘记那场旷日持久的抗日战争，我们迟早会找到一种更加适合的光影表达方式去再现那场苦难辉煌。不是即将上映的《铁道游击队》，也不是眼前的《百团大战》。我们会有某一部抗战电影，跟所有的二战题材电影一样散发着人性的光芒。会有某一部抗战电影真正揭开那段历史的一个碎片，让世人震惊于那种血淋淋的痛苦与恐惧。就好像沙滩上死去的那，3 岁的叙利亚小男孩，真正能碰触到我们的心灵，真正让人们警觉起一切战争所带来的苦难并对于国泰民安给予最真诚的祝愿。

在胜利日停止一切娱乐活动的初衷除了高呼胜利，更重要的还有谨记失去。愿我们能够早日看到更好的抗战电影。

（选自《电影评介》2015 年第 18 期）

红色经典的与时俱进

——从《铁道游击队》到《铁道飞虎》

宋若华

　　《铁道游击队》是家喻户晓、妇孺皆知的红色经典，它是著名作家知侠于 20 世纪 50 年代初期创作的长篇小说，1954 年由上海文艺出版社出版，作品写抗战时期，鲁南枣庄煤矿和铁路工人，在党的领导下，秘密组织游击队，开展抗日游击斗争。他们在鲁南八路军司令部派来的刘洪和王强带领下，冲破日寇、伪军、顽固汉奸势力的夹击，灵活机动、神出鬼没地打击敌人：扒火车，抢机枪；打洋行，打票车；扒铁路，拆炮楼；杀冈村，消灭山口司令；捣毁敌人特务机关，一次次粉碎敌人"围剿"和"扫荡"，直到迎来抗战胜利。小说出版后，深受广大读者欢迎，多次再版，总印数超过 300 万册。1956 年上海电影制片厂将原著改编成同名电影。

　　电影《铁道游击队》由赵明导演，由新中国第一代著名演员曹会渠、秦怡、冯喆、冯奇、仲星火、陈述等主演。由于距离小说创作的时间不远，时代背景接近，影片完全忠实于原著，人物形象、故事情节也按原著设定，但比原著更具视觉效果，曹会渠饰演的大队长刘洪，英勇果敢，冯喆饰演的政委李正沉着机智，冯奇饰演的副大队长王强随和应变，秦怡饰演的芳林嫂正义善良，就连反面角色冈村，陈述也刻画得阴险狡诈。人物形象各具特色，爱憎分明，有血有肉，深入人心。影片公映后引起强烈反响，影片的传奇故事和战斗场面，表现了人民战争的强大威力，展示了爱国主义和革命英雄主义精神，在当时极大地激发了广大人民群众的爱国热情，以高涨的革命干劲儿投身到社会主义建设上来。电影插曲《弹起我心爱的土琵琶》脍炙人口，引起观众共鸣，被大街小巷传唱，流传至今。五十年代的《铁道游击队》凭借高度公信力和极大的影响力使其成为名副其实的红色经典。

改革开放之后，国门打开，一批优秀的外国影片进入中国，《虎口脱险》《佐罗》《追捕》等让人们目不暇接，百看不厌。到了20世纪90年代，美国好莱坞大片的引进令国人大开眼界，《泰坦尼克号》《珍珠港》《蜘蛛侠》《第一滴血》等高质量、大制作的影片陆续引入中国，深深地影响了中国的电影创作。随着改革开放不断深入，市场经济初步形成，电影领域的探索、改革不断前行，中国电影进入了新的历史时期。一批电影人率先向好莱坞学习，借鉴国外电影的新视觉、新特技，以领先的观念、丰富的想象和高超的技术拍摄出一批品质上乘的电影，如《新龙门客栈》《太极张三丰》《东归英雄传》《精武英雄》《红樱桃》等。当然也不乏红色经典的翻拍，推陈出新，《飞虎队》就是这个时期的代表作品。

1995年红色经典《铁道游击队》再次被峨眉电影制片厂搬上银幕，更名为《飞虎队》，该片由王冀邢导演，刘威、李雪健、李强等主演。《飞虎队》具有鲜明的时代特色：其一，虽然在故事情节、人物造型保持原著风貌，但在拍摄手法上一改四十年前的写实风格，明显借鉴国外大片的元素，集中塑造集体英雄主义的形象，飞虎队员个个武功高强，身手不凡，以一当十。影片突出枪战、拼杀效果，有大量追逐、跳跃、搏斗、枪击、爆炸场面，动作戏可圈可点，其中不乏血腥场面，给人以强烈的感官刺激和心灵震撼。其二，增加了新的人物和故事情节：孤胆英雄李九、铁杆汉奸秦雄的假"飞虎队"、新任特务队长松尾、叛徒老板及内奸黄二,较之1956年版的《铁道游击队》,故事情节更加曲折,人物关系更加复杂,增强了影片的吸引力。其三,影片改变以往英雄不死的模式,强调战争的灾难与残酷,飞虎队员的壮烈牺牲突出了英雄的视死如归和日军的残暴:李九独往独来,为报仇血洗浴室,被俘后被日军绑在柱子上,用炮弹炸飞;副队长王强因叛徒出卖,被特务队乱枪射杀;鲁汉、林忠被鬼子重兵包围,宁死不屈,饮弹自尽;车站站长张兰给飞虎队传递情报被发现,从容拔枪,被早有准备的松尾抢先枪杀;身负重伤的彭亮驾驶着满载炸药的军列冲向停靠在站台上的运兵专列,与松尾和一千多日军士兵同归于尽。其四,演员阵容豪华,云集了当时一线明星,不仅正面角色有刘威、李雪健、李强、张丰毅、陈小艺、王志文、常戎、赵小锐、袁立,就连反派角色也是当红的李幼斌、石兆琪、吕凉、潘长江出演。众多明星云集,吸引了观影粉丝,人气大增。

进入新世纪,继徐克翻拍红色经典《智取威虎山》之后,2016年耀莱影视和上海电影集团又一次将红色经典《铁道游击队》搬上银幕,改编为《铁道飞虎》。该片继续讲述铁路线上的飞虎队员与日寇反复较量、有力地打击日本侵略军的故事。叙事线条通过劫客车、救伤员、搞炸药、劫囚车等几段剧情串起来,最后在协助八路军炸毁交通要道韩庄大桥中达到高潮。影片一反经典正剧的严肃,把红色经典和功夫喜剧结合起来,让观众在轻松幽默的笑声中重温历史,感受先辈们浴血奋战的壮志情怀。

这一次改编严格来说已不能算是翻拍,影片与原著和之前两个版本的电影大不相同,从整体情绪基调、人物、故事架构到表现风格都进行了大刀阔斧的改造,只保留了原著的基本故事内核和微山湖、枣庄、津浦铁路、扒火车、飞虎队等标志性符号。飞虎队员由一群有组织有纪律由共产党领导的铁道游击队员变成了一群自发组织起来的"大不正规"的又一心想干大事打鬼子的小人物。片中充满了耍贫斗嘴、苦中作乐、恶作剧等各种搞笑幽默桥段。在演绎红色经典的框架内植入了香港功夫喜剧的程式和流行语言元素，片中出现了众多的"梗"让人们在紧张刺激的剧情中稍作停顿，忍不住发笑，更具喜感却不影响剧情的流畅。全片轻松幽默色彩浓厚，娱乐性强但并不轻浮。影片中始终洋溢着热情积极和大无畏的英雄气概，许多剧情让观众感动，特别是炸大桥这一段，惊险刺激，让人们热血沸腾，对英雄肃然起敬。作为贺岁片，该片在表现日寇血腥残暴时比较隐晦，如促使马原下定决心去帮助八路军炸大桥的是八路军小战士的牺牲，此时画面中只用了烈士鲜血滴在马原鼻子上这样一个镜头。

影片由票房巨星成龙主演，实力派导演丁晟执导。影片从成龙最擅长的动作喜剧着手，汇集众多当红新生代演员王凯、黄子韬、王大陆等，吸引了老、中、青三代观众。以轻松娱乐化的表现风格宣扬正义、向上的价值观，不仅年轻人喜欢，中老年人也易于接受，使影响了几代人的红色经典焕发了青春，同时制片方也收获了 6.99 亿元的票房。既演绎经典，又兼顾娱乐性，收获商业利益，这是新时期电影人的新追求。

经典的内核是永恒的，同时，随着时间的流淌，经典电影的再创作也要与时俱进，融入与时代价值观和审美标准一脉相承的时代气息。从《铁道游击队》到《飞虎队》，再到《铁道飞虎》，红色经典与时代同行共进，堪称典范。

（选自《中国电影报》2017 年 4 月 26 日第 007 版）

英雄形象的艺术强化与革命符号的媒介传播

——论《铁道游击队》京剧与曲艺改编

龚奎林　欧阳璐

　　新中国成立之后，由于社会稳定之需要，通过大众艺术媒介把革命信息复制和传播到普通民众的知识接受体系中，这成为文艺工作者将文艺大众化的重要任务。于是，许多精彩的革命历史小说被改编为大众艺术媒介而得以广泛传播，它们作为一种恒定的"革命历史知识"和符号资本被植入对新中国不了解的受众中，也就具有了革命熏陶、知识传播的功能。河南新乡作家刘知侠，离开故土参加革命后，在山东抗日革命根据地工作。抗日后期，受党委派，到鲁西和豫东交界的菏泽、枣庄等地采访铁道游击队，十年磨一剑，在上海新文艺出版社出版了长篇小说《铁道游击队》，广受读者好评。很快，许多艺术家对《铁道游击队》进行二度创作，把它改编为京剧、评书、鼓书、快词等样式。这些二度创作通过强化故事性和悬念性，凸显正反人物的脸谱角色的差异，塑造革命英雄的鲜活形象，深受观众的喜欢。

一　《铁道游击队》的京剧改编

　　由江苏京剧团创作组冯玉玲编剧的京剧《铁道游击队》在江苏各地公

演 20 场，受到观众好评。"此剧是根据刘知侠同志的同名长篇小说改编的。剧本透过李正、刘洪、王强、芳林嫂等人物，热情地颂扬了工人阶级的高贵品质，真实地反映了中国共产党领导人民坚决抗日的一个历史侧面。剧本对于国民党反动派如何同日寇勾结，共同反共的罪行也作了比较尖锐、深刻的揭露"①。但与小说不同的是，京剧剧本更突出地刻画了汉奸兼国民党特务高敬斋、蒋腊子的反面形象和梅妮、芳林嫂等女性英雄形象。

首先，京剧改编者增加了反面人物伪保长邱三、特务蒋腊子等，突出了他们和汉奸高敬斋的狠毒。伪保长邱三是个敲诈勒索无恶不作的汉奸，一听到义合炭厂开张，却没有孝敬他，便以"没有到保长办公室登记"为由跑来踢场，要"关门摘幌子"，就在邱三狐假虎威敲诈之时，小坡假扮鬼子狠揍邱三，邱三不敢招惹"太君"，望风而逃，最后在鬼子包围义合炭厂时被鲁汉埋的地雷炸死。而高敬斋，他在小说中有两次出场：一次是李正教育他抗日，一次是游击队枪毙这个汉奸。而在京剧中，改编者冯玉玲重点刻画了高敬斋贪得无厌、唯利是图、贪财好色这一国民党和日本鬼子双重特务的丑恶形象。高敬斋的口头禅是"只图蝇头微利，不惜卖国求荣"，他为升官发财，甘做汉奸，和日军特务翻译蒋腊子勾结，把铁道游击队的情报偷偷卖给日本鬼子换取军票，甚至霸占别人的老婆。正如他自己所说："人生在世要玲珑，八面圆滑路路通。脑袋要尖嘴要甜，要能骗能拍又能哄，见风就扯蓬，心要毒辣手段要凶……咳！偏偏八路不好弄，对着皇军来进攻。铁道游击队，神出鬼没实在凶，来去无影象阵风；打洋行，打票车，杀得皇军叫祖宗……叫祖宗！"这既可以看出大发国难财的典型的奴才嘴脸，也反映出游击队使敌人闻风丧胆的巨大影响。灭绝人

---

① 冯玉玲：《铁道游击队》，江苏文艺出版社 1959 年版，扉页。

性的高敬斋为了获得鬼子赏金，把善良老实的妹夫梁明出卖给了日本特务机关。剧本中写道：

> 蒋腊子：梁明，这个人，不是你的亲戚吗？
>
> 山口：哦，你的亲戚的！
>
> 高敬斋：太君，我的大大的效忠皇军，忠心替皇军办事，他的私通八路，坏人大大的，我要大义灭亲的！
>
> 山口：唔，忠心大大的！（向蒋）你的去把他抓来（写了一张条子交给蒋腊子）。①

从这段对话中可见高敬斋诬陷好人、六亲不认的奴才本性和汉奸嘴脸。高敬斋为了霸占梁明的房子和妻子，故意设计陷害，把用印刷着"人人要买国货"新闻的旧报纸糊墙的妹夫梁明当作八路出卖给日本鬼子，换取特务山口的金钱奖励。当自己的妻妹、梁明的妻子李玉请求高敬斋帮忙时，高敬斋便胁迫她："救你丈夫可以，不过你要听我的话。""走，咱们找个地方谈谈去"②。京剧集中塑造了为获得鬼子重用的汉奸高敬斋死心塌地做民族败类的形象。并且为了获得更多的奖赏，高敬斋还四处搜寻游击队的情报，不仅把刘洪和小坡出现的情报送给国民党，还把它卖给日本鬼子换取金钱。当游击队不敌鬼子而撤离后，高敬斋趁机杀害了受伤的彭亮，抓住了芳林嫂。与小说相比，京剧把这个汉奸的丑恶嘴脸刻画得淋漓尽致，正是这样的汉奸，使革命遭受了重大损失，最后这个唯利是图、卖国求荣的汉奸终于得到了应有的惩罚。京剧通过对反面形象的丑化叙事，强化读者对敌人的恨和对新中国的爱。

其次，突出了女性英雄形象。由于京剧表演受时间的限制，因此，女

---

① 冯玉玲：《铁道游击队》，江苏文艺出版社 1959 年版，第 6 页。
② 同上书，第 17—18 页。

性人物梅妮、芳林嫂以及芳林嫂的母亲在京剧中一出场就已经是成熟的抗日战士和抗日群众。铁道游击队二次血染洋行，梅妮用枪杀死了洋行大掌柜、大特务山口。打票车时，芳林嫂、王强、鲁汉、小坡、梅妮等都来到火车上，按照预定目标分别找鬼子，梅妮装作一个很害羞、很害怕的少女在一个喜爱"花姑娘"的鬼子旁边坐下，而芳林嫂则打扮成一个少妇走进鬼子的警卫车内，最后齐心协力把鬼子全部消灭。岗村杀害了芳林嫂的母亲，芳林嫂为报杀母之仇用军刀砍死了他。梅妮与芳林嫂的这些女英勇情节在小说中都是没有的，是京剧改编者根据时代审美需求和情节发展的逻辑进行的修改。

可以说，京剧改编删除了小说《铁道游击队》中革命者的爱情，更突出了革命者尤其是女革命者的英雄形象，使不管如何狡猾和残忍的敌人，最终都逃脱不了革命者对他们施行正义的惩罚。

二 《铁道游击队》的曲艺改编

《铁道游击队》部分故事情节分别被改编成为鼓词《二次血染洋行》（张立武改编、马祥符整理）①、山东快书《夜袭洋行》（陈增智改编）和山东评书《铁道游击队》（傅泰臣改编）三种说唱艺术。为实现文艺大众化的目的，这三种艺术改编都强化了铁道游击队的革命英雄形象，使读者在接受过程中产生灵魂的震撼。

鼓词《二次血染洋行》和山东快书《夜袭洋行》都是改编自小说《铁道游击队》第七章《血染洋行》情节。小说中，王强借故侦查，最终成功地血洗洋行并夺取了武器，但由于义合炭厂伙计小滑子在酒后和汉奸吵架，不得不撤离炭厂展开武装战争。鼓词《二次血染洋行》以此为基础

---

① 张立武、马祥符：《二次血染洋行》，《山东文学》1958 年第 3 期。

讲述了这一情节，对英雄形象的刻画更为鲜明，更为绘声绘色。负责监视的鲁汉脾气急躁，看到王强、林忠挖墙速度缓慢很着急，在心里乱骂："奶奶个熊！都是脓包，连一个熊窟窿都挖不出来，她奶奶真倒霉！"这种小说中没有的心理活动，突出了鲁汉鲁莽却不失对革命忠肝义胆的英雄性格。小说中血洗洋行的战斗是由王强、李正和刘洪共同领导，鼓词中只是王强与刘洪共同领导，但陈增智 1956 年 12 月 20 日改编的山东快书《夜袭洋行》把战斗改为由王强一个人领导，战斗由集体领导转化为个体领导，这就要求个体更具有坚毅的能力和远大谋略，因此快书塑造了王强有勇有谋的英雄性格，而且小说中血染洋行情节非常简单，仅有两三百字，但是快书近万字，对战斗布置尤其是战斗过程描述得非常详细，这与快书自身的艺术特色有关，情节必须生动而有悬念，突显革命浪漫主义英雄叙事。洋行大掌柜山口和二掌柜以及汉奸翻译在屋里饮酒作乐，只见那"正中间坐着山口大掌柜，嘿！这家伙'肉古蹲蹲'凶似狼。和尚头，牛蛋眼，一张嘴，蒜瓣子大牙自来黄。敞着胸，露着怀，护胸毛，'拧拉拧拉'半拃长。膀宽腰圆肥又大，一说话浑身肉晃当"。这种极端的丑化与漫画化满足了受众的快感，也让凶狠狡猾的特务头子形象活生生地树立在读者面前。然而让游击队没有料到的是，桌子底下还有一条凶狠的东洋狗在啃骨头，这给行动增加了非常大的难度。王强临机应变，威逼如厕的醉酒翻译把洋狗引出。但是，汉奸一进屋就乱叫，打乱了战斗计划，王强不得不吹起口哨冲进堂屋，第一刀把洋狗的狗牙撩光，第二刀把二掌柜砍翻，第三刀把翻译砍死，又一枪把大掌柜杀死。然而四个鬼子却把鲁汉围住，眼看危险将至，幸好小坡、彭亮和王强冲进来结果了鬼子性命。快书改编增加了惊险细致的悬念，不仅表现了领导人王强的机智与大胆，也凸显了敌人的凶狠与狡猾，更淋漓尽致地展示出革命战士的英勇与侠客气概。

1963 年，山东省曲协主席、著名评书艺术家傅泰臣把小说《铁道游击队》改编为山东评书。由于游击队员是山东人，故事又发生在山东，故事原著作者刘知侠也长年在山东作革命工作，再加上山东艺术家傅泰臣改编的是山东评书，傅泰臣带领张立中等弟子们"三下枣庄、三进微山湖"，同当年的铁道游击队战士同吃同住，采集了大量真实生动感人的故事。因此，该评书具有浓郁的山东地域风格，其演唱获得了全国观众的喜爱和认可，成为对读者进行生动革命教育的宣传手段。傅泰臣谈到评书《铁道游击队》的改编动机和过程时说："解放以来，在党的领导下，我们艺人不仅在生活上有了保障，在政治地位上也有了很大提高，同时，在党的教育下也使我明确了演唱曲艺不单纯是为了混碗饭吃，而是向广大人民进行宣传教育的一种有力武器。"在对社会主义文化建设的主体性认同下，傅泰臣挑选了《铁道游击队》进行改编。他说："我感觉这部书故事性很强，非常生动，教育意义也很大，但是要当做评书演唱还不行。于是我就运用评书的表现手法改编了一下。改过两三遍以后，我记得倒是很熟了，就是不敢演出，因为这是部成功的名著，要是说坏了，群众也会有意见，同时我也怕说不好冷了场子。后来听说原作者刘知侠同志到济南来了，我便乘机拜访了他一次，把我改动的地方给他谈了谈，他很满意，并给了我很大鼓励，另外还把书中主要人物刘洪、王强等人的性格特征、历史情况、思想情感、人物相互间的关系，以及地理情况详细地给我做了介绍。这次谈话，不仅在我的思想上有不少提高，对我的演出鼓舞也很大。"① 随后，山东人民出版社 1965 年 11 月出版了傅泰臣改编的评书《铁道游击队》的上半部分，但是，"文革"爆发致使傅泰臣没有把该评书下半部分整理出来，其弟子张立中完成了他的遗愿。张立中根据傅泰臣的演唱和改编脚本资料再次把《铁道游击队》改编成 114 回山东评书，于 2005 年 7 月 7 日开始播

---

① 陈增智：《夜袭洋行》，《解放军文艺》1957 年第 5 期。

出。由于无法得到傅泰臣演唱评书《铁道游击队》的音频资料，因此笔者只有根据傅泰臣改编的《铁道游击队》上集部分评书脚本和张立中的114回评书进行小说《铁道游击队》的评书改编研究，同时参考傅泰臣写的自传《我是怎样改编和演唱"铁道游击队"的》进行互文性校勘、分析。

首先，改编者从惊险悬念中提升正面人物的英雄性格。作者继承传统评书"分回头、找扣子"的表现手法在小说中制造悬念。例如评书中，刘洪、王强被委派与自己的老上级、枣庄地下党负责人赵冲医生接头，组建武装游击队，然而却发现联络点已经被鬼子破坏。在打旗工人老张的帮助下，刘洪、王强摆脱了特务，在当地打工掩护起来。又如，小坡娘到潘剥皮家做短工，但潘剥皮的老婆却故意使诈克扣工钱，把小坡娘气得病倒了，为了全家人的吃饭问题，小坡只好吃两条线，只见"'嗖'的一声，就象燕子穿云一样，跑到火车跟前，一纵身，跳上了火车"①，却被敌人发现，危险时刻，幸亏有刘洪相救。再如，鬼子欲调戏梅妮，一声集合口哨把他引走了。而另一鬼子曹长欲调戏牛林的老婆，却被牛林和兄弟牛顺给干掉了。于是，一个悬念连着一个悬念，使故事曲折惊险生动，使观众更爱听。这些悬念都是改编者傅泰臣对矛盾冲突非常尖锐的地方借鉴评书进行的改编发挥，其他如鬼子三路夹击苗庄，刘洪挂彩被送到芳林嫂家以后，原书中寥寥几笔，但傅泰臣却极尽渲染，增加一段芳林嫂到城里去给刘洪买药引起汉奸怀疑并追踪到苗庄刘洪住处的惊险环节："鬼子派特务到苗庄调查，发现了刘洪，特务要逼着刘洪走，把矛盾引向了尖端，使观众很为刘洪担心。到了最紧急最危险的时候，再让小坡等人出场把特务逮住，活埋了，观众才松了一口气。"②悬念设置突出革命者的坚韧、顽强与机灵。

---

① 傅泰臣、胡沁：《我是怎样改编和演唱"铁道游击队"的》，《山东文学》1958年第3期。
② 同上书。

其次，评书增加了许多阴险狡猾的反面人物以及狗咬狗的情节，包括地主潘剥皮、伪警察局长刘长禄和汉奸特务队队长曲德山、贾德以及手下特务赖四、潘长安等。这些汉奸借助鬼子撑腰、欺压忠良、鱼肉乡里、无恶不作，而他们狗咬狗的故事更是酣畅淋漓。如曲德山垂涎刘德禄的警察局长宝座，偷偷地四处调查他的弊端，以他包庇地主王老财私藏军火为由整了他一顿，敲诈了王老财一千大洋。又如潘长安为报曲德山夺小老婆之仇借游击队之手干掉了曲德山。傅泰臣对小说改编进行"安瓜造点"："我在演唱《铁道游击队》时，就增加了不少章节。如小说中写了刘洪、王强等人搞了机枪、粮食车以后，就开设炭场。我感觉这地方不够完满，因为一帮穷扛活的开设炭场是会惹人注目的，特别是鬼子又非常狡猾，特务、暗探又很多，这时候又刚搞了粮食车，很容易引起敌人的怀疑。我就根据情节的发展，自己创造了一段'打特务'单独的演唱了一回。"① 大特务曲大眼怀疑炭场，指示小特务潘长安跟踪调查并捉拿王强，恰巧被刘洪听到，预先使计。小特务调查回来汇报，却发现大特务跟他姘头白菊花勾搭上啦，大特务还要蛮横地霸占她，小特务非常气愤，想出了一个借刀杀人、一箭三雕的计划，于是就请王强、刘洪给他出气。刘洪答应后，小特务设法把大特务骗到荒山野岭，刘洪把大特务干掉，把小特务押往山里，还获得了两支枪。正是敌人的狗咬狗，才使游击队将其各个击破。

第三，改编中更突出了英雄的侠肝义胆和铁道游击队的智慧谋略。相比于小说而言，评书中增加了牛林、牛三、王老爹等英雄形象，为人正直、爱打抱不平的脚行牛林不忍看到汉奸赖四欺侮老大娘，就教训了赖四；当看到鬼子放狼狗无故咬人时，牛三气得眼都红了，他一纵身弯腰抄起狼狗后腿，摔死狼狗。再如林忠，伪保长刘怀根威胁和逼迫鲁大爷交纳

---

① 　傅泰臣、胡沁:《我是怎样改编和演唱"铁道游击队"的》,《山东文学》1958 年第 3 期。

要修鬼子炮楼的钱，老汉一病不起，幸好林忠把家里的东西典当请了医生为老汉治病，并救下了被鬼子欺侮的小姑娘。王强的父亲王老爹为救游击队家属，采用调虎离山之计，大义凛然与汉奸同归于尽。这些情节在小说都是没有的，牛林、牛三、林忠、王老爹的路见不平、拔刀相助、见义勇为、不畏艰险、大义凛然的英雄行为代表了中国人民英勇不屈的坚强性格和侠义情怀。

此外，评书增加了铁道游击队打击敌人的智慧谋略。血染洋行后，特务潘长安带领手下去王强家搜查，幸好刘洪略施小计转移了缴获鬼子的手枪。当刘洪从老周处回来，为了躲避敌人搜身，他再次使计，把枪藏在了一辆拉满大白菜的骡马车上，从而成功过关。刘洪两次使计顺利转移手枪，凸显了刘洪面对敌人临机应变的智慧谋略。但是敌人也使用间谍计，被宪兵队严刑拷打的鲁大爷在监狱中遇到了一个关心自己的难友顾中田，殊不知这是鬼子使诈，故意用苦肉计派特务打进游击队内部，以套取情报。顾中田和鲁大爷越狱之后果然找到了彭亮和鲁汉，一心报仇的游击队陷入敌人包围，彭亮临机应变，指挥战友爬上火车，顺利躲过敌人追捕。学习回来的刘洪、王强、李正根据彭亮提供的各种情况判断顾中田就是鬼子高级特务谷田，于是故意将计就计，让谷田向鬼子传递假情报，然后用调虎离山之计出奇兵巧打票车，从而赢得智慧较量的成功。

由上观之，傅泰臣改编的山东评书《铁道游击队》根据评书艺术的特点进行了很多情节的增加，把这些抗日英雄的仗义豪放的英雄气概淋漓尽致地表达出来，从而使评书更加精彩、丰富。

总之，戏曲、曲艺因生动传神的故事演绎和绘声绘色的艺术表演，成为新中国革命熏陶、知识传播和询唤大众的艺术媒介。艺术改编者和表演者等"职业传播者利用机械媒介广泛、迅速、连续不断地发出讯息，目的是使人数众多成分复杂的受众分享传播者要表达的含义，并试图以各种方式影响他们"①。根据小说《铁道游击队》改编的京剧、评书、鼓书、快词正是因为传播中所承载的革命信息和生动故事而受到工农兵的喜爱，因为"小说经由大众艺术媒介的改编和传播后，建构起民族共同体所需的经典化传播机制，不仅促进文艺的生产、流通和接受，进而推进核心价值的通俗转化，把相关革命历史信息和主流意识形态复制和传播到读者中，让受众迅速理解革命文本的现实意义和潜在认同，从而获得政治启蒙"②。

（选自《河南科技学院学报》2017 年第 3 期）

---

① ［美］德福勒、［英］丹尼斯：《大众传播通论》，颜建军等译，华夏出版社 1989 年版，第 12 页。

② 龚奎林：《论"十七年"小说的艺术改编与媒介传播》，《当代文坛》2016 年第 1 期。

舞剧《铁道游击队》艺术表现评析

马承魁

2011 年 5 月 19 日，中国人民解放军总政治部歌舞团 30 多年来的首部舞剧——大型红色舞剧《铁道游击队》再一次在国家大剧院登场，大获成功。作为庆祝中国共产党成立 90 周年的献礼剧目之一，经过将近三年的精心打磨，全剧的剧情结构、人物性格、舞蹈编排、音乐创作、服装和舞美设计等多个环节进行了潜心修改，不仅给首次观看此舞剧的观众带来了极大的视觉享受，而且给时隔一年再次观看的我带来了耳目一新的感受，感触颇深，从而引起了我对该剧得以成功的思考。

一 鲜明的红色主题

铁道游击队于 1940 年 1 月 25 日由八路军苏鲁支队命令成立，是抗日战争时期活跃在现山东枣庄微山湖一带为主要区域的铁路线上的抗日武装，被肖华将军誉为"怀中利剑，袖中匕首"。铁道游击队挥戈于百里铁道线上与日伪展开殊死搏斗，截军列、打洋行、扒火车、炸桥梁，令日伪闻风丧胆。1954 年的同名小说以及 1956 年同名电影的出现，使其传奇般的英勇事迹迅速被全国人民熟知，在全国乃至全世界人民的心中留下了光辉篇章。舞剧《铁道游击队》据此真实人物史料及同名小说创作改编，主题鲜明，用早已深入人心的红色经典题材作为铺垫，用艺术的形式表现红色经典，在舞台上波澜壮阔地展示了伟大的中国人民在抗日战争时期万众一心、众志成城抵御外敌入侵的斗争历程，浓墨重彩地描绘出这一特定历史时期，无数优秀的中华儿女为了国家、民族的独立和解放，赴汤蹈火、舍生取义的英雄群像。该剧艺术地再现了在民族危亡的关键时刻，在中国共产党的正确领导下，中国人民的巨大民族觉醒和空前民族团结，以及为世界反法西斯战争胜利作出重大贡献的豪迈战斗历程。

看着此剧，不禁让我想起了我国舞剧史上一部部的红色经典舞剧：《白毛女》《小刀会》《红色娘子军》《红梅赞》等等都是由红色经典题材创作改编而成，从而赢得了全国观众的广泛关注。这不禁让我意识到，红色舞剧之所以能够成功，一方面是因为通过艺术的手段再现了红色经典，用现代表现方式营造出强烈的时代感，满足了当下社会受众的审美需求；另一方面则是因为红色经典题材的选择更能引起大众的共鸣，尤其是在这个建党 90 周年的历史时刻，该剧的推出具有强大的教育意义。不难想象，少年人观看此剧可接受红色教育，感受精神的滋养；中青年欣赏可参照艺术典型，确立人生航向；老年人品评则可回溯流金岁月，重温红色梦想。

二　浓郁的民族风格

铁道游击队的故事发生在山东，编导牢牢把握地域性，将山东地区最具代表性的三大秧歌——胶州秧歌、鼓子秧歌、海阳秧歌融入整场舞剧中，其浓郁的民族风格为这个军旅题材的舞剧增添了厚重的写实色彩。使我印象最深的是在第三幕中女子群舞和男子群舞这两个舞段。在女子群舞中，编导运用胶州秧歌和海阳秧歌为动作元素，使女演员手持比以往大一倍的扇子作为道具进行表演。通过胶州秧歌的"抻、韧、碾、拧"这种力的延伸感，为我们表现出山东地区女性坚韧不屈的顽强性格；通过海阳秧歌的"拦、探、拧、波浪"这种浑身活范儿的表露，为我们表现出山东地区女性活泼开朗的性格。这两种风格的舞蹈紧扣主题完美交织在一起，将山东地区独有的女性美表现得淋漓尽致，为我们塑造出不畏艰险、不怕压迫、乐观向上的民族精神。在男子群舞中，编导在考虑动作选材的同时不忘对形象的塑造，以鼓子秧歌作为动作元素，别出心裁地使用钢枪作为道具进行表演。通过粗犷、豪放、刚劲有力的鼓子秧歌与所使用的道具——枪的结合，融会成磅礴的气势，充分显示出山东好汉的英雄气概，表现出沂蒙儿女军民一心、打击日寇、还我河山的革命精神。

三　巧妙的道具运用

舞蹈善于抒情拙于叙事，对于写实性舞剧而言，最大的难点在于如何为观众说清楚、讲明白。道具的运用则能够弥补这一缺陷，给予观众一定的提示，是观众获得舞剧所处的时间地点等背景资料的关键所在。舞剧《铁道游击队》通过演员高超的技术技能和精湛的表演来巧妙运用一系列道具，使整台舞剧变得丰满，动感十足，观众如同看电影般身临其境。其中让我记忆最深刻的是第二幕。在第二幕中，通过道具的使用，递增性地运用技术技能，将表演性和技能性完美结合，成功为我们塑造出"动作大片"的风范。在"闯洋行"场景中，编导巧妙运用道具屋来追求镜头感，通过道具屋的翻滚使观众眼中的空间不断得到转换。演员在道具屋上的"飞檐走壁"以及在道具屋内不同的打斗动作让观众如同欣赏电影般清晰地看到了英勇的铁道游击队员在深夜对一个个不同场景的日本商人和鬼子进行暗杀，在紧张的气氛之余又有着大快人心之感。在"打票车"场景中，让人印象最深刻的就是通过一系列的道具运用为我们呈现出舞台上跑动起来的火车。编导利用观众的运动错觉，在火车后方坠满小灯泡循环转动的黑色"星星幕"、火车前方人力拉动行进的仿真植物带、火车上演员的均速晃动以及舞台前沿穿插的演员"运动跑酷"，成功为我们创造出火车行驶在舞台中央假想平原的动感画面。而后的整节车厢翻滚旋转充分为我们展示出了演员的专业技能，演员们依靠脚部力量依附在倾斜的车体上，随着身体晃动表演各种高难度的战斗动作，尤其是在最后一刻，演员通过腿的软度技能展示——用一个极高难度的竖叉动作将两节车厢抻开脱节，给观众带来了极大的视觉冲击效果。

四　完美的舞段设计

舞段是舞剧的重要组成部分。完美的舞段设计是《铁道游击队》得以成功的关键。我认为，该剧编导的完美编排和演员的精湛演绎使舞段设计得以完美体现。首先，编导的完美编排。编导所进行的创作属于一度创作，是编导心目中的形象的直接再现。该舞剧在结构上严谨合理，每个舞段都紧扣主题，以顺叙的叙事手法进行连接，将"铁道游击队"真实再现，使观众更容易理解和认可；在编排上合理运用技法，在把握民族特色的同时，加入现代舞技法进行编排创作（如，第四幕：日军扫荡微山湖舞段），用不同的技法手段突出主题思想；在语汇运用上将军旅风、民族风以及时尚风（如，街舞中的"跑酷"）完美结合，使这台庆祝中国共产党成立90周年的献礼剧目既具有军旅特色，又具有民族风格，同时又融入当今时尚，从而得到各个阶层观众的喜爱与认同。以该剧中的双人舞段为例。双人舞段是舞剧中不可缺少的形式特征之一。与其他舞剧有所不同的是，舞剧《铁道游击队》尊重原著，并没有局限于一对男女主角的塑造，而是根据小说情节重点塑造了两对男女主角：一对为邱辉和山翀扮演的刘洪和芳林嫂，另一对为覃江巍和苗苗所扮演的小坡和梅妮。编导根据两对男女主角不同的性格特征，为其量身定做出两套不同风格的舞段。刘洪和芳林嫂年龄偏大，性格较为内敛，情感相对成熟，编导将山翀的极强控制力与邱辉的稳定性完美结合，为舞段营造出唯美氛围。而小坡和梅妮由于年龄尚小，性格较为外向，开朗活泼，编导巧妙通过对屋顶、芦苇荡空间的运用，为观众打造出纯真的氛围。同是表现爱情，两对不同人物的截然不同的舞蹈处理为舞剧增添了两条绚丽的色彩。

其次，演员的精湛演绎。演员所进行的创作属于二度创作，在这个二度创作过程中，由于演员对角色的理解、体验和感受，很可能会对编导所规定的舞蹈动作语言作某些变化、调整或补充，以便更好地表现人物的情感和精神世界，使舞蹈的形式与舞蹈的内容达到完美的结合与高度的统一。因此，演员的二度创作至关重要。为了舞剧《铁道游击队》的完美呈现，总政歌舞团的舞蹈演员全团出动，并外聘了著名演员山翀，阵容强大，汇集了当今舞蹈界的众多优秀舞蹈精英。这些舞蹈演员怀着对部队的忠诚、对艺术的苛刻，以强烈的艺术表现力为我们塑造出一个个鲜明的形象，共同为观众呈现出了一台令人赞叹的高水平、高质量的舞剧经典。该剧主角多达13位，虽然每个人的服饰都不相同，但对于善于抒情拙于叙事的舞蹈来说，让在场的每一位观众明显认出每个人的角色身份，是一件不容易的事。总政歌舞团的演员凭借自己的二度创作，为我们完美演绎出了不同身份的人物形象，使其各显张力，各具特色。通过不同的专业技能和情感的加入，邱辉为我们展示出霸气十足、成熟老到的刘洪；覃江巍为我们展示出年青气盛、活泼开朗的小坡；李志为我们展示出临危不乱、沉稳坚定的李正；唐黎维为我们展示出临危不惧、智勇双全的王强……这些演员的优秀表现力，使坐在剧场最后一排的观众都能够通过他们的动作，轻易地分辨出每一个人物的角色。

在整个演出团队中，百分之九十的男女演员都是军艺培养的。该剧的大获全胜在展示了总政歌舞团实力的同时，也充分展示了我系的教学成果。看着我系培养出来的学生们在舞台上用娴熟的技术技巧和纯正的民族风格征服了在场的每一位观众，作为他们的教师，看着节目单上一个个熟悉的名字：覃江巍、唐黎维、李志、苏鹏、朱峰……这些一手教育、指导、带大的孩子们如今都在舞台上创造出了属于他们的精彩，不禁由衷地感到喜悦，更感到无比的骄傲和自豪。

五　经典的背景音乐

音乐是舞蹈的灵魂。在舞蹈中，音乐作为其不可分割的一个重要组成部分占有着非常重要的位置。它一方面对演员舞蹈肢体的精彩表现起到重要的幕后作用，另一方面其渗入人心的特点使观众更容易融入其中。电影《铁道游击队》中的插曲《弹起我心爱的土琵琶》是家喻户晓的经典革命歌曲，有着浓郁的山东民歌曲调，脍炙人口，几十年来经久不衰。大多数的观众走进剧院来看舞剧《铁道游击队》时，脑中已有了电影版音乐《弹起我心爱的土琵琶》的曲调，并在潜意识里希望在舞剧中能够再一次听到。舞剧《铁道游击队》的音乐在传统的基础上进行创新，沿用原版音乐重塑经典，并在极具山东特色的音乐中融入了电子音乐来表现火车运动及演员厮杀，既满足了观众对红色经典歌曲的满足感，同时又带来了耳目一新的感受。

结　语

精品来自锤炼，此刻我看到的舞剧《铁道游击队》较之一年前的《铁道游击队》已迥然不同。在音乐方面，让我们听到了充满乡土气息、与人物形象相符合的旋律；在人物刻画方面，更注重内心的情感世界。如果说一年前的《铁道游击队》是一部成功舞剧的话，那么今天所看到的则是一部令人震撼的优秀舞剧，在给观众带来了一场视觉盛宴的同时，更使我们当代人得到了心灵上的洗礼，更加深了我们培养优秀的军队舞蹈人才的决心和信心。这部舞剧的成功让观众对"铁道游击队"这个符号有了新的定位，对这个耳熟能详的故事在不同的艺术体验中有了全新的感受。我想，舞剧《铁道游击队》必将成为继小说和电影之后的以舞剧形式出现的红色经典。

（选自《解放军艺术学院学报》2011 年第 4 期）

凝重的历史镜像

——读张志民、李继民水墨巨制《铁道游击队》

张荣东

由张志民、李继民先生联袂创作的水墨巨制《铁道游击队》，在世界反法西斯战争胜利 70 周年之际问世，这并非一幅新作，而是自 1987 年始，历经数次重生的作品。

1987 年，青年画家张志民、李继民决定为"建军展"创作一幅作品，极富传统英雄情结的张志民与家乡枣庄的李继民在《铁道游击队》中找到了契合点。他们骑车到铁路大厂寻找旧机车，丰富素材，最终使用拼接、重叠的手法，将处于不同空间的刘洪、李正、鲁汉和队员破坏铁路、控制火车，以及表现日本兵暴行的画面融为一体，构成了一个时空交织的丰富世界。这幅画的初稿参加了建军节山东省省展。1995 年，画家又在画面中添加了红色块，突出了人物形象的正义、苦难、坚忍与悲壮感，完善后的《铁道游击队》获纪念抗日战争和世界反法西斯胜利 50 周年全国美展银奖。2015 年创作的《铁道游击队》，依然延续电影蒙太奇的手法，但在画面主体的位置，将对日军暴行的刻画，改为日本递交降书的场景，同时，经过近 30 年的人生与艺术积淀，画家在创作中体现出的厚重历史感，笔墨烟云中传递出的宏阔气象，自由的水墨空间，已经是新的意味。

在《铁道游击队》的数次重生中，历史的烟云不断在新的时代浮现，历史本就是时代的创造，它因时代的变化而不断积淀、丰富，生出万千气象。历史也是人们的认识史，一幅《铁道游击队》的演化、重生，也是艺术家精神蜕变的历史。张志民、李继民先生选择这一题材，并非出于偶然，《铁道游击队》不仅包含了家国的命运、故土的怀想，还关联着齐鲁传统的英雄叙事。《铁道游击队》有传奇的故事、个性鲜明的英雄形象，与《水浒传》等绵延的侠士情怀，也有隐秘的血脉传承。在抗日战争的艰难岁月中，《铁道游击队》是一道难得的健康、明丽的光芒，在饱受欺凌的中国近代史中，这一道光芒弥足珍贵。在破碎的故园重塑民族自信，离不开这苦难之中的英雄主义，那里面所包含的坚忍、正义，以及敢为人先的创造力，也是华夏文明的核心价值。

《铁道游击队》的历史也是不断被丰富深化，不断被重新阐释、定位的历史。如今，这个历史依然不断被丰富、深化，已经成为一个时代、一个民族的共同记忆。自 1943 年夏天，铁道游击队的英雄人物在山东军区全省战斗英雄模范大会上，讲述了那些传奇的英雄故事，一个包含了民族精神、英雄主义的世界开始敞开，并被纳入文艺的建构。作家刘知侠根据英雄的叙述写了题为《铁道队》的章回体小说，又两次通过封锁线到铁道游击队深入生活。1954 年，刘知侠完成了 40 余万字的小说《铁道游击队》，小说出版以后，分别于 1956 年、1985 年、2004 年被改编为电影、电视剧，并出版了连环画。期间，以铁道游击队为主题的京剧、宣传画等作品不胜枚举。进入 21 世纪，还出现了以打火车、打据点为内容的 3D 战争策略类游戏《铁道游击队》，网友可以通过自己的操作进入那个由文艺作品构筑的世界。

从 1987 年，青年画家张志民、李继民画第一幅《铁道游击队》到今天，中国国内生产总值由 1.2 万亿元增长到 2014 年的 10 万亿元，1987 年日本的国内生产总值是中国的 7.6 倍，而中国在 2010 年已经超越日本，跃居世界第二。数据的变化，背后隐含着民族自信的重塑，反映在文艺作品上，是画家历史观、艺术观的自信与开放。在 1987 年的《铁道游击队》中，虽然有充满现代视觉意识的构成，但 2015 年作品中汪洋恣肆、自由奇崛的色墨交融尚未出现，这是艺术家充满自信的表达。而对日军暴行的刻画，也被和平之光的沐浴所取代，这既是大的时代背景下民族文化整合、重塑的结果，也是艺术家摆脱阴霾，走向自由新时代的标志；对苦难的不断重温，终于被新的创造所慰藉，伤痕犹在，但已经恢复元气，不再为阴霾所笼罩。由此而言，民族的复兴，与艺术家的艺术自由、艺术自信，其实是一个时代的同构。

（选自《走向世界》2015 年第 37 期）

史料钩沉

铁道游击队的战斗历程

王志胜

鲁南铁道队自1940年2月宣告成立以后，我们以临枣铁路为阵地的抗日活动进入了有领导、有组织、有目的的斗争新阶段。

铁道队由于行动迅速，出击灵活，歼敌于不意，所以我们在敌人眼里是神出鬼没，在人民群众眼里是来无影、去无踪。慢慢地，人们给我们送了个"飞虎队"的美名。

新中国成立后，当时的战地记者刘知侠同志根据采访、掌握的材料，加工整理写了一部小说《铁道游击队》，一下子轰动了全国，人们都知道枣庄在抗日战争时期出了一支共产党领导的铁道游击队，而不知道这支队伍的真实番号。

当年我在鲁南铁道队一直任副队长，时隔40多年，加之年已古稀，又没有文化，只能回忆一些印象最深的片段，恐怕还差三略四，不足的就靠其他老同志补充了。

奉命出山

1938年3月，我与洪振海同志在枣庄西边的墓山参加了鲁南人民抗日义勇队第3大队。我们随义勇队在峄滕边战斗了近半年的时间，后跟部队转移到临沂县的埠阳。这时,我在第三大队三连三排任排长,洪振海在这个连当1排的排长。一天晚饭后,三大队钟教导员把俺俩叫到队部,说:"张(光中)司令和李(乐平)政委指示,让你们俩执行一个特殊任务,现在马上回去交代排里的工作,明天随我到山里集训。"俺俩询问:"到底执行什么任务?"钟教导员说:"待您学习完就知道啦!"就这样,我与洪振海当晚分头交待完工作,第二天吃过早饭,随钟教导员一起调离部队集训去了。参加集训的只有我们两个人,住在一个破茅草房里。房的主人是一位非常和善的老大娘,对我们特别亲热。钟教导员白天带我们学习,晚上还得回大队照顾部队。我与洪振海同志共集训了两周的时间结业了。回到义勇队总部,张光中司令又关切地与我们谈了很长时间,他语重心长地讲到枣庄如何开展工作,着重强调了保密、纪律和联系群众问题。要求我们处理问题机智、果断,情报要及时送出,要有敢于为革命牺牲的精神等等。分别时,张司令把随身用的一支20响驳壳枪交给我们说:"你们要利用它多从敌人那里缴获武器,装备自己,支援部队。"

一打洋行

1938年10月5日下午,我与洪振海同志离开了鲁南人民抗日义勇队第3大队(已改称直辖四团三营)驻地埠阳,第三天晚上回到我的老家——枣庄火车站西旁的陈庄,设立了枣庄情报站。俺俩在我家隐蔽了几天后,为迷惑敌人,便造舆论说:"我们已不干义勇队了,在那里太苦,还是在家好。"从此,洪振海还是以扒火车上的炭为掩护,过流浪生活。为弄到敌人的情报,我便托关系进入了枣庄国际公司(群众称洋行)干搬运工。这个洋行由3名日本军官操办,经营五金、布匹、日用百货及油盐酱醋等,全部都是日本货。3名日本人表面上是洋行的3个掌柜的(经理），实际都是搞我们情报的特务。我利用工作上的便利条件，把从洋行里得到的情报和从枣庄火车站上侦察到的日寇兵力、运输、后勤供应情况，都及时地告诉洪振海，洪振海再将情报送给住在小屯的峄县二区区委书记兼交通员刘景松同志，由刘景松送往山里的抗日义勇队总部。我在洋行秘密地工作了半年以后，日本人不仅对我毫无怀疑，还有时赞扬我："王的，大大的好人！"这时，我与洪振海商量，决定利用鬼子麻痹之际，立即将其铲除。我俩只有一只手枪，武器不够，于是我们便找到跟国民党50支队司令梁继路当警卫员的宋世九说："洋行里有很多钱，我已看好了，咱们一块搞去吧！弄来咱们对半分。"宋世九当场答应一块干，并负责借两支短枪。1939年8月的一天晚上，我们3人摸进洋行，将正在熟睡的3个日本特务当场打死，随即安全撤出。第2天早上，我为侦察情况，像往常一样到洋行上班，谁知三掌柜的金山没有被打死。我一进门，见他捂着伤口喊："王的，快快地电话的有！"我装作挺认真地到车站打了电话。警卫车站的日本兵来了一个中队，将洋行全部包围了，金山被马上送到医院抢救。这次打洋行，我们共缴长短枪各1支。事后，我们给宋世九1支长枪，我们要了那支短枪。

从此，我和洪振海每人都有一支短枪了，实现了张司令的"从敌人那里缴获武器武装自己"的第一步计划。

事后，枣庄日军费了很大劲进行调查，断定是山里八路军游击队干的，对我和洪振海仍无察觉。为了挡敌人的耳目，我在洋行继续干搬运工。三掌柜的金山出医院后升为大掌柜的。他感到我有救命之恩，对我仍是信任的。可是，洋行防范更加严密了。于是，我与洪振海商量，再搞点武器后退出洋行，以开炭场子为掩护，发展武装，开展抗日工作。

飞车搞枪支

1939 年 10 月，我在枣庄车站上发现有部分武器弹药准备用火车运往临城。这天下午装车时，我专门在车皮上做了记号，并把准备搞下来的机枪、步枪和子弹放在离门口近，而且便于搬运的地方。车厢门按日本人要求，必须用四股粗铁丝拧紧。我却把铁丝只拧在 1 个车门鼻子上，然后向另一边一弯。外表上看，车门好像拧死，实际上很好开。装完车，为推迟开车时间，我又让在铁路上干事的李金山将车搞坏，晚上 8 点才修好。于是我马上通知了洪振海开车的时间、爬车的方位、开车厢门的方法及武器弹药放置情况等。洪振海又约定刚参加我们情报站工作的曹得泉同志。计划妥当以后，我提前到达预定地点。夜晚 9 点左右，火车徐徐开出，刚出站，洪振海与曹得泉同志跃上火车，迅速地进入放武器的车厢。待火车向西行 5 华里，进入我们预定地点——王沟西侧时，他们将包扎好的两挺机枪、12 支马大盖步枪、两箱子弹掀下火车。我马上将这些东西收集在一起。待洪振海他们关好车门、跳下火车后，3 人齐动手，将这些武器弹药运往蔡庄赵永源家的地瓜窑里暂时隐藏。第二天由刘景松同志将这件事报告给义勇队总部。当夜，张司令派了一个连队来将武器弹药取走了。

义合炭场

1939 年 11 月，苏鲁支队（抗日义勇队改称）首长指示要迅速发展抗日武装。我借故辞去了洋行搬运工的差使，开始与洪振海筹备开炭场子，以炭场子为掩护开展抗日工作。时隔不久，我们又发展了曹万青、李云生、徐广田、梁传德、王志增等同志参加情报站工作。经过几天的筹备，炭场子在陈庄正式开业．洪振海任经理，我当副经理，人们称我们炭场为"八大股"。炭场子开业以后，买卖还算兴隆，每天往里进炭的和买炭的络绎不绝。

我们 8 名同志靠根生土长、人熟地熟的便利条件，白天表面上忙忙碌碌地买卖，实际上都能侦察到敌人的情报。到了夜晚，多数人扒煤车搞日本即将掠夺走的煤炭，所得的情报也利用这个时间送出去。我们的炭场子利润是挺大，因为货源几乎不用本钱，或者用钱很少，卖的炭钱 80% 是赚的。我们将这些钱除上交支队和自己消费外，还买了两支短枪。日本特务对我们的行动毫无察觉，后来金山见了我还竖起大拇指说："王的，发财大大的！"

正式任命

1940 年 1 月，我们炭场子越办越兴旺了，又发展了赵永泉、王志友、曹德清入了"股"，这时全场 11 个人。这些同志多数是失业和无业游民，从小靠吃"两条线"长大，因此都没有文化。他们的家庭和亲友都不同程度地遭受日寇的欺压和残害，对日寇都有刻骨的民族仇恨。他们对我和洪振海都非常信任，我与洪振海同志对他们也抓得很紧，规定的纪律，他们都能遵守。俺俩认为，正式创建铁道游击队的时机已到，于是向苏鲁支队首长写了报告，说我们可以马上拉起武装，要求派领导来，并给予正式委任。苏鲁支队首长很快就给予了正式答复，同意我们的报告。

1940 年 2 月的一天晚饭后，刘景松来炭场子找到我与洪振海说："上级派人来啦！请你们二位明天下午到齐村去领。"俺俩听到后喜出望外，感到这下子有靠山了。当天，我们又秘密地对炭场子的骨干做了些工作，让他们也做些准备。第二天正赶上齐村逢集，又遇日本军队"清乡"。到了下午，待日军"清乡"完了，集散人稀的时候，我与洪振海到了离陈庄只有 3 里路的齐村西门里，见刘景松领着一个像山里农民打扮的人。只见他中等身材，瘦长的脸上长着两腮帮子胡须，身穿不合体的青色而且露出棉絮的破棉裤、棉袄，头戴一顶一把撸的旧黑线帽。他身体健壮，举止稳重，讲话非常有礼貌。仔细看去，上级派来的这位领导也不过30岁。刘景松介绍："这位同志叫杜季伟，原是苏鲁支队四营副教导员，奉张司令、李政委指示，来这里担任你们的领导。"我与洪振海当场表示欢迎。随即我们4人到附近的一个饭馆里，以商谈生意的样子买了1斤白酒，4个菜，两斤烧饼，以示欢迎。老杜当时不会喝酒，经过再三劝让，只沾了一点。我们边吃边啦，老杜说："我以前是教书的，现在公开身份是您炭场子的管账先生，你们以后称我杜先生好了。"接着，我与洪振海同志向他汇报了枣庄一带的敌人的活动及分布情况，我们炭场子人员思想情况和每个人的出身历史以及他们的特点。老杜听得很认真。当汇报到大家要求拉起武装来打日本鬼子时，杜先生环顾了一下四周，见此地比较安全，便不慌不忙地从怀里掏出了苏鲁支队张司令、李政委的任命书说："首长指示让我们马上拉起队伍，名字叫鲁南铁道队，这是任命书。"我与洪振海接过任命书，但是谁都不认识，刘景松接过去帮我们念道：

枣庄情报站洪振海、王志胜同志：

　　报告收悉。一年来，你们在对日寇斗争中做出可喜的成绩。经研究，你们可立即成立铁道队，隶属苏鲁支队建制。

　　特命如下：杜季伟为政治委员，洪振海为队长，王志胜为副队长。此令。

苏鲁支队司令员张光中

政治委员李乐平

参谋长胡云生

政治部主任李荆山

1940年1月25日

我们听完任命，又高兴又担心。高兴的是，一年多秘密活动快要结束了，从此可在政委的直接领导下拉起队伍，与日军大干一场。担心的是，支队首长对我们这么重视，我们才 11 个人，给我们派来了营级干部，又任命我们两个小排班长当队长、副队长，我们不干出名堂来，可对不起上级党和首长的关怀。于是，我与洪振海对新来的政委表示："老杜同志，你说怎么干就怎么干吧，我们保证听你的。"杜季伟认真地说："不能那么说，咱们应听上级党委、首长的。再说，你们已秘密搞了一年多了，有经验，又都是当地人，情况熟悉，咱们应该研究着干。"接着他又传达了上级首长对发动群众，依靠群众，立即扩大武装及怎样做队员的思想工作的指示，还强调了组织纪律、保密等注意事项。我们听了，感到老杜讲的是很有道理，很有水平。经过短暂的接触，他给了我们一个很好的印象。黄昏时分，我与洪振海带杜季伟来到炭场子。晚饭后，召集炭场子 11 名同志开了秘密的欢迎会。会上，由杜季伟宣读支队首长的命令并讲了话，洪振海和我也都讲了话。从此，苏鲁支队所属鲁南铁道队在日本军队的眼皮底下小陈庄正式诞生了。我们对外的合法身份，洪振海仍任炭场子经理，我任副经理，杜季伟同志为炭场子管帐先生。

教育整顿

鲁南铁道队正式成立后，人员不断增加，在杜政委的教育下，队员们的组织纪律、生活作风逐步走向正规，生意也更加兴旺了。但是，这支武装要成为一支机智勇敢、行动敏捷、纪律严格的游击队还相差很远。队员中的不良作风，如吃喝玩乐、歪戴帽子、斜着眼、说话带骂的流氓习气时有发生，甚至还有其他不规矩的作风。时隔不久，由杜季伟任书记、我任委员的党支部诞生了。根据杜季伟的建议，报请苏鲁支队首长批准，于 1940 年 4 月，在枣庄西南约 10 华里的小屯，办了一个训练班。炭场子这时已发展到 15 人，抽出了 7 人，由洪振海带队，杜季伟主讲，计划办 7 天时间。办训练班期间，我仍带着其余 8 名同志开炭场子。后来听说由于队员们散漫性大，不愿蹲下来学习，加之训练内容脱离实际，不适合队员的口味，如讲人类进化由猿猴变人时，有的就说："日本鬼子称我们为'毛猴子'，您为什么也唱鬼子的调？"这样，训练班仅办了 5 天就结业了。尽管时间短，仍取得了较好的效果，打架骂人的现象少了，集体观念、保密观念以及组织纪律性都有所增强。在学习军事技术时，由洪振海队长等介绍了侦察、扒火车、破铁路、杀汉奸及搞情报的经验，大家收获很大，初步懂得了铁道队是干什么的，怎么干法，应注意些什么，等等。以后，我们进一步加强了领导。对队员中的缺点毛病能及时教育，个别谈心，帮助纠正。对极个别错误严重的同志，也采取了组织或行政纪律的手段，逐渐培养成了一支有战斗力的队伍。

我们铁道队由于人员不断增加，炭场的规模也不断扩大，由原来的一个炭场很快发展成两个和十几个焦池。在组织上，开始必要的分工，队员都有公开的身份和秘密职务。铁道队除基本队员外，还有外围军，像铁路工人、矿警队、铁路警察及各行各业的工人都有敌人的军事活动及经济情报，一般我们都能及时掌握。我们搞日军物资的技术手段越来越高明，分工也越来越细、越严密。我们按照八路军的纪律要求，把搞来的钱 50% 分给队员做生活供应，10% 作为办公费，40% 的上缴或者购买武器、弹药。3 个月以后，我们又增加了十多支短枪。武器增加了，队员的胆子也大了。

炭场被抄

鲁南铁道队成立半年来，由于我们领导上的单纯军事观念以及急于和日军大干一场的指导思想，在敌人的眼皮下过于刺激了敌人，终于引起了日军和汉奸的注意和监视。1940 年 5 月的一天，队员李玉芝无意中将铁道队的情况泄露给一个干伪军的亲戚，后来他们因借钱闹翻，李玉芝被告是铁道队员。第二天拂晓前，两个中队的日本兵包围了陈庄。队员多数是本村人，在乡亲们的掩护下绝大部分安全突围。政委杜季伟当夜住在炭场子，突围时，他急中生智，迅速换了一身破衣裳，越墙到隔壁瘸老头那里借了一副货郎挑子，装作瘸子，一瘸一点地向火车站走去。鬼子以为是那位货郎瘸老头，毫无戒意。他逃出陈庄后，丢掉货郎担，飞快地朝我们约定的集合地点蔡庄奔去。这次日军包围炭场，捕去了李玉芝、李云生等 3 名队员。我们的炭场子和焦池也被没收了。在陈庄不能存在了。只好把活动基地迁移到枣庄西面的齐村。由于我们的外围关系多数没有破坏，枣庄的情报还是能及时得到。弄鬼子的煤炭不方便了，便公开以八路军铁道队的旗号与铁路线的日伪军展开了激烈的斗争。

打票车

1940 年 7 月，抗日战争进入残酷阶段。日军"扫荡"频繁，部队缺乏活动经费。这时鲁南军区刚刚成立，苏鲁支队司令张光中同志调鲁南军区任司令，从此，我们铁道队隶属鲁南军区领导。一天，鲁南军区来函，要我们弄一部分资金，以解决部队暂时的困难。我们将开炭场结余的 8000 元钱大部上缴。但是，这些资金对鲁南军区所属部队的困难来说，还远远不能解决问题。我和洪振海、杜季伟等同志商量，决定搞一次鬼子的票车。根据以往所了解，微山湖大队的张新华队长认识临城跑连云港的车队长张秀盈。我们派人找到张新华，又通过他从张秀盈那里得知，每周的星期六，沿途各站都通过这趟车向济南交钱。目前已到月底，交的钱一定会更多。我们又派了刘炳南、周庆仁化装跟车到临城侦察，摸清了押车鬼子、伪军的数量以及他们的生活特点、军事技术状况等。

按照打票车的行动计划，我们挑选了 12 名作战勇敢、处理情况机智的队员，作为先遣队，先潜入列车上侦察日军的情况，选好目标，稳住敌人。我带 12 名精干的短枪队员事先在预定地点埋伏好。洪振海和曹得清负责干掉司机，掌握火车头。星期六的这天，赵永泉、刘炳南等人分别带领队员化装从泥沟、峄县城、枣庄上车。可是他们到了车上一看，发现日军比原侦察的人数增加了十多个。经他们了解，这部分日军是由枣庄到王沟换防的 1 个小队，装备齐全。面临这一新的情况，队员们都信心十足，毫不畏惧，各自盯着自己的目标。有的同志还拿出事先备好的烟、酒、点心和烧鸡来"慰劳太君"。日本兵见这些工人、农民、商人打扮的"乘客"这么"实在"，并没有在意，也就与队员大吃大喝起来。列车过了枣庄站，洪振海和队员曹得清熟练地跃上火车头，打死了 1 名身穿日本服的司机，另一名司机喊求饶，洪振海一听是枣庄人没杀他，迅速将他捆住，又用毛巾塞住嘴推到机车内的一个角落。曹得清驾驶着火车向前行驶，按计划拉响警笛信号。队员们闻声后，迅速做好战斗准备。列车一出王沟，猛一刹闸，车速放慢，我带领 12 名短枪队员敏捷地爬上火车，与早已在车上的队员互相配合，20 余名日本兵全部被杀死。我们又到最后一节车厢，将装钱帆布袋子抱下车，立即撤出战斗。参加战斗的 32 名队员无一伤亡。这次打票车共得到 8 万块钱。并缴获短枪 8 支，长枪 12 支，手炮 1 门，机枪 1 挺。这些战利品，经上级批准，除留 3 支短枪外，其余全部上交了鲁南军区。

二打洋行

打完日本票车后，我们鲁南铁道队又吸收了部分队员，经过简单地整顿教育，队员们的精神更加振奋，抗日必胜的信心更足了，个个摩拳擦掌，要求趁热打铁，再给枣庄的鬼子点颜色看，以打击敌人的气焰。我们看到队员的情绪这么高涨，心里特别高兴。于是经充分研究，决定再打一次枣庄国际公司，来一个第二次血染洋行。

1940年8月下旬，我奉命化装回枣庄侦察。因第一次打洋行以后，鬼子对洋行的戒备严得多了，院墙的四周都架上了电网，门口放了岗，不准老百姓去买东西。洋行里鬼子增加到13名，全部是日军从战场退下来的军官。这时，洋行里没被我们杀掉的三掌柜金山已失宠，日本特务机关又派来了特务老手矛山郎中将任大掌柜的，金山被排挤到洋行外面住。经过一番努力，但没有能够混进去。回到铁道队以后，研究了一番，也未找出个好办法来。正在这时，鲁南军区来通知，让杜政委去汇报情况。杜政委说："我到军区顺便请示一下，听听军区首长有好办法吗？你们可继续想办法弄清洋行的情况。"

杜政委走后，我与洪振海商量，时间紧迫，咱们想法再试一次，他把队员安排好，俺俩又进入枣庄侦察。到了洋行附近，洪振海到了一个茶摊上喝茶，侦察外面的情况。我拿着一个大酱油瓶子，装作买酱油向洋行门口走去，正巧碰到了金山。我虽知道他已受排挤，与新上任的洋行特务头子矛山郎有矛盾，但对金山目前的详情了解不太清楚，我怀着疑惑的心情朝金山走去，金山笑嘻嘻地先开了腔："王的，什么的干活？"我说："买酱油的咪西。"他又问："怎么不进去？"我答："进不去。"他说："我的带你进。"

我跟着金山顺利地进入了洋行的大门，先到了卖洋布柜台，接着又看了卖五金的。金山边走边介绍，并推荐我买。我说："没钱。"他说："你的发财的有，怎么没钱？"我象以往一样，亮出大拇指说："三掌柜的现在这个的有，你才是发财大大的！"金山沉下脸气愤地说："哼！哼！我的已经不在洋行的。"他边说边指着矛山郎的住处说："他的大大的坏的！"听到这里，我心里完全明白了，原来的情报还是准确的。我随金山又看了几间屋，其中有一间屋我想进去，金山说里面有大掌柜的家属，不让我进。我把日军的住处都弄清以后，便向卖酱油的柜台走去。我打了 3 斤酱油，正想交钱，一掏没零钱，金山上来替我交了。我也没客气，借找钱的工夫，提着酱油瓶就出了洋行。金山等找完钱，回头见没人，马上出门追上我，并比画着手势对我说："你的铁炮的拿来，他们统统死啦死啦的好！"我装作没听懂，他又比画着用枪的样子。我说："咱不玩那家伙，我的酱油等着咪西的！"我立即离开了金山，找到洪振海，我们飞也似的回到齐村。

当天，我把侦察来的情况介绍给铁道队的同志，大家经过认真地分析研究，认为马上行动比较好，来个迅雷不及掩耳，即使金山靠不住，敌人也来不及布防。于是，确定去 32 名队员，分成 5 个组，队员们分别带短枪和大刀片。一计算，大刀片不够，我们通过齐村自卫团地下党员王磊同志借了好几把大刀片。武器备好后，又进行了明确的分工，当晚 10 点钟我们到了枣庄洋行附近。洪振海先干掉了在门口的日本警卫。大家迅速绕到洋行院墙的南面，因墙高，并架有电网，不便越墙，我们便手持铁钎和大锤在院墙上打起洞来。为了防止出声音，曹得清同志找了一条破麻袋包上，声音稍小了些。因为墙壁很厚，铁钎上又包着东西，挖洞的进度很慢，直到第二天清晨 4 点钟才挖通。我们进去 4 个组，每组 4 个人，配备 1 支手枪和 3 把大刀片。洪振海带一个短枪组在外面掩护，我在院子里任总指挥。战斗组按预定的方案，各奔自己的目标，三下五除二，分住在 4 间屋子的日军全被干掉，三四分钟解决战斗。我们正准备集合撤出，发现梁传德那个组还未到。我过去向那屋里一看，1 名日本兵手持白腊杆正在与梁传德搏斗。我用手枪一点射，将那日兵击毙。待我们准备撤出时，火车站上的日军已发现洋行出事，探照灯不时地朝这里扫射，日军队伍很快地包扑过来。我一看情况很危机，再从洞口出去已来不及，命令一名队员砸锁。那队员很机灵，将随身带的大斧头取出，只听"咔喳"两声，大锁砸开了。队员们在我和洪队长的指挥下，迅速冲出洋行，朝预定地点奔去。这次夜袭洋行，杀死 13 名日兵和 1 名日本翻译，缴获长、短枪 6 支，手表、怀表100 多块。

我们第二次血染洋行胜利地返回驻地齐村后，天已大亮，杜季伟政委也从军区回来了，他听了我们的汇报，特别高兴，并表扬了战斗中完成任务出色的同志。接着，杜政委传达军区指示：为配合山里反扫荡，铁道队要立即破袭临枣路，并切断敌人的电话线。我们奉命于 1940 年 9 月的一天晚上，出动 30 余人，并发动沿路的上百名群众，将临城至枣庄的铁路支线扒掉铁轨 3 里多，砍断电线杆 100 余根。我们搞下来的这些铁轨、枕木、电线和电线杆，能运走的全部运走，不能运走的就地破坏或埋掉，再不然就扔进水坑里，反正叫敌人一时修不好。

铁道队拉起来才几个月就袭击日军十几次，沉重地打击了临枣台铁路线的敌人。敌人恼羞成怒，在车站上不时地搞戒严，加强防务，在火车上也增加了武装押运的人员．凡是我们截过火车的地点，他们都增设了据点，还不断地对这些地方派出人马搞"清乡"，安插特务搞监视。他有关门计，咱有跳墙法。咱有党的领导，有人民群众的支持，人熟地熟；他在明处，咱在暗处，能合得拢，散得开，打得准，截得住。敌人对咱是捕不着，抓不住，所以干发急。

我们在临枣台线上的活动，也鼓舞了人民群众。兄弟爷们儿在公众场合虽然不能高声大嗓谈论，可一伸手比画个"八"字，谁的眼里都透出一种亮光。我们的行动也启发、教育了一些靠"吃两条线"（在铁路上搞物资谋生）的青年，他们有时也学着我们的样干两下，骚扰日军运输。后来，他们在当地党组织的教育、引导下，也成立了铁道队。1940 年 7 月，鲁南军区将三支铁道队合编为鲁南铁道大队，杜季伟任大队政治委员，洪振海任大队长，我任副大队长。

没用半年，我们原先 12 个人的铁道队发展成了有 4 个中队的鲁南铁道大队，人多了，枪多了，仗也越打越大了，铁道队名也更响了。

[选自《山东文史集粹》（革命斗争卷），山东省政协文史资料委员会编，山东人民出版社 1993 年版]

抗日战争中的"铁道游击队"

张广太

"铁道游击队"的原型是鲁南铁道大队。它的抗日英雄事迹通过小说、电影、电视连续剧和连环画等形式的文艺作品的传播，已达到举国上下家喻户晓、妇孺皆知的程度。

"铁道游击队"初建时隶属于八路军 115 师苏鲁支队，后归鲁南军区建制。它从正式创建到番号撤销，在津浦铁路鲁南段和临（城）枣（庄）支线上，运用机动灵活的战略战术，顽强地同日本侵略者战斗达 7 年之久，经历数百次惊险战斗，歼灭和瓦解了大批的日伪军，缴获了大批军用物资和获取大量的敌军情报，有力地支援了鲁南抱犊崮山区抗日根据地军民的反"扫荡"。日本帝国主义宣布无条件投降后，铁道游击队代表鲁南军区经过同侵枣日军的多次谈判，在沙沟车站附近举行了一次别开生面的受降仪式，侵枣日军首领太田率日军官兵及其家属千余人列队向英雄的铁道游击队缴械投降。计收缴日军山炮两门，轻重机枪 138 挺，步枪、手枪、榴弹筒 1400 支（件），子弹 100 余箱。受降仪式结束后，太田等日军官兵惶惶如丧家之犬，由铁道游击队队员押送离开了枣庄地区返回日本。

铁道游击队在共产党的领导下，在杜季伟、张鸿仪和郑惕等六任政委的具体指导和教育下，从战争中学习战争，机动灵活地打击敌人，在抗日战争中立下了卓越的功勋。

打击了敌人的嚣张气焰，鼓舞了鲁南抗日
军民的胜利信心和勇气

台儿庄大战的硝烟尚未散尽，日本帝国主义为掠夺枣庄优质煤炭，便在枣庄驻扎了一个联队以上的兵力，另外还有宪兵队、矿警队、警备队等敌伪武装。同时还收罗了一些认贼做父的民族败类，组织维持会、"爱护村"，建立保甲制度，致使枣庄矿区工人以及周围的农民、城镇居民倍受蹂躏，生活在水深火热之中。枣庄人民为抗击日本帝国主义者的侵略和掠夺，纷纷逃往山里参加了共产党领导的人民抗日武装。

铁道游击队的创始人洪振海和王志胜参加人民抗日武装半年后又被党派回枣庄，以开炭场为职业掩护，从事抗日情报工作。他们目睹了日军惨无人道的"杀光、烧光、抢光"暴行。为更有力地打击敌人，经请示上级批准，在抗日情报站的基础上秘密建立了枣庄铁道游击队。从此，枣庄火车站附近的正泰洋行两次遭袭击，15名日本特务头子被杀；火车头突然在枣庄站西侧的五孔桥出轨了；在列车上押运货款的敌兵人不知鬼不晓地被打死，货款不翼而飞；由枣庄开出的军列上的枪支弹药突然少了许多，等等。所有这些特殊战斗行动，都是由仅有十多名队员、刚刚创建在敌人"心脏"的枣庄铁道游击队所为。当时的枣庄铁道游击队尚未公开旗号，仍是以炭场职业作掩护，从事搜集敌情报，同时运用巧妙的手段机动灵活地进行反侵略反掠夺斗争。这些行动，给嚣张一时的侵枣日军以沉重打击。日寇除立即将外出"扫荡"的日伪军全部调到枣庄外，又调来大批军警，对车站、铁路沿线等处严加封锁，枣庄矿区周围还部署了许多巡逻哨，禁止所有的中国人进出枣庄，真是如临大敌。同时，还从济南调来

"破案"专家进行"侦破",抓捕了许多无辜市民严加审讯,仍无济于事。而枣庄铁道游击队在群众的掩护下安然无恙。

枣庄铁道游击队继"血染洋行""打票车""飞车搞机枪"等战斗行动之后,奉命西移临城(今薛城)一带,同活动在这一带的党领导下的另两支铁道队合编并公开八路军铁道游击队旗号。接着,又相继进行了"颠覆军列""截获敌货车""夜袭临城""沙沟截布车"等战斗,均旗开得胜。当日军调集兵力、物力运往前方时,他们便展开破袭战,扒铁路、炸桥梁,迫敌铁路交通瘫痪;锯电线杆、割电线,使敌通讯中断,有时还人不知鬼不晓地将火车头开出车站,使两车相撞。这些战斗行动给日本帝国主义侵略者以沉重的打击,给鲁南抗日军民以巨大的鼓舞。鲁南人民拥护和支持铁道游击队,爱护子弟兵。他们时常冒着杀头的危险掩护铁道游击队员,把自己的子弟送往铁道游击队,使这支英雄的人民抗日武装不断发展壮大。

及时提供准确的抗日情报,粉碎敌人对抱犊崮山区抗日根据地的"扫荡"阴谋

鲁南抱犊崮山区抗日根据地是山东较大的抗日根据地,是当年罗荣桓同志亲自创建的,距枣庄仅十多公里,1939 年 10 月,八路军一一五师师机关及六八六团在罗荣桓、陈光率领下,由泰西抵达鲁南后,在当地人民抗日武装的配合下,拔除了郭里集、孔庄和白彦等多处日伪据点,扫除了隐患,建立了根据地。同时,他们还相继将创建并活动于鲁南地区的苏鲁人民抗日义勇队第一总队、鲁南抗日自卫军、峄县抗日武装、苏鲁边运河地区的抗日武装及临(沂)、滕(县)、费(县)、峄(县)四县边联武装等,在不到半年内相继整编为八路军一一五师苏鲁支队、鲁南支队、峄县支队、运河支队、曲泗邹滕费五县游击支队和边联支队,并派遣了大批八

路军骨干前去新整编的部队就任领导职务。他们发扬老红军的革命优良传统，加强政治思想工作和军事训练，加强抗日爱国宣传和爱民教育，受到广大官兵和人民群众的拥护和爱戴，部队战斗力进一步提高，抗日根据地逐步扩大。中共鲁南区党委、鲁南专员公署、鲁南军区及其所属基层领导机构亦相继建立。抱犊崮山区抗日根据地的创建和发展，增强了鲁南人民的抗日信心和决心，将鲁南的抗日斗争推向高潮。

铁道游击队同抱犊崮山区抗日根据地有着密切的联系，枣庄、临城日伪军的活动情报多是由铁道游击队（包括铁道游击队的前身枣庄抗日情报站）及时提供给抗日根据地的。因此，当敌人纠集大批兵力进山"扫荡"时，山里的八路军主力部队和地方人民抗日武装能及时组织反"扫荡"，坚壁清野，组织抗日群众转移；利用人地两熟的优势伏击进山"扫荡"的日伪军；借敌军外出"扫荡"敌兵营空虚之际，突袭敌人的老巢，使敌顾此失彼。例如：1940 年 4 月，鲁南日军纠集了两个师团、两个混成旅，总计 8000 余人，从临沂、枣庄、峄县、滕县等地，分 10 路向抱犊崮山区"扫荡"。铁道游击队获悉敌行动的确切情报后，立即连夜送到苏鲁支队长张光中手中，接着又转告给一一五师首长，一一五师及其所属各支人民抗日武装获得情报后做了充分的反"扫荡"准备，经过 20 余天 30 余次战斗，歼敌千余人，粉碎了敌人的"扫荡"阴谋，保住了抱犊崮山区抗日根据地。鲁南日军自 1941 年 3 月至 1942 年 7 月推行的 5 次所谓"治安强化"运动，多次纠集日伪军向抱犊崮山区抗日根据地进攻的军事情报，都被铁道游击队事先获取，使我军知己知彼，以弱胜强，以小的代价换取了大的胜利，使敌人封锁、吞食抗日根据地的阴谋没有得逞。

铁道游击队侦察敌情，获取敌情报的办法多种多样。一是利用土生土长、人地两熟、便于隐蔽的优势，化装到敌人要害机构侦察；二是在枣庄、临城（今薛城）、峄县城建立了多处秘密抗日情报站；三是利用拜把兄弟的办法在伪警察局、伪矿井队、宪兵队等处，争取了许多"内线"人员为我方提供情报；四是利用突袭敌伪据点捉舌头的办法，等等。铁道游击队获取情报后，经过大队长、政委、特派员等考证分析后送往山里，几乎百分之百的准确可靠，为粉碎敌人"扫荡"，巩固和扩大抱犊崮山区抗日根据地建立了功绩。

缴获了大批军用物资，为鲁南部队提供了可靠的后勤保障

铁道游击队于1940年2月正式建队时只有十多个人，两支手枪，不到一年的时间发展到100余人枪。他们的武器绝大部分是从敌人手中夺来的。正如《游击队之歌》所说的"没有枪，没有炮，敌人给我们造"。他们缴获来的武器弹药不仅装备了自己，还多次运往鲁南军区，支援山里的人民抗日武装。

铁道游击队在枣庄初创时，即联络了许多失业的煤矿工人和铁路工人。他们机灵地从敌人列车上截获了大批煤炭，然后用这些煤炭作为本钱开设炭场，办焦厂，赚了许多钱，除留足活动经费外，大部分上交和救济枣庄失业工人。正式建队后，又相继从敌人洋行、票车、军车上缴获了伪钞数十万元、棉布千余匹、日军服200余套、各类药品上百箱、粮食和食品数十吨，还有5挺轻机枪、两门手炮和近百支步枪、手枪及60余箱子弹等。所有这些战利品，都分别及时运往山里抗日根据地。它像"雪中送炭"，为根据地的抗日军民度过抗日斗争最艰苦的阶段提供了后勤保障工作。

1941年后的两年间，日本帝国主义将侵华日军的60%、伪军的90%以上，都集中在我党领导的抗日根据地周围，连续5次推行"治安强化"运动，进行大规模的"清剿""扫荡"，实行惨无人道的"三光政策"，妄图摧垮共产党领导的人民军队和抗日根据地。此时的国民党亦极力推行消

极抗战、积极反共政策，制造了"皖南事变"，掀起了反共高潮，抗日根据地处于敌伪顽夹击之中，抗日斗争环境非常恶劣。1941 年 4 月至 10 月，敌伪顽在鲁南地区制造了"4·25""7·25"和"10·27"三大事变，中共鲁南区党委书记兼鲁南军区政委赵镈等数百名官兵及抗日群众被杀害。在抗日斗争的最艰苦阶段，鲁南铁道游击队在敌人重兵把守的交通枢纽和铁路沿线机动灵活地打击敌人，迫敌六神不安。他们急鲁南抗日军队所急，想鲁南抗日军民所想，只要是上级提出任务，他们总是尽最大的努力去完成。1941 年 11 月中旬的一天，队长洪振海、政委杜季伟赴军区开会时得知：敌人冬季"扫荡"时，我军区被服厂被摧毁，越冬棉衣、布料等皆被敌人抢光和烧光。时值"小雪"时值，军区直属部队官兵仍穿着单衣，夜晚冻得直打哆嗦。队长、政委返回驻地后，立即召集骨干研究了在津浦铁路线上截击敌军用列车的行动方案，经周密计划和紧急准备后，一辆由青岛开来的军列在临城南段预定的地点被早已爬上列车的队长洪振海等人拔下插销、割断风管，两节载货车厢同机车脱钩，1000 余匹棉布、100 套日军服和大批毛毯、药品和食品被截获运往山区抗日根据地，为部队越冬防寒解了燃眉之急。

破袭敌人交通和通信设施，积极配合抗日根据地
军民粉碎敌人"扫荡"

侵占鲁南的日军配备汽车不多，调集兵力和运送战备物资等，主要是靠铁路运输。津浦铁路干线和临（城）枣（庄）及枣（庄）赵（墩）支线是敌人调兵遣将和后勤补给的主要交通干线。铁道游击队的骨干队员从小与火车打交道，有的本身就是火车司机和司炉，对火车机车结构、机件性能等了如指掌，对铁道设施亦非常熟悉。因此，破袭敌铁路交通正是他们的拿手好戏。自 1941 年 2 月铁道游击队执行中共山东分局对敌铁路交通

实施大破袭任务以后,他们充分运用自身的优势,积极配合抱犊崮山区抗日根据地的军民反"扫荡"。截至 1942 年底,计破坏敌机车 8 辆、车厢 30 余节,炸毁桥梁 3 座,拆毁铁路道轨近 20 次,长达 50 里。另外,他们还锯断电线杆近千根,将导线和木杆及时运往根据地。通过大破袭,迫敌铁道交通多次瘫痪,通讯中断,迟滞了敌军行动,为鲁南抗日军民反"扫荡"的胜利做出了一定的贡献。

敌人屡遭我铁道游击队打击之后,为保护铁路畅通,还专门调集了在日本国内经过严格训练的大批军警组成了日军铁道警备大队和铁甲列车大队,昼夜沿铁道巡逻,利用乌龟壳作保护,曾嚣张一时。但它不能离开铁道线,当机警的铁道游击队员将铁轨破坏之后,敌人便寸步难行了。敌人利用"扫荡""围剿"等硬的办法遭到惨败之后,又施出软的办法,派沙沟车站"爱路段"特务平野向铁道游击队请求谈判,说什么"只要你们'飞虎队'不破坏铁路,日军铁道警备大队和铁甲列车大队保证不打你们,同你们'和平相处',确保你们的过路安全"。结果平野被铁道游击队队长、政委严厉训斥了一顿,只好灰溜溜地滚回了老巢,较长时间不敢出来活动。1945 年 10 月,在铁道游击队组织的日军沙沟受降仪式上,平野发自内心地称赞铁道游击队是"百战百胜,名副其实的'飞虎队',八路军伟大。我们回国后教育日本人民决不再做伤害中国人民的事!"

保护战略交通线,使过往津浦铁路线的
党政军各级领导干部畅行无阻

抗日战争艰苦阶段,中共中央所在地延安经山东至华中有一条秘密战略交通线。1942 年日本帝国主义大规模地"扫荡"之后,敌人在主要城镇和铁路沿线增加了许多据点,每个村镇都建立维持会,扶植伪政权,尤其在鲁南铁道游击队经常实施破袭活动的津浦铁路沿线和临枣支线周围,更

加戒备森严,铁道两边还修筑封锁沟、封锁墙,铁甲列车昼夜巡逻,主要道口岗哨林立,过路行人严加盘查。所以这条战略交通线曾一度中断,过往津浦线干部受阻,山东与中央上呈下达的文件亦无法传递。

铁道游击队奉鲁南军区之命,为尽快打通津浦线,担负起护送干部过路任务,立即将分散活动的各中队、分队骨干召集在一起,认真学习了上级指示,进一步整顿了组织纪律,大力开展瓦解敌军工作和群众工作,为确保过路干部的绝对安全采取了许多措施:首先是搞了一次较彻底的"武装大请客"。采用突袭的战术,集中力量,分头行动,一夜之间将铁路沿线的伪乡、保长全部"请"到山里抗日根据地,集中进行教育,分化瓦解,除极个别罪大恶极者格杀勿论外,其余只要表示悔改,皆送回。后来,这部分人中多数有立功表现,提供了许多日伪情报,有的后来成为我抗日骨干。二是利用"内线"关系在伪军内部发展情报人员,使敌人的一切行动都能被我及时掌握。三是加强对敌宣传工作。安排日籍队员和会日语的骨干利用敌通讯设施对敌喊话、写信,在敌据点附近贴标语和散发传单等方式,宣传共产党的抗日方针政策,揭露日军侵华罪行。四是加强瓦解伪军工作,在伪军家属中开展"黑红点"活动,伪军提供一次情报,在其名下点上一个红点,相反,若同日军在"扫荡"时犯有罪行者便在其名下点上一个黑点。铁道游击队将伪军们得黑红点情况及时告其家属。这样一来,伪军在其家属劝告下,多数不敢妄动,有的还主动地向铁道游击队投诚;极个别不听劝告者便被铁道游击队处决了。通过几个月的艰苦工作,铁道游击队在铁路沿线很快站稳了脚跟,甚至个别敌伪据点内的头目还悄悄同铁道游击队交了朋友。

1942年8月,铁道游击队奉命护送刘少奇同志过路时,由于计划周密,有沿途广大抗日爱国群众掩护,加之对敌工作开展得好,由抱犊崮山区抗日根据地护送到微山湖西,行程百余里,而且需穿越敌人严密封锁的临枣、津浦两条铁路线，途经20多个敌伪据点，均安全无恙。

铁道游击队继护送刘少奇等中央领导同志之后，又相继护送了原山东军区政治部主任萧华、司令员兼政委罗荣桓、中共中央山东分局书记朱瑞、新四军代军长陈毅等党政军各级领导干部千余名，均圆满完成任务，多次受到鲁南军区、山东军区和被护送的高级领导干部的表扬。罗荣桓元帅当年代表山东军区在给铁道游击队的嘉奖信中指出："你们坚持斗争在星罗棋布的敌据点周围，像一把钢刀插入敌人的胸膛，给敌以沉重打击。你们肩负着保卫通向全国人民向往的革命圣地延安的通道，它像人身上的大动脉一样，一分一秒不能中断，你们确保了安全畅通。我代表山东军区首长向你们致以亲切的慰问。"

（选自《党史文汇》1995年第8期）

珍贵的回忆

杨广立

1943 年到 1945 年，在抗日战争从最艰苦的相持阶段到取得最后胜利这段难忘的岁月里，我曾经三次见到陈毅同志，亲耳聆听过他的讲话，接受过他的指示。虽然岁月悠悠，已经过去了 50 个春秋寒暑，可这三次见面的情景却深深地铭刻在我的记忆中。

我第一次见到陈毅同志，是在 1943 年 11 月。

当时，我任鲁南独立队副政委兼游击队政委。一天，我们刚从津浦路东回到微山湖住下，就接到运河支队送来的通知，说有一位"当家的"要过路去延安，由我们铁道游击队负责接送。此前，鲁南军区领导也曾向我们交待过，最近有位新四军首长要从我们这儿过路去延安，要我们负责护送。那时，我们经常接送过路的首长。为了保密，统称首长为"当家的"。接到通知后，我就考虑，今天接送的这个"当家的"是谁呢？当我们见到首长后，才知道是新四军军长陈毅。他是路过这里赴延安参加党的"七大"的。当时游击队的活动范围主要在铁路线两侧，四周敌伪戒备森严，据点星罗棋布，唯一比较安全的地带就是微山湖了。我们接来了陈军长，他说要休息几天，我们赶忙找到一只小木船，连夜

· 306 ·

将陈军长送进湖里。当时抗日战争正处在最艰苦的岁月，我们实在没什么东西招待陈军长，便派人上岸，从夏镇买回了几斤大米。陈军长知道后对我们说："煮鲜鱼吃就很好嘛，添那么多的麻烦做什么？干革命就是要靠山吃山，靠水吃水。我们从前在江西打游击的时候，还吃过黄蜂蛹子哩。"在微山湖休息期间，陈军长每天都和我们谈话，讲苏德战争的局势，讲抗战的前途，讲三年游击战争的故事。他还向我们调查了解渔民的生活情况。在谈话中他引述毛主席的话谆谆教导我们：一定要很好地执行党的政策，一定要和人民群众鱼水相连。他说："你们处境虽然艰难，但是只要正确地执行了政策，把根子扎在人民当中，敌人再凶，也是撵不走你们的。我到了延安，一定告诉毛主席，津浦路上有你们这么一只'小老虎'。"在秋风萧瑟、浪花飞溅的微山湖上，陈军长住了五天。临走前的那天晚上，他心潮澎湃，思绪万千，在被夜风吹动的马灯下，写下了一首雄伟壮丽的诗篇：

横越江淮七百里，

微山湖色慰征途。

鲁南峰影嵯峨甚，

残月扁舟入画图。

第二天拂晓，我率短枪队护送陈军长到湖西。临别时分，首长紧紧握着我的手，并一再嘱咐："要很好地坚守这块地区，保护好通往延安的交通线，也许我从延安转来时，还走你们这里。"

时过两年，即1945年9月，陈军长真的又从我们这儿路过了。我又第二次见到了陈毅同志。

那时，我山东野战军八师打开峄县后，又回到津浦路上。这一天，我们部队正在夏镇休整，准备围攻临城。突然接到报告："陈毅军长来了，是由教四旅的部队从湖西护送过来的。"当时的形势发生了巨大的变化，日本投降了，蒋介石准备发动内战，毛主席到重庆和国民党谈判。当时，许多同志为毛主席的安危担心，部队的情绪有些波动。毛主席的安全有保障吗？谈判的前途到底怎么样？这些问题时刻在我脑海中翻腾。如果谈判成功，从此以后能够和平该有多好！但是蒋介石会同意吗？我不相信，许多同志也不信，纷纷说："眼前的事实明摆着，日军、伪军、国民党同流合污，共同对付我们。八年抗战中，国民党反动派从来没有停止过和我们搞摩擦，他们恨共产党恨得咬牙，怎么会真心实意和我们讲和平？若说不能和平，谈判不会成功，毛主席又为什么要去重庆呢？……"在这个关键时刻，陈军长的到来，真是个出乎意料的大好消息。贾团长、李政委和我立即前往迎接。在夏镇南头一家老百姓的大院里，我们见到了陈军长。他一见我，马上就认出来了，一面和我握手，一面风趣地说："我还记得你们微山湖的小船。怎么样？还送我去游湖吗？"我连忙说："现在局面不同了，我们部队壮大了，除了铁路上的城镇，广大地区全在我们手中。首长这次来，一定要多住几天。现在，再不用送首长进湖了。"陈军长笑着说："这次我只能停留半天。歇歇脚，下午你们要把我送过铁路，我要尽快赶到临沂，向华东局的同志传达党中央、毛主席的重要指示。"

我们把陈军长接到团司令部，为了让首长休息，大家便要退出来。陈军长叫住我们："我只停留半天，现在谈谈你们对当前时局有什么看法。"大家心里正闷着许多解不开的问题，就把最关心的问题提了出来："毛主席在重庆安全有保证吗？""这一点请同志们放心，"陈军长十分肯定地说，"毛主席去重庆是扛着三面大旗去的：一面是和平的大旗；一面是团结的大旗；一面是民主的大旗。这三面大旗比十万大军还厉害。毛主席此去，代表着全国人民的意愿，国民党反动派是不敢下毒手的。我们的党不是

1927 年的党，时代不同了。现在，最关键的问题，是看我们的斗争。"我们听了陈军长的这番话，心里的一块石头落了地。陈军长接着问："你们是准备打，还是准备和？"我们回答："准备打。如果反动派继续进犯，我们就坚决打下去。"陈军长点点头说："我们力争和，准备打。"又问："部队中有没有和平幻想？"我们回答："有，只有少数人。"陈军长严肃地说："少数人也要不得。我从延安来，党中央和毛主席要我告诉同志们，我们是力争和平的，但不能抱有幻想。反动派总是反动派，不打不倒。我们部队工作的重点应放在'打'字上。反动派是不会真心实意和谈的。他们已经磨好了刀，准备向我们杀来。美国正帮助国民党反动派，从天上、地上、海上向东北运兵。内战是不可避免的。我们要做好充分准备，准备打仗。'针锋相对，寸土必争'。绝不允许反动派抢占胜利果实。"陈军长还简明扼要地向我们介绍了全国的战局，讲了重庆谈判的前途，讲了进军东北的重要意义。他不时引用毛主席去重庆之前在延安干部会上的讲话，教导我们对反动派决不能抱有幻想，他们是欺软怕硬的，我们的仗打得越好，胜利越大，对谈判越有利。谈到今后的斗争，陈军长说："党中央和毛主席给我们的任务是向日伪军大举反攻，猛力扩大解放区，同时，你们要把守住山东的南大门，坚决粉碎反动派打通津浦路的企图，阻止国民党的部队北上。"

这次短暂的会见和谈话，拨开了我们眼前的迷雾，消除了我们心中的疑虑。使我们心明眼亮，斗志昂扬。陈军长和我们谈过后，稍事休息，用过饭，我就带着部队护送首长过津浦路东，赶赴临沂。

陈军长把党中央、毛主席的指示带到了山东，山东的斗争局面很快发展起来。我军立即向境内伪军进行了大反攻，收复了广大城镇和乡村，进一步发动群众，加强地方武装，解放区不断巩固壮大。同时部队进行了整编，统一了领导，组成了野战军，以适应形势发展的需要。"守住南大门"

"针锋相对，寸土必争"的口号响彻天空。

1945 年 10 月，国民党第一战区副司令李延年率骑二军、七十三军及吴化文两个军沿津浦路北上。我华东野战军第八师，在陈毅司令员统一指挥下，在津浦路上破铁路，截兵车，攻城夺镇，打击进犯的敌人。斩断吴化文的先头部队后，又攻占了邹县城，一举歼灭日伪顽守敌 2500 多人。据守在十里铺、界河、下看铺等处的 360 名日军，本想等待国民党的大军北上，坚决不肯向我们缴械。我们攻克邹县城后，他们期待无望，便向我们投降。接着，我们又和华中北上的兄弟部队配合作战，在界河地区，将吴化文部的第一军 4000 余人歼灭，并活捉了军长于怀安。刚刚撤下战场，传来消息：毛主席从重庆返回延安。国民党的代表被迫在《双十协定》上签字。接着，又传来了毛主席的指示："纸上的东西并不等于现实的东西。事实证明，要把他变成现实的东西，还要经过很大的努力。"果然，不几天，国民党又令其十九集团军陈大庆部北犯。我们坚持"针锋相对，寸土必争"的方针，在官桥、孟家仓、滕县等地，把陈大庆打得落花流水，先后歼灭了他的暂一旅、新二师共 12000 多人。这样，上来一堆，歼灭一堆，仗越打越大，前后不到三个月，我津浦前线上的部队很快就控制了临城至兖州段方圆 200 多里，完全打破了反动派企图控制津浦路掩护大军北上的计划。陈毅司令员在一次干部会上风趣地说："此山是我开，此树是我栽，要想从此过，把枪缴下来。"

在此期间的一次干部大会上，我第三次见到了陈毅同志，听了他作的报告。陈司令员在讲到津浦前线上接连取得的伟大胜利时说："'针锋相对，寸土必争'，这是毛主席给我们的法宝。我们用了它，'争'了，'对'了。今后还要'争'下去，'对'下去。"他特别表扬了我们师舍身炸碉堡的英雄陈金合。陈毅司令员说："我们要有陈金合同志的革命精神。他是彻头彻尾的共产主义英雄……"津浦前线各个部队积极响应陈毅司令员的号召，掀起了"向彻头彻尾的共产主义英雄陈金合学习"的热潮，学习他在反动派大举进攻面前大无畏的革命精神，学习他用生命保卫胜利果实的崇高品质。只要国民党反动派不停止进攻，我们就要和他"争"下去，"对"下去，直到取得最后的胜利！

（选自《党史博采》1995 年第 9 期）

刘少奇与"铁道游击队"

何立波

2005 年 8 月,新版 35 集电视连续剧《铁道游击队》在荧屏播出。该剧有一段情节,描写了"铁道游击队"护送刘少奇过津浦铁路时扣人心弦的故事。由于篇幅的限制,剧中没有对"铁道游击队"护送刘少奇和刘少奇关心"铁道游击队"进行详细的描述。实际上,刘少奇与"铁道游击队"之间,有着一段值得称颂的故事。

一

抗战爆发后,鲁南枣庄矿区的工农群众,在中国共产党的领导下,开展了轰轰烈烈的抗日救国斗争。使敌人闻风丧胆的鲁南铁道大队(习惯称"铁道游击队"),就是枣庄矿区抗日斗争的一支重要力量。这支由铁路工人、小摊贩、矿工和流浪者组成的非正规部队,战斗在津浦铁路兖徐段和临枣支线上,舍生忘死,与日军周旋 7 年之久。"铁道游击队"人数最少时仅 10 余人,最多不到 400 人。他们以山区主力部队为后盾,以微山湖为依托,在铁道线及其两侧上演了一幕又一幕精彩悲壮的抗日活报剧。具有传奇般经历的游击队的英雄们,被人民群众称之为能飞檐走壁的"侠客",

被日伪军称之为能从天而降的"飞虎队"，被八路军首长称之为插入敌人心脏的"怀中利剑，袖中匕首"。

1942 年，抗日战争进入最艰苦的岁月。在日军的残酷扫荡、分割蚕食下，鲁南山区根据地被严重压缩，出现"南北十余里，东西一线连"的严峻局面。湖滨平原上，敌人的碉堡林立、封锁沟纵横。从湖西到鲁南、由华中去陕北的交通线，完全被敌人切断，对我军十分不利。为了打破敌人的封锁包围，根据山东分局和鲁南、湖西区党委的指示，在微山湖区活动的游击部队，开辟出了一条湖上交通线。"铁道游击队"被鲁南军区赋予了护送干部的任务，主要是保证苏北、滨海、鲁南等抗日根据地的领导干部安全跨越津浦路，通过微山湖。刘少奇便是"铁道游击队"护送的第一位高级领导干部。

1941 年 9 月 26 日，中共中央书记处决定，中共中央政治局委员、华中局书记、新四军政委刘少奇回延安。10 月 3 日，毛泽东致电刘少奇："中央决定你来延安一次，谅已收到电报，并希望你能参加七大。"1942 年 3 月 19 日，刘少奇带领华中赴延安干部 90 多人，在八路军一一五师一个团的护送下，从苏北阜宁单家港启程，踏上了返回延安的千里征程。在刘少奇出发之前，3 月 3 日，毛泽东致电刘少奇，希望他在回延安途中路过山东时，帮助解决山东根据地工作中的问题。4 月 10 日，刘少奇来到山东分局和一一五师师部驻地沂蒙山区南麓的东海县（今临沭县）诸繁村，尔后投入了紧张的工作当中。刘少奇在山东通过卓有成效的工作，解决了山东抗日根据地长期没有解决的问题。据时任中共山东分局委员、山东纵队政治委员的黎玉等人回忆："从此，山东党拨正了航向，不仅胜利地度过了最艰苦的 1942 年，从根本上扭转了山东局势，而且由此乘胜前进，迅速壮大了人民抗日武装力量，不断巩固和发展了根据地，迎来了抗日战争的完全胜利。"

刘少奇在山东根据地停留了近 4 个月。7 月下旬,又踏上前往延安的路程。根据交通情况和沿途敌情,为了减小目标隐蔽行动,原来准备同刘少奇一起赴延安的 90 多名华中干部重新返回新四军军部,刘少奇只带了几个工作人员和警卫班十几个人继续前行。据黎玉等回忆:"当时从滨海去鲁西路程几百里,经过敌人层层封锁线特别是津浦铁路,大家都为少奇的安全担心。山东分局领导研究了两个方案:一是派主力部队一个营护送,二是由鲁南铁道游击队小部队化装护送。多数同志主张第一个方案,去请示少奇同志,少奇同志却毅然同意由'铁道游击队'送。于是他就以一个普通战士的身份,站在战士的行列里启程了。"

鲁南军区把护送刘少奇跨越津浦铁路的任务交给了"铁道游击队",这也是游击队第一次执行护送任务,大家心里都很紧张。这一时期,微山湖周围二三百里都是敌占区,敌人的据点、碉堡遍地林立,封锁沟、封锁线纵横相连,敌人经常在这里进行残酷的"扫荡"。只有微山湖是我革命根据地,是华东、华中通向延安的唯一通道。

二

刘少奇一行从诸繁出发,渡过沭河、沂河,经临沂、费县、滕县等地区,到达枣庄西南小北庄。当天夜里,"铁道游击队"大队长刘金山、政委杜季伟、副大队长王志胜带着游击队员,来到预定宿营点小北庄。开始,他们并不知道这次要护送的干部是谁,直到第二天上午,才知道其中包括刘少奇,他要经过这里去党中央所在地延安。一听说这批干部中有少奇同志,队员们都沸腾起来了,大家议论着:要是能见见这位受战士和人民尊敬和爱戴的首长,该多好啊!但他们考虑到,刘少奇头天夜里跋涉了近百里路程,一夜没睡觉,当天晚上还要过铁路,白天应该让他好好休息一下才对,怎么能再去打搅他呢?

刘少奇非常了解大家的心思，当天下午，游击队接到通知，说刘少奇要见见队员们，这让大家非常高兴。游击队领导和负责护送的十几个队员，一起到了他的住处。刘少奇笑容满面地同大家亲切握手。他一边招呼队领导坐下，一边询问他们的名字和生活情况，屋子里的气氛顿时轻松活跃起来。队领导把游击队的活动情况向刘少奇做了汇报。听完以后，刘少奇表扬了游击队的斗争成绩，同时也指出了他们做得不够的地方。他强调说："群众是我们开展游击活动的基础，基础打不好，就立不住脚。立不住脚，又怎么谈得上狠狠地打击敌人呢？你们说对不对呢？"

刘少奇长期从事秘密工作，在如何发动和依靠群众，做好群众工作方面，有着丰富的经验。他说："你们在敌占区是不是可以建立一批'基点村'？所谓'基点村'，一是要把村里的群众基础打好，使群众都拥护我们；二是村里要有坚强的骨干，要注意发展党员；三是能掌握住与敌伪通气挂钩的人。这样的村子越多，我们的活动范围就越大，我们的基础就越牢。"

最后，刘少奇又向大家介绍了整个世界反法西斯战争的形势以及八路军、新四军在全国各个战场上取得的胜利。他说："抗日战争最困难的时期就要过去了，战略反攻已经开始。现在，就好比是黎明前的黑暗，天越黑，离天亮就越近。只要我们树立信心，鼓起勇气团结奋战，就一定能把日寇赶出中国去，一个美好、幸福的新中国一定会建立起来。"刘少奇铿锵有力的话语，如拨云见日，使大家受到了极大的鼓舞和激励，感到心里亮堂了，眼界开阔了，增强了战胜敌人的信心。

三

津浦铁路是日军重兵把守的交通要道，公路铁路交错，岗楼碉堡林立。铁道游击队把穿越铁路的地点选择在从临城到沙沟之间的干沙河处。

这里有一个涵洞从铁路下穿过，暴露的可能性比从路面上通过要小些。

第二天晚上，雾气弥漫，夜色沉沉，铁路两旁敌人的碉堡里，灯光闪烁。游击队护送队员连同过路干部一行二十几个人，悄悄地离开了宿营地，准备按计划穿越铁路线。在走到离铁路还有三四百米时，突然，从北面闪过来一道白光，日军一辆巡逻车从临城方向驶了过来。车上探照灯的强光扫来扫去，一挺轻机枪漫无目标地突突扫射着。大家赶快沿着沙河边隐蔽起来，以免被敌人发现。"这是敌人在虚张声势。"刘少奇镇定地说："别看鬼子表面上那么嚣张、猖狂；其实是在为自己壮胆，这正说明他们内心十分空虚、害怕。"巡逻车在前面不远的地方停了一下，没有发现什么，乱放了一阵枪，然后就向沙沟方向开去，铁路两边又恢复了平静。游击队抓住这个机会，护送刘少奇沿着干沙河，一溜小跑，从涵洞穿过了铁路。接着，他们离开干沙河，避开大道，插向小路，直向微山湖边挺进。一口气走出七八里路，再没有发现敌情，大家才算松了一口气。

这时，刘少奇把游击队的 3 名队领导叫到跟前，边走边说："现在，鬼子控制了铁路交通线，对我各抗日根据地进行分割封锁，妄图割断各根据地之间的联系。延安同山东、华中根据地的联系目前只有这一个口子，你们要用一切努力，保住这条交通线。今后，铁道游击队的重要任务之一就是护送东西过往的干部。"当听说有的队员感到执行这样的任务不如打仗扒车过瘾时，刘少奇说："要做好大家的思想工作，使大家明确护送干部这个任务完成好了，从一定的意义上说，比你们开展军事斗争对革命的贡献更大。"

当时正值炎热的夏天，刘少奇一行一夜急行军，没吃一点东西，没喝一滴水，身上大汗淋淋，衣服全湿透了，紧贴在身上。大家口干舌燥，嗓子像要冒烟一样。这时候，正巧路过一大片西瓜地，几个小警卫员看见了，立刻喜上眉梢。他们准备买两个大西瓜来解渴，可是在地里找不到一个人，他们就自己动手摘了两个熟透的西瓜，抱到刘少奇跟前，说："首长，你口渴了，吃点儿西瓜吧！"刘少奇一看，立刻皱起眉头，严肃地说："你们怎么这样做？这是绝对不能允许的。赶快送回去，从哪里摘来的，送到哪里去。"在刘少奇的教育下，警卫员把瓜送回了原处。接着，他又对身旁的几位干部进行了教育。然后，大家在刘少奇的带领下，又赶路去了。

刘少奇同游击队领导边走边谈，不一会儿便来到微山湖边的朝蒋集镇，与等候在这里接应的冀鲁豫军区黄河大队的同志会合。这时，联络员交通员报告说，附近的几个敌据点的兵力又增加了。游击队领导考虑到刘少奇的安全，决定到微山湖里的船上过一昼夜，等天黑后再到湖西去。刘少奇同意了这个安排。游击队弄来 3 条小船，大队长刘金山、政委杜季伟同刘少奇乘一条船，其他同志分乘另外两条船，一起划进湖里的隐蔽地方。

第三天晚上，游击队正准备护送刘少奇去湖西。不料敌情突变，日军在湖西一代疯狂"扫荡"，封锁严密，上级指示暂不要通过。这样，游击队员们便同刘少奇一起，度过了难忘的十多天。在微山湖的这些日子里，因为敌人扫荡、封锁，生活极其艰苦，有时几顿都吃不上饭。刘少奇和游击队员一样，吃野生藕片充饥。有一次，游击队专门为刘少奇煮了小米饭，但他怎么也不肯一个人吃，坚持要队员们和他一起吃。到了夜里，小船舱里住不下那么多人，游击队员便睡在舱面上，让刘少奇睡在船舱内。刘少奇非常关心游击队员，把他的一件大衣、一条毯子盖在他们的身上。他那平易近人、艰苦朴素的作风，给游击队员留下了难忘的印象。在这样艰苦的条件下，刘少奇仍不知疲倦地工作着，看书，写文章，给游击队员讲全国、山东的抗战形势，讲毛泽东、党中央的战略战术思想，有时还向掩护自己的渔民宣传抗日救国的道理。

刘少奇对铁道游击队的发展非常关心。在湖上与他们朝夕相处的日子里，他多次对游击队的同志做工作指示。一次，刘少奇把游击队的 3 条船靠拢一起，他坐在船头上，详细地教导游击队如何扩大、巩固根据地，如何更加有力地打击敌人。刘少奇说："你们在这里坚持斗争，我看要注意三条：一条是既要有力地打击敌人，又不要过于暴露自己，做到出其不意，掌握主动。另一条是对伪组织上层分子，如伪保长、伪乡长等，要把打与拉结合起来。坏的不打不行，但光打不拉也不行，在敌占区斗争要讲策略。再一条，铁道游击队要重视游击区的建设。"讲到这里，刘少奇做了一个生动的比喻："蜘蛛在网上为什么能蹲得住，就因为它拉了网，这网就是它的根据地，小飞虫控上来，一触网就粘住了。我们打游击，也要学蜘蛛拉网，建立自己的根据地。有了根据地，就有人、有粮，就能在群众中站住脚。"

刘少奇的教导，给铁道游击队的工作以很大帮助。当时，游击队经常活动的地区伪化严重，斗争十分艰苦，周旋余地不大，活动很困难。铁道游击队领导根据刘少奇的指示，讲究斗争策略，重视游击区建设。他们首先改变过去对伪组织上层分子光打不拉的做法，做好争取工作。斗争实践证明，这样做，一些伪保长、伪乡长被争取过来后，表面上仍是日军的人，实际上成了为游击队办事的人。一有敌情，他们就向游击队报告，使游击队的活动自如，弄得日军处处被动挨打。

四

少奇在微山湖的岛上住了 5 天，先后接见了铁道游击队、微湖大队（微山湖上的一支土生土长的抗日游击队）和沛滕边县委负责人。听取汇报后，刘少奇做了四条指示：一是要保护好这条交通线，确保畅通无阻；二是当前敌强我弱，不要过于刺激敌人，行动要慎重，同时要做好伪军工作；三是要搞好根据地政权建设，扩大武装；四是活动在这里的几支抗日武装应统一指挥，实行党的一元化领导。敌情稍有缓和后，刘少奇等继续前进。他们在丰县同湖西军分区派出的骑兵连取得联系，由骑兵连护卫穿过湖西区。

在听取中共湖西地委工作汇报后，刘少奇指出：必须深入发动群众，坚决实行减租减息，发挥群众的抗日积极性，建立巩固的根据地；加强对微山湖上交通线的控制；要做好争取伪军的工作，树立同敌伪长期斗争的思想。刘少奇指示他们要千方百计地帮助群众生活下去，动员老百姓种植瓜果蔬菜。"种什么呢？我看菜呀、瓜呀、萝卜、豆角等等，凡是能生长的都可以种。将来能结瓜果就吃瓜果，长不出瓜果的，就是叶子、藤子也可以吃呀，总比吃生枣和枣叶要强，比没有吃的更强。这样，一两个月、两三个月后，瓜果长出来，群众生活就会好一些了，枣儿也成熟了，我们再帮助群众把枣子卖出去，换些粮食和日用品回来，群众的生活就会安定了。"刘少奇强调指出："我们在这里是要想尽一切办法给群众东西，而不是向群众要东西。""我们必须和群众同甘共苦，在群众中生根，要使群众相信我们在任何时候都不会离开这里的。"

8月中旬，刘少奇离开湖西地区，经鲁西南前往冀鲁豫边区。1942年12月30日，刘少奇一行顺利抵达延安。

1942年12月，鲁南军区遵照刘少奇的指示，将活动在该地区的微湖大队、铁道游击队、滕沛大队、文峰大队合编为鲁南独立支队，"铁道游击队"被编为第二大队。为保持"飞虎队"对敌人的威慑力，二大队对外仍称鲁南铁道大队。"铁道游击队"在独立支队的领导下队伍迅速壮大，最多时发展到近400人，下辖3个短枪中队和3个长枪中队。鲁南军区为加强对这支抗日武装的政治工作，先后调赵宝凯、黄岱生、刘依勤、张静波、张建中、张再新、颜耀华、郑林川、李德福等十多名政治工作骨干到铁道队任中队指导员。大批主力部队骨干的充实，使"铁道游击队"成员的军事政治素质得到大幅度提高。但他们肩负的任务，除配合独立支队完成统一作战计划外，主要的仍是护送过路干部，保卫交通线。

从1942年春到1943年底，"铁道游击队"先后护送了刘少奇、陈毅、朱瑞、萧华、陈光等领导干部及其他数百名干部安全通过敌人设在津浦路两边、沿微山湖一带的封锁沟墙，保证了从苏北去延安的这一段交通线的通畅。1945年10月，山东枣庄和临城日军千余人向鲁南铁道游击队投降，这是抗战胜利后军事受降中十分罕见的一幕。

1945年12月，"铁道游击队"奉命到滕县接受整编。整编后，除留两个连队受鲁南铁路工委领导外，其余100余人编入鲁南军区特务团。大队长刘金山调任鲁南铁路局副局长，副大队长王志胜调任鲁南铁道局办公室主任。至此，鲁南铁道游击队完成了它的历史使命，番号被撤销。"铁道游击队"从创建到撤销番号前后有5年的时间。在这5年的战斗历程中，"铁道游击队"沉重地打击了敌人，给主力部队提供了大量的战备物资，并先后为各主力部队输送了十几个连队的兵力，为部队建设和抗日战争的胜利做出了重要贡献。

（选自《党史纵览》2008年第12期）

微山湖畔留诗篇

——护送陈毅去延安

独道生

微山湖位于南阳湖、独山湖、昭阳湖的南端，四湖相连，水天一色。北可达古城济宁，南直抵战略重镇徐州。这四颗镶嵌在苏北鲁南版图上的明珠，数微山湖身价最高，名声最大。这里曾是威震敌胆举世闻名的铁道游击队英雄们的根据地和杀敌战场。湖上那茫茫水天，蔽日的芦苇，蜿蜒数百里的芦荡，那一条条行船的"水巷"，百转千回，曲深莫测。抗日战争时期，敌伪封锁了津浦铁路的广大地区以后，我们党在这里开辟了一条交通线，这里就成了山东、华中两大抗日根据地通往革命圣地延安的重要通道。

一

1943 年 12 月的一天，鲜红的太阳刚刚跳出湖面。微山湖游击大队队长张新华和政委孙新民等刚查完哨，铁道游击队的交通员秦明道急急忙忙赶来。没等张大队长问话，老秦便气喘吁吁地说："真巧，你们都在。"一边说一边搓着冻得红肿的双手。"秦大爷，有情况吗？"老秦压低嗓门非常神秘地说："咱们新四军的一位首长要过湖到延安去。""什么时间？""明天晚上。"

翌日晚，北风呼叫，天寒地冻。在通往微山湖的路上，微山湖游击队的队员们隐蔽在村头、树林、路旁草丛中，天气虽冷，心里却像有一盆木炭火。在朦胧的夜色中，个个睁大眼睛，侧耳细听，焦急地等待着新四军首长的到来。

凌晨，新四军首长按预定计划顺利通过了敌人的铁路封锁线，由铁道游击队护送到微山湖游击大队的接头地点。两个铁道游击队员跑步向微山湖游击大队队长报告："大掌柜的①来了！"张新华等急忙迎上前去。晨光熹微中，但见来人高大魁伟，穿一身便衣，迈着稳健的步伐。"辛苦啦，首长！""辛苦的是你们，我是陈毅，让你们久等喽！"一听是陈毅军长，同志们心中非常高兴。铁道游击队政委杜季伟忙过来介绍："这是湖上游击队的大队长张新华同志。""早就听说你们干得不赖，要发扬光大哟！"陈毅握住张的手说。此处不便多谈。铁道游击队的同志圆满完成任务往回返。微山湖游击大队护送陈毅上路，沿着湖边小路径直向一个叫葫芦头的地方走去。这时，天已大亮，太阳从东方升起来，满湖的水在金光照射下，像匹匹抖动的红绸缎。陈毅同志骑着毛驴，习惯地紧闭着双唇，翘首远望，舒展的眉宇间流露出淡淡的笑意，他被微山湖绮丽的风光迷住了。

当走到离葫芦头尚有数里许的漫洼时，意外的事情发生了：一支敌人的巡逻队迎面走来，躲闪已来不及，他们便大模大样地走过去。队员们个个做好了随时进行战斗的准备。

奇怪！敌人并没有像往常那样，张牙舞爪地围上来搜查、盘问。只见几个鬼子狠狠地盯了几眼骑在驴背上的陈毅军长。陈毅双目微闭，神态自若，不时地用眼角的余光轻蔑地扫视一下这群乌合之众。双方谁也没搭话，但气氛却异常紧张。

———————————

① "大掌柜的"是指当时铁道游击队为保证安全对过往首长的通称。

　　突然，敌人巡逻队里有人主动和张新华打招呼："三叔，你干什么去来？"张新华循声望去，原来是夏镇①盐当街的王二民。这小子在徐州警备队干事，今天怎么窜到这里来了。时间不允许张队长多想，便和他搭讪道："噢，是二侄子，我接你大姑父去来。"陈毅同志心领神会地朝王二民点了点头。"那你们快走吧。"王二民又看了陈教军长一眼，匆匆离去。

　　巡逻队走远了，张新华等心里的石头才落了地。陈毅望了望敌人远去的背影，朗朗大笑起来。

　　来到葫芦头，陈毅便登上一只当地人叫"艞子"的小舟。一个游击队员用竹篙一点，这小舟就穿过湖面上干枯的苇草，箭一般奔湖心而去。来到湖心的一处鸭墩②旁，陈毅同志登上了微山湖游击队早已准备好的一只大船，他站立船头眺望着山峦起伏的鲁南山峰和一望无际的微山湖水，赞叹地说："你们这地方太美了，有抱犊崮根据地作依托，又有微山湖这样有利的地理条件，你们一定要保证这条主要交通线的畅通，直到胜利。"大家考虑到首长旅途的劳累，劝他赶快休息。陈毅军长说："好吧，我喜欢你们这个地方，准备休息几天再到湖西去。"听说首长要在这里住几天，大家又高兴又担心。高兴的是将会受到陈军长更多的教诲，担心的是首长的安全。陈毅看出了同志们的心思，爽朗地说："同志们不要担心我的安全，你们微山湖面这样宽阔，湖草这样深，我在这里只是大海中一粟，敌人是找不到我的！"将军一席话，大家都笑了。

二

　　布置好警戒后，张新华等忙让人办饭。陈毅军长说："不急嘛。"就坐在船头点燃一支香烟，慢慢抽了几口，便询问起湖上游击队的情况。张大

---

①　夏镇，当时属沛县，1953 年设立微山县，是为微山县政府驻地。
②　鸭墩，湖上渔民养鸭子用的土墩，供养鸭人和鸭子夜间寄宿。

队长等从人员组成到护送过往首长以及战斗情况一一作了汇报。"任务完成得不错嘛。"听了他们的汇报,陈毅满意地说,"现在从华中、山东到延安的交通线,就只有你们微山湖上这一条喽,一定要保住!"

当谈到由于敌人的封锁,战士们有时只有茅草根、湖藕、鸡头米充饥,战斗生活十分困难时,陈毅说:"你们和铁道游击队一样,斗争既艰苦又光荣。1934年我在赣南山区打游击时,比你们还苦呢。"接着,他给游击队讲红军长征后,他在赣南深山密林里养伤时的困苦境况。那高高的山间有一条深涧,他在涧这边的山洞里养伤,老虎就住在涧那边的山洞里。当老虎发现他这位陌生的邻居时,就很不友好地仰天长啸,空谷回声,令人毛骨悚然。有时一连好几天吃不上粮食,就捉蛇烧熟了充饥,那山上的马蜂蛹也弄来吃。情况许可时,地下党的同志让上山打柴的老乡在竹杠里给装点粮食送来。他讲那凄风苦雨的长夜,讲那密林鏖战急的白天……讲得那么平常,那么娓娓动听。他遥望着辽阔的长空,沉浸在对往事的回忆之中,思绪飞回了南国,禁不住轻轻低吟起来:"天将午,饥肠响如鼓,粮食封锁已三月,囊中存米清可数,野菜和水煮。""叹缺粮,三月肉不尝,夏吃杨梅冬剥笋,猎取野猪遍山忙,捉蛇二更长。……"他的语调是低沉的,浓密的双眉紧蹙着,脸色严肃起来:"这都是党内错误路线造成的哟!毛主席创造了井冈山革命根据地,有些人却反对毛主席的正确领导,使根据地损失了90%,只好长征喽……"

少顷,他的眼里放射出喜悦光芒:"有毛主席领导,一切都好喽!最重要的是,毛主席把马列主义的理论和中国革命的具体实践结合起来了。你们知道历史上有个叫赵括的吗?此人讲起兵法来滔滔不绝,可一让他指挥打仗,就不行了。三国时的诸葛亮挥泪斩马谡,不也是这样嘛!后来失了街亭,那个很懂得爱惜人才的诸葛亮只好挥泪把他斩了……理论和实践的结合很重要。我刚到部队,连手榴弹都摔不响,没有实践嘛。

现在也好犯错误，跟不上毛主席!"说着，爽朗地大笑起来:"可是，改了就好嘛!"

吃饭的时候微山湖游击队特意炖了一条鲤鱼端上来，陈毅风趣地说:"鱼头对着客人，不礼貌哟。你们这里是孔老夫子的故乡，看来你们这些土八路，是'土包子'哟!"他大笑起来。游击队员们都被他逗乐了。他夹了一块鱼肉说道，"你们微山湖里的大鲤鱼很有名，四个鼻子孔的。"又指了指几个松花蛋，"这松花蛋也是五彩的。"湖上游击队的同志们先是一愣，继而拿起松花蛋仔细一瞧，果然晶莹透明，五彩斑斓。大家十分佩服陈毅军长丰富的社会知识。谈笑间，原来的局促之感全没了。

中午，陈毅到微山岛看望抗日军民。他坐上了船，顾不上休息，便和岛上军民见面，嘘寒问暖，互道辛苦，纵论国际国内形势。而后，在湖上游击大队队长、政委等负责人陪同下，游览了微子墓和张良墓。在二贤的墓碑前，细细瞧望，认真辨认，俨然一个考古学家。良久，他突然发问道:"你们知道二位先贤的故事吗?""知道点，但不太清楚。""张良可是刘邦打天下的得力助手哟!"他讲了张良的故事后，又拿起望远镜，"西南方向是沛县吧!"他看了一会说:"刘邦就是沛县人，没当皇帝前，先在这一带当亭长。他的大将樊哙、周勃，都是这里的人。你们听过和刘邦争天下的那个西楚霸王项羽的故事吗?那个项羽可不大好，个人英雄主义，脱离群众，最后就难免四面楚歌，乌江别姬喽!"

他拿着望远镜巡视着远处的湖岸，似乎在寻找当年那位汉高祖的足迹。"两千多年前，这里就很富饶喽。我们中华民族有着悠久的历史，灿烂的文化，是世界文明古国……可现在，多少同胞挣扎在日寇的铁蹄下，这是对历史的侮辱和嘲弄!"而后，他仰望着辽阔的天空:"我们干革命可不要学那个项羽，你们要注意依靠广大人民群众，打击那些坏中之坏，团结中间力量。革命一定会取得胜利!"望着银光闪闪的湖面，望着岸边簇簇村落，聆听着陈毅军长的教诲，更加坚定了微山湖游击队员们必胜的信念。

陈毅放下望远镜，坐下来问微山湖地区的领导人："你们看过这里的《县志》吗？"回答说："没有。""要找来看看嘛。作为一个游击队的领导人，不光要懂得军事，会领兵打仗。还要懂得政治、经济、文化，了解当地的地理、历史、风土人情，这对指导我们的工作是十分有益的哟！"

三

黄昏来临。夜风传来了津浦路上火车驶过的隆隆声。陈毅就住在鸭墩上，在牧鸭人住的芦苇小棚里点燃了一堆芦柴，游击队员们围坐在他的周围。这时，警卫员拿出一盒黑的白的棋子儿玩，大家都稀罕，围过去看，不知是何物。"你们有会下的吗？"陈毅说："这是围棋嘛！"并随手拿起几颗棋子给队员们讲围棋的下法。大家津津有味的听着。一个队员轻声说："军长还有空下棋？"陈毅乐呵呵地笑了，"那怎么不可以呢，诸葛亮在司马懿兵临城下的时候还弹琴呢，我就不可以下棋？"说得大家都笑起来。

这一夜，在火堆旁，游击队员们听陈毅军长讲国内外反法西斯战争的大好形势；讲毛主席的《论持久战》；讲国民党、蒋介石背信弃义，发动皖南事变；讲震惊中外的西安事变中，敬爱的周恩来副主席力挽狂澜，迫使蒋介石接受张学良、杨虎城二位将军提出的条件，使西安事变得以和平解决……芦柴火苗映照着那宽阔的前额，耳边回响着他那浓重的四川口音，精力是那么旺盛。为了让他早点休息，大家告辞出去。

只见陈毅军长踱出芦苇小棚，迎着冬夜的湖风，伫立在鸭墩上。他遥望了一会儿星斗辉映的湖面，凝视着北斗星，指着遥远的西北夜空，深情地对警卫人员说："延安就在那里哟，毛主席、周副主席、朱总司令都在那里！"他迈着坚定的步子向前走了两步，缓缓地说，"同志们，胜利就要来到了！抗日战争已进入反攻阶段，敌人的日子不好过喽！黑暗就要过去了，曙光就在前面！"

夜已经很深了，陈毅军长还没有睡意。那一弯镰刀似的残月，渐渐坠落在湖面，勾勒出远山的轮廓，近峰的倒影。这当儿，正巧有一只柳叶船轻轻小舟，咿咿呀呀摇过残月之下。扁舟悄逝，峰峦嵯峨……这是何等迷人的景致！他久久地、久久地伫立在那里，沉醉在对祖国壮丽山河的无比热恋之中。不是吗，残月坠后，鲜红的太阳就要升起来了。

一首美妙的诗篇，飞出陈毅军长的心胸：

"横越江淮七百里，微山湖色慰征途。鲁南峰影嵯峨甚，残月扁舟入画图。"

陈毅军长在微山湖住了三天。就要离开大家，同志们个个都恋恋不舍。陈军长和湖上游击大队的同志们一一握手告别，并亲切地说："再见，再见，胜利后再见！"

天黑下来后，陈毅军长登上渡船。微山湖游击大队的领导和队员们分乘几只小船前后护送，趁着夜色，向西驶去。

（选自《党史纵横》1993 年第 11 期）

铁道游击队大队长洪振海

王贞勤

建国后，随着著名作家刘知侠创作的长篇小说《铁道游击队》以及随后的同名电影风靡全国，"刘洪"（原著和电影中一直以"老洪"称之）等众多抗日英雄从此家喻户晓。"刘洪"的主要原型，就是铁道游击队的首任大队长洪振海，刘知侠也坦称"老洪"的事迹主要取之于洪振海。洪振海生前率领铁道游击队"血洗洋行""飞车搞机枪"等许多传奇式的抗日故事，至今仍在鲁南地区广为传颂。

自小炼成"飞车"绝技

洪振海1910年出生在山东省滕县（今滕州市）羊庄镇大北塘村一个贫苦农民家中，父亲洪佳善是个艺高工精的木匠，生有5子7女，5子中洪振海最小，乳名"五行"。

当时，由于洪家人多地少，加之天灾人祸，弄得家中一贫如洗。虽然每年冬春农闲之时举家外出做工，但终日辛劳，仍温饱难求。家里实在生活不下去了，父亲不得不把几个孩子分别安排在亲朋家里度日。老二在李家做长工，老三在本村给别人放羊，老四在枣庄窑做木工。洪振海有个姐姐在枣庄，年仅 3 岁的洪振海，就寄养在姐姐那里。

洪振海的姐夫葛茂林在铁路干搬道工，是一个忠厚善良、读书识字的直性汉子。洪振海 7 岁时便跟姐夫学认字。他从小聪颖过人，且又刻苦好学，深得姐夫喜爱。葛茂林时常在工作之余教洪振海认字赋小诗，授之以浅近的古文唐诗之类，洪振海对所学的知识能很快领会。

当时，洪振海常到矿工工区及工人家里玩耍，结洪了不少穷苦兄弟，1925 年，洪振海的父亲带着老人去安徽省淮南大通煤矿谋生。从此全家离散，各奔生路。

洪振海心灵手巧，不管什么活路一学就会。15 岁时，便铁、木、石、泥水匠的活路样样精通。且性格直爽，行动潇洒，身体强健，做事勇敢顽强，爱打抱不平。有一次，他看到一名蛮横的工头用鞭子抽打工友，便愤怒地疾步冲向工头，二话没说，三拳两脚就把工头打翻在地。还没等工头弄清是怎么回事，洪振海却早已隐身青纱帐中去了。

洪振海稍大之后，便终日跟着姐夫奔跑在火车道上，和司机师傅交上了好朋友。他不仅学会了开火车，而且学会了在疾驰的列车飞身上下易如反掌的绝技，在以后的抗日战争年代里，他的这一本领得到很好的发挥。

1929 年，洪振海见靠姐夫一人的微薄收入难以维持全家的生活，为减轻姐夫的压力，他到枣庄中兴煤炭公司当了矿工。那时，他看到资本家只知榨取工人血汗，过着花天酒地般的生活，而劳苦工人在井下如入地狱，在车站扛抬货物压弯了腰，仍食不果腹，衣不蔽体，洪振海深深感到社会的黑暗。

1937 年，"七七事变"后煤矿停产，洪振海失了业。无奈靠爬火车、拣煤炭维持生活，还经常挨打受骂，遭受欺侮。苦难而特殊的生活处境，陶冶了他那种顽强、机智、果断、豪爽的性格。

枣庄是中国东部地区最重要的能源重镇之一。抗战全面爆发前，这里拥有全国最大的华资煤矿——中兴公司。1938 年 3 月 18 日，日军占领枣庄后，在此驻扎了一个联队的兵力，开始对这里进行疯狂的掠夺，修复了从枣庄到津浦铁路的支线，大量优质煤炭沿着铁路，再经过海上运输，源源不断地被掠夺到日本本土。

洪振海每每看到祖国的宝贵资源被强盗掠走，心中都燃起熊熊怒火，恨不能一把扯断火车的两条道轨，让日本人再也抢不走中国的一粒煤炭。

铁道游击队首任大队长

洪振海怀着对侵略者的满腔仇恨，在日军占领枣庄后不久，便跟随中共地下党员王福根参加了中共领导的鲁南抗日义勇队，在第三大队当了战士。因英勇善战，不久就被提升为班长，后又升任三连一排排长。

根据斗争形势的需要，1938 年 10 月 5 日下午，洪振海、王志胜（小说中王强的原型）二人奉鲁南人民抗日义勇队司令员张光中之命，在枣庄的小陈庄建立秘密情报站，洪振海任站长。他们的任务是搜集敌人情报，秘密发展抗日组织，伺机夺取敌人武器，支援部队。

洪振海以流浪者的身份，借爬火车、拾煤炭为掩护，及时准确地侦察日军在铁路沿线的兵力部署、后勤供应、物资运输等情报，并连同打入日本人开办的"枣庄正泰国际公司"（群众称洋行）的王志胜所取得的情报一起，经峄县二区区委由交通员刘景松送往义勇队队部。

为了搞垮日军在枣庄的特务机关"枣庄正泰国际公司"，洪振海等人于 1939 年 8 月的一天深夜，巧妙地摸入洋行，开枪打死打伤日本特务多人，缴获长短枪各 1 支，还没等鬼子援兵赶到，他们矫捷的身影早已消失在夜幕之中。同年 10 月，洪振海又飞身跃上枣庄开往临城的日本军火列车，搞到机枪 2 挺，步枪 12 支。洪振海的行动使日军惊恐万分，而在人民群众中却飞快地传扬，对激发人民的斗志起了很好的作用。

枣庄情报站在对敌斗争中产生，又在斗争中不断发展壮大。到 1939 年 11 月洪振海负责的情报站已发展到 11 人。此时，根据苏鲁支队（原鲁南抗日义勇队）首长的指示精神，情报站在枣庄开设炭场，并以此为掩护，继续发展壮大抗日武装，从事对日斗争。这期间，他们靠着夜幕掩护搞煤炭、弄军火，既打击了敌人，又为我山里的主力部队筹集了许多军用物资和经费。到 1939 年底，情报站已有长短枪十多支，并又动员发展了一批工友参加了革命。

1940 年 1 月 25 日，根据洪振海、王志胜等人的建议，八路军苏鲁支队决定成立"鲁南铁道大队"，俗称铁道游击队。苏鲁支队任命洪振海为大队长，杜季伟任政委，王志胜为副大队长。同年 5 月，炭场被敌人破坏。洪振海便带领铁道游击队撤出枣庄，在铁路沿线同日伪军展开激烈的斗争。同年 6 月，为了统一指挥，统一领导，八路军苏鲁支队决定将活动在枣庄、临城一线的几支铁道游击队合编为鲁南铁道游击大队，洪振海继续任大队长。

1940 年下半年，抗战进入艰苦的相持阶段，日军纠集了津浦和临枣沿线的日伪军约 8000 人，向八路军鲁南根据地猛扑，并重点对铁路沿线进行严密封锁和疯狂"扫荡"。为减轻日伪对八路军主力的压力，洪振海以大局为重，率领铁道游击队坚守敌后，并在铁路沿线频繁出击，千方百计拖住敌人。

1940 年 11 月，洪振海得到一份即将通过的列车上有部分鬼子军火的情报。他派人经过详细侦察，事先弄明了该列列车上军火的位置和日军的押运防护情况，决定截车夺取这部分武器。洪振海周密部署了劫车的每一个步骤，他安排好预定接应地点，自己和 13 名队员利用夜幕掩护潜伏到铁道旁边的一片坟地里。当时已入寒冬，北风凛冽，寒气逼人，皎洁的月光泻在地上，队员的身上积下一层银白色的寒霜。洪振海和队员们一动不动，两眼直盯住铁道远方。

大约在深夜 1 点钟左右，远方传来了轰隆的车轮声，路基也随之颤动。洪振海兴奋地说了一声"注意"，队员们全都做好了准备。轰鸣的列车呼啸而来，洪振海第一个像离弦的箭冲上路基，上了飞驰着的火车车头，队员们也纷纷"飞"上列车。

洪振海首先打死日军司机，指挥队员把列车停在预定的地点。队员们相互配合，迅速将列车上 20 多个押护日伪军全部消灭，然后把乘车群众集合起来。洪振海站在列车头上，情绪激昂地宣讲共产党八路军抗日救国的主张，有力地扩大了党和八路军在群众中的影响。在这次截车战斗中，共缴获短枪 8 支、长枪 12 支，手炮 1 门，机枪 1 挺，除 3 支短枪留用外，其余全部上交鲁南军区。这次劫车战斗，由于洪振海判断准确，指挥得当，全部参战队员无一伤亡。

为了配合反"扫荡"，牵制和打击临城、枣庄一线的敌人，洪振海带领队员在一个漆黑的夜晚，再次冲进"枣庄正泰国际公司"。他们以迅雷不及掩耳之势，一连击毙 8 名鬼子，有两名敌人还没来得及穿衣服，就被击毙。这次战斗消灭 20 名鬼子，打死两名掌柜，缴获长、短枪 20 多支。这次战斗就是非常知名的"血洗洋行"。

威名远扬千里铁道线上

在洪振海等领导下，铁道游击队在敌人严密控制的铁路干线、枣庄矿区和微山湖区，紧紧依靠路矿工人和湖区群众的掩护与帮助，采用灵活机动的战术，活跃在千里铁道线上，神出鬼没地打击敌人，他们扒铁轨、炸桥梁、撞火车、截物资，杀鬼子、惩汉奸，护群众、保家乡，像一把锋利的钢刀，插进敌人的动脉血管和胸膛，打得日伪军晕头转向，不得安宁。敌人对他们既恨又怕，曾悬以重赏捉拿和进行无数次的搜捕、袭击、"扫荡",但都遭到了失败。铁道游击队越战越勇、越战越强,成为一支声名远扬、威震敌胆的抗日英雄部队。

为了对付铁道游击队,日军还专门从济南调来特高课长高岗,在临城火车站组建第五特别侦谍队。他们负责侦察铁道游击队的行踪,并训练出一支针对铁道游击队的特种作战小队,寻机与铁道游击队决战。高岗和第五特别侦谍队的存在,对铁道游击队构成重大威胁,洪振海决定夜袭临城火车站,铲除高岗。

1941 年夏,洪振海经过详细侦察和周密部署后,参战队员分成了 3 个战斗小组,第 1 组化装成铁路工人,乘夜混入车站,迅速接近袭击目标,将特务头子高岗及其士兵石川击毙。第二组迅速制服伪铁路警备队,收缴其枪支。第 3 组负责增援。整个战斗仅用十多分钟就胜利结束,铁道游击队击毙日军 2 人,伤 1 人,缴获长短枪 30 余支,机枪 2 挺和子弹一宗。同时,他们还巧布假象,"指挥"日军将伪军阎成田部解除武装并将伪团长阎成田捕杀,取得一箭双雕的战果。

1941 年 11 月,我鲁南军区被服厂遭到敌人的破坏,部队的冬装成了严重的问题。铁道游击队接受了向敌人夺取布匹、解决部队冬装的任务。根据情报得知,11 月 26 日 11 点,一列由北京开往上海的票车,其尾部的两节闷罐车厢里装的是布匹。洪振海立即进行部署,率领铁道游击队潜伏在预定地点。深夜 11 点,列车隆隆地开来,当列车开到沙沟时,他们神不知鬼不觉地将列车挂钩摘下,成功地截下了装布的两节车厢。队员们和事先埋伏好的近千名群众一齐动手,很快将两车厢的布匹全部运到离铁路 16 里远的微山湖,足足装了 30 船。

这次行动,共获洋布 1200 多件(计 18000 匹),日军服装 800 多套,毛毯、药品一宗,一举解决了鲁南、鲁中、苏北等 5 个军区的冬装问题。

1941 年 12 月初的一天深夜,临城的日军纠集了日伪 1000 多人,分两路突然包围了铁道游击队的驻地——黄埔庄村。在敌众我寡的情况下，洪振海冷静地指挥队员沉着应战。但终因众寡悬殊，被迫突围。他一面指挥队员们突围，一面向蜂拥而上的敌人射击。洪振海掩护队员们突出重围后，便飞身跃到村头的一堵土墙边。不幸被敌人的机枪火力点发现了，3挺冒着火舌的机枪向他扫射，子弹像雨点一般在他身旁擦过，但他毫不畏惧，奋力扔出最后两颗手榴弹，炸翻了敌人一挺机枪，又迅速向村北一条深沟滚去。但终因敌人火力太猛，不幸中弹牺牲，时年31岁。洪振海壮烈牺牲后，其灵柩先就地安葬，两年后被战友们送到他的家乡——大北塘村，葬于村之西侧。

此时，中共鲁南铁道游击大队党支部已通过了洪振海的入党申请。洪振海牺牲后，鲁南军区政治部追认他为中国共产党正式党员。

洪振海不仅创建了铁道游击队，而且每次战斗总是带头冲锋陷阵、奋勇杀敌，他还热爱群众，关心战友，在铁道游击队享有崇高的威望。对于他的牺牲，鲁南抗日军民都深为悲痛，特别是铁道游击队队员们大都难过得多日吃不下饭。八路军一一五师首长和鲁南军区首长专门为他的牺牲向铁道游击队发去唁电，高度赞扬了他的革命英雄主义和爱国主义的高尚品德。

新中国成立后，党和人民一直没有忘记洪振海这位人民英雄。人民政府将他定为革命烈士，当地干部群众为其重修墓园，树起纪念碑。每逢清明节和他的牺牲日，人们都纷纷到他的墓园举行纪念活动。《人民日报》、新华社等中央重要媒体，多次以《铁道游击队好男儿》等为题，在"永远的丰碑"等重要栏目中宣传他的英勇事迹。国庆60周年前夕，中宣部等中央十一部门在联合评选"双百"英模人物时，洪振海又成为候选人之一。

（选自《党史纵横》2015年第9期）

弹起心中的土琵琶

——铁道大队长传奇

肖继勇　　王绍云

西边的太阳快要落山了/微山湖上静悄悄/弹起我心爱的土琵琶/唱起那动人的歌谣……半个世纪过去了，当年令敌人闻风丧胆的铁道游击队队员们今何在？著名作家刘知侠笔下的那个神奇人物——大队长刘洪的生活原型，其真实经历是怎样的？带着疑问，我们来到古城苏州，找到了铁道游击队第二任大队长、离休干部刘金山同志。刘老明白了我们的来意后，沉思片刻，便娓娓地讲述起他那坎坷、传奇般的革命经历。

一

1940 年 1 月，鲁南军区在日军军事、经济重镇枣庄，秘密地建立起了一支以铁路、煤窑工人为基础的铁道大队（即铁道游击队）。

铁道大队初期活动，主要在枣庄周围摸据点、搞岗哨，隔三岔五地干掉一两个鬼子。25 岁的刘金山在部队上干过年把，套路熟，加上作战勇敢、为人正直，不久，相继担起了组长、分队长职务，成为铁道大队的一名主要骨干。1941 年，日本鬼子开始大扫荡，鲁南军区命令铁道大队在敌后加大破坏力度，牵制敌人兵力。一天晚上，刘金山带领几个队员潜进临城车站，把日军的一列货车偷偷开走，加足马力后他们跳下，使货车跟迎面开来的鬼子运兵车对头相撞，撞死撞伤敌人百余名。狡猾的敌人估计这是我小股部队所为，还是没有抽回扫荡的兵力。铁道大队决定打票车（客车），造造声势。一个寒风刺骨的晚上，7点多钟，一列票车从济南开了出来。铁道大队全部人马化好装后，分别从枣庄、泥沟、掖县三个车站上了车。火车开出枣庄不远，会开火车的大队长洪振海和战士曹德清从两侧翻入车头，干掉了日本司机。车厢里，20名队员按照计划早已分散到十节车厢中，两个人看住一个押车鬼子。刘金山和战士徐广田对付的是一个鬼子小队长，一上车，他俩就在鬼子队长身边坐下，徐广田掏出一包牙粉放在茶几上。火车开过一个叫王沟的村庄，忽然来了个一停一开的刹车动作，这是洪振海发出各车厢同时行动的信号。刘金山趁鬼子队长伸头向外看，一个跃身上前把他压在身下，徐广田操起牙粉洒向鬼子的双眼，接着夺过鬼子腰里的手怆，对准鬼子的脑壳扣动了扳机。其他车厢也迅速行动，三四分钟后全部结束战斗。火车停下后，为造成这次行动是大部队干的假象，游击队丢下一些预先准备的草鞋和八路军字样的草帽，然后领着600多名乘客沿麦田撤离，踩出一条大部队走过的痕迹。鬼子判断这是八路军所干无疑，忙从山区撤回扫荡部队进行拉网围剿。

活跃在鲁南敌后的铁道大队，犹如钉在敌人背上的一根钉子，驻枣庄、临城的日军无计可施，便专门从济南请来了上校特务高岗。这家伙是个中国通，他一到驻地临城，便组织了一个便衣队，制订了一套"以便对便、以暗对暗、游击对游击"的战术，一时间，鬼子像胶水一样地"粘"准了铁道大队，撵得他们到处站不住脚。这年12月，铁道大队第一任大队长洪振海在黄埠庄与日军便衣的遭遇中英勇牺牲。

洪振海牺牲后，上级指派刘金山代理大队长职务。为了破掉敌人的便衣队，替洪大队长报仇，刘金山3次化装摸进临城，假借拜把兄弟争取了两名特务，获得了大量情报，出其不意地杀了作恶多端的伪乡长常尚德，使敌人失去了耳目。不久，他们在彻底搞清高岗活动规律的基础上，由刘金山率副大队长王志胜、分队长徐广田及部分精干队员，以化装奇袭的战术，将高岗及其警卫员石川击毙于办公室内，并制伏了车站的伪军，缴获了大批武器。高岗被除后，日军特务网很快解体，铁道大队在微山湖岸上又站住了脚。

二

1942 年 5 月，鲁南军区正式任命刘金山为铁道大队大队长。

这一年，鲁南抗日斗争形势处于异常艰苦阶段。敌人除对我山区根据地频繁地进行军事扫荡外，还进行了残酷的经济封锁，妄图以此扼杀我抗日军民。

1942 年秋的一天，刘金山通过内线了解到，当晚日军有一辆票车加挂两节军需车皮从济南南下，里面装的可能是布匹，也可能是棉衣，他随即做通沙沟车站站长张勇驹的工作，要他配合道大队劫下货车。那天晚上，铁道大队动员 200 多名民工，划着 20 多条船，早早地埋伏在距离微山湖不远的郗山铁路两边。午夜，他们在张勇驹的帮助下干掉了尾车上的 4 个鬼子，拔掉了票货车厢之间的连接插销。打开车门，里面全是山区部队急需的白洋布。大家卸的卸、扛的扛，穿梭一般往湖边的船上运。天到麻麻亮，还剩下半车厢，这时，从远处传来一阵紧似一阵的机枪声，敌人发现了货车被截。铁道大队和民工加紧抢运，等进了迟山，所有布匹都运到了湖边，可是，由于运输船少，这些布难以及时转移。火烧眉毛的关头出现了奇迹。方圆十里刚刚还相当清明的田野，数秒钟内腾起了一团团的浓雾，一步以外看不见什物。老天如此助人，大伙不紧不慢地扛包、装船，直到地上一个布丁不剩。这次截获的布匹，装备了根据地的一个团带两所机关。

1945 年 8 月，日本鬼子无条件投降后，八路军某旅奉命歼灭驻沙沟伪军。但是，我军一打伪军，沙沟日军就出动帮忙，致使我两次攻打都没有奏效。鲁南军区叫刘金山去和日军谈判。刘金山骑上一匹枣红马大摇大摆进了鬼子兵营，跟他们达成了协议：八路军打伪军，日军不管；八路军保证日军安全。刘金山回去汇报后，八路军要他重返敌营守在那里。当夜，八路军拿下了沙沟。第二天早上，刘金山正在日军团部蒙头大睡，几名宪兵冲进来把他五花大绑地捆了起来。原来，5 分钟前一群日军士兵围观八路军押解俘虏，优哉游哉的样子惹恼了几名入伍不久的八路军战士，举枪把他们给撂倒了几个。刘金山被关起来等待处决。过了一会，刘金山来了烟瘾，叫一名汉奸翻译帮忙买包烟。翻译回来告诉刘金山：车站上躲有十几个伪军。车站是日军的地盘。刘金山一拍大腿，叫人赶紧把自己认识的鬼子军事代表黑木喊来，说是你们自己不讲信用把伪军藏进车站，八路军追杀才误打了你们。黑木不信，带刘金山去车站一看，十几个伪军正蹲在地上狼吞虎咽地吃东西。黑木哑口无言，给刘金山松绑，同时叫宪兵下了伪军的枪。

刘金山回到铁道大队，屁股还没挨着板凳，又传来命令要他再去沙沟叫鬼子交枪，刘金山一听，二话没说，三进鬼子窝。谈判中，刘金山晓以利害，日军答应交出榴弹炮、重机枪等武器。交接完毕，黑木毕恭毕敬地对刘金山说："你们大大的胜利了，我们失败了。"

三

1942 年底，铁道大队的中心任务转为保卫山东通往延安的秘密交通线，担负护送过往华东干部的任务。一天，鲁南军区通知刘金山开会，4个人等着他，鲁南军区司令兼政委傅秋涛和侦察科长，还有一个瘦高个的中年男子和一位年轻的女子。傅司令说："这次交给你们的任务是护送一位重要干部过封锁线，路上绝对不能出一点问题。这是你们建队以来最伟大、最艰巨的一次任务。"傅司令这句话震得刘金山头脑嗡嗡作响，他惴惴不安地揣测：这个人是谁呢？

傅秋涛指着那位始终不发一言的陌生男子对他说："就是这个同志跟你去。"

刘金山转头打量那位身穿蓝黑色棉袍大褂，脚蹬蓝色圆口布鞋的男子，见对方在目光炯炯地看着自己，就问："100 多里地你能不能走？""你能走我就能走。"他操一口浓郁的湘鄂口音，又问刘金山："你怕不怕？"

"我整天都是这样在鬼子胳肢窝钻来钻去，你呢？"

对方没有回答，他问刘金山："你是不是共产党员？"

刘金山说是。"你是共产党员，我也是共产党员，你不怕我还怕吗？"陌生男子说。

刘金山想，别看他半天一句的，感觉还真不一般。

翌日下午 5 点后，刘金山率领一支短枪队护送他们上了路。第一站 90 多里地，前 35 里是游击区，后面是敌区。游击区可以大胆走，下半夜进入敌区后，大家都放轻脚步、竖起了耳朵，两位客人走在队伍中间，默默地随着他们上沟下坎。拂晓，他们到了滕县一个可靠的伪保长家，在那里睡到天黑，当晚翻过津浦线，又走数十里进了微山湖。可是，湖西等在那里的人告诉他们，日本鬼子正在那边扫荡，等扫荡完了才能把人接过去。从第二天起，中年男子开始给他们上游击课。教铁道大队如何团结群众、组织群众和发动群众等一系列游击战争的基本常识和方法。后来刘金山才知道，这位"重要"干部就是当时任新四军政委的胡服（刘少奇），那个女青年是新四军的一名卫生员。

1943 年元月，鲁南军区指名让刘金山护送一位新四军负责同志过封锁线。刘金山带队伍赶到徐州附近的交接地，见到的是一位头戴皮帽、身穿皮袍、内着西装的一副商人打扮的"大队长"。刘金山从他一口川语中猜出，这个新四军负责人就是他仰慕已久的陈毅。"大队长"见了刘金山先开口："我肠胃有毛病，跑不行，走可以，我带了一匹小骡子，要骑着。"刘金山他们也是下午出发，第二天天亮前住进了伪保长家。

后面的路"大队长"要骑骡子，夜里不好走，铁道大队几位领导合计后，决定大白天跨越津浦线。接近津浦线姬庄封锁沟，副大队长王志胜单枪匹马闯进伪军据点"疏通"借路，这一带的伪军都尝过铁道大队的厉害，三思过后，同意"借路"5 分钟，5 分钟后有鬼子的巡逻车来。一行人跨上铁路正准备疾速通过，谁知"大队长"东望望西瞧瞧，南踱两步，北走两步，末了指着据点说："我要进去看看，跟伪军讲几句。"铁道大队的几名领导差点没吓昏过去，他们一边一个拦着"大队长"，坚决不同意。

"你们要过他们就让你过？我不信，这八成是你们吹的。""大队长"使出激将法。

刘金山看实在挡不住，就和政委杜季伟、副大队长王志胜带几个人随他跨进了碉堡。

王志胜亮开嗓门对碉堡里的伪军喊我们："我们'大队长'来看你们了！"十几个伪军听到这话，没等小队长喊口令，都自觉地排成一行。

"你们虽然身穿伪军服装，今天干的却是正义之事……以后还要更多地为抗日出力……""大队长"的川音响若洪钟。"哒哒——"铁道一头，鬼子的巡逻车一路鸣枪开了过来。刘金山忙附在"大队长"耳边说："走吧。"

"好。带钱没有，给他们一些明天改善伙食。"

刘金山从怀里掏出一把日币，给伪军一人发了一块。之后，半扶半拽地拉出"大队长"翻下铁路向西而去。

等到上了 20 里外的微山湖，刘金山在津浦路上冒的一身冷汗还没有干。

1942 年底至 1944 年初，刘金山带领铁道大队先后胜利地完成护送刘少奇、陈毅、萧华、陈光、叶飞等领导往来封锁线的任务，其他过路干部千余人，均安然无恙。

四

解放战争开始后，铁道大队已发展到 260 余人，那时的任务是天天在津浦线上打阻击战。淮海战役开始前，铁道大队奉命列入华东野战军的战斗序列，编在十三纵内，人数过千。渡江战役前，铁道大队在江苏江浦改编为三十五军下辖三〇七团，刘金山任团长，过江进驻南京城。18 天后，这个团便被调往浙江剿匪，在那里又经整编成为地方部队。不久后，刘金山调任浙江八分区参谋长，负责金华地区剿匪，也就是在那里，经组织介绍，他认识了浙江金萧六支队的女游击队员徐惠华，同她结为伴侣。1980 年 8 月，刘金山从苏州军分区司令员的位置上离职休养。

（选自《党史纵横》1995 年第 8 期）

李锐忆铁道游击队政委

李 锐 远 生

寇逼徐州入鲁先，得知消息换人间。

忠魂定不回衡岳，日出当观泰岳巅。

这首绝句是李锐同志怀念老友文立徵之作。后来他又在《想念你啊，文立徵》一文中介绍了这位富有传奇色彩的革命烈士：

现在的年轻人呵，你们从电影和小说上认识的铁道游击队政委，牺牲时才三十四岁。他出生于湖南衡山一个富有的家庭，父亲曾任北伐军团长；1927 年考入长沙岳云中学，是我最要好的同学之一，学习非常用功，思想进步。1934 年上北京辅仁大学，1938 年由我介绍他入党。抗战期间，他在鲁南艰苦的环境中打了八年游击战。他只有短暂的初恋，没有结婚。这个沉默寡言，曾热心于化学试验的人，从参加"一二·九"运动的普通一员，成长为深受鲁南人民爱戴的游击战士和指挥员。1941 年，立徵被鲁南军区派到二军分区任副政委。1943 年兼任过八个月铁道游击队政委。真象小说上写的李正，穿破烂棉袍，戴破毡帽头，穿一双铲鞋，两支短枪掖在胸前袍子里。文立微跟随队伍隐蔽指挥。护送干部过路，他总亲自参加。他非常爱学习，衣袋里全是小记录本，上面写满了铅笔字。他沉着乐观，是领导干部，在群众中却很活跃，总是随身带着口琴，一边吹，一边叫小孩们跳舞。1945 年 2 月 22 日，内奸勾结大汉奸申宪五深夜袭击，立微不幸遇难。我军先后捕获并公审枪决了这个内奸和申宪五。解放后，每年清明和国庆节，总有几千人到墓前纪念宣传文立微的英雄事迹。相信立微家乡的人民，也一定会引为光荣。

（选自《湖南党史通讯》1985 年第 2 期）

铁道游击队政委文立徵的历史终于被证实

庞培法

随着长篇小说《铁道游击队》的出版和影片《铁道游击队》的上映，铁道游击队政委李正的形象已是家喻户晓。但是，现实生活中的李正——1942 年 11 月至 1943 年 6 月担任铁道游击队政委的文立徵却于 1945 年 2 月 22 日在鲁南临城县（今山东省滕州市西冈镇）丁家堂村牺牲，年仅 34 岁。关于这位英雄烈士的战斗经历，《山东军区抗日战争时期战史》附件《抗日战争时期山东我军革命烈士英名录》，将他的籍贯记作"江苏铜山县"；在烈士的故乡湖南省衡山县，由于"找不到入党证明人"等原因，不承认他的"烈士"身份，甚至认为他是"在外干坏事而下落不明的人"；"文革"中，某医学院专案组还向烈士的亲属发出"函调提纲"，其中有"文立徵何时参加伪军？任何职？现逃往何处？"等问题。烈士的家人亲属为寻找烈士的下落，前后历时 30 年；一些老同志凭着对烈士负责、对历史负责的高度责任感，积极参与这项工作，并提供知情线索。根据调查所得的大量史实，1980 年 8 月 20 日湖南省民政厅批复："关于追认文立正同志为革命烈士的问题，根据调查材料，文立正同志是革命烈士，鲁南早已认定，临沂县烈士陵园有他的名单和史料，不需要再办批准手续，待 1981 年统一换证时，再补发牺牲烈士证明书。"1983 年底，烈士证明书发到了亲属手中，文立徵同志的革命历史终于得到证实。

热血青年

文立徵，字国道，湖南衡山东湖天柱寺人，1911 年 4 月 14 日出生。祖父文山玉是一位泥瓦匠，父亲文九德毕业于保定陆军军官学校，北伐时在唐生智部任国民革命军第八军某团团长，后任黄埔军校长沙分校少将总队长。1939 年因与上司意见不合，文九德电辞回乡，开山植桐、办小学、开纸厂、倡导种小麦，在地方上也颇开明。文立徵 1927 年考入长沙私立岳云中学，1934 年考入北平辅仁大学化学系，1935 年，文立徵积极投身抗日救亡运动，同时经常向其亲属好友写信，通报华北形势，详细介绍"一二·九"运动爆发经过，揭露日本帝国主义的侵略罪行。透过这些信件详细的记述，我们仿佛看到 60 多年前北平的莘莘学子为宣传党的"停止内战、一致对外"主张，不畏强暴，敢于斗争的光辉形象。文立徵是"一二·九"运动和"一二·一六"运动的积极参与者，以他的耳闻目睹写成的长篇记述是不可多得的历史遗产，至今仍闪烁着夺目的光彩。1936 年下半年，在全国援绥抗战的运动中，文立徵还参加了北平学生口琴队，到绥远前线慰问抗日将士。

抗日志士

1937 年 7 月 7 日，卢沟桥事变爆发，全民族抗战随之而起。8 月中旬，文立徵随同其中学时的同学李锐一起经天津南下济南。此时，国民党山东省政府主席韩复榘所辖第三路军政训处开办抗日军政人员训练班，吸收大批平津流亡学生。文立徵化名赵宓，参加训练，结业后被分配到鲁北武城县任民政督导员，在那里发动群众、组织抗日武装。后因韩复榘采取不抵抗政策，率部撤退，文立徵只好离开武城，辗转回到武汉。

1938 年 3 月初，从徐州到武汉参加全国学联代表大会的李锐在武昌"民先"队部见到文立徵。听了他的介绍和要求后，李锐和谢文耀介绍文立徵参加了中国共产党。这时，中共长江局组织部让李锐带领十几个青年同志到徐州前线，相机转入山东敌后。3 月中旬，文立徵随李锐来到徐州，中共苏鲁豫特委负责人郭子化同意把他们全部派到鲁南敌后去，在鲁南抱犊山崮以西的南唐地区，参加由我党领导的第五战区鲁南人民抗日义勇总队。加入鲁南人民抗日义勇总队后，文立徵改名文立正，一直战斗在鲁南这片热土上，直到生命的最后时刻。

1938 年 5 月，文立正受命担任鲁南民众抗日自卫军政训处副处长，随即同处长朱道南一起率义勇队一个大队到台儿庄一带活动，并同友军协议成立山外抗日联合委员会，在峄县周家营以北的白楼举办青年训练班，训练抗日青年。7 月，应与我党有统战关系的国民党军委会战区特种工作团第五大队邵剑秋所请，到邵部工作，建立党支部，为掌握这支部队做出了艰苦努力。9 月，邵剑秋受国民党军委会战区特种工作团第三总团团长陈中柱的蒙骗，率部随陈去苏北。为了掌握部队，文立正随军行动。11 月，邵剑秋识破了陈中柱的阴谋，文立正同邵商议，决定带部队回鲁南根据地，由邵率第三营、文立正率第一营分头行动，历经艰难，回到鲁南。1939 年初，文立正受命调任友军国民党第三专署保安第五旅任政治部主任。同年秋，又回到特种工作团第五大队。1940 年元旦，第五大队正式改编为八路军第一一五师运河支队，文立正任政治处主任。文立正对第五大队卓有成效的工作得到人们的充分肯定。邵剑秋在后来的回忆录中写道："这与平时文立正的帮助教育是有直接关系的，真是水到渠成。"时任运河支队宣传股长的梁再后来也这样回忆："运河支队成立后，短期间里便洋溢着八路军的风气了，对群众纪律严明。后经'三起三落'，与强大无比的敌人周旋了五年，必要时人自为战，始终打不垮也拖不散。这与开端时老文的倡导有关，是他把宣传、鼓动、教育、检查那一套方法与作风带到部队来的。""经过了四十余年的岁月，老文的音容笑貌还历历在眼前。"

　　其后，1941年3月，文立正由山东八路军鲁南军区派到鲁南军区第三军分区（即今临沂、郯城、邳县、峄县之间平原地区）任副政委兼政治部主任。1942年他到峄县、滕县、沛县地区检查工作，因独立支队政委牺牲，他留任独立支队代理政委。11月，他又被鲁南军区调任铁道游击队政委。在短短的8个月中，为了应付敌人，他穿着褴褛的衣服，戴一顶破毡帽，穿一双铲鞋，束一根用旒子编成的腰带。他个子不高，袍子太长，就把大襟翻起，掖在腰带里。破裤子也补满了蓝、白、黑各色补丁。他带着两支短枪，掖在胸前袍子里。他生活很艰苦，经常是几颗小枣也算一天口粮。进行战斗时，他亲自参加指挥；护送干部过铁路时，他亲自参加行动。他对战友总是那样和蔼可亲。1943年秋，中共鲁南区党委调文立正赴滕沛峄办事处（后改为薛城县）工作，任滕县武工队政委。1944年6月，滕沛峄办事处扩建为鲁南二地委，文立正被调任二地委宣教科长。1945年正月初，文立正来到临城县六区驻地丁家堂村检查扩军工作、开办党训班。正月初十（即2月22日）深夜12时左右，内奸徐宜南（区中队三班副班长）勾结国民党专员、汉奸申宪五的匪兵，对区部机关发动突然袭击，文立正率部奋起抵抗，不幸头部中弹，当即牺牲。次日，区机关干部战士和群众将文立正遗体及其被包衣物成殓，并召开了追悼会。参加追悼会的干部战士和群众用临时编写的问答体的挽歌表示对战友的悼念，对敌人的仇恨：

　　什么人造成丁堂惨案？什么人带路当的汉奸？什么人为国殉的难？什么人准备大报仇冤？

　　申宪五造成丁堂惨案，徐宜南带路当的汉奸，文科长为国殉的难，同志们准备大报仇冤！

1945 年和 1948 年，内奸徐宜南和汉奸申宪五先后被我军俘获，当地召开公审大会，将其处决，为烈士"大报仇冤"。

曲折坎坷

一位热血青年，抗日志士，在其身后，其原籍因各种原因不予承认其应有的地位，其亲属不能享受其应有的待遇。一种历史的责任感，驱使文立正的表弟、山东临沂拖拉机厂职工陈铁如下定决心，非要搞个水落石出不可！为此，他曾自费发信 1 万多封，在老同志的热心帮助下，终于证实了文立徵的革命历史，实现了自己的愿望。

早在新中国成立初期，对文立正望眼欲穿的家人通过《人民日报》刊登寻人启事，向人民解放军总政治部、国务院人事局、《解放军报》《中国青年报》去信询问，均未获结果。陈铁如 1950 年参军，1953 年在上海海军军械部训练班学习期间，也向华东军区政治部干部部写信询问过，还请军委总政治部刊登《军属寻人名单》，也均无结果。不久，陈铁如奉命转业，来到临沂拖拉机厂工作。非常巧合，临沂就是文立正生前战斗过的地方。这种巧合，为他寻找表兄提供了地理之便；命运对表兄的不公正，又为他寻找表兄增强了内在动力。他首先写信给家乡老人，了解表兄的情况，搜集表兄的遗物。家人寄来文立正在北平求学期间给弟弟文立徵的 15 封信件，其他如 1939 年冬天在山东峄县周家营以友人口气写的信、1943 年从临沂写的信，均已散失。

60 年代的第一年，陈铁如参加了临沂拖拉机厂的筹建工作，使他接触外人的机会增多了。无论是在理发店，还是在招待所、公共浴池，只要遇到参加革命较早的老同志，他都主动询问："你知道一个名叫文立徵、化名赵宓的人吗?"往往得到的是他非常不愿意听的回答。但他没有失望,继续不懈地询问。

果然,功夫不负有心人,事情终于有了转机。1968 年 12 月 29 日,陈铁如遇到了来自山东招远县的岳风成。谈话中,他得知抗战时期岳风成曾在临沂地区打过游击,便顺便打听:"你知道一个名叫文立徵、化名赵宓的人吗? ——他是我表哥,也在这一带打过游击的,现在下落不明了。"岳风成略加思索,做了肯定的回答:"赵宓——,我见过。那是 1939 年,我刚参军不久,在台儿庄听过他作的报告。"虽然岳风成并不了解文立徵后来的情况,但对于陈铁如来说,这无疑有"柳暗花明"之感觉了。

接着,陈铁如开始向临沂地区直属机关的老同志打听有关鲁南沂河支队的情况。1973 年文立正的妹妹文立御还给陈铁如寄来 1934 年在长沙拍的大哥的照片。1974 年 5 月 16 日得到了一个真正的突破:山东苍山县物资局于光明代陈铁如转寄给韩去非的信有了回音,韩去非曾任鲁南第三军分区政委,他对文立正 1941 年 3 月到 1942 年春的经历作了证实:"文立正同志是一九四一年三月由山东八路军鲁南军区派到鲁南军区第三军分区(即今临沂、郯城、邳县、峄县之平原地区)为副政治委员兼政治部主任,到一九四二年春,文立正同志又被鲁南军区调到铁道游击队任政治委员。"并提议向当年的鲁南军区政治部组织部部长、时任山东省军区政委的唐健如和文立正在辅仁大学的同学、1937 年同到济南的、正在济南市革委任职的许衍梁了解。

1974 年 9 月,他通过上海原在鲁南工作过的同志,找到了原在八路军第 115 师运河支队任政委、时任上海矿产局党委书记的朱道南。朱道南向他证实了文立正 1938 年春到 1941 年的战斗经历,并提供了当年任鲁南滕沛峄办事处主任的王墨山的线索,朱道南在信中说,文立正"不愧为优秀的共产党员"。9 月 25 日,王墨山复信,证实了文立正 1943—1944 年的经历，并提供了另一个重要线索：文立正牺牲时，临城县六区区长是范有功。

1975 年 4 月 3 日，临沂拖拉机厂派出一位同志陪同，陈铁如开始了近一个月的调查和访问。4 月 4 日和 5 日，他们两次到滕县西岗公社丁家堂大队文立正坟前扫墓，还凭吊了文立正遇难的房间——原临城县六区区委旧址。接着，北上泰安，拜访了王墨山。王又写了致唐健如的信。在济南，唐健如政委挤出时间接见了陈铁如一行，并提供了证明材料，请省军区政治部转寄湖南省衡山县民政局，并附以公函：

> 我部唐健如同志为文立正同志所出的证明材料属实。根据文立正同志的情况，应定为烈士。

在济南军区干休所，陈铁如拜访了文立正当年的战友董明春；在济宁，当年任六区区长的范有功向陈铁如介绍了文立正牺牲的情况；当年在六区青救会工作的张秀桐还回忆了文立正追悼会上群众自编自唱的问答体挽歌唱词。

陈铁如借阅了小说《铁道游击队》，并致信作者刘知侠，刘知侠向他提供了当年铁游击队的领导人杜季伟、刘金山的情况。杜、刘二同志提供了有关文立正的证明材料。陈铁如还当面向原运河支队司令员邵剑秋询问文立正在铁道游击队的工作战斗时间，得到了肯定答复。

1975 年，陈铁如将所有的材料复制一份送给湖南省衡山县民政局，又遵照民政局意见寄去原件。好事多磨，为了证实革命烈士文立正的历史，此后他们又奔波了 6 年。

衡山县民政局提出过"文立正"与"文立徵"的关系、文立徵的家庭情况、1936 年 6 月至 1937 年 8 月的简历证据、文立徵的入党证明人等问题，陈铁如又开始新的征程。他听人说，李锐是文立徵的入党介绍人。要找到李锐，也很艰难，经过辗转打听，由邵剑秋出面，于 1978 年 12 月 11 日致信安徽省地质局局长曾星五，因在安徽省水电厅（局）工作多年，请他速找原水电部副部长李锐。1979 年 1 月 5 日，曾星五找到来合肥就医的李锐。次日，李锐提供了文立正从 1934 年到 1938 年 3 月这段历史的证明材料，并证实是由李锐和谢文耀介绍文立正入党的，但未履行正式手续。在李锐的过问下，1980 年 8 月 20 日湖南省民政厅作出了前文所述的批复。山东省滕县县政府在扩建的烈士陵园内，拟迁入烈士坟墓，还为文立正修建纪念亭，亭内建有"文立徵烈士纪念碑"，背面是陈铁如 1985 年 5 月应邀撰写的碑文：

> 文立徵，又名立正，字国道，湖南衡山人。一九三四年入北平辅仁大学化学系，为北平"一二·九"学生运动的积极参加者。一九三七年入伍，一九三八年三月入党。抗日战争时期，在鲁南历任八路军一一五师运河支队副政委兼政治处主任，鲁南第三军分区副政委兼政治部主任，独立支队代理政委兼铁道游击队政委，鲁南区党委所属二地委委员，宣教科长等职。一九四五年二月廿二日，于原临城县六区丁家堂村开辟工作时，因叛徒告密，遭敌特武装袭击，壮烈牺牲。时年三十五岁。

历史的真实终于还给了历史！

（选自《党史文汇》2000 年第 3 期）

德国传教士与铁道游击队

谷传光　李海流

对于"郑惕"这个名字，军界都很熟悉，他曾担任过中国人民解放军第二炮兵副司令员。岂不知他在抗日战争时期曾担任过闻名全国的铁道游击队的政委呢！了解他的战友们都知道，郑惕不仅善于领兵打仗，更以擅长做统战和敌工工作而著称。在抗战胜利 50 周年的时候，郑惕应邀参加铁道游击队纪念碑的落成典礼，我们有幸采访了郑惕老人，他向我们讲述了他在铁道游击队任政委时与德国传教士德兰的一段情缘。

1942 年秋的一天，一个战士急匆匆地跑来向郑惕报告，抓住了一个德国传教士。郑惕听了心里怦然一动，马上想到德国是法西斯阵营中的轴心国，德国人在日本人的心目中有着特殊的地位，如果能把这个德国传教士争取过来，对今后的工作将会很有利。但郑惕也有些犹豫，由于法西斯的反动宣传，侵略和反共的意识已渗透到很多德国人的灵魂深处，何况这又是一名纳粹当局派往中国从事精神侵略的传教士呢，最后，郑惕还是怀着试一试的心理决定同他谈谈。

站在郑惕面前的是一位青年人，高高的鼻梁、蓝蓝的眼睛，虽全身笼罩着黑色的修士服，仍掩饰不住青春的活力。屋子里只剩下他们俩，他抬头看了郑惕一眼，又迅速把头低下，显得局促不安。从谈话中得知，他出生于德国的一个小城，年仅 20 岁，名字好大一串记不清，只记得前面有"德兰"这个音。他毕业于维也纳大学，一年前来中国，家里有父母和一个妹妹。他来中国后就被派到兰陵外国天主教堂当传教士。问明了情况，郑惕心里有了底，便向他讲了中共的统战政策及一些宗教问题，渐渐地他不再拘束，脸色也开朗起来了。后来，又通过几次接触，彼此了解逐渐加深了，谈话也随便多了。最后郑惕笑着对他说："你的名字太长了，我怎么也叫不顺口，干脆就叫你德兰教士吧！"他一笑便颔首同意了。只是当郑惕有意同他谈宗教问题时，他似乎并不感兴趣，每每"顾左右而言他"这倒令郑惕很纳闷。

一个月明星稀的夜晚，郑惕所住的村子也已沉睡，只是远处不时传来瘆人的枪声，给这宁静的月夜划过几道伤痕。郑惕和德兰踏着月光，漫步在村头的小路上。望着远处起伏的山峦和嵯峨的峰影，听着隆隆行进的火车发出激越的嘶鸣，德兰情不自禁地哼起了《马赛曲》："前进前进祖国的儿郎，那光荣的时刻已经来临，专制暴政在压迫着我们……"歌声由低变高，由缓到促，那雄浑的旋律久久回荡在田野的上空，平添了几分悲壮的情感。一曲终了，郑惕低吟起了李白的"举头望明月，低头思故乡"的诗句。这时郑惕发现德兰教士那孩子般纯真的脸上泛着惆怅的光，长长的睫毛上闪着晶莹的泪珠……"唉……"一声长长的叹息，在这月色清冷的夜里显得格外沉重。从这些表情中，郑惕猜测到德兰来中国不会是自愿的，也许心里隐藏着难言的苦衷。为了使德兰真正了解我们的军队，了解中国的现实，上级领导研究决定让德兰教士到鲁南的抱犊崮山区抗日根据地去体验一下那里的生活。临行前，德兰送给郑惕一只精致的口琴。

在抱犊崮山区根据地，德兰正赶上反"扫荡"，他跟随八路军老五团，同战士们一起行军，一起打仗，一起过艰苦的生活。他亲眼目睹了八路军战士的英勇行为及朴实可贵的品格，更为抗日军民鱼水般的深厚情谊所感动。反"扫荡"结束后，德兰教士又回到教会，刚见面时郑惕几乎认不出德兰了。只见德兰穿一身普通的衣服，脸有些黑，却给人以坚毅成熟的感觉；那双眼睛还是那么蓝，但一扫原来惆怅忧郁的神情。没等郑惕发问，德兰便迫不及待地讲起了在根据地的见闻，谈到高兴处还手舞足蹈，并不时地竖起大拇指，表示共产党八路军"非常的棒"。

一次郑惕直接问德兰为什么离开祖国到中国来，他不再回避，向郑惕坦露了心底的秘密。原来德兰并不是一个"虔诚"的天主教徒，更不是怀着邪恶目的从事精神占领的侵略者。由于德国当局侵略战线拉得过长，为弥补兵源不足，便强征青少年入伍。德兰不愿去屠杀别国人民，更不愿使自己弃身于异国。但当时摆在他面前的只有两条路，不当兵就得出国当传教士，无奈之中他选择了后者，怀着万念俱灰的心情，告别亲人来到中国。谈到未来时，德兰忧伤地说："我在大学读书时，曾幻想毕业后致力于社会科学研究，为社会留下点什么，没想到这场可恶的战争打碎了我的希望，不得不戴着假面具生活。"说着德兰竟孩子般地哭起来，郑惕的心也酸酸的。

待德兰安静下来，郑惕向他讲了全世界人民要联合起来，用正义战争来消灭法西斯的侵略战争，实现世界和平的道理。最后，郑惕真诚地告诉德兰："中国共产党欢迎所有的朋友同中国人民一起，投入到反法西斯的斗争中去，这当然也包括您！"德兰教士猛地站起身来，激动地问："贵党也相信我？""当然！"郑惕说，"为了共同的目标，我希望我们能成为真正的朋友。"德兰再也掩饰不住内心的激动，一下子扑在郑惕身上，两个不同身份、不同国籍的青年紧紧拥抱在一起。临分手时，德兰迫不及待地向郑惕请求任务，郑惕考虑条件不甚成熟，就说："你的任务还是做你的传教士，把'主'的旨意传给你的教民，适当的时候还可以收几个日本信徒。"德兰听了先是一惊,继而会心地笑了。

这次虽没向德兰交代具体任务,但他回去后立即开展了工作。在传教时,他把《圣经》的内容加以改变或演化,突出了反抗压迫、争取自由的主题。他还设法同日本人接触,并把得到的情报及时报告给我们。德兰教士的宣传工作产生了很好的效果,不仅增进了广大教民对党的抗日政策的了解,还影响了一些传教士和司铎(神甫),使他们对党的抗日斗争事业产生了同情。不久,临城(今薛城)天主教会在临城东北的大辛庄教堂召开了由各界人士参加的联谊会,他们特邀了郑惕作为共产党的地方代表参加,并请郑惕给他们介绍了国内外形势。

是年冬,日军为确保其后方的安全和津浦铁路的畅通,加紧了对鲁南山区抗日根据地的"扫荡"、分割和封锁,八路军主力部队医用器材和药品匮乏。鲁南军区指示铁道游击队要尽快搞到部分望远镜、手术设备和药品。这些都属于日军严密控制的物资,要完成这一任务困难相当大。郑惕为此发愁时,德兰来了,郑惕就把情况告诉了他,问他是否能从日本人那里搞到。此时,郑惕发现德兰教士的脸上闪过一缕不易察觉的阴影,就说:"不好搞就算了,我们再想办法吧!"没想到德兰腾地站起来,好像蒙受了巨大屈辱,由于激动脸涨得通红,话说得非常急:"不,郑先生,假如我不能做好这件事,将是我一生中最大的耻辱,请相信我!"郑惕沉吟了一会儿说:"我们不忍心让您为我们担风险,再说……"他突然地打断了郑惕的话,"难道郑先生和贵党不信任我?我答应做这件事并不是为你郑先生一个人,而是为了'我们'。"他把"我们"两个字,说得很重。郑惕心里一热,冲他点点头。

时隔不久,德兰果然搞来了两架望远镜、一批药品和部分手术设备。游击队及时送往抱犊崮山区,受到军区领导的表扬。然而,德兰教士所费的艰辛是可想而知的。

一天清晨，德兰突然匆匆跑来找郑惕，喜忧参半地说："郑先生，请您原谅，没经您允许，我将我们的关系同我的上级司铎讲了！"郑惕听了这个情况有些吃惊，刚要询问缘由，他赶忙说："司铎是波兰人，是我的好朋友，他说他非常愿意见您。"郑惕嘘了一口气，说："我可以见他，不过以后要多加小心。"最后郑惕又着意叮嘱他要对总铎格外警惕，因为据了解总铎是个非常反动的家伙。果不出所料，德兰的行动引起了总铎的怀疑，总铎对他进行了严厉的审讯，虽然他守口如瓶，但恼怒的总铎决定将他发配到兰州教区。

1942 年冬季的一个夜晚，郑惕托着书本坐在煤油灯下，"笃、笃"的敲门声过后，郑惕迎来了德兰。德兰进屋后便是久久的沉默。郑惕见他神情黯然，估计出事了，也不说话静静地等着他。好久，他才说出缘由。最后德兰握住郑惕的手，满面凄楚地说："郑先生，我是来向您辞行的……实在不愿离开您。"面对这样一位异国朋友，郑惕能说什么呢？临别时，郑惕只能轻轻地说："请多保重，我们也许还会见面的。""郑先生请放心，无论走到哪里，我都会站在反法西斯一边，这边我已同司铎说好了，请您像相信我一样相信他。"郑惕点点头，心里有一种说不出的苦涩，郑惕从口袋里掏出德兰送给他的那只口琴想还给他。德兰按住郑惕的手，哽咽着说："您留着吧！当您吹起它的时候，也许我能听到。"郑惕一直把他送出很远很远，此后竟音讯全无……

（选自《春秋》2011 年第 1 期）

郑惕将军受降临城日军记

常兴玉　李海流

郑惕将军祖籍临沂，参加革命后于 1940 年至 1946 年在枣庄一带工作，先后担任鲁南铁道队第一武工队大队长、铁道游击队副政委、政委、铁道工委书记等职，新中国成立后任中国人民解放军第二炮兵副司令。抗战 8 年，他在枣庄地区工作了 6 年，对枣庄一带非常熟悉。

1945 年，当时抗日战争已进入全面反攻阶段，闻名遐迩的鲁南铁道游击队的部分主力已随我军主力部队北上，留下原鲁南铁道队的部分主力老队员，如刘金山大队长、王志胜、徐广田等人。1945 年 8 月 15 日，日本宣布无条件投降，9 月，驻扎在鲁南一带的侵华日军集结在枣庄的临城（今薛城）准备投降，围绕向国共哪一方投降缴械的问题没有达成一致的意见。最初他们不肯在临城向八路军、铁道游击队投降，准备撤往徐州，向国民党军队投降，以郑惕为代表的鲁南铁道游击队同日军展开了斗智斗勇的较量，亲自参与了与日军的多次谈判，经过多次谈判，1945 年 10 月，山东枣庄和临城的日军 1000 余人向一支不足百人的地方抗日武装缴枪投降，这是有史以来军事受降中十分罕见的一幕，在抗战史上写下光辉的一页。

为了迫使临城、沙沟一带的日军向铁道游击队缴械投降，鲁南军区决定先消灭沙沟街里的 100 多个伪军，但估计到日军可能插手，所以铁道游击队大队长刘金山和政委郑惕着便装前往临城直接面见日军进行第一次谈判，警告他们不要增援驻沙沟的国民党部队，以便我军主力攻打沙沟。为监视和盯住日军，当夜郑惕独自住在临城的日军军营里，直到第二天拂晓我军取得沙沟战役胜利后才离开日军巢穴！

攻打沙沟的第二天，郑惕又去临城与日军谈判，要求日军向我铁道游击队投降。日方辩解说，他们的上司、侵华日军总司令冈村宁次命令他们只能向国民党投降。郑惕义正词严地驳斥对方：冈村宁次是战犯，怎么能听他的命令！日军又提出可以交出部分武器，被郑惕当场回绝，第二次谈判未果。

后来又经过两次谈判，终于迫使驻枣庄中兴煤矿、邹坞、山家林等东部地区日军主力部队到滕县（今滕州）南的界河向我八路军投降。

日军主力部队投降后，临城还剩下包括日本侨民在内的 2000 多非正规日军，鲁南军区决定彻底解除这部分日军的武装，于是郑惕又带领铁道游击队与驻临城日军首领小林太田谈判。为了使这次谈判能收到预期的效果，郑惕就把小林太田带到鲁南军区司令部张光中司令面前，让张光中司令亲自与他进行谈判。据郑惕在他的回忆录中描述：小林太田毕业于日本著名的早稻田大学，驻扎在鲁南一带防守严密，对铁道游击队的防范心理很强，但在这次谈判中，他在张光中司令面前悔恨地哭了起来，这是郑惕第一次见到日本人流泪。

1945 年 8 月下旬到 10 月上旬，铁道游击队与日军进行了多次谈判，后来迫于我军的政治、军事攻势和压力，驻临城 1000 多日军终于答应向我方投降。当时铁道游击队只有 100 多人，这 100 多人手持低劣的武器，包围着 1000 多依然留有轻重武器的日军，郑惕一直把心悬到嗓子眼里——

"是伟大的中国人民反侵略反压迫的民族正义，战胜了日本法西斯的邪恶和凶残！"郑惕将军在他的回忆录中写道：临枣日军沙沟受降，是鲁南地区规模最大的一次日军直接向我军缴械投降的行动！

郑惕带领铁道游击队在薛城区沙沟西五村北受降1000多日军，从下午3点开始，受降一直持续到后半夜，收缴的日军轻重武器装备装满了三、四牛车，这些武器后来全部运到抱犊崮115师指挥部，作为鲁南军区在抗战中收缴的一批最大的战利品。铁道游击队的战士们打扫完战场后已经到了黎明，战士们高兴极了，用刚缴获的日军武器向微山湖里打枪放炮，用枪炮声代替喜庆的鞭炮，庆祝铁道游击队通过多年浴血奋战获得的来之不易的全面胜利！

日军投降缴械后，铁道游击队换上了日军的武器，在解放战争中英勇作战，后来编进了华东解放军。

（选自《联合日报》2010年9月11日第002版）

铁道游击队"老周"的故事

——缅怀我的父亲刘景松

刘 杰

每当抗战胜利纪念日到来之际，我都会打开杜季伟同志的亲笔信，重温历史，就会自然想起铁道游击队"老周"——我的父亲刘景松。他在外敌入侵、民族危亡之际，毅然弃医从戎，拿起枪杆子，走上抗日第一线。

一 家里住了位"病人""卖油郎"

1937年秋，全面抗战爆发后，有一位卖油郎，来到小屯村，说自己"打摆子"（即虐疾病），身无分文，要来找刘先生看病，要住在小屯医好病才能走，我父亲很爽快地收留了这位素不相识的特殊"病人"。几天后才知道，原来他就是时任中共苏豫鲁皖边区特委宣传委员、后任鲁南军区司令员的张光中。张光中辗转上百里路，从江苏到鲁南来找他，就是要与他共商抗日大计。张光中的到来，不仅提升了刘景松的思想境界，也改变了他的生活道路：他开始从忧民之多艰到忧国之多舛、从救民于水火到救国于将倾的转变，大敌当前，他义无反顾，弃医从戎，拿起枪，和他的农民自卫团兄弟们一起走上反抗日本侵略者斗争的第一线。张光中同志在我家秘密组建了以刘景松为站长的峄县地下交通站，组建了以刘景松为区委书记的峄县二区区委，以我四婶子曹氏为主任的区妇女救国会，并且直接策划、领导了邹坞中学暴动！第二年，即 1938 年 5 月，共产党领导的刘景松为大队长的峄县墓山抗日大队成立了。

身为共产党员的刘景松，总能从大局出发，服从抗日需要，不计较个人得失。1940 年秋，为了支援正规部队扩编，刘景松主动将自己领导的区中队"三十多人的武装，编入教二旅五团三营十二连"（见《苏鲁支队》"大事记"第 498 页）。

二　带领洪、王抗日去！

在 1997 年出版的《苏鲁支队》第 308 页，记载了王志胜的回忆："1938 年 3 月 18 日，枣庄被日本占领，我与好友洪振海，在地下党员、老交通员刘景松带领下，奔向墓山，在那里我们正式参加了革命。"让我们随着王志胜的回忆回溯到当年，他们三个异地人最初是怎么认识、并结成好友的。当年我父亲随我爷爷刘兆丰在枣庄小洋街开设"庆丰药铺"，药铺一年到头烧着煤炉子，烧水做饭取暖全靠它，烧的煤几乎全是王志胜（《铁道游击队》书中"王强"的原型人物）送来的，一来二往他就和我父亲混熟了，两个人都讲义气，好结交，身为地下党的父亲（1932 年入党，见《铁道游击队史》第 435 页"刘景松"简介），看中了王志胜的机智和仗义，又通过他结识了洪振海（《铁道游击队》书中"刘洪"的原型人物），他们都是工人中的骨干。父亲当时还不敢向他们透露自己的真实身份，于是，便主动表示，愿意与他们二人结成同生死共患难的"好兄弟"。三人中我父亲年龄最大，在家里排行第二，他们都称呼他为二哥！1976 年 4 月 10 日我到枣庄谒见王老时，尽管早已物是人非，但是，他仍然习惯地称呼我父亲为"二哥"！当年，就是在"二哥"的带领下，他们二人离开枣庄前往墓山，参加了刘景松任大队长的墓山大队。而当年已 34

岁的父亲，为了表明抗日的决心，他卖掉了枣庄开药铺的房子，卖掉了家中仅有的几亩地，别妻离子，弃医从戎。

我父亲始终没有忘记要帮助洪振海成家的事，于是，在我外祖父所在的齐村为他物色了对象，在杜政委原配夫人赵杰和我母亲郭士兰的操持下，1940年在我家乡的南于小学内（南于小学是当年小屯与南于联办的小学），为大队长洪振海举办了简朴的婚礼。

三　他宣布：铁道游击队诞生！

1939年8月，有一位瘦挑个儿的年轻人来到小屯找我父亲，二人见面后，这位年轻人拿出了张光中司令员写给我父亲的亲笔信，这才知道他就是上级派来到铁道游击队任政委的杜季伟。（《铁道游击队》"政委李正"的原型）几天后，父亲很快就用自己的号"刘鹤亭"为杜政委办来了"良民证"，从此杜政委在枣庄领导铁道游击队抗日期间，进出敌占区，其公开的名字就是"刘鹤亭"。

中秋节快要到了，父亲就派地下交通员去通知洪振海、王志胜等人，就说"家里来人了，8月15到齐村过中秋节"。中秋节这天，杜季伟、洪振海、王志胜和刘景松等人相继来到齐村东头我外祖父郭景元家。在这里，宣告了以杜季伟同志为党总支书记兼政委、刘景松为大队长的峄县抗日第四大队的诞生。之后，"1940年2月，刘景松作为峄县二区区委书记、区长，向洪振海、王志胜等人宣布成立鲁南铁道队命令：杜季伟为政治委员，洪振海为队长，王志胜、赵连有为副队长。"（见《鲁南铁道大队纪实》，中共党史出版社1992年版，第43页）

在小屯，共同抗日的旗帜，把大家聚合成一家人！

铁道游击队成立之后，1940年春在小屯刘景松家院子里进行整训；杜季伟原配夫人赵杰较长一段时间住在小屯从事妇女工作；五任政委张鸿仪和他的老母亲都长时间吃住在刘景松家。1981 年，杜季伟还深情地回忆起他和我父亲一起在齐村我外祖父家脱险的经历。

四 智运枪支

1938 年秋天，游击队的御寒衣还无着落，父亲便找来王志胜商量，决定搞鬼子的军需车，以解决游击队的过冬衣。可是，王志胜他们几个却出乎意料地从火车上翻下来几捆包扎严实的枪支，一清点，里面竟有两挺轻机枪和十多支步枪。这真是"踏破铁鞋无觅处，得来全不费工夫"！王志胜高兴得连夜背着一支长枪赶来小屯，报告这出人意料的好消息。父亲便马上派出交通员，将这一消息报告给山里鲁南军区司令部，遵照张光中司令员的指示，这批枪支要设法尽快运到山里根据地。从我家到山里需要将近两天的路程，危险的是这中间必须通过敌人严密把守的临枣铁路，还要通过铁路北面的敌占区，万一有点闪失，这批武器就会得而复失。怎么办？经过冥思苦想，父亲终于找到了较为稳妥的办法：一定要在夜间过铁路并穿过敌占区，要选择敌据点较为大一些的地段，过铁路时，先在路南点燃火堆，接着向火堆开枪，把鬼子哨兵和巡逻队的注意力吸引过来，运送枪支的战士一律换上敌伪军装，从另一头快速过铁路，鬼子和汉奸们还真以为他们是值勤巡逻的自己人呢。这批武器最终如数送到了根据地。

五 奇袭峄县城

1940 年初冬，为了给被日军杀害的堂兄报仇，并搅乱鬼子进攻根据地的计划，刘景松决定袭击峄县城。

从我家到峄县城有二三十里地，父亲半夜起来挑选进城人，选的五六个人都是经历过多次战斗考验的机智勇敢的年轻游击队员，他们个个把短枪藏在秫秸捆里。子时过后，每人就挑着一担秫秸捆，神不知鬼不觉地向峄县城奔去。他们赶到县城还早，就在西关外吃了早饭，看了一遍周围的地形，城门打开后，他们每个人都拿出"良民证"，准备让守城门的鬼子验证。这时我父亲刘景松走在最前面，面带笑容，掏出香烟，递给鬼子，一面为他们点火，一面恭维地说："太君辛苦！""太君大大的辛苦！"烟敬完了，这几位游击队员也顺利地进了城。

没想到游击队员们刚到达预定地点，取出枪支，就遇上了敌人的紧急戒严。怎么这么巧？父亲急剧思索着：是走漏了风声？不可能。这次行动计划是与政委二人商定的，没有第三人知道，队员们出发前谁也不知道进城打鬼子。是巧合？这完全是可能的。被中国军民在台儿庄打得尸横遍野的日本侵略者，总是觉得处处草木皆兵，常用戒严的方式来为自己壮胆。此时我父亲脑筋急剧盘旋，如何冲破敌人的戒严，把一场短兵相接的决死战变成奇袭战。此时，只见我父亲把手一挥，喊了一声"跟我走"。几个队员大步流星地跟着我父亲很快来到一家黑漆的大门前，我父亲很有节奏地"啪！啪！"敲了两下门，里面一位女人问道，"谁呀？""我！西乡的刘先生，给太太看病来了。"原来这里是县警察局长的家，父亲经常来这里给他太太看病，彼此都很熟悉。大门打开后，突然拥进来几位农民模样的人，而且，平时斯文的刘先生竟然也干起了八路。局长太太紧张得刚想大声喊叫，我父亲随即掏出了手枪，对准她的胸膛说，"你不要怕！这是我的弟兄们，不会伤害你。你要是不老实，我认识你，它可不认识你。"父亲晃了晃手中的枪。父亲问，"局长在家吗？""不在。""不在也好，你赶快找几套局长穿的衣服，给弟兄们换上，以便出城，不然，真要在这个院子里打起来，谁也不用想活着出去。"局长太太很识相，顺从地拿来了几套局长穿过的警服，于是，六七个"警官"个个佩戴短枪，从警察局局长家里走了出来，威风凛凛地在大街上一面"巡逻"，一面向西城门移动。快接近西城门时，发现大事不好，城门已经关闭，还有一个鬼子在把守着城门。眼见得要出城，就必须经过一番拼杀。可是，守城门的其余鬼子到哪里去了呢？父亲边走边观察边思索，危险之时，他急中生智，很快一套作战方案就形成了。父亲低声地下达了作战命令，只见我父亲带头走到鬼子警卫室前，朝着室内的鬼子"啪!"一个立正："报告太君! 外面发现大大的毛猴子!"（当时枣庄鬼子称游击队员为"毛猴子"）对门而坐的机枪手刚一欠身想冲到外面来，此时，父亲话落枪响，瞬间，几个穿着警服的游击队员们同时举起手中的枪，一颗颗仇恨的子弹冲出枪膛，一起射向了鬼子! 十来个不可一世的鬼子，还没有明白过来这到底是怎么一回事，便都一命呜呼了。守城门的那个鬼子，也在游击队员们开始射击时，被刘秉南（铁道游击队中队长）击毙。时间太急迫，情急之下，刘秉南找不到开城门的钥匙，便用手枪对准城门上的锁孔，"啪! 啪!"两枪打开了大锁，等到鬼子的大队人马赶来时，游击队员们早已走得无影无踪了。

事后，小屯一带的村民，把奇袭峄县城的战斗编成了歌谣到处传唱："三呀么三更天，长官把话谈，奇袭峄县城，消灭鬼子兵! ……"

（选自《文史天地》2015 年第 12 期）

听祖父讲"芳林嫂"

匡　雪

看过电影《铁道游击队》的人，一定都会记得里面的芳林嫂。芳林嫂给铁道游击队送过情报，探过消息，站过岗，掩护过铁道游击队的队员，她勇敢机智、可爱、可敬！芳林嫂的形象，是在刘桂清的基础上创造的。1960年，我的祖父，时任《济南日报》编辑的匡有斌，采访了因病正在济南休养的刘桂清。当时刘桂清已经50多岁了，她的老家是鲁南临城附近的刘苗村。铁道游击队成立不久，她便参加了进去，曾和铁道游击队员们一块和日本侵略者斗争过。当时人们叫她刘二嫂。在祖父的采访过程中，她谈了铁道游击队成立初期，她和铁道游击队员一起对敌斗争的几个片断。现将这段难得的回忆照实记录下来。

撒传单和买大饼

1939年初春的一天夜里，我们铁道游击队的副队长王志胜到了我家，从腰里掏出一个纸卷说："二嫂，山里司令部来了宣传品，叫你明天送到临城。很要紧，要直接送到日本鬼子的跟前，应该小心！""二嫂我也不只去过一次了，甭担心！"我接过纸卷，打发儿子小科去站岗，叫王志胜到床上坐。王志胜坐着一面擦枪一面说："二嫂，明天去打扮成啥样？你二嫂的本事胜过孙猴子啦，反正一变就叫他们认不出来。"说着，我们二人都笑了。过了一会，他怪不好意思地说："二嫂，家里还有点吃的吗？""有！"我忙把留给孩子的仅有的两张地瓜面掺谷糠的煎饼拿给他。他接过去吃了两口停住了，像在想什么。我说："吃下吧！""李子厚他们好几天都没好好吃点东西了。"说着，他脸上露出了难过的样子。

可不是，自打他们干掉了最坏的保长和几个常出来抢东西的日本鬼子以后，敌人的封锁更严了。为了不给老百姓带来连累，他们天天在湖边和沙山上转，就靠吃我送去的那点饭。收成不好，加上地主的剥削、日本鬼子的掠夺，我们穷人家一年到头也难见点粮食。提起给他们送的饭，也叫做饭罢了，那全是些糠窝窝和煮麦苗儿啊！可是，连这样的饭也难吃长远。鬼子的据点到处有，三步一岗，五步一哨的，我只能装有事的提个小篮，住个三两天送一次去，五六条大汉吃啥？我看看王志胜，他光剩下两只有神的大眼了。我说："没有东西吃不能打敌人，临城和这附近都没卖啥吃头的，叫小池到徐州买个大饼回来吃吧！""孩子太小了，怕路上……""他年小，长得可挺机灵呢。"这时，我的小池也忙嚷道："王叔叔，叫我去吧，买回个大饼吃了有劲打鬼子。没钱买车票我偷着爬车。"

第二天一早，打发小池走后，我穿上那件蓝布衣裳，把油印的宣传品放在裤腿里，用带子扎好，提着竹篮，放上10个鸡子，装走亲戚的，向临城走去。走近临城据点的时候，我蹲下装做扎腿带，看看把它丢到哪里合适。我想，这是党交给的最重要的任务，一定要冷静，想法完成。我瞅着，磨蹭着解开了腿带，一个站岗的日本鬼子吆喝道："什么的干活？滚开！""扎扎腿带呀！"他看了看我，再没有说啥，就到厕所去了。另一个站岗的鬼子，无精打采地在岗屋子里乱转。趁这机会，我忙把宣传品放在袖子里，不慌不忙地走过去，把它丢进那个空岗屋子里，又在门口丢下一些，便匆匆走开。刚走出不远，就听后边吆喝："你什么的干活？游击队的偷偷的来了，还没看见的！""游击队太厉害了，叫我们放下武器……"我抑制住心的跳动，匆匆向前走。走到拐弯处回头一看，一群全副武装的日本鬼子，把一个骑自行车的商人围住了。我大步地向小胡同走去。

过午回到家，我才松了口气，想党交给我的这个任务总算完成了。可是，对我那10岁的孩子小池总是放心不下。他从没出过门，该不会出事吧！我一夜一点也没合眼。

第二天晚上，我正在向王志胜汇报这两天鬼子的活动情况，小池背着个大饼一拐一拐地回来了。王志胜见了小池，一下把他抱起来："你可回来了！腿怎的？""叫鬼子打的。"我忙把他的裤角挽上去，啊，我的孩子的脚上血糊淋拉的，"他们怎打得你这样？""我饿了，到餐厢里要了点干饭，捧着刚吃了一口，一个日本兵走来说：'你的狗的不如！'一下把饭给打掉了，接着就用皮鞋踢我，用枪托打我的脊梁……"说着，孩子呜呜地哭起来。我看看那个十多斤重的大饼，再看看哭着的骨瘦如柴的孩子，一阵心酸，一下把他抱在怀里，眼泪扑簌簌地滚了出来。王志胜握着大拳有力地说："不要难过，我们终会胜利的！"

在狱中

6月的一天，快晌午时的太阳，火毒火毒的。我们铁道游击队行军到了界沟村，在梨树荫下休息的时候，王志胜副队长走来告诉我，政委指示，叫我回铁路西的刘苗去取得联系。

匆匆吃过午饭，我化装了一下就出发了。到临城北，忽然发现前面有四五个鬼子和汉奸。我刚要走开，他们三两步赶了过来："二嫂，哪阵风把你刮来了？叫我们费了多大力气找你啊！"我一看原来是叛徒尹化平。他曾是我们湖上的一个区长，因受不了艰苦，投了日本鬼子。我狠狠地吐了他一口唾沫："是你呀，尹化平！铁道游击队饶不了你！""嘿嘿"，他奸笑道："没办法呀，日本人叫抓你的。"他们七手八脚把我绑起来，拉到临城日本据点，关进了一间有着铁门的阴森森的小屋里。

在这间小屋里，原有两个被折磨得不成样子的人，一个老人，一个20多岁的青年。这个青年姓梁，是黄支大队的队员，我们相互认识。一见了我，他惊讶地"啊"了声，我使了个眼色，他这才没有说什么。到了晚上，那个老人睡了，小梁悄悄靠近我："二嫂，你怎么也被捕了？你咬紧牙关，不承认自己的身份，也许还好些。""嗯！你怎样了？""自从湖上被捕以来，我受了两次刑，什么也没告诉他们。前两天他们提出要我做劳工，我答应了。做劳工逃跑比较容易！""小声，别惊醒了大爷！""不要紧，这老大爷是湖上的渔民。鬼子说他给咱们运东西抓来的，前天刚受过刑，一只胳膊被打断了。"黑暗中，小窗外闪过看守的影子，我们望了望老人，再没有说什么。

第二天上午，门"咣啷"一声开了，进来一个高个子中年人，他长了两只凶狠的贼眼，穿着一身黄呢子，走近我皮笑肉不笑地说："二嫂，是你呀，是谁把你抓来的？"小梁向我努努嘴，我便知道他不是个好东西："长官，你认错人了！俺妯娌五个，我是老四哩。""二嫂，你怎不认识我了？忘了咱在刘苗和政委一块喝过酒，你的大号，不就是在那时起的？"嘿，他们底细摸得这样清，一定是奸细捣的鬼，我忙说："长官，俺庄稼女人，谁还给个名字？""哎，你别装了。我是咱铁道游击队派来的，住些天带你回去。可是，你还记得咱的公粮放在哪里吧？""俺庄姓刘的地主，粮食都放在家庙里。"我什么都不告诉，他沉不住气了："你这个臭娘们，不说可小心你的性命！再给你一晚上好好想想！"说着，狠狠地看了我一眼就走了。

那家伙刚出去，小梁悄悄告诉我："他是这里的伪警察所长，很狡猾。"这时，那个老人也听见了，插嘴说："狡猾，哼！只对付咱老百姓有劲，见了铁道游击队，就像老鼠见了猫。"

第二天一早，看守带我到了审讯室。这时，那个伪警察所长、一个日本军官和翻译，早在那里等着了。见了我，伪警察所长嬉皮笑脸地说："二嫂，想好了吧！""别不要脸了，狗汉奸！"他听后白了我一眼："好啊，跟岩夏大队长谈谈吧！"于是，日本人通过翻译审问我。他问我铁道游击队的公粮在哪，我给他们做了些什么事……在我拒绝回答以后，他叫来两个二鬼子用皮鞭打我。我说："你们这些惨无人道的东西，实在太狠毒了，你们迟早逃不出我们的制裁！"我这一说，鬼子的脸气得发了青："打的，打的，狠狠的！"两个二鬼子把我按倒又打起来，打了一阵，又把我绑到椅子上，往嘴里灌辣椒水。一会儿我便失掉了知觉。等我苏醒过来的时候，他们又逼我说，又打，我被打得又一次次失掉知觉。等我最后醒来的时候，已经到了城北关警察所的一间小屋里。我的身上全沾满了血，头发被凝固的血粘成了一团。

阴暗的牢房里，闷热得很，白天苍蝇哄哄的，晚上蚊子像敲锣一样。几天后，我的伤口化脓了，一动，就像针刺一样痛。

一个月过去了。这天，突然来了几个全副武装的汉奸，给我戴上手铐脚镣拉我走。他们拉我顺着大街往南走。街上的男女老幼，看我这人不人鬼不鬼的样子，都擦起眼泪来。我挺起胸膛走着，不知怎的，又来到了日本据点的审讯室。岩夏大队长、伪警察所长和乡保长们都在那里。一见了我，伪警察所长便说："你是好人，放你回家啦，叫你受了一个多月的委屈，很抱歉。"我不敢相信我的耳朵，我想这是做梦吧！可是他们明明放了我。

后来我才知道，在我被捕以后，铁道游击队就给伪警察所长和伪乡长、保长提出了警告，并抓去了他们的家属，要他们想法把我放出来。因此，我才逃出了虎口。

这时，铁道游击队的力量已经很大了。

（选自《春秋》2015 年第 4 期）

快枪手

——记铁道游击队猛虎将孟庆海

张书太　朝　明

著名作家刘知侠曾以鲁南铁道大队里的真人真事，写出了长篇小说《铁道游击队》，今天，笔者向大家介绍这个英雄群体中的普通一员，他就是威震敌胆、被誉为铁道游击队快枪手的猛虎将孟庆海。

孟庆海1915年出生在山东枣庄临城（今山东枣庄薛城）一个贫苦农民家庭里，七八岁时他就和其他苦孩子一起，在津浦铁路临枣支线路段上，以捡煤渣扒货车为生，练就了一身能够在飞快的列车上跃上跃下的本领。1938年春，临城被日军侵占后，鲁南铁路沿线一些不愿做亡国奴的热血青年，纷纷拉起了自己的队伍，与日寇展开斗争。当时孟庆海也联络了六七个穷兄弟，挑起了抗日的大旗。但是由于对抗日的目的不明确，斗争带有一定的盲目性，扒货车搞物资只是为了换钱养家糊口，因此常常遭到日军的围追堵截，日寇称他们是"毛猴子""野人""飞虎队"。

为团结抗日武装，壮大队伍力量，1939年春，鲁南铁道大队曾多次派地下党员张文生、秦明道等同志做他们的工作，阐明我党的抗日统一战线，终于使他们走上了革命的道路。至此，鲁南铁道大队也由最初的10余人发展到100多人。

1940 年 7 月，孟庆海又动员了二哥、四弟参加了铁道游击队，兄弟三人同在短枪中队并肩战斗，人称"铁道游击队三孟"。1942 年初，由于叛徒出卖，他的二哥四弟先后遭日军杀害。孟庆海将满腔的仇恨化作杀敌的本领，练成了百步穿杨的双枪快手，在与日本侵略者的斗争中大显身手，使敌人闻风丧胆。

1943 年 1 月，孟庆海光荣加入中国共产党，同年 7 月被任命为鲁南铁道大队短枪中队副队长。自参加铁道大队后，他先后参加了大小战斗百余次，截货车，破铁路，炸桥梁，锄汉奸，为军区搞布匹，护送中央首长过路等，他都是冲锋在前，出色地完成了大队交给的各项任务。1941 年，山东省委机关报《大众日报》曾介绍他"只身炸毁敌列车，阻止百余日军增援临城"的事迹。

1942 年 1 月，孟庆海奉命潜入敌人驻扎地临城火车站收集敌人情报。当他傍晚刚刚出城时，迎面碰上了 3 个汉奸特务，其中一个特务认出了他就是孟庆海，大喊一声："他是八路！"说时迟那时快，未等其他两个特务明白过来，孟庆海抡起双枪，"啪啪啪"就是 3 枪，3 个特务应声毙命。枪声惊动了临城里的敌人，敌人派兵追来，但孟庆海早已钻入茫茫黑夜之中。

1943 年 6 月，我鲁南独立支队在微山湖畔的彭口闸村的一个大宅院内，召开鲁南各抗日武装负责人联席会议。当会议开到一半时，哨兵突然来报："敌人来了！"当时正在前院乘凉的孟庆海和战友徐广田，抽出短枪冲出院外，正与冲上来的鬼子撞个满怀，孟、徐几乎同时枪响，四五个鬼子应声倒地，敌人架起 4 挺机枪从不同的角度向院内疯狂扫射，鬼子在火力的掩护下冲进了前院，而院外的敌人也不停地朝后院内投掷手榴弹，情况万分危急。孟庆海一边抡起双枪打倒冲进院内的敌人，一边跃上房顶。只见他迈开大步，抡起双枪，一边奔跑一边射击，和同志们密切配合，将靠近院墙的敌人一个个撂倒。转眼之间，六七个鬼子又成了他的枪下之鬼。这次战斗，由于他及时消灭了院墙外的敌人，才使得我鲁南独立支队的领导全部脱险。

1943 年下半年，我鲁南敌后抗日武装进入最艰难的时刻，日伪出动重兵对我抗日基点村进行"扫荡""铁壁合围"，妄图一举消灭我抗日武装。他们雇用和收买大批汉奸特务，到处刺探我情报，杀害我抗日干部和家属。原铁道大队班长黄中云，叛变后成了枣庄日本特务队的汉奸头目。一时间，我地下交通站纷纷被破坏，一批抗日干部和抗日家属被杀害。铁道大队决定要想尽一切办法锄掉这个罪大恶极的汉奸。但是由于当时枣庄是日军驻鲁的大本营，布控非常严密，加之黄中云狡猾警惕性高，我游击队几次进城锄奸未果，使他更加戒备。平时他很少单独出来活动，不论走到哪里，都有汉奸保护，而且是枪不离身。可是这个汉奸一天不除，一天就是铁道大队的心头之患。于是铁道大队决定将这个任务交给孟庆海来完成。

一天，我枣庄内线传来消息，黄携带短枪和两个汉奸回沙沟探亲，孟庆海决计独闯沙沟，虎穴锄奸。

当时的沙沟、临城一带也都驻扎着大量的日伪军，仅沙沟一带就约有日军的一个营、伪军的一个团。沙沟镇外围是电网和 3 米多深的壕沟，碉堡、炮楼更是星罗棋布，进出的百姓都要拿良民证和被鬼子搜身，发现可疑人物，立即拉出去枪毙。这给孟庆海锄奸带来了一定的难度，于是他决计空手擒敌。

孟庆海混进沙沟镇的时候已是下午，在弄清黄中云住在什么地方之后，他悄悄躲藏起来。凌晨两点钟左右，孟庆海估计黄中云已经睡熟，便悄悄拨开黄中云的房门，跨过两个守门的已熟睡的汉奸，拿出一条事先备好了的麻绳，猛地勒住黄中云的脖子。黄中云挣扎着伸手朝枕下摸枪，但被手疾眼快的孟庆海抓到手里。黄的挣扎声惊醒了两个守门的汉奸，汉奸端起枪指着孟庆海说："我看你是不想活了，这里是皇军的大本营，快放人，不然我们就开枪了！"孟庆海说："有种的开枪试试，看谁能快过谁，我是孟庆海。"两个汉奸一听是孟庆海，马上软了下来，放下枪忙说："我们不知道是孟大哥，你放了人咱有话好商量。"孟庆海说："少废话，咱冤有头债有主，中国人不打中国人，只打罪大恶极的铁杆汉奸，请你们跟我走一趟。"两个汉奸只好跟着孟庆海走出房门。一路上，黄中云几次想挣扎逃脱，孟庆海就紧紧勒住黄中云的脖子说："你再顽抗，我就勒死你。"在走到敌人一个炮楼时，煞白的探照灯照着他们，鬼子大喊："什么的干活！"孟庆海就将小绳紧紧挽在手里，将手搭在黄中云的肩上叫他回话。黄中云感到套在脖子上的小绳勒得他喘不过气来，腰上还有个硬邦邦的东西顶着，只好按孟庆海事先教他的话说："我是黄中云，大太君有急事叫我马上回临城。"

当他们走出沙沟镇约 3 里地的时候，孟庆海停住了脚步，他掏出手枪厉声说道："黄中云，我代表人民，判处你的死刑！"话落枪响，这个作恶多端危害铁道游击队的汉奸，应声倒在了血泊中，另两个汉奸吓得扑通一声跪倒在地上："孟爷爷饶命，孟爷爷饶命，我们没干什么坏事。"孟庆海说："今后你们每干一件好事，我就给你们记个红点，每干一件坏事就记一个黑点，记到 3 个黑点的时候，我就一枪打死你们！"说完哈哈大笑，消失在茫茫黑夜之中。

（选自《党史纵横》2000 年第 11 期）

永远的"铁道游击队员"

——记《铁道游击队》中的"二愣子"原型程怀玉

孙慎国 何名享 史文革

"西边的太阳就要落山了，微山湖上静悄悄……"电影《铁道游击队》中的这支动人的歌曲早已家喻户晓，为几代人传颂和喜爱。在新世纪来临之际，笔者来到了《铁道游击队》的故乡——山东省枣庄市薛城区，慕名寻找具有传奇色彩、鲜为人知的老铁道游击队员——《铁道游击队》中的"二愣子"原型程怀玉。

当笔者怀着无比崇敬的心情来到薛城区常庄镇常庄村，在一座极平常的农家院落中见到程老时，这位84岁高龄的老英雄依然精神矍铄，说话铿锵有力，一举一动中透露着当年威震敌胆的英雄气概，不禁令人肃然起敬。聊起与日寇斗智斗勇的故事，老人情绪格外激动。

铁骨铮铮"二愣子"

1937年8月，日军的铁蹄践踏了全国著名的煤城——山东枣庄，奸淫烧杀，无恶不作，一时间民不聊生、饿殍遍地，犯下了滔天罪行。时年23岁的程怀玉饮恨参加了铁道游击大队，当上了短枪队员，并很快成为骨干。他和战友们在千里铁道线上截军火、炸桥梁、打鬼子，机智果敢，英勇顽强，多次切断日军的交通运输线，掩护刘少奇、陈毅等领导通过敌占区，出色地完成了一次又一次艰巨的战斗任务。

1940 年秋天，程怀玉奉命单枪匹马外出执行联络任务，途中与日寇不期而遇，30 多个宪兵见他赤手空拳且孤身一人，便肆无忌惮地围了上来，准备活捉。程怀玉临危不惧，怀着满腔仇恨，手握柴刀与日寇展开了殊死搏斗，在砍伤 4 个鬼子之后，终因寡不敌众，不幸被捕。敌人用铁丝捆住他的四肢，绑在马后拖进了"集中营"。敌人问："铁道游击队在什么地方？"他斩钉截铁地说："不知道！"敌人再问，答的还是这三个字。直气得小鬼子哇哇乱叫。日寇见软的不行，便对其施以酷刑，往肚子里灌辣椒水、往眼睛里撒石灰面、用皮鞭沾着冷水抽、关在笼子里让狼狗咬。非人的折磨，使程怀玉一次次痛死过去，但这个山东硬汉子始终没有向敌人吐出一个字。日寇无奈，半个月后，把遍体鳞伤、奄奄一息的程怀玉扔进了高粱地。程怀玉在乡亲们的精心照料下，竟然奇迹般地活了下来。

1941 年 11 月，我驻鲁南的部队过冬棉衣和药品奇缺，上级指示铁道游击大队一定要从日寇的运输列车上搞到这些急需物资。不久，铁道游击大队通过地下情报员，得到了日寇运输物资列车的准确时间，决定采取偷袭的方式，摘掉几节货物车厢。一个漆黑的夜晚，程怀玉受领任务后，带领 3 名队员，借着夜色的掩护，悄悄地摸到铁路边，在一弯道处潜伏下来。当日寇列车驶入此处速度放慢的一刹那，程怀玉和 3 名战友一个踏脚、挂臂，像磁铁般贴在车厢上，然后纵身一跃，便身轻如燕地跳进了车厢，紧接着就提销摘挂，不到 5 分钟，两节载货的车厢便被摘下，脱离了行进的列车，慢慢地停在道轨上。连夜，列车上的药品和衣物被紧急运到了部队官兵手中。

单枪匹马烧洋行

枣庄解放前夕，设在临城（今薛城）车站附近的一家日本洋行打着做生意的幌子，与当地汉奸勾结起来四处搜集铁道游击大队的行动情报，以配合日军围剿，致使铁道游击大队连续几次行动失败，损失惨重。大队领导指示，驻临城铁道小分队务必尽快捣毁日本洋行，为我主力部队攻城除奸。由于日军戒备森严，外围遍布爪牙，小分队几次没能得手，大家十分着急。一天，以楞出名的程怀玉借进城之机，只身空手摸到洋行附近。待傍晚时分，他发现多数日本特务离开洋行寻欢作乐去了，便趁机闯到室内，抢起一把大笤帚怒喝道："举起手来，谁动我打死谁！"三个正聊得起劲的狗特务被突如其来的变故一下子弄晕了，个个呆若木鸡。当特务发现只有一个人想反扑时，挂在墙上的枪早已全部掌握在程怀玉手中，只听几声枪响，特务两死一伤。离开前，程怀玉又放了一把火，将洋行化为灰烬。归队后，大队领导对他进行了严厉批评，但战友们却从心眼里佩服这个"楞家伙"！

赤心护路 50 年

1949 年 10 月 1 日，天安门广场上升起了第一面五星红旗。和程怀玉一起战斗过的战友们，有的进了北京城，有的当上了共和国的将军，而他却怀着对铁路的满腔眷恋，带着一百多处隐隐作痛的伤疤，坚决要求回到了老家常庄村。

火车还是南来北往，汽笛依然长鸣短叫。但他不再是飞车打鬼子的游击队员，而是边种地边护路的义务工。

京沪铁路在常庄村东有一个道口，每天来往的车辆和行人不计其数。由于每 10 分钟就有一列火车通过的特殊走势，撞车亡人事故时有发生。程怀玉找村干部和铁路领导要求"承包"道口看护和左右 5 千米铁路巡视管护任务，得到批准。从此，他风风雨雨50载，日夜守护在铁路上，感人的故事不乏当年的传奇色彩。

一次，有位妇女在过道口时，因耳聋对火车发出的信号没有觉察，当飞驰而来的火车突然出现时，站在铁路中间的她一时不知所措，眼看一场惨祸就要发生，在这千钧一发之际，程怀玉完全忘记了自身的残疾，一个箭步扑上去，将妇女撞出了道外，列车从身边呼啸而过。妇女得救了，程怀玉的左臂却被刮去了一块肉。

一个冬夜，寒风卷着雪花，冰冷刺骨，程怀玉象往常一样在铁道上巡视。突然，发现在铁轨的连结处被人插入了一块钢板。此时，前方正有一列火车疾驰而来。他急忙蹲下身子，用双手往外拽，由于用力过猛，手掌被撸掉了一层皮，鲜血直流，钢板却纹丝不动。他忍着剧痛，用脚猛踹，还是无济于事。火车越来越近，情急中，程怀玉迅速取出小红旗套在手电筒上，向着风驰电掣般驶来的列车发出了紧急停车信号，但在火车强烈的探照灯直射下，手电光显得非常微弱，根本看不见。刺耳的汽笛划破长空，却丝毫没有停车的迹象。情况十万火急！关键时刻，程怀玉毫不犹豫，高举着手电筒，发疯似地向迎面驶来的列车飞跑过去……火车终于在离障碍物十几米处停了下来。一场严重事故避免了，程怀玉却累得一头栽倒了。

程怀玉护路50年，拣到从车上掉下来的物品200多件次，救过3个人的性命，排除5次重大险情，捉拿各类盗窃货物、破坏铁路的犯罪分子100多人。

看着老人满脸的自豪和欣慰，笔者不禁陡升三分敬意。临别时，问老人还有什么心愿时，他感慨地说："我希望死后能埋在道旁的临山上，永远看护这条铁路！"

（选自《中国民兵》2001年第3期）

铁道游击队的小小侦察员

于常印

铁道游击队的英雄事迹通过小说和电影的传播，举世闻名，曾教育、鼓舞着几代中国人，永远被人民讴歌和赞颂。

铁道游击队最小的队员——张书太，就一直默默地生活在我们身边。

他 10 岁就成为铁道游击队秘密侦察员

张书太于 1930 年出生在枣庄薛城渐庄一个贫农家庭。他家里很穷，常常揭不开锅，小弟弟 4 岁时竟被活活饿死。

抗战爆发后，铁道游击队交通员张文生来到渐庄开展革命工作。晚上住在渐庄，常给张书太等小伙伴讲游击队打鬼子的故事，还教他们唱革命歌曲。有一次，张书太与另外两个小伙伴听故事听到深夜才回家。回家前张文生提醒他们说：快到春节了，鬼子要来扫荡，你们早晨拾粪时若发现敌情，就马上告诉我。我住在云鹏家里，房后有块大石头，有情况就马上砸石头报信。

张文生的话，张书太牢牢记在了心里。他回家后，怎么也睡不着，怕张文生发生意外。等母亲睡着后，他轻轻披上母亲为他压脚的那件破棉袄，溜出家门，跑到庄头，蹲在一个磨盘下给张文生放哨。春节前的深夜，寒气袭人。他冻得浑身发抖，裹紧披在身上的那件破棉袄，竟不知不觉地睡着了。天微明，他被冻醒，朦胧中听到远处传来一阵杂乱的脚步声，定神一看，发现远处有一群鬼子，正呈扇形向渐庄围来。他飞快地跑到云鹏家的院后，狠敲院后的大石头。张文生听到后，迅速带上手枪和手榴弹，跳到院墙外已干涸的河沟里，沿着河沟向西跑去，并把情况报告给住在附近的铁道游击队。

鬼子把渐庄围得水泄不通，逐家搜查，毫无所获。

为防止敌人继续扰害群众，当天夜里，铁道游击队短枪队队长孙茂生带领全体队员，在渐庄四周骚扰敌人。鬼子发现铁道游击队在自己的外围，就胡乱打了一阵枪，仓皇逃离。

这件事对张文生震动很大，他发现张书太与别的孩子不同，虽然顽皮，但却聪明、机灵、勇敢，有警惕性。他年龄小，个子矮，做侦察工作不容易引起敌人注意，若让他参加游击队，一定是个好帮手。

当天晚上，铁道游击队交通员任秀田、张文生、秦明道一起来到张书太家，做他家人的工作。当时，张书太的父亲张休继在兰陵酒厂打工，母亲张崔氏觉得张书太年龄小，有些犹豫。但经交通员们的再三说服，深明大义的张崔氏还是答应了让孩子参加铁道游击队。就这样，年仅 10 岁的张书太于 1941 年 4 月正式参加游击队，成为秘密侦察员。

为陈毅军长探路

1945 年 9 月下旬的一天，铁道游击队正在乔庙集结待命，突然接到军区关于护送一号首长过路的通知。当时，一号首长是指陈毅军长。他是1943 年底由铁道游击队护送过铁路西去延安的，这次他是由延安返回山东。

　　铁道游击队大队长刘金山深感这次任务艰巨，为慎重起见，他亲自带领短枪队。到铁路西侧附近的村庄侦察敌情，很快就把铁路西侧敌情摸清了。当时，由于国民党军队对津浦铁路这条南北交通的大动脉封锁相当严密，铁道游击队无法越过铁路线去东侧侦察敌情。

　　刘大队长想到了张书太，他把张书太叫来说："小张，给你个任务。"张书太一听有任务，高兴地说："是不是让我护送首长过铁路？"刘大队长问道："你怎么知道要送首长过铁路？""我不光知道首长要过铁路，还知道一号首长是谁。"他转身对陈毅说："首长，上次您去延安路过这里时，我就送过您。"这时，陈毅也认出了他，走到他跟前，抚摸着他的头说："上次见面快两年了，为啥个子不见长哟？"他调皮地说："首长，俺把个儿都攒着了，等打败了国民党蒋介石，再一块长！"一句话把在座的人都说笑了。一切准备就绪后，张书太就化装成农村割草的小孩启程了。

　　他来到郭家洼村北关时，正巧从村里出来一群去割草的孩子，不一会儿，他就与他们混熟了。郭家洼村东一段约 500 米的铁路路基上，共有 3 个流动哨，他们不停地来回走动，遇到大人靠近铁路，就把他们吆喝开，而对这群割草的小孩却不理会。张书太带着他们边走边割，一直走到路基前，流动哨也没过问。割着割着，张书太趁跟在他后面割草的小狄不注意，故意朝他腚上狠狠地搡了一下，然后挎起草筐飞快地朝东跑去。小狄疼得一下子坐到地上，随即站起身来拿起镰刀连哭带骂地朝他追去，喊着要用镰刀劈死他。小狄还没冲下铁路，就被一个敌哨兵拦住。另一个哨兵也叫喊着让张书太退回去。这时，他已离开铁路 20 多米远了，听到喊声便停下脚步，装出恭顺可怜的样子，哀求地说："老总，行行好，甭让我回去，他要用镰刀劈死我。"说着，他就哭着继续向远处跑去。

　　他一口气跑到茶棚村，了解到茶棚村附近的村庄暂时没有国民党的驻军。在返回时，他专门混进沙沟车站，了解南边的敌情。狭小的简易候车室内横七竖八地躺满了国民党士兵。经打听，这些国民党兵是从韩庄车站步行而来的。由于身上负重太多，虽然只走了几十里路，却累得躺在地上不想动了。看样子两三个小时不会走。张书太将敌情侦察清楚后，急速返回乔庙，向大队领导作了汇报，并建议马上护送首长过路。陈毅听后表示同意，说："只要路东村庄没有大批国民党军队驻扎，问题就好办嘛，光铁路上的几个流动哨兵，就是打也要过去。"于是，刘大队长立即组织短枪队，护送着陈毅安全通过了津浦铁路。

智送最后通牒

1945 年 11 月，尽管日本帝国主义早已宣布投降，但是，集结在鲁南地区的日军，仍然在铁路沿线各据点据守，等待国民党军队的到来，拒绝向我八路军、新四军缴械投降。

铁道游击队与新四军一起，炸毁了铁路，使南逃的日军只好停在姬庄以北铁路上，待机行动。鲁南军区张光中司令员指示："日本已经宣布投降，不值得再打了，可以通过谈判，让他们把武器全部交给你们铁道游击队。"张司令员还拿了几份早已印好的十八集团军向日军发出的最后通牒，让铁道游击队立即派人送到日军那里。11 月 30 日上午，大队长刘金山和政委郑惕把张书太叫到大队部，当面交代说："小张，我们研究派你把'最后通牒'送到铁甲列车上去，有什么困难吗？"他当即表示："请首长放心，我一定亲自送到日军司令官手里。"一切准备妥当后，张书太怀里揣上"最后通牒"，朝鬼子的铁甲列车设防地走去。当他走到离铁丝网十几米远时，忽然，从低洼地的掩体里窜出几个哨兵，端着枪走近他，气势汹汹地问："什么的干活？"他见此情景，笑眯眯地回答："我的要见大太君的干活。"一个哨兵走到他跟前，上下打量一番，趁他不防，突然一个扫堂腿把他摔倒。他心想，既然是代表英雄飞虎队，就决不能示弱。他把腿一曲猛地坐起，用中日混合语骂道："我日你奶奶，八格牙噜，我是八路军飞虎队的干活。"他说着倏地从怀里掏出"最后通牒"，在哨兵面前晃了晃，厉声道："我要见你们的太君。"哨兵一看要把信直接交给他们上司，知道不是一般的信件，态度变得温和了，便领着张书太从铁道西侧跨上路基，向北走了大约7节车厢，让张书太先停下稍候，一个哨兵爬进车堆和几个军官叽咕一阵后，走到张书太身边说："我们的谈判代表，统统地跟你一起开路。"

张书太下了铁甲列车后，日军派出两个谈判代表，还有约一个排的武装，随同他来到姬庄。这次谈判地点设在姬庄南角殷宪水家两间堂屋里。我方参加的代表有铁道游击队政委郑惕、长枪中队指导员李德富和会讲日语的黄友贤。当时，张书太为对外联络和招待，守候在谈判会场的门口。

在我军强大压力下，经过几次谈判，1000多名日军乖乖地缴械投降了。这是在山东地区规模最大的一支日军直接向我军缴械投降。

孟良崮战役战前侦察

1947年4月，国民党军队向山东解放区大举进攻，重点是沂蒙山区。当时，张书太在鲁南军区司令部任时事侦察员。5月9日，鲁南军区部队在邹县东南阻击北犯之敌。10日，陈毅司令员命令鲁南军区部队向孟良崮聚集。军区作战处让侦察科崔梦坡科长派张书太深入敌占区了解敌情。

当时，张书太才17岁，但他个子矮，看上去象个十三四岁的小孩。他换上破衣服，化装成讨饭的，来到敌占村。那里是张灵甫74师的一个驻地。张书太来到国民党军队的伙房里讨饭，敌人看他年纪小未在意。他在敌占村以讨饭为名查清了敌兵与炮车的数量，他发现敌74师想抢头功拼命向前推进，以致步兵与炮兵相脱节。于是，他设法摆脱敌人返回部队，向首长作了汇报。

为抓住这个有利战机，进一步摸清情况，当夜军区领导又派出 5 人侦察小组，由张书太带路又深入敌占村。他们躲过敌人岗哨，摸到敌人伙房，活捉了敌司务长。他们把这个俘虏押送到陈毅司令员那里。张书太的侦察与抓获俘虏提供的情报，对及时抓住战机，打胜孟良崮战役，起到了很大的作用。

5 月 13 日，孟良崮战役打响。我军迅速包围并隔断脱节敌人，经过 4 天激烈战斗，全歼国民党最精锐部队整编 74 师 3.2 万多人，师长张灵甫被击毙。这次战役沉重打击了国民党反动派的嚣张气焰，粉碎了敌人对山东解放区的重点进攻。

五 在抗美援朝中他负伤致残

新中国成立后，张书太在南京第三野战军教导师当警卫员。抗美援朝开始了，他积极响应祖国号召，主动申请入朝参战。

在第五次战役及 502 高地阻击中，由于他作战勇敢，主动请战，出色完成上级交给的任务，并与战友们俘虏 22 名敌兵，志愿军第九兵团司令部授予他两次二等功。

1952 年，在朝鲜海浪里战斗中，张书太与战友们冲在最前面，炸毁了美军两个碉堡。在去爆破最后一个碉堡时，他不幸被碉堡里正准备逃跑的美军投下的手榴弹炸伤，永远失去了左腿。为表彰他的功绩，朝鲜人民共和国授予他军功奖章两枚。

1956 年，张书太转业到地方，分配到济宁市五金交电站工作。在平凡的岗位上，他身残志坚，勇于吃苦，工作认真负责，从不居功自傲，默默无私地奉献着自己的一切，多次被评为先进工作者，深受领导和群众的称赞。

（选自《党史文汇》1998 年第 6 期）

铁道游击队里的日本人

李海流

　　"西边的太阳快要落山了，微山湖上静悄悄，弹起我心爱的土琵琶……"一曲悠扬的《弹起我心爱的土琵琶》，一部经典的《铁道游击队》电影，使铁道游击队的故事家喻户晓，然而很多人或许不知道，在当年的铁道游击队员中还有三位日本籍队员，他们是田村伸树、小山口和小岛金之助。

　　1944年10月，中国共产党领导的鲁南军区为巩固城市和铁路沿线的对敌斗争，加强铁道游击队对敌军开展政治攻势，派遣在华日本人反战同盟山东支部盟员田村伸树和小山口到铁道游击队工作。田村伸树和小山口原是日军中的骑兵，1940年9月被铁道游击队俘虏后送到鲁南军区学习改造。起初，田村伸树和小山口非常顽固，企图自杀，在八路军优待俘虏政策的真诚感召下，他俩主动要求参加了当时的"鲁南在华日人反战同盟"。后来，受鲁南军区的委派，他俩来到铁道游击队，成为铁道游击队特殊的队员。田村伸树当时24岁，被俘期间学会了汉语拼音，经过不断地训练，能说一口流利的中国话，而且还带有鲁南口音。

　　田村伸树和小山口两人入队后，受到了铁道游击队政委张鸿仪、大队长刘金山的热情关照，并很快适应了铁道游击队的战斗生活。他们运用自己的日语特长，写标语、印传单、对日军据点喊话，瓦解日军，使许多日军据点丧失和削弱了战斗力。

1942 年 6 月，日伪军 3000 余人包围济宁微山岛，并配备了炮兵、骑兵、橡皮船等，对我形成合围之势。此时微山湖区仅铁道游击队、运河支队、微湖大队等约 2000 人。战斗在夜里 11 点打响，一直坚持到第二天中午，我方已牺牲百余人，突围势在必行。关键时刻，岛上队员穿起早已准备好的日军服装，化装成日军，然后由田村伸树、小山口与日军用旗语联系妥当后，最后一起从敌人的眼皮底下安全突围。

此后，田村伸树和小山口配合铁道游击队，经常在夜间外出开展工作。他们到敌占区张贴用日语写的标语，还常常将电话单机接在日军专用电话线上，同驻扎在临城（今薛城）、沙沟火车站的日军对话，做瓦解日军的工作。由于他俩不懈地努力，先后有数名日本士兵向铁道游击队投诚。为了便于向日军喊话，田村伸树和小山口更是不厌其烦地教铁道游击队队员们学习日本常用语。

铁道游击队中的第三位日籍队员是小岛金之助。1945 年 4 月中旬的一天深夜，铁道游击队在抱犊崮山区意外和日军相遇。当时夜色伸手不见五指，游击队员用白毛巾扎在左上臂，作为夜间识别敌我的标识。撤退的过程中，游击队员发现一个人没记号，当即将这个无记号的人抓了起来，带回营地一审问，原来是一个日本兵跟错了队伍。这个日本兵就是小岛金之助。

第二天清晨，小岛金之助趁门岗小解的空隙翻墙逃跑。部队马上组织搜捕，闻讯起来的乡亲也自动加入了搜捕行列。其中有一位 50 多岁的老大娘住在村西北角，她听到喊声，顺手从院里抄起一根磨棍，在自己院里搜查起来，当她来到放牛草的小南屋时，厉声喝道："快给我滚出来，不然一棍砸死你。"老大娘并不知道那里藏着人,只不过是壮胆喊一声罢了。不料,屋角一只反扣着的席篓竟微微颤动起来。老大娘警觉地向前走去,一棍挑翻席篓,光头赤脚的小岛金之助露了出来。小岛金之助成了老大娘的俘虏,他很快被押送到鲁南军区。为了加强对小岛金之助的改造,部队特地派田村伸树给他做思想工作。在田村伸树的帮助下,小岛金之助终于有了重大思想转变,加入了铁道游击队。

1945 年 8 月,日本宣布无条件投降后,日军并未立即放下武器,驻守峄县城的近 2000 名日伪军,妄图负隅顽抗,阻止我军反攻。9 月 7 日,田村伸树带着小岛金之助,跟随部队来到峄县城东北 10 里的西大楼村,参加解放峄县的战斗。战斗前夕,田村伸树让铁匠打了两把土造广播喇叭,又让小岛金之助和宣传队的同志制作了很多方形的灯笼,每个灯笼下边订有两根尖头木杆。当时同志们不解其意,经田村解释,方知是夜间用来对日军宣传的标语灯,上边用日语写上字,夜间点燃蜡烛特别醒目。战斗打响后,田村伸树和小岛金之助在掩体内点上标语灯的蜡烛,然后,扬起土喇叭开始广播,并唱起了填上新词的日本家乡小调《思乡曲》。被我军包围的日军在田村和小岛的思想攻势下,部分士兵思乡厌战之情油然而生,选择了向我军投降,部分顽固士兵趁夜幕妄图逃跑,但大多数被我围歼,我军很快解放了峄县城。

1945 年 11 月 30 日,临枣日军在沙沟受降前夕,田村伸树随铁道游击队政委郑惕等 4 人与日军谈判,谈判中他用日语宣读了鲁南军区要求敌人限期缴械投降的《最后通牒》。1946 年,田树伸树和小山口离开了铁道游击队,继而随大部队转战南北(不久小岛金之助回国),在沈阳他们迎来了新中国成立的大喜日子。田村伸树与小山口一起欢呼雀跃,那一刻,他们完全把中国当成自己的国家了。新中国成立后,两人相继转业留在沈阳工作。1958 年,小山口办好回国手续回到日本。4 年后,田村伸树也回到日本。

在共同的生活战斗中，他们与铁道游击队的同志们建立了深厚的友谊。直到 20 世纪 80 年代，田村伸树与刘金山大队长还有书信往来。1989 年 3 月，田村伸树由日本四街市寄给刘金山的信中说："真诚地感谢您及铁道游击队的每一个队员。把我这个思想幼稚的外国人，投放在每日每时所发生的、军国主义军队和人民的部队之间、你死我活的斗争里作锻炼，对我人生在世如何生活的人生观的改造，有了极大的帮助。"

（选自《文史博览》2013 年第 12 期）

附　录

三

文献史料编年

（1954—2017）

1954 年

姜立田：《读"铁道游击队"》，《新民报晚刊》1954 年 9 月 20 日。

林静：《读"铁道游击队"》，《文汇报》1954 年 5 月 21 日。

刘知侠：《关于〈铁道游击队〉的讨论》，《华东作家》1954 年第 2 号。

吕哲：《读"铁道游击队"》，《文艺报》1954 年第 16 期。

马云杰：《平凡的人们创造奇迹——介绍小说"铁道游击队"》，《新民报晚刊》1954 年 5 月 3 日。

南波：《"铁道游击队"读后》，《解放日报》1954 年 4 月 28 日。

舒晴：《抗日战争中的一支神兵——读知侠著长篇小说"铁道游击队"》，《中国青年报》1954 年 8 月 28 日。

纹：《铁道游击队》，《文汇报》1954 年 4 月 2 日。

叶朗：《读"铁道游击队"》，《文艺月报》1954 年第 5 期。

知侠：《"铁道游击队"写作经过》，《文汇报》1954 年 5 月 21 日。

1955 年

知侠：《关于"铁道游击队"》，《中国青年报》1955 年 2 月 10 日。

知侠：《我怎样写"铁道游击队"的》，《读书月报》1955 年第 3 期。

1956 年

马蓝：《写了"铁道游击队"之后——访作者知侠》，《新民报晚刊》1956 年 6 月 4 日。

1957 年

陈增智：《夜袭洋行》，《解放军文艺》1957 年第 5 期。

方华、如今：《是"乱点鸳鸯谱"吗?》，《中国电影》1957 年第 4 期。

姜蕙：《刘金山和"铁道游击队"》，《大众电影》1957 年第 8 期。

马寒冰：《不能乱点鸳鸯谱》，《中国电影》1957 年第 2 期。

谢光宁：《访"刘洪"》，《解放日报》1957 年 4 月 8 日。

王云缦：《谈谈"铁道游击队"改编》，《大众电影》1957 年第 8 期。

赵明：《几点说明——写在"铁道游击队"上映以后》，《大众电影》1957 年第 8 期。

朱青：《谈影片"铁道游击队"》，《北京日报》1957 年 4 月 2 日。

1958 年

傅泰臣讲述、胡沁整理：《我是怎样改编和演唱"铁道游击队"的》，《山东文学》1958 年第 3 期。

刘知侠：《发扬革命朝气，坚定深入生活》，《文汇报》1958 年 1 月 7 日。

张立武改编、马祥符整理：《二次血染洋行》，《山东文学》1958 年第 3 期。

1959 年

冯玉玲：《铁道游击队》，南京：江苏文艺出版社 1959 年版。

王西彦：《我对〈铁道游击队〉的几点意见》，《从播种到收获》，天津：百花文艺出版社 1959 年版。

1960 年

鲁忠：《铁路线上的鏖战——从电影〈铁道游击队〉的终场谈起》，《北京日报》1960 年 11 月 11 日。

1961 年

黄屏：《铁道线上的英雄》，《文汇报》1961 年 11 月 20 日。

山东师范学院中文系编：《刘知侠小传》，《中国当代作家小传》（修订本），大众日报印刷厂 1961 年版。

1978 年

李先锋：《钢刀插在敌胸膛——重评长篇小说〈铁道游击队〉》，《山东文艺》1978 年第 7 期。

1980 年

知侠：《漫谈拙作话当年》，《山东文学》1980 年第 9 期。

1981 年

杜季伟：《铁道游击队的故事》，中国人民解放军战士出版社编《星火燎原》（选编之五），北京：战士出版社 1981 年版。

杜季伟：《铁道游击队的年轻人》，中国人民解放军总政治部组织部编

《团旗为什么这样红》，北京：中国青年出版社 1981 年版。

1983 年

刘苏华：《〈铁道游击队〉原班人马云集彭城拍摄续集〈青山夕照〉》，《电影评介》1983 年第 10 期。

1985 年

丁乐春：《抗日英烈民族魂》，《中国民族》1985 年第 9 期。

杜季伟：《关于铁道游击队发展壮大的片段回忆》，山东省总工会工运史研究室、淄博市总工会工运史办公室合编《抗日战争时期山东工人运动史料选编》（上），1985 年。

杜季伟：《回忆在铁道游击队的政治工作》，济南铁路总工会工运史编写组编《济南铁路工运史资料选编·纪念抗日战争胜利四十周年专辑》（第二辑），1985 年。

李锐、远生：《李锐忆铁道游击队政委》，《湖南党史通讯》1985 年第 2 期。

王燨：《观众何以"溜号"——观〈青山夕照〉想起的》，《电影评介》1985 年第 3 期。

1986 年

杜季伟、王志胜：《鲁南铁道游击队》，中共微山县委党史资料征集研究委员会办公室编《微山党史资料》（第四辑），1986 年。

邢乃让：《〈铁道游击队〉的初稿和修改》，呼和浩特：内蒙古人民出版社 1986 年版。

1987 年

知侠：《〈铁道游击队〉创作经过》，《新文学史料》1987 年第 1 期。

1989 年

杜季伟：《铁道游击队战斗生活片段》，中共枣庄市委党史办公室、枣庄市出版办公室编《鲁南峰影》（上），济南：山东文艺出版社 1989 年版。

丁尔纲：《刘知侠论》，丁尔纲主编《山东当代作家论》第二编第三章，济南：山东教育出版社 1989 年版。

刘金山：《回忆铁道游击队》，中共枣庄市委党史办公室、枣庄市出版办公室编《鲁南峰影》（上），济南：山东文艺出版社 1989 年版。

知侠：《充满战火气氛的创作道路》，《新文学史料》1989 年第 4 期。

1990 年

丁尔纲：《刘知侠散论》，《文艺理论与批评》1990 年第 3 期。

1991 年

王志胜：《初创鲁南铁道队》，中国人民政治协商会议枣庄市市中区委员会文史资料委员会编《枣庄市中区文史》（第 1 辑），1991 年。

郭流火：《铁道游击队》，《时代文学》1991 年第 2 期。

政文：《著名作家刘知侠因病不幸逝世》，《作家报》1991 年 9 月 7 日。

新华社济南：《刘知侠同志逝世》，《人民日报》1991 年 9 月 24 日。

新华社济南：《刘知侠同志逝世》，《新文学史料》1991 年第 4 期。

于良志：《怀念良师益友知侠同志》，《山东文学》1991 年第 12 期。

1992 年

王志胜：《光荣的使命——护送刘少奇同志》，山东省政协文史资料委员会编《山东文史资料选辑》（第三十二辑），济南：山东人民出版社1992 年版。

朱建伟、宓晓文：《刘知侠和铁道游击队队长刘金山》，《新闻记者》1992 年第 5 期。

中共枣庄市委党史办公室编：《鲁南铁道大队纪实》，北京：中共党史出版社 1992 年版。

1993 年

独道生：《微山湖畔留诗篇——护送陈毅去延安》，《党史纵横》1993 年第 11 期。

傅冰甲：《刘知侠的生平和创作事略》，山东省政协文史资料委员会编《山东文史集粹》（文化卷），济南：山东人民出版社 1993 年版。

冠西：《最后的相聚——纪念刘知侠逝世两周年》，《人民日报》1993 年 7 月 2 日。

王志胜：《铁道游击队的战斗历程》，山东省政协文史资料委员会编《山东文史集粹》（革命斗争卷），济南：山东人民出版社 1993 年版。

张守仁：《刘知侠——〈铁道游击队〉的荣誉队员》，《新闻爱好者》1993 年第 3 期。

1994 年

芦芒词、吕其明曲：《弹起我心爱的土琵琶——影片〈铁道游击队〉插曲》，《歌海》1994 年第 4 期。

吕其明：《忆三十八年前的一首歌——〈弹起我心爱的土琵琶〉》，

《歌海》1994 年第 4 期。

1995 年

独道生：《晨曦——刘少奇在微山湖上》，《党史纵横》1995 年第 6 期。

李金陵：《震敌丧胆的鲁南铁道队》，《春秋》1995 年第 4 期。

梁贤之：《从大学生到铁道游击队政委》，《纵横》1995 年第 2 期。

梁贤之、文立彻：《智勇双全震敌胆——记铁道游击队政委文立徵》，《湖南党史》1995 年第 2 期。

刘知侠：《抗敌雄风壮艺卷——〈铁道游击队〉创作忆录》，《新文化史料》1995 年第 4 期。

芦芒词、吕其明曲：《弹起我心爱的土琵琶——影片〈铁道游击队〉插曲》，《武钢政工》1995 年第 9 期。

魏建、贾振勇：《齐鲁文化与山东新文学》第四部分第一节"平民英雄的交响乐章"，长沙：湖南教育出版社 1995 年版。

魏训洲、李晨玉：《山东抗日英雄寻访记》，《发展论坛》1995 年第 8 期。

肖继勇、王绍云：《弹起心中的土琵琶——铁道大队长传奇》，《党史纵横》1995 年第 8 期。

杨广立：《珍贵的回忆》，《党史博采》1995 年第 9 期。

原言：《十大明星重演"铁道游击队"——〈飞虎队〉创作纪实》，《河南省情与统计》1995 年第 9 期。

应跃鱼：《刘金山和铁道游击队》，《中国民兵》1995 年第 5 期。

张广太：《抗日战争中的"铁道游击队"》，《党史文汇》1995 年第 8 期。

张广太：《论铁道游击队的历史贡献》，《抗日战争史及史料研究（一）——中国近现代史史料学学会学术会议论文集》，1995 年。

1996 年

申洪涛：《艺术分寸严重失衡——〈飞虎队〉人物形象刍议》，《电影评介》1996 年第 5 期。

施殿华：《别具神韵　各有千秋——〈飞虎队〉与〈铁道游击队〉对比谈》，《电影评介》1996 年第 5 期。

1997 年

杜季伟：《到铁道游击队去》，中共枣庄市委党史研究室编《苏鲁支队》，济南：山东大学出版社 1997 年版。

洪流：《〈飞虎队〉得失谈——兼与电影〈铁道游击队〉比较》，《写作》1997 年第 2 期。

梁永春、张振江：《"芳林嫂"，您在哪里?》，《中国民兵》1997 年第 1 期。

王志胜：《铁道游击队与苏鲁支队》，中共枣庄市委党史研究室编《苏鲁支队》，济南：山东大学出版社 1997 年版。

姚念杰、王东山：《刘少奇过冀鲁豫》，《春秋》1997 年第 3 期。

1998 年

陈颖：《〈铁道游击队〉和〈林海雪原〉》，《中国英雄侠义小说通史》第八章第一节之"武装斗争英雄小说"，南京：江苏教育出版社 1998 年版。

傅冰甲：《刘知侠的生平和创作事略》，山东省政协文史资料委员会编

《山东文史集粹》（修订本下集），北京：中国文史出版社 1998 年版。

于常印：《铁道游击队的小小侦察员》，《党史文汇》1998 年第 6 期。

王志胜：《铁道游击队的战斗历程》，山东省政协文史资料委员会编
《山东文史集粹》（修订本上集），北京：中国文史出版社 1998 年版。

1999 年

房福贤：《中国抗日战争小说史论》中篇第五章之"敌后斗争小说"，
济南：黄河出版社 1999 年版。

2000 年

常永坤主编，王飞龙、寻文波摄影，陈玉忠等撰文：《铁道游击队队
员掠影》，北京：中国摄影出版社 2000 年版。

张书太、朝明：《快枪手——记铁道游击队猛虎将孟庆海》，《党史纵
横》2000 年第 11 期。

2001 年

高丕忠：《铁道游击队的真实故事》，北京：作家出版社 2001 年版。

梁贤之：《铁道游击队第二任政委文立正》，《湖南文史》2000 年第
4 期。

庞培法：《铁道游击队政委文立徵的历史终于被证实》，《党史文汇》
2000 年第 3 期。

沈文：《威震敌胆的鲁南铁道游击队四兄弟》，《党史天地》2000 年第
9 期。

秦良杰：《个人与历史——十七年长篇小说一个角度的研究》，文中有
对《铁道游击队》的论述，苏州大学硕士学位论文，2001 年。

苏进、杨家山、王彬、孙慎国：《留住"那动人的歌谣"——潘福安自费举办铁道游击队展览的故事》，《中国民兵》2001年第9期。

孙慎国、何名享、史文革：《永远的"铁道游击队员"——记〈铁道游击队〉中的"二楞子"原型程怀玉》，《中国民兵》2001年第3期。

于常印：《生活在我们身边的英雄——记铁道游击队小侦察员张书太》，《世纪桥》2000年第1期。

2002年

柳礼泉：《铁道游击队的李政委》，《军事文摘》2002年第1期。

王飞龙：《细节成就真实——谈大型摄影画册〈铁道游击队队员掠影〉的拍摄体会》，《青年记者》2002年第4期。

王霞、王善刚：《知侠在沂蒙》，《山东档案》2002年第6期。

吴道毅：《在传统与现代之间——新英雄传奇论稿》，文中有对《铁道游击队》的论述，武汉大学博士学位论文，2002年。

余岱宗：《被规训的激情——论20世纪50、60年代中国红色小说》，文中有对《铁道游击队》的论述，福建师范大学博士学位论文，2002年。

2003年

陈国和：《新"故事"、老"模式"——传奇性革命历史长篇小说与武侠小说》，华中师范大学硕士学位论文，2003年。

蓝爱国：《烈火奇侠：革命通俗文学的叙事及其规则——重读〈林海雪原〉〈铁道游击队〉〈烈火金刚〉》，《解构十七年》，上海：华东师范大学出版社2003年版。

刘迎秋：《革命文化与民间文化的共鸣——略论十七年山东小说的英雄主义主题》，《山东社会科学》2003年第4期。

张在军、李志刚：《刘知侠写〈铁道游击队〉》，《小学生作文向导》2003 年第 5 期。

2004 年

毕亮：《十七年革命英雄传奇魅力浅论》，《德州学院学报》2004 年第 5 期。

董恒波：《重读〈铁道游击队〉》，《文学少年：中学》2004 年第 12 期。

宫丽丽：《〈铁道游击队〉再现荧屏——巨资重弹土琵琶》，《青岛广播电视报》2004 年 12 月 15 日。

刘宝森、龚印明：《刘知侠和他的〈铁道游击队〉》，《枣庄日报》2004 年 10 月 15 日。

马立新：《红色理性与革命战争文学》，文中有对《铁道游击队》的论述，山东师范大学博士学位论文，2004 年。

司杰：《〈铁道游击队〉背后的故事》，《中国商界》2004 年第 11 期。

佚名：《告诉你一个真实的铁道游击队》，《百姓》2004 年第 5 期。

余岱宗：《被规训的激情——论 1950、1960 年代的红色小说》，上海三联书店 2004 年版。

2005 年

白瑞雪、张玉清、梅世雄：《铁道游击队：钢刀插进敌胸膛》，《中国青年报》2005 年 5 月 21 日。

陈国和：《从"侠骨柔情"到"革命爱情"——传奇性革命历史长篇小说与武侠小说研究》，《理论与创作》2005 年第 1 期。

陈国和：《新"故事"、老"模式"——传奇性革命历史长篇小说与武侠小说研究之三》，《咸宁学院学报》2005 年第 1 期。

陈国和：《复仇：从"快意恩仇"到"御敌雪恨"——传奇性革命历史长篇小说与武侠小说之关系》，《武汉理工大学学报》（社会科学版）2005 年第 3 期。

邓卫华：《截火车炸铁轨让日军伤透脑筋——回顾枣庄铁道游击队传奇》，《新华每日电讯》2005 年 7 月 19 日。

丁光清：《"土琵琶"奏响红色旋律》，《安徽日报》2005 年 12 月 12 日。

傅书华：《革命英雄传奇小说与武侠文化传统》，《文艺理论与批评》2005 年第 4 期。

甘文瑾：《〈铁道游击队〉：让战斗片真正"动"起来》，《中国电影报》2005 年 8 月 25 日。

郝名：《重现〈铁道游击队〉》，《农业知识》2005 年第 4 期。

金学永：《队员忆铁道游击战：铁道线是杀敌的好战场》，《协商新报》2005 年 8 月 19 日。

刘悠扬：《1956·〈铁道游击队〉：今日再弹我心爱的土琵琶》，《深圳商报》2005 年 7 月 23 日。

刘真骅：《刘知侠手稿拾遗》，《中国档案》2005 年第 6 期。

刘真骅口述，鲁橹、海江执笔：《纵隔生死不隔心》，《工会博览》2005 年第 6 期。

鲁文：《告诉你一个真实的铁道游击队》，《档案时空》（史料版）2005 年第 1 期。

严民：《刘知侠与"芳林嫂"》，《人民日报》（海外版）2005 年 3 月 24 日。

依心：《〈铁道游击队〉作者刘知侠与妻子的风雨真情》，《源流》

2005 年第 6 期。

王飞龙：《铁道游击队员》，《三月风》2005 年第 2 期。

王玉玲：《刘知侠和〈铁道游击队〉》，《中国艺术报》2005 年 8 月 19 日。

王兆虎：《铁道游击队真实档案》，济南：山东友谊出版社 2005 年版。

文思编：《铁道游击队传奇》，北京：中国文史出版社 2005 年版。

翁燕然：《曾有一种精神荡气回肠——重温〈平原游击队〉和〈铁道游击队〉》，《电影》2005 年第 7 期。

赵楠楠：《新〈铁道游击队〉武侠味重》，《京华时报》2005 年 9 月 3 日。

赵启鹏：《人民英雄和江湖侠客——论中国当代文学中的两类英雄叙事的深层相通》，文中有对《铁道游击队》的论述，山东师范大学硕士学位论文，2005 年。

政协枣庄市薛城区委员会编：《铁道游击队在薛城》，北京：中国文史出版社 2005 年版。

中共薛城区委党史研究室编：《铁道游击队史》，北京：中央文献出版社 2005 年版。

竹马整理：《铁道游击队》，《现代语文》（初中读写与考试）2005 年第 11 期。

2006 年

成新平、陈章麟：《文立正与铁道游击队》，《老年人》2006 年第 4 期。

巩璠：《从〈新儿女英雄传〉到〈铁道游击队〉——浅析红色英雄传奇小说的文化意识》，《图书与情报》2006 年第 4 期。

李雅梅：《艺术欣赏与艺术再创造——新版〈铁道游击队〉热播之剖析》，《戏剧丛刊》2006 年第 4 期。

芦芒、何彬词，吕其明曲：《弹起我心爱的土琵琶——故事片〈铁道游击队〉插曲》，《北方音乐》2006 年第 10 期。

曲涛：《铁道游击队——敌人的"怀中利剑，袖中匕首"》，《广西党史》2006 年第 Z1 期。

吴道毅：《在传统与现代之间——新英雄传奇小说研究》，书中有对《铁道游击队》的论述，武汉：湖北人民出版社 2006 年版。

张东霞：《从"抓煤老道"到抗日英豪——解说铁道游击队的成长故事》，山东省档案局编《打开尘封的记忆——细说档案里的故事》，济南：山东人民出版社 2006 年版。

张广东遗稿、李萱华整理：《我在铁道游击队的日子里》，《红岩春秋》2006 年第 5 期。

朱德发等：《现代中国文学英雄叙事论稿》卷三第二章第一节"抗日战争英雄叙事的文学样态"，济南：山东教育出版社 2006 年版。

朱海波、朱迅翎、刘冰：《微山湖上的抗日侠女——访电影〈铁道游击队〉中"芳林嫂"原型吕英》，《中国民兵》2006 年第 1 期。

2007 年

崔新明：《鲁南铁道大队的创建及发展原因探析》，《世纪桥》2007 年第 1 期。

纪述：《弹起心爱的琵琶　歌唱鲁南英雄汉——记人民英雄洪振海和他率领的铁道游击队》，《下一代》2007 年第 5 期。

李建宗：《革命英雄传奇小说中的民间传统》，文中有对《铁道游击队》的论述，兰州大学硕士学位论文，2007 年。

人民日报：《鲁南铁道游击队》，《人民日报》2007 年 3 月 28 日。

孙峰：《"好汉山东"的文学记忆——〈水浒传〉与山东英雄叙事研究》第三部分"革命的烽火与传奇英雄叙事"，山东师范大学硕士学位论文，2007 年。

张东霞：《从"抓煤老道"到抗日英豪——铁道游击队的成长故事》，《党员干部之友》2007 年第 11 期。

2008 年

陈颖：《中国战争小说史论》上篇第二章第五节"战争小说英雄主义凯歌高奏的崭新时代"，上海：上海三联书店 2008 年版。

崔新明：《从"徐半班"的历程看"铁道游击队"的发展》，《牡丹江大学学报》2008 年第 11 期。

崔新明：《徐广田与"铁道游击队"》，《党史文苑》2008 年第 13 期。

韩颖琦：《中国传统小说叙事模式的"红色经典"化》，文中有对《铁道游击队》的论述，苏州大学博士学位论文，2008 年。

何立波：《刘少奇与"铁道游击队"》，《党史纵览》2008 年第 12 期。

洪德斌：《革命历史小说的形象塑造和侠文化》，《漯河职业技术学院学报》2008 年第 1 期。

李建宗：《革命书写超越中的羁绊——十七年革命英雄传奇小说中的模式化叙事》，《北京工业大学学报》（社会科学版）2008 年第 5 期。

刘真骅口述，邢军、海江整理：《苦难使我的生命倍感光辉——记〈铁道游击队〉作者刘知侠与妻刘真骅的惊世恋情》，《党史纵横》2008 年第 3 期。

刘真骅口述，邢军、海江执笔：《〈铁道游击队〉作者的生死情长》，《人民文摘》2008 年第 6 期。

孙剑霞、谷文刚：《红色经典之——铁道游击队》，《模型世界》2008年第8期。

张德刚：《50年代小说中的抗战故事》，文中有对《铁道游击队》的论述，西南大学硕士学位论文，2008年。

赵启鹏：《中国当代战争小说中的情爱叙事研究》，文中有对《铁道游击队》的论述，山东师范大学博士学位论文，2008年。

2009年

范景鹏：《微山湖上——记铁道游击队中的回族政委张洪仪》，《回族文学》2009年第1期。

房福贤等：《齐鲁文化形象与百年山东叙事》第二章第三节"革命英雄叙事"，济南：山东画报出版社2009年版。

洪何苗：《论十七年长篇战争小说中的"诗"与"歌"》，文中有对《铁道游击队》的论述，华东师范大学硕士学位论文，2009年。

李欢欢：《红色经典中的传奇性与江湖意识》，文中有对《铁道游击队》的论述，浙江大学硕士学位论文，2009年。

刘杰：《耀邦同志为我家平反》，《文史天地》2009年第5期。

任平：《小论京剧〈铁道游击队〉的光色与场景》，《戏剧丛刊》2009年第1期。

单一星：《铁道游击队档案揭秘》，香港：中国文化艺术出版社2009年版。

吴晓红：《〈铁道游击队〉中女主人公"芳林嫂"的三位原型》，《世纪风采》2009年第1期。

赵明伟口述、陈慈林整理：《"飞虎队"传奇》，《杭州日报》2009年9月22日。

2010 年

常兴玉、李海流：《郑惕将军受降临城日军记》，《联合日报》2010 年
9 月 11 日。

崔新明：《铁道游击队抗日英雄最终投敌叛变》，《共产党员》2010 年
第 8 期（原文未标明作者，经考证，实为崔新明发表于《党史文苑》2008
年第 13 期论文《徐广田与"铁道游击队"》的摘编，故标明作者为"崔新
明"——编者注）。

崔新明：《铁道游击队叛徒建国后被判刑》，《法制博览》2010 年第
23 期。

高小立：《舞剧〈铁道游击队〉的经典追求》，《文艺报》2010 年 7 月
26 日。

何立波：《刘少奇与"铁道游击队"》，《传承》2010 年第 4 期。

解放军报北京：《舞剧〈铁道游击队〉首演圆满成功》，《解放军报》
2010 年 8 月 5 日。

李敏：《浅谈铁道游击队文化广场与雕塑建设》，《中国民间文化艺术
之乡建设与发展初探》论文集，2010 年。

刘璇：《〈铁道游击队〉：激情燃烧的不老传奇——关于一个抗战文艺
主题的梳理和记忆》，《解放军报》2010 年 8 月 13 日。

罗斌：《舞剧〈铁道游击队〉的大气与大美》，《中国艺术报》2010 年
8 月 17 日。

王小京：《舞剧〈铁道游击队〉》，《舞蹈》2010 年第 9 期。

魏容：《论刘知侠的抗战题材小说创作》，《黑龙江科技信息》2010 年
第 12 期。

吴晓红：《〈铁道游击队〉大队长刘洪原型揭秘》，《世纪风采》2010

年第 4 期。

熊坤静：《长篇小说〈铁道游击队〉创作始末》，《党史纵横》2010 年第 7 期。

杨笑阳：《寻找内心的哈姆雷特——舞剧〈铁道游击队〉创作感想》，《舞蹈》2010 年第 10 期。

于继增：《〈铁道游击队〉背后的真情往事》，《文史精华》2010 年第 9 期。

袁成亮：《电影〈铁道游击队〉诞生始末》，《党史纵览》2010 年第 3 期。

赵大鸣、杨笑阳：《红色舞剧〈铁道游击队〉》，《文艺报》2010 年 7 月 28 日。

2011 年

戴清：《"弹起我心爱的土琵琶"——〈铁道游击队〉的英雄气概》，《光明日报》2011 年 7 月 8 日。

邓卫华：《打得鬼子魂飞胆丧——"小武装"书写抗战传奇》，《晚晴》2011 年第 8 期。

谷传光、李海流：《德国传教士与铁道游击队》，《春秋》2011 年第 1 期。

罗银胜：《王元化谈〈铁道游击队〉的出版》，《百年潮》2011 年第 4 期。

吕婷婷：《"传奇传统"的历史遇合与现代转换——论十七年抗战小说的"传奇性"》，文中有对《铁道游击队》的论述，福建师范大学硕士学位论文，2011 年。

马承魁：《舞剧〈铁道游击队〉艺术表现评析》，《解放军艺术学院学报》2011 年第 4 期。

宋剑华：《艺术拯救历史的经典范本——关于小说〈铁道游击队〉背景资料的真实性问题》，《广东社会科学》2011 年第 2 期。

宋剑华：《"红色经典"：艺术真实是怎样转变成历史真实的》，《社会科学辑刊》2011 年第 4 期。

唐凌、张华：《深度访谈舞剧〈铁道游击队〉总导演杨笑阳》，《艺术评论》2011 年第 8 期。

王卫东：《平凡英雄的家国情怀》，《解放军报》2011 年 6 月 17 日。

王卫东：《薪火相传是精神——访枣庄市铁道游击队展览馆馆长潘福安》，《解放军报》2011 年 6 月 17 日。

王卫东、卢军：《铁道游击队护送刘少奇去延安》，《解放军报》2011 年 6 月 17 日。

袁成亮：《〈弹起我心爱的土琵琶〉是怎样诞生的》，《文史博览》2011 年第 7 期。

赵大鸣：《让"本体"说话——从舞剧〈铁道游击队〉的选材说开去》，《军营文化天地》2011 年第 9 期。

中国人民解放军总政歌舞团：《〈铁道游击队〉剧照》，《艺术评论》2011 年第 8 期。

2012 年

胡卓然：《"铁道游击队"今何在》，《军营文化天地》2012 年第 6 期。

李海流：《铁道游击队的护送传奇》，《党史文汇》2012 年第 10 期。

李海流：《铁道游击队护送刘少奇过津浦铁路》，《春秋》2012 年第 5 期。

李洪华、钟婷：《借鉴与转换：论"十七年"革命英雄传奇与中国古代侠义小说》，《南昌大学学报》（人文社会科学版）2012 年第 2 期。

李颖：《舞剧〈铁道游击队〉魅力呈现红色经典》，《中国文化报》2012 年 10 月 24 日。

卢少华、房伟：《红色经典的改变与再现——评〈新铁道游击队〉》，《山东当代影视艺术的地域化特色研究》第二章第二节，北京：中国戏剧出版社 2012 年版。

潘福安主编：《铁道游击队图史》，北京：人民武警出版社 2012 年版。

宋磊：《铁道游击队护送刘少奇出山东的故事》，《福建党史月刊》2012 年第 3 期。

伊茂林：《弹起我心爱的土琵琶——想起当年的铁道游击队》，《老年教育：长者家园》2012 年第 6 期。

王学亮：《刘知侠与他的〈铁道游击队〉》，《春秋》2012 年第 1 期。

吴道毅：《十七年革命历史小说中的侠义文化》，《江汉论坛》2012 年第 8 期。

2013 年

杜学峰：《〈铁道游击队〉的诞生》，《山西老年》2013 年第 2 期。

李强、刘晓焕：《刘知侠与〈铁道游击队〉》，《文史春秋》2013 年第 2 期。

李海流：《〈铁道游击队〉背后的传奇往事》，《文史月刊》2013 年第 9 期。

李海流：《智斗临枣日军投降记》，《文史天地》2013 年第 10 期。

李海流：《铁道游击队里的日本人》，《文史博览》2013 年第 12 期。

郝伟编著：《铁道游击队解读》，济南：济南出版社 2013 年版。

熊坤静：《长篇小说〈铁道游击队〉创作的前前后后》，《党史博采》

2013 年第 4 期。

杨笑阳：《总政歌舞团建团 60 周年舞剧〈铁道游击队〉》，《舞蹈》2013 年第 10 期。

应跃鱼：《铁道游击队智取临城斩日酋》，《铁军·纪实》2013 年第 6 期。

2014 年

高扩、张东霞：《"抓煤老道"变身抗日英豪》，《齐鲁晚报》2014 年 9 月 9 日。

冯双白：《在情感的血脉中流动——评舞剧〈铁道游击队〉》，《军营文化天地》2014 年第 1 期。

郭剑敏：《中国当代军旅文学中的政委形象及其叙事功能》，《文艺理论与批评》2014 年第 1 期。

海流：《刘知侠与〈铁道游击队〉的故事》，《老年教育：长者家园》2014 年第 5 期。

吉喆、赵剑：《个人倾心创办铁道游击队展览馆》，《国防》2014 年第 10 期。

柯嘉团：《三位日籍铁道游击队员》，《文史月刊》2014 年第 1 期。

李海流：《"文革"岁月里的"芳林嫂"》，《春秋》2014 年第 1 期。

李海流：《郑惕：从铁道游击队走出来的将军》，《文史春秋》2014 年第 8 期。

冉才：《一元主题　多元形象——吕其明交响诗〈铁道游击队〉主题技法研究》，《淮南师范学院学报》2014 年第 6 期。

孙超：《熠熠生辉的东方民族之光——交响诗〈铁道游击队〉》，《大众文艺》2014 年第 9 期。

王贞勤：《铁道游击队首任大队长洪振海》，《党的生活》2014 年第
8 期。

2015 年

崔新明、司艾华：《铁道游击队史》，北京：中国社会科学出版社 2015
年版。

何志钧：《论刘知侠的〈铁道游击队〉的美学贡献和艺术启示》，《百
家评论》2015 年第 5 期。

匡雪：《听祖父讲"芳林嫂"》，《春秋》2015 年第 4 期。

李彦凤：《一种故事，两种讲法——〈铁道游击队〉与〈辛俊地〉比
较研究》，《现代语文》（学术综合版）2015 年第 4 期。

刘杰：《铁道游击队"老周"的故事——缅怀我的父亲刘景松》，《文
史天地》2015 年第 12 期。

刘自双、张雷、陈方云：《"铁道游击队"活捉天皇表哥》，《解放军
生活》2015 年第 8 期。

《鲁南铁道大队画传》编委会编：《鲁南铁道大队画传》（上、下），
济南：山东画报出版社 2015 年版。

谭乃麟：《我画〈铁道游击队〉》，《美术》2015 年第 9 期。

谭苗：《从〈铁道游击队〉的翻拍看抗战题材电影的现代化》，《电影
评介》2015 年第 18 期。

万照广：《铁道游击队沙沟受降寻踪》，《春秋》2015 年第 6 期。

王贞勤：《洪振海：〈铁道游击队〉中的"刘洪"》，《湖北档案》2015
年第 7 期。

王贞勤：《铁道游击队"老洪"原型洪振海的铁血抗日人生》，《天津
政协》2015 年第 8 期。

王贞勤：《铁道游击队大队长洪振海》，《党史纵横》2015 年第 9 期。

文热心：《"赶走日寇再成家"——追记铁道游击队政委文立正烈士》，《湖南日报》2015 年 9 月 21 日。

吴道毅：《论抗战小说的忠义思想》，《江汉论坛》2015 年第 11 期。

严民：《刘知侠与"芳林嫂"》，《走向世界》2015 年第 3 期。

杨春：《铁道游击队：尖刀插入敌心脏》，《南方日报》2015 年 8 月 17 日。

张荣东：《凝重的历史镜像——读张志民、李继民水墨巨制〈铁道游击队〉》，《走向世界》2015 年第 37 期。

赵启鹏：《中国当代战争小说情爱叙事研究》（1949—1979），书中有对《铁道游击队》的论述，北京：人民出版社 2015 年版。

赵忠诚：《〈铁道游击队〉谱系研究》，山东师范大学硕士学位论文，2015 年。

2016 年

龚奎林：《侠义情感与民间文化的革命转化——论〈铁道游击队〉的版本修改与艺术改编》，《井冈山大学学报》（社会科学版）2016 年第 3 期。

谭光辉：《为什么新中国的流行小说从战争小说开始?》，《绵阳师范学院学报》2016 年第 4 期。

陶道强：《枣庄抗战通史》第三章第三节之"鲁南铁道大队的建立与独具特色的铁道游击战"，北京：中国社会科学出版社 2016 年版。

王淑清口述，柴林兵、刘屹文字整理：《百岁铁道游击队抗战老兵王淑清追忆峥嵘岁月》，《山东档案》2016 年第 1 期。

2017 年

陈铃：《1954 年〈铁道游击队〉内部讨论会》，《新文学史料》2017 年第 3 期。

龚奎林、欧阳璐：《英雄形象的艺术强化与革命符号的媒介传播——论〈铁道游击队〉京剧与曲艺改编》，《河南科技学院学报》2017 年第 3 期。

李亚：《当红色经典遇到功夫喜剧——〈铁道飞虎〉的类型化创作策略》，《电影评介》2017 年第 7 期。

陆培法、万照广、张生：《永远唱响那"动人的歌谣"——铁道游击队故里寻访记》，《走向世界》2017 年第 10 期。

宋若华：《红色经典的与时俱进——从〈铁道游击队〉到〈铁道飞虎〉》，《中国电影报》2017 年 4 月 26 日。

张均：《〈铁道游击队〉的"徐广田难题"》，《文艺争鸣》2017 年第 11 期。

2018 年

张均：《〈铁道游击队〉的现实与"现实主义"》，《山西大学学报》（哲学社会科学版）2018 年第 3 期。

（搜集整理：陈夫龙）

铁道队组织沿革和领导人名录

初创时期

（1938 年 10 月至 1940 年 1 月）

枣庄抗日情报站（1938 年 10 月至 1939 年 10 月）

苏鲁人民抗日义勇总队由滕峄边山区转移到抱犊崮山区东部的埠阳后，为掌握枣庄矿区的敌情，及时获得可靠情报，于 1938 年 10 月，派三大队排长洪振海、王志胜潜回家乡枣庄火车站西侧的陈庄，建立了抗日情报站。他们经过多方考察，先后发展了赵连有、赵永泉、曹德全、徐广田、李云生等 8 人为情报员。

站　　长　洪振海

副站长　王志胜

枣庄铁道队（1939 年 11 月至 1940 年 1 月）

八路军 115 师抵达鲁南之后，苏鲁人民抗日义勇总队改编为 115 师苏鲁支队，枣庄抗日情报站隶属苏鲁支队。1939 年 11 月，洪振海、王志胜为更有力地打击敌人，在枣庄抗日情报站的基础上，组建了一支 10 余人的枣庄铁道队，洪振海为队长，王志胜和赵连有任副队长。他们以开办"义合炭场"作职业掩护，积极搜集敌情报，筹集资金，发展力量，并请求苏鲁支队予以批准并派遣政治委员来。

队　长　洪振海

副队长　王志胜　赵连有

巩固发展时期

（1940 年 2 月至 1942 年 12 月）

鲁南铁道队（1940 年 2 月至 6 月）

1940 年 2 月，八路军 115 师苏鲁支队正式批准洪振海、王志胜的报告，同意在抗日情报站的基础上建立一支秘密抗日武装，并命名为鲁南铁道队。同年 2 月，派副教导员杜季伟任政委。全队 10 余名队员。他们以开炭场和烧焦为职业掩护，秘密活动于枣（庄）临（城）和枣（庄）赵（墩）铁路支线上，搜集敌情报，大搞敌人物资，出其不意地袭击敌人，使敌人六神不安。尔后他们又发展了部分队员，并在小屯村举办了训练班，军政素质和组织观念有较大的提高。5 月，因一名队员无意中泄密，炭场被敌人查抄，3 名队员被捕。鲁南铁道队被迫转移，并公开打出鲁南铁道队旗号。

队　长　洪振海

政　委　杜季伟

副队长　王志胜　赵连有

一分队

队　长　王志胜（兼）

副队长　赵永泉　李云生

二分队

队　长　徐广田

副队长　曹德清

铁道大队（1940 年 7 月至 1942 年 12 月）

1940 年上半年，鲁南铁道队在苏鲁支队的领导下，经过思想和组织整顿，提高了军政素质，增强了纪律观念。他们在政委杜季伟的培养教育下，王志胜、曹德清、李云生、赵永泉和徐广田等骨干，政治上进步很快，先后加入了中国共产党。不久，铁道队建立了党支部，杜季伟任书记，王志胜为委员。1940 年 7 月，该队与活动在津浦铁路线由中共沛滕边县委领导的两支铁道队合编为铁道大队。大队辖一、二、三队和破袭队。后来，他们根据上级的指示和对敌斗争形势的需要，对部队进行了整编，合编成 3 个短枪分队。合编后的铁道大队活动于鲁南津浦铁路和临枣铁路沿线，隶属苏鲁支队，1940 年 10 月后隶属于鲁南军区。

大队长　洪振海（1941 年 12 月牺牲）

　　　　　刘金山（1942 年 5 月任职）

政　委　杜季伟

副大队长　王志胜

　　　　　　赵永泉（1942 年 5 月任职）

协理员　赵宝凯（1942 年 4 月任职）

1940 年 7 月至 1941 年 7 月中队领导人

短枪一队

队　长　徐广田

副队长　曹德清

短枪二队

队　长　孙茂生

副队长　任秀田　李云生

短枪三队

队　长　赵永泉

破袭队

队　长　华绍宽

1941 年 7 月至 1942 年 12 月中（分）队领导人

短枪一分队

队　长　徐广田　孙茂生

短枪二分队

队　长　曹德清

副队长　李云生

短枪三分队

队　长　赵永泉（兼）

长枪中队

队长兼指导员　赵宝凯

副队长　赵永良

编入鲁南独立支队时期

（1943 年 1 月至 1944 年 9 月）

　　1942 年底，鲁南军区遵照刘少奇关于"要解决沛滕峄边区和微山湖地区地方武装统一领导问题"的指示精神，派沂河支队副政委孟昭煜，将活动在该地区的微湖大队、铁道大队等 4 支人民抗日武装合编为鲁南独立支队。铁道大队编为该支队二大队，但对外仍称铁道大队。其主要任务由过去的破袭敌交通、袭击敌据点、截击敌火车等，转为护送过往干部。二大队辖两个短枪队，1943 年 5 月后，逐步组建了三个长枪队和两个短枪队。活动于鲁南津浦铁路和临（城）枣（庄）铁路支线沿线。

鲁南独立支队二大队（铁道大队）（1942 年 12 月至 1944 年 9 月）

大队长　刘金山

政　委　杜季伟（1943 年 3 月离职）

　　　　　文立正（兼，1943 年 3 月至 5 月）

　　　　　杨广立（兼，1943 年 5 月至 12 月）

　　　　　赵若华（赵明伟，1943 年 12 月任职）

副大队长　王志胜

　　　　　　赵永泉（1943 年 2 月牺牲）

协理员　赵宝凯

1942 年 12 月至 1943 年 5 月中队领导人

短枪一队

队　长　徐广田　王志胜（兼）

指导员　黄岱牲

短枪二队

队　长　孙茂生

　　　　　曹德清（1943 年 1 月牺牲）

指导员　赵宝凯

副队长　李云生（1943 年 1 月牺牲）

短枪三队

队　长　赵永泉（兼，1943 年 2 月牺牲）

指导员　魏尚武（1942 年 10 月离职）

长枪队

队　长　张建中

指导员　梁玉庆

副队长　赵永良

1943 年 5 月至 1944 年 9 月中队领导人

短枪一中队

队　长　王志胜（兼）

指导员　黄岱牲（1944 年 4 月离职）

短枪二中队

队　长　徐广田

副指导员　张再新

短枪三中队

队　长　孙茂生

指导员　梁玉庆（1943 年 9 月离职）

长枪一中队

队　长　陈友吉

指导员　张　英

　　　　李德富（1943 年 10 月任职）

长枪二中队

队　长　徐广田（1943 年 6 月离职）

　　　　郑林川（1943 年 6 月至 10 月）

傅宝田（1943 年 10 月至 11 月）

张建中（1943 年 11 月至 1944 年 2 月）

颜耀华（1944 年 7 月任职）

指导员 颜耀华（1944 年 7 月离职）

徐正明（1944 年 7 月任职）

长枪三中队

队　长（缺职）

指导员 刘依勤

长枪四中队

队　长 张绍顺（1943 年 9 月牺牲）

刘　钢（1943 年 9 月任职）

指导员 张静波

抗日战争胜利前后

（1944 年 10 月至 1946 年 3 月）

铁道大队（1944 年 10 月至 1946 年 3 月）

1944 年 10 月，鲁南独立支队撤销后，二大队恢复铁道大队番号。同时，对部队进行了整编，3 个长枪队及部分短枪队队员编为鲁南二军分区 2 营。其余 50 多名队员编为短枪和长枪各一个中队。大队部机构逐步健全，除配备大队正副政委和正副大队长，并配有文书、管理员、会计、军医、司务长和警卫班。1945 年 7 月，全大队发展到 300 余人，仍设两个中队，中队以下设分队。大队所辖各中队、分队，分散活动在台枣和津浦铁路的滕（县）韩（庄）段和微山湖东部地区。大队部曾驻茶棚、西巨山、刘庙、彭楼以及沙沟附近村庄。隶属鲁南军区城工部。1946 年 3 月，铁道大队奉命撤销，在此基础上建立了鲁南铁路局，其所属部队大部编入主力。

大队长 刘金山

政　委 张鸿仪（1945 年 6 月牺牲）

　　　　郑　惕（1945 年 6 月任职）

副大队长 王志胜

副 政 委 郑　惕（1945 年 6 月离职）

1944 年 9 月至 1945 年 11 月中队领导人

短枪中队

队　　长 孙茂生

副指导员 张再新

长枪中队

队　长 徐广田

指导员 李德福

1945 年 11 月至 1946 年 3 月中队领导人

短枪队

队　长 孙茂生

指导员 张再新

长枪队

队　长 徐广田

副队长 周建岐

指导员 李恒宗

解放战争初期

（1946 年 8 月至 11 月）

1946 年 8 月，国民党反动派挑起内战，调集 20 余万兵力向山东解放区大举进攻。为迟滞敌军行动，反击国民党军队的猖狂进攻，鲁南军区调集原铁道大队骨干，重新建立了铁道大队。全队 190 余人，编为两个中队。先后活动于鲁南津浦铁路沿线、临城和枣庄周围地区，隶属鲁南三军分区。

铁道大队（1946 年 8 月至 11 月）

大队长　刘金山

政　委　蒋得功

一中队

队　长　徐广田　周建岐

指导员　李恒宗

二中队

队　长　胡安良

指导员　周庆云

[选自《鲁南铁道大队画传（下）》，《鲁南铁道大队画传》编委会编，山东画报出版社 2015 年版]

鲁南铁道大队指战员名录

（1938 年 3 月至 1946 年 3 月）

根据采访资料和铁道大队老干部、老战士的回忆材料综合整理。

鲁南铁道大队 1940 年 7 月初建时，有指战员 120 余人；1941 年春，精简安排 100 余人回家待命，仅剩 15 人坚持隐蔽斗争，同年冬发展到 140 余人；1942 年夏，第二次精减人员，还剩 60 余人坚持隐蔽斗争，同年冬又发展到近 200 人；到 1944 年 9 月，全大队共有指战员 300 余人，其中大部分升入主力部队，剩下 50 余人留在鲁南铁道大队；1945 年 12 月，日军沙沟投降时，又发展到近 200 人。下面是鲁南铁道大队已知指战员名录：

丁印堂	丁印榜	丁志刚	马士银	马世田	马开喜	马彦喜	马景尧
马福贵	马仲川	马福全（马驰）	小山口（日本）	文立正	王志胜
王志曾	王志友	王广福	王广志	王广喜	王广善	王玉莲	王新河
王新义	王成金	王成劝	王延忠	王建安	王 莲	王学志	王隆泉
王金河	王明树	王文吉	王金亭	王兴元	王振华	王修扬	王传真
司建朝	司中锋	田厚宽	田传香	田传喜	田忠奎	田村伸树（日本）
江瑞廷	乔甚喜	华绍宽	孙茂生	孙茂清	孙茂山	孙成启	孙敬宽
孙思功	孙成海	孙永海	孙衍仁	孙建仁	孙夫慎	刘学芳	刘依勤

刘金山	刘来清	刘来山	刘清德	刘 钢	刘桂清	刘宗仁	刘胜喜
刘昭喜	刘德香	刘昭安	刘思相	刘道成	刘道礼	刘玉龙	刘炳南
刘昭宾	刘知侠	吕保田	吕宜磊	吕宜湖	吕才厚	朱其金	朱其章
朱其洪	朱殿喜	任秀田	任子仪	任秀志	任家田	任德保	任德全
任德印	宋 杰	宋如云	宋芳弟	宋芳德	宋芳馨	宋凤起	李恒宗
李云生	李文生	李金山	李玉芝	李友芝	李玉春	李德春	李德福
李其厚	李友泽	李友哲	李思九	李洪杰	李文庆	李荣兰	李宪功
李连生	李思俊	李洪田	李茂银	李文来	李云来	李文田	李启宝
李云瑞	杜季伟	沈成友	狄玉清	狄庆池	苏桂林	陈连志	陈有志
陈有吉	陈绪忙	陈庆林	陈来林	杜学贵	杨家成	杨广立	杨玉玺
杨其生	张鸿仪	张绍顺	张建中	张建民	张建树	张建标	张建文
张建启	张建富	张延岐	张宗标	张静波	张再新	张庆云	张家铎
张茂堂	张世银	张世才	张书太	张书廷	张夫振	张夫清	张 英
张茂正	张正明	张守财	张继湖	张明数	张新华	张志文	张文生
张亮元	张恒木	张恒喜	张广厚	张广东	张连元	张允骥	张秀盈
张存山	张存元	张存友	张存坡	张殿元	张广金	张福贤	张文厚
张文才	张桂祥	张福成	张玉友	郑 惕	郑林川	郑君伦	郑君章
郑昌友	庞继政	庞继生	房中宽	孟昭煜	岳庆荣	孟庆海	孟庆金
孟庆银	孟庆全	孟庆志	孟庆林	孟庆友	孟宪存	孟宪池	孟宪启
周庆仁	周庆云	周建岐	周建喜	周林泉	周正云	周会珍	赵宝凯
赵若华（赵明伟）	赵士群	赵永泉	赵永良	赵连有	赵德太	赵永庆
赵德全	赵建友	赵宝华	赵如银	赵以珂	洪振海	种明德	种明新
种明松	郝 贞	郝茂庭	胡安良	陶洪瀛	郭继高	郭家才	郭宝全
徐广田	徐广生	徐广松	徐广林	徐广才	徐广友	徐广海	徐德功
徐德福	徐德喜	徐继富	徐正明	徐德科	徐开喜	徐广云	秦明道

秦玉喜　秦玉斗　秦玉山　秦玉升　殷延华　殷延桐　殷延合　殷茂全

殷延芝　殷延岗　殷昭金　殷昭银　殷昭宏　殷延伦　殷延湖　殷茂友

殷茂章　殷茂喜　殷宪增　高庆云　绳德新　黄友贤　黄继贤　黄正德

黄敬让　黄岱牲　黄学英（大老殷）曹万青　曹德清　曹德全　曹修武

曹修富　曹修柱　曹友哲　曹敬柱　曹昭甫　曹继元　常尚连　常尚珠

龚兴桂　崔玉礼　梁玉庆　梁乐友　梁玉礼　梁传德　彭士清　彭克金

彭启金　彭启银　程怀玉　程志远　程思元　傅同林　傅同信　傅宝田

傅建民　傅同礼　董明春　韩光明　韩成德　韩　山　褚衍杰　褚玉庆

褚庆宜　褚思军　蒋得功　颜耀华　魏尚武

[选自《鲁南铁道大队画传》（下），《鲁南铁道大队画传》编委会编，山东画报出版社 2015 年版]

铁道游击队大事记

1937 年

七七事变后，中国人民开始了全民族抗战的艰难征程，鲁南矿区工人和铁路工人也掀起了抗日救亡的热潮。1937 年冬，以中共地下党员、苏鲁豫皖边区特委负责人郭子化同志为首，组织起一支 170 余人的抗日队伍。洪振海、王志胜等同志参加了这支队伍。

1938 年

5 月　苏鲁人民抗日义勇总队成立

峄县、沛县、滕县三县抗日武装在中共苏鲁豫皖特委书记郭子化同志领导下，集结于滕峄边山区墓山，举行鲁南人民抗日武装起义大会师，正式成立"第五战区游击总指挥部苏鲁人民抗日义勇总队"。在苏鲁人民抗日义勇总队中，洪振海和王志胜被编入三大队三连，分别担任一、三排长。

10 月　潜回枣庄，创建枣庄抗日情报站

洪振海和王志胜遵照总队首长的部署，经过短期培训，返回家乡枣庄，在枣庄火车站西侧的陈庄，秘密建立了枣庄抗日情报站，站长洪振海，副站长王志胜。当时，枣庄由日军重兵把守，戒备森严，形势非常严峻。他们利用有利条件，积极从事抗日情报工作。洪振海秘密组织失业工人和无业游民，从日军火车上夺取物资贩卖，以解决活动经费，救济民众；王志胜打入日本人的正泰洋行干搬运工；他们很快团结了一大批煤矿工人和铁路工人。

1939 年

8 月　第一次夜袭洋行

日军在枣庄站附近开设了一个洋行，有 3 个日本特务做掌柜。王志胜经常与洋行打交道，同日军关系密切。洪振海和王志胜商议决定打洋行，以扩大抗日影响，鼓舞民众斗争精神。他们争取了敌自卫团班长宋四凤，并借了两支枪。3 人经过周密计划，夜袭洋行，三个日本特务毙二伤一，缴获长、短枪各 1 支，并安全撤出。

10 月　飞车搞机枪

夜袭洋行后，洪振海、王志胜又发展铁路工人李金山、李荣兰、赵连有等人参加活动。他们商定了搞枪计划，飞车夺取日军的军火。共搞到两挺机枪、12 支马大盖步枪和两箱子弹，送往苏鲁支队，受到上级嘉奖。

11 月　炭场开业

为了职业掩护和解决活动经费的需要，经报苏鲁支队批准，枣庄抗日情报站在陈庄开设了义合炭场，经营煤炭生意。洪振海和王志胜分别兼任炭场的正副经理。

11 月　建立枣庄铁道队

遵照苏鲁支队"迅速建立抗日武装"的指示精神，洪振海、王志胜等人在抗日情报站的基础上，建立了一支十余人的枣庄铁道队，队长洪振海，副队长王志胜、赵连有。同时，他们将此事上报苏鲁支队，请求上级尽快派政委来。他们以炭场为掩护，积极搜集情报，不断在临（城）枣（庄）铁路线袭扰敌人。

1940 年

2 月　杜季伟宣布建队命令

苏鲁支队派杜季伟到枣庄，向铁道队宣布了支队首长关于同意在枣庄矿区组建秘密抗日武装的指示，并决定枣庄铁道队改称鲁南铁道队，任命洪振海为队长，杜季伟为政委，王志胜、赵连有为副队长。

4 月　小屯整顿

鲁南铁道队创建后，为了把这支人民抗日武装建成机智勇敢、纪律严明的队伍，经杜季伟、洪振海等领导人研究决定，在枣庄西南 10 公里处的小屯村进行培训。经过培训，提高了队员们的军政素质。

4 月　临城铁道队诞生

鲁南铁道队在临枣线上神出鬼没，袭击日军，不断取得胜利，影响和鼓舞了临城一带从小在津浦铁路线扒火车、搞物资的青年人。他们自动组织了以破袭敌人铁路为主的秘密铁道队。以孙茂生为首在古井组织了临（城）南铁道队；以田广瑞为首在井亭组织了临（城）北铁道队。后经地下党员秦明道等人做工作，两支铁道队相继被收归中共沛滕边县委领导。

5 月　炭场被抄

一名队员无意中泄露了铁道队秘密，义合炭场引起了敌人的怀疑。一天拂晓，日伪军突然包围了陈庄。鲁南铁道队大部分安全转移，有 3 名队员被捕，炭场被查封。

5 月　公开旗号

鲁南铁道队由陈庄转移到齐村后，报请苏鲁支队批准，公开打出了八路军鲁南铁道队的旗号，在临（城）赵（墩）铁路支线上与敌人展开斗争。

5 月下旬　第二次夜袭洋行

鲁南铁道队夜间从齐村出发，再次袭击日军的正泰洋行，共杀死日军 12 人，译员 1 人。来不及收缴洋行的物资就撤出了，后又撤离了齐村。

5 月下旬　袭扰峄县

鲁南铁道队袭扰峄县，扰乱敌人后方，袭击其据点，减轻抱犊崮山区根据地反扫荡的压力。

6 月上旬　赵连有失踪

鲁南铁道队副队长赵连有奉命返回枣庄矿区取情报时，顺便到家探望，不慎走漏消息，遭到敌人抓捕。在酷刑面前，他始终未暴露铁道队的机密。铁道队多方营救未果，赵连有失踪，后来下落不明。

6 月中旬　打票车

经侦察了解，敌人从赵墩（当时由陇海铁路上的赵墩经台儿庄、峄城至枣庄有铁路线）开往临城的混合列车上载有布匹和日用百货，铁道队组织劫车。洪振海、王志胜等带领队员们分头行动，把列车上的 8 个日军全部杀死。列车行至曾店四孔桥便停了下来，队员们将车上敌人的布匹和日用品搞下来，装上 10 余辆独轮车，运往我山区根据地。

7 月　临枣三支铁道队合编

为了加强统一领导，经苏鲁支队与中共沛滕边县委研究决定，将活动在枣庄、临城一带的三支铁道队合编为铁道大队，活动于津浦铁路鲁南段和临枣铁路沿线。杜季伟任政委，洪振海任大队长，王志胜任副大队长。

7 月　进山休整

遵照苏鲁支队首长的命令，铁道大队除留下个别队员坚持原地斗争外，其余队员在大队长洪振海、政委杜季伟的率领下，去埠阳休整。通过一个月的学习整顿，进一步提高了队员的军事政治素质。

8 月　颠覆敌军列车

铁道大队二中队队长孙茂生率部分队员，在津浦铁路沙沟至韩庄之间，乘敌不备，将铁轨链接螺丝卸掉多处，然后再伪装好，造成敌军用列车脱轨翻车，车上装载的坦克、汽车等全部掉在路边沟里，坦克履带断裂，炮管弯曲，汽车大部分报废。

8 月　转隶鲁南军区

鲁南军区成立，铁道大队的隶属关系由苏鲁支队移交给了鲁南军区。

9 月

驻临城的日军骑兵田村伸树等人，每天都到距火车站不远的水楼子旁边给马洗澡。临城车站地下党员徐广友发现了这一情况后，及时报告给铁道大队。一天下午，刘金山、孟庆海、徐广田奉命事先埋伏在水楼子附近，待敌返回时，将田村伸树、小山口及其战马俘获，并及时送往山里。

9 月　断敌交通

根据鲁南军区"为配合山里反扫荡，要立即破袭临枣铁路及其沿途的通讯设施"的指示，由政委杜季伟、大队长洪振海、副大队长王志胜率领30 多名队员，并发动铁路沿线的数百名群众，将临城至枣庄的铁轨扒掉3 里多长，砍断电线杆100 余根，使敌人的交通和通讯一度中断，给山里反"扫荡"赢得了时间。

11 月　截获敌货车

铁道大队获悉载有食品和药物的敌军列车要通过津浦铁路的情报后，经周密计划，在沙沟至塘湖之间将敌军列车截住，扣押了司机，击毙了押车军警，缴获了大宗食品、药物和其他军用物资，并及时送往山里抗日根据地。

1941 年

4 月　部队精简

铁道大队在处境非常恶劣的情况下，为了渡过难关，经报请鲁南军区批准，精简部队。长枪队和破袭队分散回乡隐蔽，部分经不起艰苦环境考验、情绪低落的短枪队员劝其回家或个别安置。但这些人仍与大队领导人保持联系，侦察到敌情及时汇报。遇有战斗任务，铁道大队便将他们调集在一起，投入战斗。此时，全大队只留下十余名队员坚持活动。

6 月　解放微山岛

遵照鲁南军区"要尽快拔除微山岛日伪据点"的指示，铁道大队和微湖大队领导人研究决定，协同作战，歼灭驻扎在微山岛的伪军阎成田部，解放微山岛。6 月 15 日下午，铁道大队政委杜季伟做了战前动员，大队长洪振海下达了行动方案，随即率队由蒋家集向微山湖岸迂回。天黑后乘船接近微山岛。当晚 11 点，他们登上微山岛，摸进敌营部，击毙该营长。伪军失去指挥，乱作一团。这时，微湖大队大队长张新华也登上了微山岛。各部同仇敌忾，团结协作，全歼驻扎在该岛上的伪军营部和一个连，毙俘伪军 100 余人，缴获步枪 90 多支、机枪 2 挺和其他战利品一宗。

7 月　夜袭临城

为了制造日伪矛盾，打击敌人，保存自己，干扰敌人扫荡计划，铁道大队决定攻打临城车站，侦察敌情，进行了作战部署。13 日晚，队员们换上缴获的伪军服，至夜 10 点接近车站，突然冲进敌人的值班房，击毙日军特务头子高岗、石川，缴获步枪 36 支、机枪 2 挺、短枪 4 支。敌人发觉时，铁道大队已安全撤离。撤出时故意将一些伪军衣帽丢在车站。事后，日军疑心是伪军阎成田部捣的鬼，便将该团撤编，团长阎成田、参谋长郭秀林被押送济南日军军事法庭究治。

7月　大撞火车头

铁道大队短枪队队长徐广田与临城火车站地下党员徐广友等人，在车站铁架桥处乘敌不备，各自跃上未熄火的火车机车。他们各自驾驶着一辆机车相对而行，然后迅速跳下车。霎时，机车在七孔桥上相撞，造成桥毁车废，导致敌人铁路运输中断数日，延滞了敌军行动，为我抗日军民反"扫荡"赢得了时间。

11月　沙沟截布车

铁道大队接到鲁南军区要尽快搞些布匹的指示后，通过沙沟火车站副站长、地下情报员张允骧获悉，近期有一列从青岛开往上海的客车尾部两节闷罐车上装有布匹。大队长洪振海和政委杜季伟立即召集铁道大队骨干成员研究行动方案，派人与微湖大队联系，请求他们协同作战。当晚10点，火车准时通过沙沟站，大队长洪振海和中队长曹德清跃上火车，在预定地域由张允骧拔下插销，两节布车脱钩。队员们有的跃上车厢卸布，有的组织群众抢运，车厢里的布匹和其他军用物资大部分被卸下，来不及运走的便放火烧掉。当敌人发觉返回追击时，参战部队和抗日群众早已把战利品运到湖里，装上船转移到了安全地带。此次共缴获布匹1200余件，日军军服800余套，毛毯、药品和罐头各一宗，解决了部队战士过冬的棉衣问题。

11月　曹德全牺牲

一天早晨，大队长洪振海带通讯员曹德全到微山湖边执行任务返回，途径六炉店时，与数十名日伪军巡逻队遭遇。曹德全为保护洪振海大队长撤离，身负重伤，不幸牺牲，时年23岁。

11月　组建长枪队

为加强铁道大队的力量，经鲁南军区批准，铁道大队用缴获的枪支组建了长枪队，军区政治部保卫干事赵宝凯任队长兼指导员，五团排长赵永良任副队长。

12 月　微山湖冬训

为了提高队员的战斗力，铁道大队在微山岛的杨庄进行了冬季训练。集训期间还发展了部分党员。经过近一个月的冬训，密切了军民、干群关系，较大地提高了队伍的军政素质和纪律观念。

12 月　六炉店打特务

当时，洪振海隐蔽在临城西南的六炉店，被敌人侦知。驻临城的日伪特务 4 人化装成乞丐，企图捉拿洪振海。这天铁道大队的干部正好聚集在洪住处开会。敌人的行踪被门外放哨的女队员郝贞发现，与会干部闻报后即持枪迂回将敌包围。在战斗中，3 人被当场击毙，另一名日军特务松尾在逃跑中被郝贞抱住，展开搏斗。松尾挣脱逃窜，郝贞掏出一颗手榴弹向他砸去，但忘了拉弦，未爆炸，松尾得以逃命。

12 月　洪振海遇难

24 日早晨，数百名日伪军火烧六炉店。大队长洪振海义愤填膺，不听杜季伟劝阻，贸然率领 30 多名队员出去，与日军展开激战。在黄埔庄一带，洪振海不幸中弹，壮烈牺牲，时年 32 岁。

1942 年

1 月　大义锄奸

铁道大队队员黄二叛变投敌，给铁道队员和地下情报人员带来很大威胁。为了铲除隐患，铁道大队派徐广田奉命将黄二击毙。

1 月　大规模破袭战

敌人纠集徐州、济南、青岛等地日伪军数千人集中"扫荡"鲁南抗日根据地。为了粉碎敌人的"扫荡"，铁道大队奉命投入破袭战。经过周密部署，分四路展开大规模战斗。第一路由副大队长王志胜带领 5 名队员乘夜奔赴枣庄，由曹德清、李云生各驾一辆机车，制造撞车事件，造成车翻路毁。第二路由中队长孙茂生等人率领 70 余名队员在津浦线临城至韩庄段破坏铁路，迫敌铁路交通中断数日。第三路由政委杜季伟带领部分队员，发动群众，切断敌人通讯。第四路由徐广田带领部分队员，破坏了临城以北 10 余里铁路，导致敌人数日无法通车。通过大规模的破袭战，为鲁南抗日军民反"扫荡"的胜利作出了重要贡献。

1 月　微山湖突围

日伪军 5000 余人分三路围攻微山湖地区。铁道大队换上日伪军服，从东北角突围成功。但因敌我力量悬殊，微山湖根据地最终失守。鉴于斗争形势恶化，上级指示除铁道大队留十余人在湖区隐蔽活动外，其余全部进山休整。

2 月　开辟南路交通线

铁道大队成功地开辟了去抱犊崮山区抗日根据地的南路交通线。

5 月　刘金山升任大队长

大队长洪振海牺牲后，副大队长王志胜因病住院治疗，铁道大队曾一度缺少军事干部。中共鲁南铁道大队支部委员会研究决定，刘金山升任大队长，赵永泉为副大队长。事后，经报请鲁南军区批准，予以正式任命。

5 月　秦明道牺牲

秦明道为了掩护鲁南军区联络员张逊谦、傅宝甲撤退，而不幸牺牲。

6 月　肖华接见铁道大队领导人

微山湖突围后，铁道大队奉命再次进山整训。通过一个多月的休整，指战员的军政素质得到进一步提高，组织纪律观念也显著增强。临近结束时，一一五师政治部主任肖华接见了大队政委杜季伟和大队长刘金山，听取了他们的汇报，充分肯定了他们在抗日斗争中所取得的成绩，并向他们部署了打通山东、华中至延安的交通线的重要任务。

6月　深入虎穴除叛徒

殷华平曾任滕县八区区长，因经不起艰苦环境考验和敌人利诱，在微山湖突围中叛变，投靠了临城日军宪兵队，摇身变为伪临城剿共司令，组织汉奸武装在潘庄、郗山一带修筑碉堡，欺压百姓，搜捕中共地下工作者的家属。铁道大队派地下党员曹修富多次侦察，摸清情况后，大队长刘金山和政委杜季伟带领部分精干队员，乔装成日军，摸进伪郗山据点，将殷华平杀掉，击溃其队伍，缴获枪支弹药一批。

7月　重返故地

铁道大队整训结束后，根据肖华的指示，重返故地，继续开展斗争，放手发动群众，争取进步力量，不断瓦解敌人，使津浦铁路两侧和微山湖地区重新成为抗日武装的活动基地，为做好安全护送过往津浦铁路线的干部工作打下了坚实的基础。

8月　护送刘少奇过路

铁道大队和微湖大队等抗日武装，在地方党组织和人民群众的支持下，经过共同努力，打通了鲁南津浦铁路和微山湖通往延安的交通线。一天，铁道大队接到军区护送刘少奇过路的通知，立即派副大队长王志胜等人前往军区迎接。刘少奇在曾国华等人护送下，由王志胜带路到达鲁南后，大队政委杜季伟、大队长刘金山等立即赶到刘少奇住地小北庄村，向中央首长汇报了当地的对敌斗争情况，听取了刘少奇的指示。铁道大队护送刘少奇在沙沟附近安全通过津浦铁路，西行进入湖区。数日后，刘少奇安全抵达微山湖西岸，又踏上了奔向延安的征途。

10月　孟昭煜奉命组建鲁南独立支队

为了贯彻执行刘少奇关于解决活动在鲁南津浦铁路两侧和微山湖东岸一带各人民武装的统一领导问题的指示，鲁南军区调沂河支队副政委孟昭煜前来做整编工作。他在军区早已派来的特派员赵若华、敌工干事王建安等人的协助下，很快与活动在这一地区的微湖大队、铁道大队和滕沛大队领导人接上关系，并向他们传达了军区的指示，积极做好组建鲁南独立支队前的筹备工作。

11 月　护送肖华过路

铁道大队接到军区护送肖华过路的指示后，认真做了研究部署。铁道大队护送肖华和夫人王新兰、秘书康茅召和警卫员一行 4 人，安全跨过津浦铁路达到微山岛。之后，交给微湖大队，由其护送抵达湖西，奔赴延安。

11 月 8 日　巨山战斗

铁道大队副大队长兼三中队队长赵永泉，带领部分队员在临城东 8 里的西巨山村执行任务时，突然遭到日伪军的包围。赵永泉临危不惧，组织大家突围，身负重伤，队员朱其金牺牲。

12 月　铁道大队编入独立支队序列

根据刘少奇的指示精神，鲁南军区决定，将微湖大队、铁道大队、滕沛大队和文峰大队（亦称峄县大队）正式合编为鲁南独立支队。张新华代理支队长，孟昭煜任政委，赵若华、王建安分别任特派员和敌工干事。微湖大队、铁道大队、滕沛大队和文峰大队分别编为一、二、三、四大队。二大队对外仍称铁道大队，大队长、政委仍由刘金山和杜季伟担任。支队政委多随二大队活动，支队长张新华兼任一大队长。

1943 年

1 月　曹德清等 6 名队员牺牲

铁道大队短枪二分队队长曹德清、副队长李云生率领 6 名精干队员，奉命捣毁柏山日伪据点，一举成功。任务完成后，他们当夜住在蒋庄，因行动不慎，走漏风声，遭到日伪军 400 余人包围。他们奋力突围，除两名队员脱线外，曹德清、李云生、李启厚、王玉莲、张继湖、李友芳等6人壮烈牺牲。

2月24日　副大队长赵永泉遇难

铁道大队副大队长兼三中队队长赵永泉，率领部分队员，在东托村执行任务时，忽闻驻西托村的铁道大队队员遭敌包围，立即率队前去增援。被包围的队员安全突围，赵永泉撤离时在西巨山村北，不幸中弹，壮烈牺牲，时年32岁。

3月　第一任政委杜季伟离任

铁道大队政委杜季伟奉命调山东分局党校学习后，军区调鲁南一军分区政治部主任文立正代理政委。不久，杜季伟因参与护送干部过路工作，又多次返回铁道大队，协助政委文立正等领导从事政治工作。直到1944年1月，杜季伟完全脱离该部，前往敌占区任中共枣庄工委书记。

3月　阻击敌顽九十二军入鲁

顽军先头部队将由江苏渡微山湖入鲁，铁道大队奉命在临城至沙沟段津浦铁路西侧进行阻击。当敌顽九十二军先头部队进入铁道大队活动区域时，铁道大队机智地利用了日顽矛盾，巧妙地袭击临城日军，致使敌军和顽军交火。于是，敌顽九十二军被迫滞留在湖区。

5月　杨广立调任鲁南独立支队副政委

八路军一一五师教二旅五团三营教导员杨广立调任鲁南独立支队副政委，并接替文立正兼任铁道大队政委。

5月　武装大"请客"

鲁南独立支队遵照军区的指示，命令铁道大队及各部抗日武装统一行动，将鲁南津浦铁路两侧和微山湖沿岸的伪乡、保长110多人"请"到山里受训，除将罪大恶极的反动分子镇压外，其余人员经教育全部放回。通过这一活动，基本上摧垮了该地区的伪顽基层政权组织，进一步打通了交通线。同时，也保卫了麦收和人民生命财产的安全。

5月　孟昭煜政委牺牲

鲁南独立支队政委孟昭煜为争取原为八路军峄县支队直属大队长、后叛变投敌的伪邹坞剿共司令朱玉相，亲自带领敌工干事王建安，由茶棚村前往伪据点，途中遭伪军队长朱玉喜（朱玉相之弟）抓捕，被害于大香城南山坡。孟昭煜和王建安牺牲后，峄县二区群众冒着生命危险将其遗体转移，后安葬于大香城村西。

6月15日　彭口闸突围

鲁南独立支队在彭口闸村王姓地主大院召集各大队和武工队负责人开会时，铁道大队派出部分队员担负警戒会场的任务。午饭后，与会人员正准备继续开会，突然遭到装备精良的数百名日伪军的包围。中队长徐广田和指导员颜耀华发现敌情后，一面明枪报警，一面紧急组织了部分队员迎击敌人。班长张建富用机枪封锁住大门口，击毙了冲在前面的数名敌人，迟滞了敌人的行动。短枪中队指导员黄岱牲立即掩护与会人员翻越墙头，安全转移，使敌人扑空。这次战斗，毙伤敌30余名，铁道大队牺牲2人，4人负伤。

6月25日　护送陈光过路

铁道大队护送八路军一一五师代师长陈光过津浦铁路。

8月　张鸿仪调任鲁南独立支队政委

奉鲁南军区命令，鲁南一军分区政治部主任张鸿仪调入鲁南独立支队，接替文立正担任独立支队政委。

8月2日　铁道大队派代表参加军区英模大会

山东省战斗英雄、民兵英雄代表大会于2日至16日在莒南县坪上镇召开，与会代表268人。铁道大队派中队长徐广田参加了大会。大会选出了一、二等战斗英雄各22名。其中，徐广田被评为一等战斗英雄，亦称

"列车英雄"。山东军区政治部主任肖华到会讲了话，赞扬了与会代表的功绩，并向他们提出了希望和要求。

9 月 2 日　王楼歼敌

铁道大队长枪队在大队长刘金山率领下，前往峄县运河北部地区增援运河支队，当晚住王楼。徐州日军 200 名、伪军 100 名出动"扫荡"。途经王楼附近时，被铁道大队哨兵发觉。刘金山集合队伍，并派了两个中队前去迎击，在王楼附近与日伪军展开激战。共计毙敌 57 名，伤 40 多名。铁道大队牺牲分队长以下 8 名，伤 16 名。

9 月 24 日　护送朱瑞过路

中共中央山东分局书记朱瑞回延安途径鲁南津浦铁路时，由铁道大队大队长刘金山、政委杨广立率领短枪队队员护送，安全过路。之后，由微湖大队护送抵达湖西。

11 月　护送陈毅过路

新四军军长陈毅由铁道大队护送过津浦铁路，经微山湖，前往延安参加党的第七次全国代表大会。陈毅一行跨过津浦铁路后，因微山湖西岸敌人封锁严密，故在船上留宿数日，曾吟诗纪念。

12 月　赵若华接任铁道大队政委

根据对敌斗争形势的需要，原鲁南独立支队特派员兼滕沛边县公安局长赵若华奉命接任该支队二大队（铁道大队）政委。

1944 年

2 月　鲁南独立支队领导班子调整

为贯彻执行精兵简政原则，鲁南部分军事机构精简或撤销，干部降职使用。原鲁南军分区代理司令员董明春在中共山东分局党校学习结业后，奉命调鲁南独立支队任副支队长，主持全面工作。原代理支队长张新华专任一大队队长，张鸿仪仍任支队政委，杨广立任副政委。

5 月　夏镇伏击战

在夏镇伏击顽军冯子固和"耿聋子"部的进犯，粉碎了顽军围歼鲁南独立支队的阴谋。

6 月 19 日　南庄歼顽

湖西顽军胡介藩部 1500 余人侵犯鲁南独立支队驻地南庄后，对当地群众进行烧杀抢掠。为了保护群众利益，鲁南独立支队副支队长董明春率一、二大队（铁道大队）300 余人，对顽军展开反击战。经过 5 个小时的激战，毙伤顽军 80 余名，俘虏 23 名，缴获步枪 24 支、山炮 1 门、子弹 700 余发。南庄回到我方手中。

7 月 11 日　南庄再歼顽军

湖西顽军纠集伪军韩继尧部计 300 余人再次进犯南庄，经过 7 个小时的激战，击溃敌军，毙伤敌人近百名，鲁南独立支队牺牲中队长刘文华以下 6 人。

8 月 9 日　高庄战斗

鲁南独立支队副支队长董明春率一、二大队（铁道大队）对国民党地方武装周偶部之马光汉团盘踞的高庄发起攻击。他们在鲁南军区五团配合下，采用长途奔袭的战术，激战 9 个小时，共缴获步枪 300 余支、重机枪 1 挺、手枪 5 支、各种子弹 800 余发，毙俘顽军 600 余名。在战斗中，董明春副支队长和二大队副大队长王志胜以下 14 名干部战士负伤，牺牲班长、战士各 2 名。

9 月 9 日　奇袭临城

为了打击日伪军的嚣张气焰，鲁南独立支队二大队（铁道大队）派出长枪二中队 30 余人，在中队长颜耀华的带领下，于傍晚时分化装成日军混进临城，奇袭伪区部，一举将伪区中队解决。生俘伪军 12 人，缴获步枪

16 支、子弹 126 发。在战斗中，铁道大队短枪队队长徐广才牺牲。

10 月　联合攻打赵坡

铁道大队和微湖大队联合攻击赵坡之敌，激战 3 个小时，全歼伪军，攻克赵坡，毙敌 88 名，缴获步枪 146 支、轻机枪 2 挺、手炮 1 门、电台 1 部、子弹 5706 发、迫击炮弹 12 发、炸弹 200 发、骡马 9 匹，以及伪币和法币计 10 万元。

10 月　鲁南独立支队番号取消

1944 年秋，津浦铁路东西两侧和微山湖地区的抗日根据地已经基本上连成一片。为了适应新的对敌斗争形势，鲁南军区决定撤销独立支队，在此基础上组建鲁南二军分区。同时，恢复铁道大队番号，原大队政委赵若华调离，支队政委张鸿仪改任铁道大队政委；调原鲁南军区第一武工队长郑惕任副政委，正副大队长仍由刘金山、王志胜担任。二大队的 3 个长枪队和部分短枪队队员升级主力，剩余 50 余名队员编为短枪和长枪各一个中队。短枪中队队长孙茂生，指导员张再新；长枪中队队长徐广田，指导员李德福。大队部机构逐渐健全，配有文书、会计、军医、司务长和警卫班。

10 月 8 日　攻克小武穴据点

铁道大队为了打击日伪势力，扩大解放区，派出长枪中队奔袭小武穴据点。毙俘日军 2 名、伪军 9 名，缴获步枪 9 支和其他战利品一宗。

10 月　中共鲁南第三铁路工委成立

为了适应抗日形势的需要，中共鲁南区党委在大邵庄召开城市工作会议，传达了党中央和山东分局的有关指示。铁道大队政委张鸿仪、大队长刘金山等参加了会议。会议决定，在鲁南津浦铁路沿线和临（城）、赵（墩）支线组建 3 个铁路工委，隶属鲁南区党委城工部，统一领导铁路沿线的对敌斗争。鲁南铁路第三工委书记由张鸿仪兼任，委员有郑惕、刘金山、冯克玉、马仲川等。

12月　日军特务平野乞求同铁道大队谈判

日军在鲁南实施的"剔抉战术"失败后，铁道大队的抗日热情更加高涨，津浦铁路鲁南段和临枣铁路支线经常遭铁道大队破袭，日伪据点也常遭到袭击，敌人惶惶不可终日。为缓和与铁道大队的关系，临城日军派沙沟爱路段特务平野主动与铁道大队谈判。铁道大队政委张鸿仪、副政委郑惕、大队长刘金山等人同平野谈判两个多小时，揭露了日本侵略军的法西斯罪行，使平野受到教育。日本特务主动登门乞求谈判，在我军抗战史上是罕见的。

1945 年

1月中旬　山东军区高度赞扬铁道大队

山东军区政治部召开全省武工队代表会议，在会上指出："鲁南铁道大队是武工队的一个光辉榜样，她在敌后灵活、机智地打击敌人，为抗日战争的最后胜利做出了卓越的贡献。"

2月　下殷庄惨案

铁道大队在对敌斗争中，来去无踪，神出鬼没。敌人虽多次纠集兵力对铁道大队驻地"扫荡""围剿"，但都无济于事。于是，他们改变手法，采用伪装偷袭的方式，妄图搞掉我"基点村"，抓捕情报员，割断人民群众与铁道大队的联系。一天夜晚，驻临城日军特务头子渡边一郎率领20多名特务，冒充铁道队员窜到下殷庄，挨家挨户叫门，凡开门者均被视为铁道大队情报人员，全村有十余名群众被捕。敌人将这部分人带到李家楼时，刘金山大队长率领长枪队前去伏击敌人。渡边一郎等人被击毙，被抓群众大部分得救。但由于敌我力量悬殊，又怕伤及群众，最后仍有7人被敌人带到沙沟北沙河处杀害。

2月23日　文立正牺牲

中共鲁南二地委宣传科长、原鲁南独立支队政委兼铁道大队政委文立正，在临城县六区丁塘村开展工作时，因叛徒告密，遭到敌特武装袭击，不幸牺牲，时年34岁。

5月7日　颠覆敌军用列车

为了配合抗日军民反"扫荡"，迎接主力部队对敌开展夏季攻势，铁道大队奉命将津浦铁路沙沟至韩庄之间的部分路段铁轨和枕木的连接螺丝拆开，并及时伪装好，致使由北开来的一满载小麦的敌军用列车出轨翻车，车头报废。不仅缴获了大批粮食和其他军需品，而且迫敌铁路运输中断5天，迟滞了敌军行动。

6月　张鸿仪遇难

铁道大队整训出山时，在滕峄边山区的大官庄处遭到驻滕县、临城等地日伪军2000余人的包围。在战斗中，张鸿仪政委身负重伤，经抢救无效牺牲，时年33岁。

8月18日　鲁南津浦铁路工委成立

为适应八路军、新四军进军鲁南铁路沿线各重要城市的需要，中共鲁南区党委决定在中共鲁南一、二、三铁路工委的基础上，成立中共鲁南津浦铁路工委，书记王少庸，副书记靳怀刚，委员有刘金山、郑惕、蒋得功、王玉林等。

9月　后张阿村遭敌报复

铁道大队在中共临城县委的协助下，动员了黄埠庄、蒋家集、乔庙一带近千名"基点村"的群众，乘夜黑在津浦铁路后张阿至三孔桥一段扒毁铁路200余米，锯倒电线杆数十根。当夜，一列运载日军的火车由南向北驶来，因敌怕暴露目标，闪灯运行通过此路段时，脱轨翻车，伤亡甚多，迫敌交通中断数日。第二天，日伪军突然将后张阿村包围，铁道大队及时掩护群众转移，但村中大部分房屋被烧。

9 月下旬　郑惕率领短枪队去徐州侦察

铁道大队政委郑惕率领短枪队 30 余名队员，奉第五路大军前线指挥部命令，准备前去接收徐州火车站。他们由微山岛出发，穿插到徐州附近侦察，搞清敌情，迎接八路军、新四军进驻徐州。后来因敌情变化，国民党军队抢先进驻徐州，郑惕等人在茅村一带活动了几天后奉命撤回。

10 月　护送陈毅过津浦铁路

新四军军长陈毅在延安参加了中央工作会议后，返回山东途径津浦铁路，由铁道大队短枪队负责护送。陈毅军长在接见大队长刘金山等人时，高度赞扬了铁道大队在抗战时期的功绩，鼓励他们继续发扬光荣传统，为全国解放事业多做贡献。

10 月　为新四军当向导解放沙沟镇

新四军十九旅在林维先旅长率领下，开赴鲁南后，铁道大队奉命配合其对沙沟伪军展开攻坚战。副大队长王志胜带领部分队员，利用人地两熟的有利条件，为新四军带路和开展政治攻势。经数小时激战，俘伪军副团长以下 400 余人，缴获轻机枪 20 余挺、步枪 230 余支。沙沟镇解放。

10 月下旬　张光中司令员会见太田

铁道大队政委郑惕和大队长刘金山奉鲁南军区之命，在分别与姬庄的日军联队长和沙沟的日军大队长谈判期间，鲁南军区司令员张光中亲自到沙沟，会见了日军联队长官太田，并严正指出："你们的惟一出路是彻底缴械投降，我们才能保证你们的人身安全。"同时，张司令对太田说："郑惕是我的全权代表，谈判中的一些具体事宜可与他谈。"

11 月　配合十九旅攻克姬庄

铁道大队奉命配合新四军七师十九旅一部，将姬庄伪军据点攻克。毙俘伪军 70 余名，缴获武器、弹药和战利品一宗。

11 月　沙沟受降

铁道大队政委郑惕和大队长刘金山奉陈毅军长的指示，分别到姬庄、沙沟与日军联队长官和大队长官谈判。在我八路军和新四军的威慑下，经过他们二人的努力，终于使日军及其随行人员千余人，在沙沟附近缴械投降，计收缴日军轻重机枪 130 挺，掷弹筒、步枪 1400 支，山炮 2 门，子弹百余箱。

11 月　兖济武工队整编为鲁南铁道二大队

奉鲁南军区命令，兖济武工队改编为鲁南铁道二大队，蒋得功任大队长兼政委。原铁道大队改称鲁南铁道一大队。

12 月 13 日　《大众日报》报道鲁南铁道大队接受日军投降

《大众日报》以《在我军事压力政治攻势下鲁南千余日军向我缴械》为题，在重要位置对鲁南铁道大队受降日军作了报道。这是中国抗日战争历史上唯一一起共产党领导的地方抗日武装接受日军投降。

1946 年

2 月　铁道大队番号撤销

鲁南区党委和鲁南军区决定，铁道大队在滕县城整编，并撤销番号，在此基础上成立鲁南铁路局，局长由鲁南铁路工委副书记靳怀刚担任。原大队长刘金山担任副局长，政委郑惕任特派员兼兖徐总段段长，副大队长王志胜任局工会主任。铁道大队长枪队编入鲁南军区十九团特务二连，连长徐广田，副连长周建岐，指导员李恒宗，副指导员张再新。短枪队编入局警卫队，队长马世田，指导员周庆云。部分铁道队骨干分别担任鲁南津浦铁路段和临（城）赵（墩）铁路支线的火车站站长。

3 月　鲁南铁路局迁址

鲁南铁路局由滕县前往枣庄，并进一步健全了领导机构。

8 月　重建铁道大队

国民党反动派调集 20 余万兵力向山东解放区进攻。为迟滞敌军行动，反击敌人的猖狂进攻，鲁南军区调集原铁道大队部分骨干，重新组建了 190 余人的铁道大队。刘金山任大队长，蒋得功任政委。大队辖两个中队，一中队队长由周建岐担任，李恒宗任指导员；二中队队长由胡安良担任，周庆云任指导员。该大队组建后，活动于鲁南津浦铁路沿线、峄县南部和枣庄周围地区，配合主力部队打击和袭扰敌军，为鲁南人民解放事业做出了重要贡献。

11 月　铁道大队改编为鲁南军区特务团二营

因对敌斗争形势发生变化，铁道大队再次奉命撤销番号，部队改编为鲁南军区特务团二营，奔赴新的战斗征程。

后　　记

　　本书的编选缘起于 2017 年两次积极申报山东省社会科学规划研究项目。

　　在这一年，可以申报两次，只不过一次是 2017 年度，一次是 2018 年度，可谓机遇和挑战并存。因为有机遇，所以积极申报；因为有挑战，要经过院校两级的限额筛选，所以，尽管有信心，但也没抱太大的希望。当然结果是，这两次都没有被推出学校。如果加上 2015 年度山东省社会科学规划研究项目"弘扬中华优秀传统文化研究专项"申请的同样命运，那我已经失去了三次被推出学校参与全省竞争的机会。虽然屡遭挫败，但并未丧失信心，因为我相信自己的选题有一定的价值意义。

　　我在 2017 年两次申报的选题都是《当代山东抗战小说的侠义书写与山东形象研究》，旨在以侠文化为视角来勘探当代山东抗战小说的主题意蕴和审美风貌，探究其侠义英雄塑造、复仇叙事、侠义精神的创造性转化，揭示侠文化作为一种通俗文化对山东抗战文学作家及其抗战文学作品的精神影响力，进而考察这种独具地域特色的侠义书写与山东形象现代性建构之间的关系。在我看来，该选题既能丰富抗战文学的研究视角，拓宽侠文化的研究领域，又会深化侠文化的研究内涵，为现代中国雅俗对峙与对话、互动共荣的文学格局提供有力的论证。同时在现实意义上，通过研究当代山东抗战小说的侠义书写及其与山东形象现代性建构之间的关系，勘探侠义书写对作家人格塑型和抗战文学创作题旨的积极作用，发掘山东形象现代性建构所需要的精神资源，有利于提升山东形象的现代品质，提振民气，弘扬正义，为如何讲述中国故事提供独具山东地域特色的话语资源。就申报结果来看，这或许是我的一厢情愿。

好在我搜集到的有关资料给予我莫大的信心和鼓舞。当然，搜集整理这些资料的最初动机是论证课题和立项后研究课题的现实需要。其中，有关《铁道游击队》的文献史料自然进入了我的视野。尤其是作为历史文本的"铁道游击队"故事就发生在我的家乡，这无形中增强了一种责任感。本来想放弃这个选题，但已经搜集到的有关"铁道游击队"作为历史文本和艺术文本的传奇、曲折、博大、肃穆，让我充满了敬畏和担当，于是我决定以抗战文学经典《铁道游击队》为中心编辑一本文献史料，作为这个未竟选题的纪念性成果。

在这部文献史料辑中，选入了知侠先生及其夫人刘真骅先生的文章，需要健在的刘真骅先生授权。在山东省作家协会陈文东先生的帮助下，我与刘真骅先生取得了联系，她慷慨应允。在邮件往来、微信交流和促膝交谈中，刘真骅先生告诉我她正在为2018年知侠先生百年诞辰出一个百年祭，搞一个纪念活动；她说我做的一切给了她意外的惊喜，心情无比激动。这是发自一个82岁高龄老人的肺腑之言，尤其是当她说到虽"身患绝症"，"在有生之年一定要把刘知侠留给我的不能承受的生命之重完成好"时，我深受感动。当年知侠先生为了写《铁道游击队》而甘冒生命危险的义侠风范，刘真骅先生在知侠先生身陷囹圄、孤独无助时挺身而出勇于担当的侠义气度，都来源于一种"爱"，一种对祖国的爱，对抗战英雄的爱，对所爱之人的爱。他们长达 22 年相濡以沫、患难与共的人生历程，早已铸就为一座"爱"的丰碑，屹立于人们心中。呈现在读者面前的这部《〈铁道游击队〉文献史料辑》，将作为一份厚礼，谨献给知侠诞辰一百周年，并向知侠先生和刘真骅先生的惊世恋情致以崇高的敬意。

本书系中国博士后科学基金项目"中国新文学作家的侠文化观及其价值重构研究"（编号：2016M602174）和国家社会科学基金项目"中国新文学作家与侠文化研究"（批准号：10CZW051）的阶段性成果。在编写过程中，获得了山东省一流学科山东师范大学文学院中国语言文学学科建设经费资助，得到了刘真骅先生和陈文东先生的帮助，中国社会科学出版社编审郭晓鸿博士为本书的出版付出了辛劳和智慧，我的硕士研究生 2016 级张艳丽、许豪、刘超越和 2017 级吴海峰、陈文娇、周群在书稿的文字输入与校对方面做了许多工作；在此一并致谢。

本书所选入的文章，绝大多数已经与其著作权人取得联系，并获得了作品使用许可授权。但尚有个别作者至今无法取得联系，敬请见到本书后拨冗赐示联系方式，以奉寄样书和稿酬。在此，向各位作者深表谢意。

联系 Email：422929264@ qq. com。

陈夫龙

2018 年 6 月 18 日